好女孩，谁赐我？

葛维屏 著

陕西新华出版传媒集团
太白文艺出版社

图书在版编目（CIP）数据

好女孩，谁赐我？ / 葛维屏著. — 西安：太白文艺出版社，2018.3

ISBN 978-7-5513-1355-1

Ⅰ. ①好… Ⅱ. ①葛… Ⅲ. ①长篇小说－中国－当代 Ⅳ. ①I247.5

中国版本图书馆CIP数据核字（2017）第294187号

好女孩，谁赐我？

HAO NÜ HAI, SHEI CI WO?

作　　者	葛维屏
责任编辑	蒋成龙　姚亚丽
特约编辑	苏雪莹　王　锦
整体设计	格林文化
封面设计	渃　雪
出版发行	陕西新华出版传媒集团 太白文艺出版社（西安北大街147号　710003） 太白文艺出版社发行：029-87277748
经　　销	新华书店
印　　刷	北京旭丰源印刷技术有限公司
开　　本	960mm×640mm　1/16
字　　数	350千字
印　　张	26.25
版　　次	2018年3月第1版　2018年3月第1次印刷
书　　号	ISBN 978-7-5513-1355-1
定　　价	66.00元

他会写出一个不一样的女孩

陈光标

听说葛维屏君写了一部小说，叫《好女孩，谁赐我？》，特别嘱我写几句，我很乐意。

我与作者的认识，有一点偶然。曾经一段时期，我的脑海里总是盘旋着这个作者的性别与样貌，直到后来与作者见了面，才真正了解到这个人。

我与作者的关系，很长一段时间，是建立在隔空的互相欣赏上。作者曾经当面告诉我，他很欣赏我在四川地震中赶赴现场救人的作为。而我欣赏作者的是，他能凭着他的想象，把关于我的一段新闻中的事实，改写成一个感人的艺术形象。

从头说起，那还是在2008年。5月12日，四川汶川发生大地震。我当时只有一个念头，就是用我全部的能力，赶往四川去救人。

我于5月13日下午3时抵达地震灾区，之后一直走在危险的救灾第一线。忙、累，基本就是那几天我的状态。大概在5月20日左右，一位新华社记者问我，网上有一首诗，你看过吗？并且说很多人读后都流泪了。

我很好奇，这是一首什么样的诗。很快，我看到了这首将我的名字放入标题的诗：

《一个北川女孩对陈光标最后的话》

我在北川长大
不知道江苏在哪
抱在你温暖的手里
我才知道江苏四川是一家

你拂去压在我身上的垮塌
原谅我无法给你一声回话
生命的温暖在悄悄地离我而去
我能听出你焦急地把我向生的彼岸牵拉

不是我有意忽视你的牵拉
更不是我故意不听你的话
你一刻没有停息向我迈进的步伐
瞬息间你缩短了东部与西部的时差

只是废墟截断了我结着蓓蕾的枝丫
枯萎着疼痛着憔悴着我无法给你以成活的报答
静静地躺在你那宽厚的怀里
我能做的就是让你感到其实我很听话

请你轻轻地放下那已不属于我的躯壳

别再用你的眼泪把你的歉意表达
有缘在最后的时刻获得你的拯救
我要深深地感谢你给了我尊严的面纱

我不会忘记灾难发生的那一刹
从遥远的长江口你发出了同样震级的惊诧：
救人去，救人去，兄弟们集合吧
我们一起奔赴四川去抢救可怜的娃

让六十辆忙碌的挖掘机停下手中的计划
掉转方向以统一的姿势向西部开拔
你带着一百二十名叔叔们还有你的爱心
开始了浩浩荡荡穿越半个中国的横跨

从长江之尾逆行着长江的落差
你日夜兼程走进四川盆地搭起生的脚手架
冲进瓦砾与泥石里寻找着像我一样的娃
把活的孩子洗洗干净重新放回他们快乐的年华

即使我无法走进那生的队列里一起与他们玩耍
我至少明悟了啥是世界上最美的企业家
如果来生还有一次机会与你一起并肩
我愿成为你手下的员工去善待更多不幸的娃

有记者问你走过废墟可曾感到害怕

你说：怎么会，那都是一些孩子啊
即使花朵凋谢了她们的花
她们的芬芳依然会证明她们是天下最珍贵的奇葩

轻轻地将我放下
谢谢你将我的课本盖上我的脸颊
让它陪伴我走过我永不递增的年华
我会永远记住一个来自江苏的最美企业家

看着，看着，我的眼泪就流下来了，我的第一感觉，写这首诗的作者当时一定就在北川中学的现场，因为他在诗里描写的我用课本盖孩子脸的细节，与当时的情形完全相同。

当时，我还委托采访的记者帮我找这个作者，以表达我对他的感谢。之后一直没有消息，但我的心里仍然记挂着这个神秘的作者。

2010年元旦前夕，《天府早报》与我联系，说他们开辟了一个“2010年新年新愿望”专栏，问我有什么愿望。我当即表达了，希望寻找到《一个北川女孩对陈光标最后的话》的作者，很快这家报纸便在2009年12月23日的报纸上登出了我的这个愿望，标题叫《写诗的北川女孩，陈光标在找你》，因为包括我在内的所有人都认定作者一定是一个北川女孩。

报社很快转来了消息，说作者名叫葛维屏，他不是四川人，竟然与我同籍，也是江苏人。当时我感到难以置信，这个作者没到北川现场，就能将我当时的一举一动描绘得如此传神，实在是匪夷所思。所以,《天府早报》的后续报道用了一个大大的问号《诗是他写的？陈光标说不可思议》。

与葛维屏见面后，我从他的叙述中，得知他是通过新闻报道写了那首诗，他抓住了有限的细节与无尽的精神，提升了诗的内涵，使诗作具有了感人的力量。我被他的解释说动，认可了他是这首流行于网络、被制作成视频、曾经走上央视的诗的原创作者。

从他的介绍中，我知道他是中国银行的一名员工，平时还从事业余创作，这就是现在这本小说的来历。我相信，他能在那一首诗歌中写出一个女孩的感恩的心，从而感动了每一个读过这首诗的人，那么，他同样会在这部篇幅更加丰厚的小说中写出不曾减弱的动人来。

另外，我对葛君的小说给予推荐，也是因为我有一个理念，就是“文化崛起，民营企业应是主力”。中国当下的文化实力与国际地位并不符合，与拥有的文化底蕴也不相称，一百多年来，“西强我弱”的状况在经济、政治、军事、社会方面被扭转的程度，远远高于文化。也正因为文化层面不能及时跟上，近年来才出现了许多道德层面的问题。仅靠经济发展，难保不出现“端起碗吃肉、放下筷骂娘”的现象，见死不救、道德沦丧的个案也难以避免。

因此，今天的中国必须重寻和坚定传统文化中的优良美德，如慈孝廉，礼义信，扶贫济困等，让孩子从小就熟识《三字经》等经典中的道德精髓。还需重塑爱国、科学、创新、民主精神等先进文化，在青年人的内心深处刻上现代精神的烙印。

今天我们谈文化，必须是与时俱进的，又是具有包容性的。近年来，不少人呼吁文化安全，担心国外文化进入中国市场会引发思想混乱。事实证明，一个优秀民族的文化完全能够在与国际强者的竞争中，得到更广泛的传承和发展。从电影、电视、图书、报刊到娱乐产业，甚至慈善事业，多年来中国文化的大发展、大繁荣从来没有因为竞争而衰败，反而越战越勇。因此，让文化更多渗入一些传统推动力之外的元素，效果会更好。这个非传统力量当然包括民营企业家。

民营企业拥有大量资金，机制灵活，对市场嗅觉与民间的文化动态更有感知力，民营企业家对于文化产业有无限热度。在大多数民营企业家看来，做文化产业是一件很有面子、很有品位、很有尊严的事情。

这也是我双手支持葛君这部作品的原因。

第一章

“严馨婷，谁叫严馨婷？出来一下。”

由会议室临时充当的闹哄哄的教室，门口传来一个女人的声音，压制住了弥漫在整个空间里的嘈杂声，虽然并没有引起人们的注意，但章苏尔还是竖起了耳朵。

他的视线，必须穿过攒动的人头，拂去那些乌云般荡来荡去的发丝，才能看清楚教室门口的一切。

他看到一个女孩的身影朝门外闪了一下，真的是她？

章苏尔微微踮起脚尖，倚在身后的椅子上，关注着那个叫严馨婷的女孩的身影。

不会这么巧，不可能的。章苏尔这样想着。

今天是章苏尔报名参加“孔雀”影视明星培训班的第一天。他是从《新民晚报》上看到这一则培训启事的。他拿着那份报纸，左看右看，没有人与他商量，也找不到人商量，他藏着一份心跳与窃喜，一咬牙选择了来报名。

他有一个美丽的梦想，就是能去学习表演。那是他的一个在学生时代没有实现的梦。

按照父母的意愿，他考上了一所金融学校，因为父母关心的是他的谋生，以为一所金融学校可以让他能像一棵树一样，顺利地栽入到金山银海里。

毕业后，他应聘进了一家股份制银行当了一名普通职员。单调与重复，成为他每天的工作色调。他认为，这个工作只要能认得人民币的人都可以胜任。三年的学习，换来了这么一个结果，在父母看来，可以衣食无忧，而对他来说，却觉得完全是对生命的浪费。

沪上当年开办过的谢晋恒通明星培训班，是一个梦境的摇篮，也是一个虚幻的神话。赵薇、范冰冰均从这里起步，激励着沪上的培训班多如牛毛，报名者也如过江之鲫。一个明星，实际上已经成为一个最简便的印钞机，而制造印钞机的培训班，注定要比挣钞票更有诱惑力。

章苏尔有一个梦想。他觉得如果待在枯燥呆板的银行里，永远无法实现他的梦想。他难以置信，他的一次贸然尝试，可以与这个梦想激情澎湃地撞一下腰吗？过了一会儿，他看到一个女孩从前面的教室门走了进来，正是刚才出去的那个女孩。

她剪着短发，露出圆圆的脸，泛着红润的光泽。她个子不高，宽宽的肩膀，使得肩膀往上很是丰腴饱满，而全身却显得小巧玲珑，他太熟悉她的一切了。多少回，他在自己的回忆中幻想着这样的身影、这样的梦境，他感到心已经蹦到了嘴边，刺激得他再也坐立不安。

“严馨婷……”他失声地叫了出来。

那个女孩仰起头，茫然地注视着四周。

章苏尔摇晃着手臂，向那个女孩招着手。周边的那些男男女女像放鸭似的叽叽喳喳，干扰着章苏尔发出的声音。但那个女孩还是看见了他的摇摆，微微一愣。不管隔了多么远，他还是感觉到她那种文静又温和的微笑。

那女孩向他这边跑来。她走的时候，重心很低，似乎很不善于昂首挺胸地走路。章苏尔就是喜欢她，多少年来，他心里一直喜欢的就是她。他要实现的梦想，就是为了将来有一天走近她。没有想到的是，他稍稍付出了一点努力，就可以看到，她像梦境一样浮现到他的眼前。

她跑到他的身边，两手交叉地握着，带着一种小女孩的乖巧说："章苏尔，是你啊，真没想到是你。"她能这么流利地叫出他的名字，章苏尔心里有一种异样的感动。

上海太大，任何一个生命投入这个巨大的洪流或者旋涡中，都会湮没无痕，而现在，他竟然在这里遇上了他朝思暮想的女孩，他觉得自己的选择没有让自己失望。

"我也没有想到能遇见你。"章苏尔笑道。

屋子里的嘈杂声经久不息，根本不是谈话的地方。她向后门处看了一下，章苏尔心领神会，离开座位，向后门走去。出了教室，他顿时觉得耳朵里清静了许多。

"你现在在民航当空中小姐吗？"章苏尔问道。

"你怎么知道？"严馨婷惊讶地问道。

"我想应该是的吧，高中毕业，我记得你上的是连云港民航学校吧。"

"是啊，一晃都四年了。日子过得好快啊。只是很遗憾，我没有当成空中小姐，现在倒是在店堂里当小姐——应该叫服务员吧。"严馨婷展露出天真的笑容，"那么你呢？"

"我？我考上了上海的一所金融学校，现在也是一个营业员，与你一样啊。"

"真没想到，还能与你在一个城市。"严馨婷怅然若失地说道。

“怎么你也来报考演艺培训班？”

“当年的梦还没有醒呢，”严馨婷眯起眼睛，微微笑道，“你不也做着同样的梦吗？”

“我的梦，是与你一起开始的啊。有你参与的梦，总是想做下去。”

“我有这么大的能量吗？能影响到别人的梦？”严馨婷的眼睛睁得大大的，像月亮一样，时而展现出一钩弯弯的妩媚，时而圆满成一轮通透的清澈。

“当然了。‘去年看灯我先走，今年看灯又是我带头。’”章苏尔笑着说道，他念叨的台词，是当年他在家乡时与严馨婷唱的一出黄梅戏《夫妻观灯》中的一句唱词。

“你还记得啊？”严馨婷听到章苏尔以戏剧中的丈夫的口吻来说，脸上顿时泛起了一点红潮。当年他们唱这出戏的时候，还在高中一年级，青春的心刚刚启蒙，对《夫妻观灯》中的角色关系也是似懂非懂。然而时过境迁，今天的他们已经成人，当年“小荷才露尖尖角”情境中诞生的那一种朦胧的情愫，倒很容易找到立足与发展的新领域。

“还记得吧，第一次演到‘老婆的裤脚烧着了’的时候，你还不肯演呢。”章苏尔说道。

“急忙瞧，急忙找，我的裤脚没烧着。你笑什么？不看灯，你尽瞎吵，险些把我那魂吓掉哪……”严馨婷一连气轻轻地哼着当年戏中的台词，脸上漾起红红的微光，使丰满的脸蛋罩上了一层毛茸茸的光晕，像套在月亮外面的月晕一样。

“如果现在你演起来，就会更像了。”

“像什么？”

“像老婆啊。”

“你的意思是我老了？”

“没有这个意思啊，毕竟现在比那个时候要大好多了，我关心的只是……”

“关心什么？”

“你没有真的成为别人的老婆吧？”

“没有。”严馨婷平静地说道。

“真的？”

“瞧你那失望劲儿，好像我嫁出去了你才开心似的。”严馨婷又恢复了调皮的笑容，故意瞪了他一眼。

“没有……”章苏尔一时语塞，“我只是说……”

“这么说，你有老婆了？”

“更没有了。我讨老婆的计划早着呢。”

“你不关心自己，倒会关心别人。”严馨婷抿嘴一笑，章苏尔恍然记得当年戏装下的她也是用这样的微笑，触动了他的心。

“这么说，我们还可以继续演下去了？”章苏尔说道。

“谁给你机会了？”严馨婷嗔怪地望了他一眼，“不过，也有可能，只是这个培训班也不会演黄梅戏吧。”

“这倒也是。你还是想演戏？”章苏尔问道。

“是啊，当年市里的剧团就想收我，可是爸爸妈妈不同意，说黄梅戏现在不吃香了，考大学结果也不理想。你呢，还想着学习表演吗？”

“不知道为什么，我不喜欢现在这种太现实的生活。如果一辈子都按照这个样子来，我会憋死的。我喜欢舞台上那种光怪陆离、五彩缤纷、带一点虚幻带一点梦的生活。我知道那不是生活的本来样子，只是人们的想象，但我就是这样，就是喜欢那样的生活。”章苏尔不由自主地皱起了眉头。

“我倒没有你想得这么多，只是……你刚才说的，正是我想说的意思。”

“哈哈，我们是一起的。这叫什么？同病相怜？”

“多难听，我觉得叫……相依为命！”严馨婷的脸上绽现出兴高采烈的表情。

“你说什么都好。刚才老师叫你干什么了？”章苏尔问道。

“没什么。昨天我钱没有带足，刚才叫我去补缴钱了。”

正在这时候，跑过来一个女生，拉了一下严馨婷的胳膊，问道：“你是严馨婷吗？”

严馨婷转头来，问什么事情。那个女生指着门口说：“全老师找你呢。”

全莎莎是负责培训学校事宜的老师。她个子不算太高，身材微显丰腴，大大的圆脸盘稍显苍白，黛色的眉衬托着黑色的眼眶。上海女孩都喜欢这样的打扮，露出原色的皮肤，却工于心计地描着黑黑的眉，乍一看，似乎未曾装扮，却有意凸现了她们引以为傲的象牙般白皙的皮肤。她身着一件纯白色的热裤，身材曲线毕露。

上海的夏天很快席卷而来，这一天，莎莎接到钱盛钟的指示，来到培训班协助教学工作。

钱盛钟已经在上海的演艺圈里摸爬滚打了很多年，只要与演艺事业沾一点边的事他都干。这个过去工厂里的工会干部，趁着当年沪上下海的热潮，干起了他一直喜欢的演艺行当——组织沪上的文艺团体，走街串巷，协助企业搞一些小节目，渐渐积累了第一桶金。有了一点资本之后，他不知触动了哪根神经，突然投拍起一部越剧电视剧来，还请来了第五代导演中颇为落魄的赵图庚执导这部电视剧。可惜，虽然早年上海的戏剧影视在全国轰动一时，可钱盛钟投拍时却已是戏剧热冷却之际。古装戏成本大，他带着剧组到了无锡唐城、三国城实地拍戏，耗尽了他的资产，最后却在市场遇冷，血本无归。无奈之下，钱盛钟本着从哪里跌倒就从哪里爬起的原则，办起了影视培训班，以图东山再起。

莎莎是钱盛钟最为信任的女人，她是从企业里出来的，有一点表演的功底，让她负责培训班，倒是人尽其才。培训班还把过去拍戏时请来的一位化妆师——小兔，请来协助负责。

这小兔倒是科班出身，不过学习成绩特不好。她小时候也是水灵灵的，可青春期一到，脸上立刻像火山爆发似的，挨个儿长青春痘，把一个小脸糟蹋得面目全非。如果脸上失守，丢失了城池，在学习上补偿一点的话，还能为自己挣上一点脸面。但是小兔的学习成绩是那么差，整天闷在学校里不知道在想什么心事，总是一副愁眉苦脸的样子。既然不学习，倒不如多看几本张爱玲的小说，练一手好文笔，再拍几张艺术摄影，说不定还能混成一个“美女作家”呢。但小兔好像存心与这些成功人士作对似的，愣是往一无所能的方向上走。爸爸妈妈那个急啊，常说这丫头没救了，要长相没长相，要能耐没能耐。幸而小兔妈妈的一个同事给指出了一条路——学美术，还介绍了她所认识的美术老师。据同事说，这个老师曾经辅导过一位著名的第六代导演，当年这个未出道的导演成绩也是非常差，就是因为学美术而考上了电影学院。

受了这个启示，小兔妈妈于是托人找关系把女儿送到那个老师那儿去学美术。小兔果然考上了戏剧化妆这个专业，一家人总算为她松了一口气。

毕业后，小兔的同学都找到了剧组，小兔也联系了几个，但都是留下资料有去无回。其原因都是因为小兔那张脸，人家剧组的人一看，这丫头连自己的脸都没侍弄好，怎么能给演员化妆呢？所以小兔一直没有找到工作。

小兔妈妈别的能耐没有，耳朵倒是像兔子那样长，听说钱盛钟的剧组拍片忙，估计需要美工化妆师，便托人找到了钱盛钟。钱盛钟的确需要一个化妆师，虽然小兔人丑了一点，但是化妆师只是为别人做嫁衣，长得如何也不必过于苛刻，他倒也比较满意。

小兔因为没有男朋友，工作很守时，也很认真负责。就是有些闷，脾气还算好，虽然丑一点，性格上还算阳光。

报名的学员很多，昨天报名的人，几乎挤破了办公室。莎莎按照钱盛钟的吩咐代收费用。今天早上，她因为在延安路高架桥那儿堵了车，赶到这儿的时候已经迟了，钱盛钟先让小兔代收了一会儿费用。

莎莎来到办公室，屋里坐着钱盛钟、赵图庚等一干人，正与华东师大教授、今天的讲课老师诸葛柯在侃侃而谈。

钱盛钟把莎莎介绍给诸葛柯教授。莎莎与赵导以前拍片时就已经认识了，只是和今天请来的嘉宾诸葛柯没有见过面。对这些学者教授，她所知甚少，钱盛钟介绍道：“这位诸葛教授可是全国闻名的教授……”

诸葛柯教授握着莎莎的手，表情却颇有一些腼腆，结结巴巴地说道：“你好，全老师。”

莎莎听完老钱的介绍，亲切地叫道：“诸葛教授，久仰久仰。”

她一边说着，一边偷偷地打量着这位知名的沪上教授：看他的年龄，约有四十多岁，相貌还算堂堂，轮廓鲜明，鼻直口方，似乎带着一身的正气。

钱盛钟乐呵呵地看着，跷着二郎腿，继续介绍道："今天能把诸葛教授请来，是我们培训班的荣幸。我们请诸葛教授，目的是为了提高学员的文化层次与知识含量，我们不能为演戏而培训，而是以人为本，从人的素质抓起。小全，他的那一篇著名的文章，你一定看过……那个叫什么的……"钱盛钟抓耳挠腮也想不出来。

莎莎毕恭毕敬地听着钱盛钟的介绍，脸上带着亲和的微笑，等待下文。

"对对，叫《上海在情欲中骚动》，造成全国性的反响啊，为我们上海人添了光，争了气，好文啊！这种文章，写出来就是流传千古的。枚乘的《七发》，直把楚太子说得汗流浃背，那才叫男人的文章！你说现在上海的男作家里有谁的文章能让人出一身汗？上海的男男女女舞文弄墨的，都净作些下水道般阿猫阿狗的文章。"

"钱主任，你说得好难听哦。"莎莎娇嗔地白了一眼。

钱盛钟很得意地呵呵大笑，一嘴黄牙，狰狞全露。钱盛钟精瘦，脸皱，牙枯，颧骨高，吊起的两颊上，像挂着一块晒出油的猪皮，泛着猩红的光。

那边诸葛柯教授也搭了腔："钱主任说得幽默，只不过我要更正一下，我的那篇轰动全国的文章叫《上海：情欲的喧哗》。不过，钱主任刚才说的却完全可以列入我的写作计划，只是最近忙于论战，还没有正式成文，很佩服钱主任能有先见之明啊。哎，钱主任的学识，我真的佩服，我写的是'喧哗'，钱主任改成了'骚动’，钱主任想必是读了福克纳的《喧哗与骚动》才掉包的吧。”

钱盛钟面有得色，道：“当年咱好歹也是读着《百年孤独》《喧哗与骚动》《麦田里的守望者》跻身演艺圈的，要是连这个都不晓得，是要被文化人笑掉大牙的。”

莎莎听着诸葛教授大言不惭地说着，一点没有脸红的意思，心里真是暗暗叹服。心想大学教授可能都与医生一样，看到男女生殖器官，只会想到它们的生理结构，不会把它看成是人类一种特别的器官，这种心定自然凉的境界，确实是教授风范啊。

钱盛钟受到诸葛教授的赞扬，扬扬自得，余兴未尽，继续道：“诸葛教授有很多妙喻啊，今天第一节课，我们就准备请诸葛教授讲讲这方面的学问。小全，你也进去听一听，听诸葛教授一席谈，胜读十年书啊。”

莎莎听了，心里又暗暗地寻思：看这诸葛教授也就是人到中年，怎么就提前老眼昏花了，把世界上的什么东西都看成男女生殖器官了？

诸葛柯教授秉承了中国文化的优良传统，听到别人的赞扬，自然要出来谦虚一番：“钱主任溢美了，小弟胡言乱语，哪里称得上学问啊。不过，若论我提出的最轰动的观点，还要数鲁迅研究了。”

“哦，鲁迅的文章我很喜欢。”莎莎很有兴趣地看着诸葛教授。

诸葛教授打开了话匣子，道：“知道刘和珍吗？《记念刘和珍君》这篇文章总记得吧？”

“我晓得，在中学课本里学过的。”莎莎赶快应道。

“这篇文章不是说得非常明白吗？鲁迅……爱的就是刘和珍君啊。”诸葛柯因为激动起来，说话有些结巴，苍白而肥胖的手做出一种强调的摇摆的姿势。

莎莎听了有一点摸不着头脑：在她的印象中，这篇文章仅仅记述了牺牲的刘和珍的几个小片段，好像是老师对学生的回忆，怎么也读不到关于爱情的潜台词啊。于是莎莎小心翼翼地问道："不会吧，文章里看不出这种意思啊。"

"这是非常明显的，"诸葛柯的发言变得流畅起来，他像朗读台词一样，结巴的毛病因而得到有效遮蔽，"鲁迅最珍爱的女人，就是他在北京师范大学兼职时的左翼学生刘和珍，她的被杀令鲁迅心如刀割。他的一篇《记念刘和珍君》写得悲痛欲绝，犹如寒夜里一声凄厉的狂哭。作为刘和珍的同学，许广平扮演了刘的替代品的角色，她在鲁迅最伤痛的时刻出现，竭尽劝慰之能事，这多少补偿了鲁迅对于旧爱的无限迷恋。"

钱盛钟看到诸葛教授对着莎莎使劲，觉得教授真会不遗余力地卖弄他那一点不通的学问，便笑着打岔道："小全啊，诸葛教授的学问大着呢，你以后要学，好好地学啊。"

"哪里，哪里，只当是交流。"诸葛教授也意识到刚才那副表情太忧国忧民了，会把面前这个小女子吓坏的，便调整了姿态，摆出一副平易近人的表情出来，继续启蒙对面坐着的文学女青年。文学教授眼里的女孩，基本都是文学女青年。

莎莎只觉得似懂非懂的词汇往脑子里灌，她多少还有一点接受能力，虽然没有完全明白诸葛教授讲的是什么，但心里已经略知一二，于是便接口道："诸葛教授什么时候把肚子里的学问传授一点给我呢，让我也受益无穷。"

"那还不容易，"钱盛钟道，"小全，把你的肚皮贴到诸葛教授的肚皮上，诸葛教授的满腹才华都能传授给你了。"

“你要死了，”莎莎听了钱盛钟的胡言乱语，满脸通红，站了起来，“钱主任没大没小的，诸葛教授要是生起气来，不给你讲学了。”

一时间，几个男人都哈哈大笑，让一个女孩怒气冲天，是男人们讲荤话的主要目的。此目的达到，男人们比中了百万大奖还开心。

钱主任笑够了，便对莎莎说道：“小全，谈正经事吧，刚才那个叫严馨婷的学员，赵导演看上了，准备录用，你把她的培训费退给她。”

这就是全莎莎回到教室里找严馨婷的原因。

莎莎在去教室的路上，拿着的是一份小兔今天早上代收费时记录的名单，望着今天又增添的一长串男男女女的名字，莎莎的心情无比复杂。钱盛钟办培训班的目的，没有人比她更清楚了。他是想通过这个演艺培训班来挽回影视拍摄上的损失，究其本质，不过是钱盛钟捞钱的一个借口，这些学员能真的从这个培训班学到什么本领吗？现在社会上少男少女受“超女”“快男”风潮的影响，对这些演艺班趋之若鹜，没想到随便在报纸上登了一个广告，竟然有这么多的妙龄男女，挤破了门槛往里钻。

莎莎随便翻了一下新报名的名单，并逐一数了一下，她要把这些新增加的人数与小兔交到她手里的款项吻合起来。突然，她的眼睛停在一个名字上——柳丝丝。

莎莎吟念着这个名字，这是她姑妈家的表妹，难道她也来报名了？

看到柳丝丝这个名字，她心里更多地涌上了一丝畏惧，因为这个小丫头一直对她怀着强烈的成见，而莎莎又与柳丝丝一家，有着那令人无法回首的隐痛，正是当年发生的那场风波，影响了莎莎日后的生活。与柳丝丝一家的矛盾与纠葛，彻底改变了莎莎的人生。也是从那时候起，她逐渐远离了真实的生活，离开了她的亲人生活的空间，卷入了一个新的生存天地。她从没有想过重新回到现实的生活中来，她知道她的亲人，就生活在这同一城市的空间里，但她不想把已经迈出去的脚步重新收回，再次回到那一个真实的世界里。因为那份亲情涌动的空间，只会给她更多灵魂的刺痛，她需要的是一个没有亲情干扰的环境，继续努力她那没有未来的人生。

莎莎忐忑不安地来到教室，从后面的教室门进去，逐一辨识那些男孩女孩的面容。在第二排的某个位置，她一眼看到了柳丝丝，一直以为是同名同姓的可能，在此瓦解了。她犹豫着，不知道自己应不应该去叫她。

“丝丝……”莎莎小心翼翼地叫道。

那个女孩没有回应。刚才莎莎还看到她与边上的女孩交头接耳，十分活跃，此刻却规规矩矩地低着头，似乎在静穆地思考什么。莎莎几乎怀疑自己认错了，她走到那一排的座位侧边，从正面看着那个女孩。

那个女孩扎着一把头发，侧面线条流畅而清晰，这是她熟悉的面容。

“丝丝……”莎莎叫道。

那女孩似乎没有听到似的，边上的一个染着黄头发的女孩，用胳膊捅了她一下，但那女孩依旧没有动弹。

“丝丝……”莎莎的声音中含着亲切，甚至是一种怯弱的哀求。

柳丝丝突然仰起头，睁得大大的圆圆又明亮的眼睛朝莎莎怒目而视，嘴角抿得紧紧的，仿佛弹簧一样绷紧着，似乎随时可以把仇恨发泄出来。她似乎在抗议莎莎扰乱了她的清静。这是一种无声的压力，就像一只被惹怒了的小猫，通过此刻的发威，赶走外来的骚扰。

“丝丝，你跟我出来一下。”莎莎心虚地说道，声音有气无力。

“干什么？你不要烦我好不好？”柳丝丝爆发出来，声音尖锐得像是撕裂破碎的玻璃。周围的学员都好奇地掉过头来看这是怎么一回事。

“出来说，好吗？”莎莎小声地说道。

柳丝丝没有动，莎莎尴尬得不知道该如何做，她虚弱地说道：“我在外面等你。”说完，她掉过头去，先出了教室。

莎莎走出教室，心慌意乱，她觉得自己此刻的第一使命，就是把柳丝丝哄走，离开这个培训班。尽管柳丝丝似乎对她有着不可化解的仇恨，但她不会看着柳丝丝往这个骗人的培训班里跳。

正在莎莎不抱希望的时候，她看到柳丝丝气冲冲地走出教室，站在她的面前，背朝着她。

“丝丝——”莎莎有些亲热地叫道。

“全莎莎，我跟你说，我与你没有任何关系，请你不要干扰我。”柳丝丝头也不回地嚷道。

“丝丝，你还恨我吗？这么久了，我没想到你还恨我。”莎莎心平气和地说道。

“恨？你值得我恨吗？我讨厌你，你根本不值得我恨。”

“好吧，我挡不住你讨厌，我说什么你也不相信，但这一次，你相信我，你不应该到这里来。”

“你是我什么人？你又来告诉我一个什么大秘密吗？”柳丝丝掉转头，脸色阴沉着，一双眼睛仇视地斜睨着莎莎。

“丝丝，我有不好的地方，但我从来没有想害过你。”

“可能你没有想害我，但你干的事情伤害了别人。”

“丝丝，你根本不了解，我一直以为你长大了一点，会理解这样的事情，可是你……”

“我长大了，我知道该怎么做，不要你来教训我。”柳丝丝扭过头去。

莎莎望着她的背影，觉得她真的长大了，身材纤瘦而高挑，富有弹性，莎莎能感受到柳丝丝的身材很有可塑性。在另一种情况下，可能是一个从事演艺事业的好苗子，但此刻的培训班，却远不是她能立足的地方。

“丝丝，我不是来教训你的，只是想告诉你，这个培训班非常不正规，你最好离开这里。”

“哈哈，看你的口气，你以为我还是小孩子吗？我知道什么是好，什么是不好，用不着你来告诉我。”

“你相信我，我说的是不会错的。”

“我怕什么，我还怕被谁吃了？”柳丝丝轻蔑地看了一眼莎莎，露出一副不屑一顾的神情。

“丝丝，你如果不离开，会后悔的。”莎莎心里一急，嘴上不由硬了起来。

“后悔？就是我后悔了，又碍你什么事？”柳丝丝做出一副小女孩般挑衅的神情，表达出她强烈的轻视态度。

莎莎无奈地望着这个怒气冲冲的小表妹，也许往昔的积怨影响太深了，她无力去化解过去的矛盾或误解。莎莎想不出再说什么话，她觉得每说一句话，都会引起柳丝丝的强烈反感。她呆呆地望着柳丝丝的背影，而柳丝丝也不愿意多说一句话，直直地立在那里。

正在这时候，钱盛钟带着诸葛教授呼啸着来到教室。钱主任看到莎莎与柳丝丝在门口像两根木头一样呆立着，以为两个人在谈什么事情，也没有打扰，径直把诸葛教授请进了教室。闹哄哄的教室顿时变得安静下来。

“那你先进去上课吧。”莎莎望着不吱一声的柳丝丝说道。

莎莎在门口待了一会儿，听到教室里传来雷鸣般的掌声，看样子，钱盛钟正在向学员们介绍诸葛柯教授。热闹的气氛，更加催生莎莎心里的烦躁。

她定了一下心神，想到钱盛钟刚才说的，建议她去听听诸葛教授讲什么，便从教室后门走了进去，悄悄地占了后排的一个位置，身心疲惫地半趴在桌子上，懒散地注视着讲台。

钱盛钟已经介绍过了诸葛教授，看样子，他的一番吊胃口的话，引起了学员们的注意。整个教室里，学生们都高抬着头颅，像看耍猴一样地注视着讲台上的诸葛教授。

诸葛教授拿着粉笔，在黑板上挥笔写下龙飞凤舞的几个大字——上海：情欲在喧哗。

莎莎看到这几个字，心里暗暗想：钱盛钟真有眼光，在这个培训班上，用这个讲座来作为开场白，或者说进行启蒙教育，倒有一种天作之合般的适宜。这次能把诸葛柯教授请来授课，既提高了培训班的品位，同时也可以通过教授的诱导，诱骗更多的无知男女献身于演艺事业。

写下这个题目，诸葛教授来到了教室的右侧，那里有一块蒙着白纸的黑板。诸葛教授走到那里，猛地把黑板上的白纸撕掉，顿时，教室里哗声一片。

黑板上，贴着两张五颜六色的图纸。第一张是上海的市区图，另一张——莎莎几乎不敢相信自己的眼睛，她看到那张图竟然是一幅女人的生殖器官图，而且是那种全景式的生殖器图。

诸葛教授开始讲话："哈哈，同学们的这种反应，正是我需要的一种效果。我能充分理解大家为什么有一种惊讶与躁动，不就是因为这边的是一张女阴图吗？我必须提醒大家的是，为什么我把上海地图挂出来的时候，大家视若无睹、泰然自若呢？而一旦我挂出一张女阴图的时候，大家会迸发出强烈的反应呢？"

教室里没有想象中的那种激烈的吵闹，无疑是诸葛教授别出心裁的演讲，勾引住了听众的心思。

随着诸葛教授继续开讲，下面的学员们再也控制不住激动的心情，都按捺不住地讨论着诸葛教授的伟大发现，特别是诸葛教授把东方明珠塔比喻成一个挺立的阳具，这是多么伟大的想象力啊。

课堂中的讨论声经久不息，大家讨论的集中点都在"东方明珠是阳具"这个划时代的发现上。

有一个学员站了起来，与诸葛教授交流起阳具崇拜来："诸葛教授，我发现一个规律，凡是长形的东西，都是阳具吗？"

诸葛教授不会轻易地上圈套，他微笑地看着这个年轻的学员，问道："这位同学，请你把你的意思说清楚一些。"

"诸葛教授，请问你手里拿着的是什么呢？"

诸葛教授举起了自己的手，大家都看到，那是一支粉笔。他懵懵懂懂地看着学生，有一点装疯卖傻的神情。

“那么，诸葛教授，我可以说你捏着的是你的阳具吗？”

“这个，这个……”诸葛教授的声音立刻被淹没在教室里一哄而起的笑闹声中。

那个同学继续发问：“诸葛教授，每次上课，你都要带上粉笔，是不是暗示着你对男人勃起的内心渴望呢？似乎你只有通过粉笔这种男人勃起的象征，才能上好一堂课，你这种对男人阳具夸大其词的追求，是否证明着你内心里的某种缺失呢？”

教室里的哄闹声再次响起，钱盛钟不得不从隔壁重新回到教室里，大声命令学员不得无理取闹，并且轻车熟路地说道：“有什么讨论的问题，下课后与诸葛教授私下里交流，不得打乱诸葛教授的思维。”钱主任又问道：“小全呢？”莎莎站了起来，钱主任指示道：“全老师，你把课堂秩序维持一下。”莎莎闹了一个大红脸，在众多的学生面前，她实在没有操控全局的能力，好在学员们失去了与诸葛教授较劲的兴趣，未再发生更多的骚动。

诸葛教授紧接着透过历史的尘埃，分析上海情欲的传统。这时小兔偷偷从后门跑进来，对莎莎说钱主任让她出去一趟。听说有事，莎莎反而觉得轻松起来，如果再坐在这个教室里，听诸葛教授不知所云的胡侃一气，估计不用过多久，就要弄出病来了。

出了门，小兔说：“你收的钱，身边有多少？钱主任问你还有多少钱？”

“有三万多吧，今天收的学费不少。”莎莎说道，“有什么事，需要用钱吗？”

“小火来了，她想支走她的工资。”

“小火？她人在哪儿？”莎莎觉得头皮一麻，在她的潜意识中，不知何时竟然产生了恐惧小火的本能。小火那种风风火火无所顾忌的个性是她所缺乏的，也是她招架不起的。

“在钱主任的办公室里。”

“那叫她过来吧。”

莎莎来到临时的会计室，这里有一个保险箱，是原来的培训机构留下来的。莎莎坐在椅子上,调匀自己的呼吸,等待小火进来。

小火原来也是钱盛钟演艺剧团里的一个演员，与莎莎一样，都是剧团里的顶梁柱子，但却是死对头，两人过去在剧组里一碰面就干仗吵架。只是后来拍摄《杜十娘》时，拍到最后一场戏，“杜十娘”投河时需要一个投河的替身，小火在剧中扮演了一个配角，钱盛钟让她当“杜十娘”的替身跳入河中。可是没有想到，那小河虽然不深，但水底水草很厚，小火跳入水中，被水草缠住，呛了个半死，差一点丢了性命。幸好在剧中扮演艄公的男艺人阿溟拼死把小火救了上来，虽然救了小火的命，但小火却患上了 ARDS，即急性呼吸窘迫综合征，送往医院做了气管切开输氧外科手术。但自此之后，小火再也不能服务于钱盛钟的演艺事业，现在身体也未完全恢复，经常来这里讨要说法。这时门开了，进来的竟然是阿溟。

“莎莎姐，你好。”阿溟小心翼翼地走了进来。

“阿溟，怎么有空到这里玩了？”莎莎惊讶地看着他。

“是陪小火来的。她身体不太好。”

“小火怎么样了？出院以后没有问题吧？”莎莎问道。

“还好，恢复得还不错，只是经常咳嗽，医生说是她当时窒息留下的后遗症，还是要定期到医院检查一下，现在身边没有钱，今天就来找钱主任了。”

“小火也真可怜，”莎莎无心地叹道，“那钱主任怎么说？”

“钱主任让先支一万元钱，算是从我和小火的工资里扣的。不知你这里有没有这么多钱？”阿溟拿出手里的一张条子，递给了莎莎。

“有的，有的。”莎莎连声应道，“今天早上刚刚收了一笔学费，算是从这里垫支吧。唉，你一直在照应小火吗？”

“也谈不上照应，她现在这样了，我再不照应她，也没有人照应她了。”阿溟说道。

莎莎展开阿溟拿出来的条子，见上面有钱盛钟的签字，便低头开了保险箱，把早上的一大沓钞票取出来，边数边说：“真得感谢你了，你对小火这样好，小火也会感激你的。”

“哪里谈得上好？”阿溟有些尴尬地低着头，“人不能太绝情，况且过去小火对我也挺好的，我不能在她最需要的时候离开她吧。”

莎莎听着阿溟的话，不由抬头看了看他。他不算是一个英俊的男孩，但在屋子里柔软的光线下，他的身上却散发着一种质朴而真诚的力量，来自门楣的光影，雕刻着他粗犷的轮廓，使他像一座用石头刻成的形散而神不散的写意雕像。

“碰上你，小火真的是有福了。”莎莎低下头，忍不住赞叹了一句。她在一刹那间，甚至无由地想到了自己，小火还有一个男人死心塌地地为她做任何事情，而自己呢？相比之下，不幸的小火倒是很幸福的。

“只可惜，我的能力太有限了。”阿溟沉重地说道。

“别这样讲，人与人之间，最宝贵的不就是困难时的一点帮助吗？其他什么的，倒真是不要紧。”莎莎把钱数好，将厚厚的一沓递过来。

“莎莎姐，你说得真好。其实，小火过去的脾气是不好，你不要记她的仇。”阿溟接过钱，欲言又止地说道。

“你也知道？其实现在想想，过去我们两个人都有点争大讹小的，一个巴掌拍不起来，小火脾气急，可我也不好。现在想想，也真没有意思。”

“莎莎姐，你这样想真是太好了，其实小火也挺后悔，她都不好意思来见你了。”

“噢，是这个原因她不肯来啊。其实没什么，真的。”

“那我叫她进来？”阿溟说道。

“算了，她不想见我，就算了吧。”

“好的，那谢谢你了。”

“没什么，以后有空常来玩吧。”

莎莎送阿溟到门口，看着阿溟来到隔壁钱盛钟的办公室。她没有回到自己的办公室，出于一种奇怪的心理，她很想看看小火，于是她站在门口，有些神情恍惚地观望着。

没多久，阿溟先走了出来，后面跟着小火。小火走出门口，她的眼睛似乎有所察觉地扫向莎莎这边，莎莎想躲避，但已经来不及了，只好迎接着小火的目光。小火的面色苍白，泛着黄黄的光，像厚厚的黄瓜皮，看不到一点血色，原来被遮掩的颧骨挺立出来，眼圈又深又大，只有一双空洞的大眼睛闪烁着无力的光芒。在她的目光中，不见了以前那种骄傲自负的神气，而饱含着一种柔弱与无奈。

小火定定地立在那儿，莎莎尴尬地望着她，找不准自己的表情。小火抖动了一下她那双茫然若失的眼睛，嘴角微微上挑，露出一丝冷漠又吃力的笑容，好像包含着一种心照不宣的歉意。看到小火脸上那恬淡的微笑，莎莎突然感到一种从未有过的释然与轻松。于是，她也向小火挤出了一个苦楚的微笑，两个女人之间，似乎在这种隔着距离的相见中，释放了她们曾经有过的但现在看来却不值一提的恩怨。

目送了小火的远去，莎莎来到钱盛钟的办公室。里面只有他一个人。

“钱给她了？”钱盛钟抬眼望了莎莎一下。

“给了。”

“她以为我是福利工厂啊？下一次再来，不能睬她了。”钱盛钟愤愤地说道。

“怎么了，这不是她的工资吗？”

“她的报酬早打到她卡上去了，你看她干了多少活儿，现在要起钱来，真是贪得无厌，倒成了无底洞了。”钱盛钟满脸不悦地说道。

“那今天给她的钱是什么？”

“抹不开面子，她上门来，哭哭啼啼地，我能不给她一点钱吗？这算是我给她的最后一笔钱了。”

“那以后不管小火了？”

“我也不是慈善机构，怎么可以养一个人在这里白吃饭？你看她的那个样子，还能拍片吗？”

“那你对她说过了？”莎莎感到一丝寒意从脚上涌上来，直达她的头部。

“我早就说过了，上次出院的时候，都是我结的账，五万多元呢，我一声没吭，算是仁至义尽了吧。我总不能养活她一辈子吧。现在国营机关还要拼命地精减人员、砸员工的饭碗，我老钱凭什么又有什么资格行善积德？”

“可是，钱主任，小火是因为拍片才受伤的啊。”

“那也不能成为她赖住我的理由啊。哪怕是工伤事故，也得有一个了断吧。再说了，那是个意外，我老钱也挡不住吧。说起委屈，我还一肚委屈呢，我……我内心里的委屈向谁说啊，我向谁要赔偿啊。”钱盛钟想到自己也陷入了经济困窘的泥沼中，不禁黯然神伤。

“其实小火这样也挺可怜的。”

“正是因为可怜，我才又支了一万元给她，以后她再也不能到我这里敲一块了。”

“钱主任，我算是领教你的狠了。”莎莎不悦地坐到沙发上。

钱主任看着莎莎哭丧着脸，刚才对小火的不满而导致的内心烦躁，减少了许多。“小全，你凭良心说，我老钱对你们怎么样？”

“谁知道？刚才你说的不是很明白吗？你又不是慈善机构，我们什么时候没有利用价值了，就被你一脚踢开了。”

“哎呀，小全啊，那还不是因为她是小火吗？再说，她以前那样对你，我也算是报了你一箭之仇啊。”

“算了吧，钱主任，别说好听的了，小火有今天，明天我也会这样。你报的这个仇，迟早要报到我的身上来。”莎莎一时因为气愤，满脸痛红，坐在沙发上自顾垂头丧气。

“小全，对你我怎么会舍得呢？”钱盛钟看着莎莎那种柔弱无力的神情，就像一枝被风吹折的杨柳，心里顿时涌起无限的柔情，不能自已地离了座位，一屁股坐到莎莎身边，一只手不安分地伸出来，搂住莎莎的肩膀。

莎莎没有动弹，钱盛钟渐渐地把手伸下去，径直向莎莎的胸部摸去。以前这是他的习惯动作，很久没有这样抚摸莎莎了。

“别这样，钱主任，你放尊重一些，”莎莎猛地挥起手，打掉像蛇一样逶迤下来的黑手，“要是被别人看见，多不好。”

钱盛钟嘿嘿地笑着说：“那找一个让人看不到的地方就好了啊。”

“钱主任，别开玩笑了，你身体也不好，还是多保养保养吧。”莎莎一脸怒色地说道。

“怎么，小全，真生气了？”

“我有什么资格生气？我们这些人，用得着的时候，是一块宝，用不着了，就是一根草。”

“小全，我都说过了，你与小火是不一样的。我老钱说话是算数的，我再窘困，也不会抛掉你，这不让你来负责培训班来了吗？”

“唉哟，还真得感谢钱主任对我的照顾啊。”莎莎朝沙发那边坐了一点，与钱盛钟隔开了一段距离，“就怕到时候，我像小火这样的时候，你钱主任看也不会看我一下了。”

“好了，好了，小全，相信我老钱吧，我会处理好这件事的，不会亏待你的。中午留下来吃饭吧。”

“不了，我要把上午收的钱存到银行里，顺便回去一趟。”

“你不能陪，这中饭吃起来也没有意思啊。”钱盛钟有一点发急了。

“钱主任，你就饶了我一次吧。以前你说什么就是什么，今天我心里不舒服，你让我回去一次好不好？”莎莎睁着眼睛，看着钱盛钟。

钱盛钟深知女人不能过分激怒，只得勉强答应了。

莎莎回到自己的会计室，收拾一下，准备回去，正在这时，钱盛钟的电话又打过来了。莎莎担心又让自己留下来吃中饭，夹在那帮文人教授丛中，会觉得不自在，尤其是早上听了诸葛教授讲了一通女阴，心里觉得恶心无比，一想到还要在饭桌上对着教授大言不惭的面孔，更是没有食欲。于是，莎莎赶快下了楼，想一走了之，造成既定事实。

没想到，钱盛钟竟然从楼上追了下来，老远挥着手，莎莎开动车子，打开车窗，向他摆手，意思是无论如何不能消受这顿午饭了。

钱盛钟比画着，又向身后跟着的一个男青年打着手势，莎莎才确认钱盛钟不是盛情留客，便停下车子，等钱盛钟上来。

钱盛钟指着后边跟着的那个男青年，介绍道："他叫穆炎，是公司里搞视效制作的。"原来钱盛钟雄心勃勃地拍摄影视剧，正在置办一整套影视制作的器材，搜罗了各个环节需要的人才，没想到因为投资失利，所有展开的项目也就戛然而止了。

小穆是钱盛钟从刚刚毕业的大学生中招来的，这年头，招一个电脑在行的大学毕业生，是很容易的。穆炎租用的办公地点，已经欠房租好多天了，他把自己的工资都垫了进去，尚欠半年房租，房主下了逐客令，责令他立刻搬走，他在万般无奈之下，只得到钱盛钟这里求援告急了。钱盛钟正准备到北京请另一个著名的教授来授课，看到穆炎与他的器材无处安置，想到莎莎那儿空间很大，便让莎莎帮着把穆炎的东西放到她住的地方。

莎莎无奈只得下车，留下吃饭，再帮穆炎搬运器材。

在豪华套间里，众人依次坐定，服务员拿过一瓶香槟酒，打开瓶塞，"嘣"的一声，吓了大家一跳。服务员依次倒入冰冻过的香槟酒，血一样的酒在酒杯边缘溅起微微晃荡的波浪。钱盛钟端起酒杯说道：“今天难得请来我国著名的第五代导演老赵，还有上海学术界的泰斗诸葛教授，可以说上海文化圈的精华都集中在这儿了，我老钱面上有光，感谢各位屈驾光临，我先敬大家一杯啊。”

大家举杯，一饮而尽。坐下后，钱盛钟想到了什么，套住服务员的耳朵说了一句什么。服务员出门，钱盛钟盯住服务员的纤纤细腰，一直望到消失。

赵导看得一清二楚：“老钱，你现在两眼是闲不住啊，是不是想把服务员也招到剧组来啊？”

“老赵，我现在觉着女人最顺眼的就是第一眼，看多了就没有啥意味了。”

坐在他身边的莎莎拍了一下钱盛钟的肩膀道：“钱主任是看着酒杯里的，望着杯外的。”

“你怎么也这样说呢？”钱盛钟转过身，讪笑着凑到莎莎的脸边，“最耐看的，还是我的小全啊。”

“算了吧，刚才看到服务员，恨不得把服务员吃下去才好呢。”莎莎扭过身去。

钱盛钟只当没有听见，说道：“刚才我对服务员说了，今天调一味特香特浓的酒，把所有的不开心都冲得一干二净，把所有的快乐都调制得更加香味扑鼻。”

话刚说完，服务员进来，拿着一个小瓶，兑了一些什么，放入香槟瓶里。钱盛钟介绍道：“女士喝香槟酒会有一些涩的感觉，这位小姐在香槟中加了一点黑醋栗浆草，这种喝法叫 Kir Royal，酒色更漂亮，香味更甜蜜。”

小兔不失时机地又插了一句："钱主任知道莎莎姐喜欢吃醋，特地在酒里加了醋啊。"

钱盛钟说道："打住，黑醋栗可不是醋啊，它的香气很浓的。做出的果酱味道很美，欧洲人都有吃这个的传统。黑醋栗果还是一种很好的保健食品。"

诸葛柯一直没有开口，这时插嘴道："我记得《呼啸山庄》里有对这个树的描写。"

赵导说道："吃了这个黑醋栗，是闻香识女人，而不是闻醋识女人了。"他转过身，对着诸葛柯道："诸葛教授，今天你讲的课很成功啊，我看到学员反应很强烈。小全，你说是不是啊？"

莎莎低首发愣，听到赵导语锋指向自己，急忙抿嘴而笑，道："诸葛教授讲得太有深度了，我还要好好领会呢。"

赵图庚说："诸葛教授有好几本书，你让他送两本给你，你好好看看，就能领会了。"

诸葛柯谦逊地说道："我那几本小册子，算不上什么东西的。"

赵图庚道："唉，这你就太谦虚了。当年不是你炮轰谢晋模式，上海电影的第四代导演时代不会终结，哪里有我们第五代出头的机会啊？"

诸葛柯笑而不言，很有一些自鸣得意的意思。

赵图庚继续道："只是上海第五代导演太不给人长脸了，诸葛教授扫清了谢晋的遗毒，上海的第五代又跟不上去，自此之后，上海电影一蹶不振啊，生在上海的文化圈里，真是不幸啊。"

诸葛柯叹道："上海这个地方有一点怪，上海是水性杨花的城市，它的秘密就在于它没有历史。在这个失忆的消费天堂，记忆不过是异乡人的病态反应而已。你说一个没有记忆的城市，能用什么来支撑文化？上海的文化是舶来的。”

话题一转，诸葛柯又提起他那套东方明珠电视塔的“阳具理论”来，阐述了中国古典建筑“女阴式”的特征，罗列了一系列中国文化中性器官的意象。

坐在席上的莎莎不由心里暗暗叫苦。这教授真是三句不离本行，在课堂上恶心人不够，在饭桌上还要高谈阔论肚脐之下的事物。她怕钱盛钟变本加厉，把话题引入更加污秽不堪的境地，便小心翼翼，低着头，好像她犯了错似的。这么一低头，看到边上的穆炎也一声不吭，默默地望着诸葛柯教授侃侃而谈，她觉得身边也无人可以说话，见这个小伙子听得入神，便悄声嘀咕道：“吃饭当上课了。”

穆炎听到声音，转过脸来，笑了一笑，道：“上课的时候，他讲的就是这个？”

莎莎道：“就是这些事。”

穆炎也忍不住窃笑了一下。诸葛柯正襟危坐，卖弄着对男女特殊器官的文化发现，这边两个青年人一点心领神会的微笑，倒无形中显示出他们与当前话题格格不入的心神相通。

诸葛柯受到钱盛钟的诱引，从批判上海的文化沦落，转而开始讲男女器官的特殊象征意义了。

莎莎听得脸热耳烫，为掩饰自己的窘境，只得把注意力再次转到身边的穆炎身上。莎莎开始也没有留心他，觉得他太年轻，后来见他很乖的样子，倒生出几分好感，便也拿出一副姐姐的姿态叫小穆吃菜。她用筷子夹了一块鹅肝给了小穆，已经有些醉意的钱盛钟把脖子伸长得像一只鹅似的，一直越过莎莎的身边，探到小穆的面前。

“莎莎真会关心人啊，你看她夹的什么？鹅肝热量高，可是催情用品啊。”钱盛钟装模作样地叫道。

莎莎听了，脸腾地红了，放下筷子，拎着钱盛钟的耳朵，把他送回到原位上。

钱主任对着诸葛柯道：“这鹅肝有什么象征意义没有？”

诸葛柯呵呵笑道：“你刚才不是说了吗？”

钱主任道：“我随口说的，也能说得中了？”

诸葛柯恭维道：“钱主任的水平，到咱们华师大也是一流的。”

钱主任道：“教授的话真的让我无地容身了。”

吃饭就在这么打打闹闹的过程中继续进行下去。酒喝得多了，就没有什么完整的对话了，诸葛柯的思维也越发显得支离破碎，闹酒成了下一阶段的主旋律。

莎莎托言下午还要开车，倒没有喝多少酒，一顿饭吃完，钱盛钟跑到莎莎身边来，道：“莎莎，你快和小穆出车一趟，帮小穆把他那里的服务器运到我那里去。”

莎莎见总算吃完了这顿差一点恶心得吃不下去的午餐，心中很有如释重负的感觉，听得钱盛钟吩咐，立刻爽快地答道：“怎么搬啊？”

“你听小穆的，把重要的设备全搬走，其他的东西暂且留在那儿。”

莎莎听完，和小穆立刻下楼。

莎莎与穆炎进了电梯，里面没有人，莎莎要按一楼，小穆的手也伸了过来，两个人的手碰到一起。小穆的手先拿开了，莎莎觉得手一烫，其实她接触的男人也是挺多的，但与这个年龄比自己小的男生仅仅有那么一点轻微的接触，却好像电麻了一下。两个人对视一下，都有些不好意思。

小穆高高的个子，莎莎只是齐他的肩，因为刚才的那么一阵不好意思，莎莎先开口，问他来了多长时间，小穆都如实地告诉了她。

小穆旧事重提，问道："那个诸葛教授在班级里就讲这一套，向那一群男孩女孩讲那些内容？"

莎莎说："饭桌上讲的还听得懂，班上讲的，真不好意思学。我真奇怪，这教授怎么想的？"

小穆说："刚才在饭桌上，我也没有好开口，他说李商隐的诗里有那个什么意思。其实李商隐自有他的用意，他写过'为芳草以怨王孙，借美人以喻君子'，你看，李商隐自己倒说得明白，他的诗里，如果有男女方面的内容，也是用来喻君子的。现在你们的这位诸葛教授倒是好，把君子的事情，偏偏要往男女方面去想，与李商隐唱了一个反调。"

莎莎未必理解小穆所说的，但听穆炎说得倒也言之有理，便点头道："我也觉得诸葛教授讲得挺刺耳，吃饭时差一点要吐出来。"

小穆笑一笑，说："他说的那一套听得多了也有规律了。"

莎莎不解地问道："规律？这有什么规律？"

小穆道："就是他把什么内容都能联系上人体器官。"

莎莎哦了一下，似懂非懂，粗粗地想了一下，觉得诸葛教授的确是把高的东西比成阳具，矮的东西比成女阴，不由笑了一笑，道："你说得倒有几分道理，你又没听过他的课，怎么知道有这个规律的？"

小穆笑道：“你看他口口声声说的都是那一套词，现在先锋派什么的，都玩的是这一套把戏。你看多了就晓得了。”

两个人谈着话，出了电梯，来到宾馆的停车场，莎莎开出车子，小穆上了车子，然后车子疾速地向浦东开去。一路上，莎莎开车很专心，小穆也没有与她讲话。过了杨浦大桥，莎莎有意将车慢了下来，眼睛朝窗外看着，然后对小穆说：“你瞧，我过去就在那里上班。”

小穆掉转头，朝她示意的位置看去，但一闪而过的车窗，难以捕捉到她指明的方向。

莎莎仿佛了解似的，车速再次减慢。“刚才过了，‘一百’分店。现在都关门了，过去还是挺有名气的，来上海，到‘一百’，就像到南京路、到外滩一样正常。”

“我知道上海‘一百’啊，现在南京路上不是还挺红火的吗？”

“我们那是分店。其实那时候工资也不高，不过倒挺有意思的。”莎莎开着车，嘴角露出一丝梦幻般的笑容。

路上的车流以平稳的速度向前移动。莎莎说道：“过去我还是商店里的模特呢，在商店门口搭一个台子，我们就像真的模特那样在上面走来走去。”

“你肯定不错，挺有气质的。”小穆说道。

“是嘛，我还有气质？呵呵，我还是第一次听说。”莎莎自己也觉得好笑，很随意地笑起来，然后重重地叹了一口气，“唉，老了，过去的日子虽然单调，也很平凡，但心里老是放不下。”

“你哪里老啊，我觉得你挺年轻的。”

“与你相比，我当然是老了。”莎莎抿上嘴唇，若有所思，“你今年多大了？”

“二十四。”

“我说比你老吧，我都二十六了。女人一过这个年龄，就走下坡路了。”

“我没有觉得啊。我觉得你……怎么说呢，是风华正茂。”

“哈哈，小孩子说话，叫人老开心的。”莎莎笑起来。

继续向前，莎莎就不认识路了，小穆指点着方位，来到了小穆租的一间房子。

屋子在一个花园小区里，很安静，车子从大门开进去，管理得很严格，门卫发放了一张进入卡。莎莎把车子开进了花园里，然后停靠在小穆指定的方位上。

小穆下了车，对莎莎说：“你别上去了吧，我把机器搬下来。”

莎莎原来想坐在车里，但看到小区里很安静，树上居然有小鸟鸣啭，顿时动了一点散散心的念头，便说道：“要不要我帮忙？我闲着也是闲着。”

“我先搬，应该搬得了。”

小穆上了楼，莎莎下了车，两手插在牛仔裤的口袋里，百无聊赖地交叉着双脚，在空寂的小区小道上，走着模特的猫步消磨时间。

她嘴里哼哼着，也不知道为什么今天有一种突然很开心的感觉。走在这种宁静的小区里，她觉得自己是一个快乐的小姑娘，仿佛时空又把她送回到了无忧无虑的童年时代。

当她明白自己开始回味这种感觉的时候，突然被什么东西击中了，她全身一颤抖，赶快扼制住汹涌上来的美好回忆。她斩断了心中那一点温馨的幻想，回到现实中来。小穆还没有下楼，她突然动了一点好奇心，回到刚才小穆上楼去的楼道，哼唱着歌曲上楼去了。其实，她也没有问清楚小穆在几楼。

这个小区里的楼道不知为什么这么狭窄，墙上倒也很干净，莎莎走过了一楼，听不到动静，想想如果小穆在搬家的话，总该发出一星半点的声音吧，可是整个楼道却静得出奇。

莎莎的脚上穿着一双高跟鞋，叩击着楼梯，发出“咚咚”的声音，她也故意放大这种撞击声，以期引起小穆的注意。

就这样，她慢吞吞地向楼上爬去，她发现居然到了五层了，看到所有的门都关着。真是奇怪了。五楼以上有一个第六层，楼梯口装着一个防盗门，这里基本已经被隔断了，无法再上去，可以判断小穆的房间不会在上面。莎莎只好抽身向下走。

她想喊，但张了张口，也没有发出声来，因为她感到面对生硬的墙壁大呼小叫，很难找到感觉。

于是，她变得慵懒起来，索性放松了节奏，左顾右盼，漫不经心地看着每一家住户门口贴着的风化了的春联。

四周的寂静，加速了她的放松，她觉得有一种前所未有的自在。就在她全身心享受这种少见的悠闲的时候，突然，她感到有一个硬硬的东西碰在她的腰间。她全身一激灵，忍不住叫了一声：“哎呀！”

她急忙扭过头去，却见后面有一个大纸箱不知什么时候突然冒出来，顶住了她的身体。她的叫声，让那个大纸箱也停了下来，然后纸箱沉下来，后面露出了小穆的脸。

“吓死我了，你搞什么名堂？”莎莎心有余悸地问道。

“嘘，你也吓死我了，你不是在车上吗？”小穆的眼睛里，一丝惊慌没有消退。

“我找你了，可是找不着你，原来你在这里，你把门一关，我到哪找啊？”

“你也没有说找我啊。”

“这箱子里就是机器？”

“是啊，我倒像是做贼似的。”

“那快搬下去吧，我帮你。”

“不用，你让开，不是很重。”

“我帮你一手。”莎莎说着，搭手放在纸箱上。自己倒退着，配合着小穆把箱子移到楼下。然后开了后车盖，放了进去。

莎莎来了兴致：“走，我帮你搬去。”

“家里比较乱，其实想请你进去坐坐的。”小穆有点害羞地说。

“我其实也不会收拾，家里还是随意一点好。”莎莎应着，和小穆上了楼。

小穆的房间里，外间倒很整洁，但进入里面的一间，到处都堆满了电脑，因为刚刚拆除了主机，电线散乱了一地。小穆一进屋，就继续忙着把一些零配件收拢起放进纸箱。

莎莎无所事事，也帮不上忙，在小穆忙乎的时候，在屋子里转了转，打开阳台的门，看到前面也是一座楼房，挡住了视线，根本无法确定此刻的方位。

莎莎又回转来，在正中间的一个书架前看了看，上面全是一些电脑方面的书籍，她打开一本，根本看不懂，便又放回了原架上。

“没啥好东西，全是学校里的课本。”小穆的声音从后面传来。

“不介意我翻你的书吧。”莎莎微微地侧过头，看着小穆说。

“当然了，我也没有什么秘密。”

“不会有什么女孩子的东西吧？”莎莎这话一出口，就觉得有一点懊悔，这么早提及这些问题，真的有一点突兀了。

"没有。我这里，已经一年没有女孩子登门了。你还是第一个来过的女孩呢。"

莎莎觉得心里一暖，她还居然被别人叫着女孩，自己听了都有一种怪怪的感觉。但是，谁的心里没有一丝对美好称谓的向往呢？你说叫爱听拍马屁也好，喜欢听奉承也好，总之人是很怪的，在不经意间，心里的那一种渴望会原形毕露。莎莎觉得小穆很好说话，便忍不住问道："那么一年前，还是有女孩来过的？"

"是啊，原来大学的同学，她回西安去了，不想留在这儿。"

"是你的女朋友？"

"可以这么说吧，现在也不知是谁的女朋友了。"

"其实留在上海发展总比回西安好啊。"

"她的爸爸在市政府工作，为她找一个好工作很容易，留在上海，说白了就是为别人打工，想想还是回去好。"

"那你怎么没有跟她一起去？"

"怎么说呢？可能我是一个爱情的不坚定分子，有时候我自己也搞不明白是什么原因，只是觉得，爱情不应该付出那么大的代价，甚至是自己喜欢的东西。"

"你们男孩总是这样的，什么都不在乎。"

"说不在乎也是假的，她走的时候，我心里真是难受。时间长了，也就淡忘了。"

"女孩子其实挺可怜，她爱你，你却不愿为她付出。"连莎莎自己也觉得，口气中突然出现了不应该出现的责问的口气，她与面前的这个男孩相识的时间并不长，怎么可以突然间居高临下地批评他呢？

"你说的也许有道理吧，最主要的原因，还是觉得我没有什么条件为她付出啊。我一无所有，不名一文，我让她留下来，跟我受苦吗？跟我创业？如果我不成功，该怎么办？”

“噢，看样子，你有很大的创业计划啊？你把她留在身边，两个人的力量，总比一个人强多了吧。”

“不是，如果她留下来，我不仅要做事情，还要照顾她，我会两头都照应不过来的。”

“可是她为什么不能照顾你呢？”

“过去的事就别提了，反正我现在也习惯一个人了，这样也好，省心、省事。”

“你现在主要就是帮老钱做事？”

“是啊，现在也找不到一个好的单位，在这里毕竟有一个吃饭的地方，空闲时间也很多，我也可以多搞一些软件方面的设计。现在我还是挺满意的。”

莎莎听他说话对自己一直很诚恳，觉得有一种被人尊重的感觉，心里暗暗地想，他也许并不知道自己与钱盛钟之间的特殊关系。这样一想，心里便漾起很舒服的一团暖意。

小穆把房间里的光盘刻录机、扫描仪及其他贵重的设备，都一一打包装箱，逐次搬上了汽车。莎莎也忙上忙下，帮助小穆搬东西。虽然活儿不多，上来下去也挺累的，所有的东西搬完，莎莎重重地坐在小穆外房间里的一只半新不旧的沙发上，大口地喘着粗气。

“你是不是渴了？我这里也没有开水，怎么办呢？你喝不喝牛奶？”小穆望着莎莎问道。莎莎圆圆的脸上沁出一团红晕，几绺头发缭绕着她的脸颊，遮住了她红扑扑的半边脸。

“你喜欢喝牛奶？”

“只是图一个方便，在超市里我都看花眼了，认识的也就只有牛奶了。”小穆有些腼腆地说。

“喝牛奶的都是小孩子噢。好吧，我也当一回小孩子吧。”莎莎扬了一下头发说道。

小穆把牛奶倒在杯子里，端到莎莎面前，问道：“那么，大人喜欢喝什么呢？”

“你是说我吗？大人自然喝大人的饮料了。”

“噢，你喝什么？”

“你知道大人最关心的是什么吗？”

“不知道。”

“你看我最缺什么？”

“我不知道啊。”

“哈哈，”莎莎喝了一口牛奶，嘴角上沾染着白色的液汁，“你没有觉得我太胖了吗？所以说，大人最关心的是减肥啊。”

“明白了，你所说的大人饮料，就是减肥饮料了。那你喝的是什么呢？”

“我喝的是一种苹果醋饮料。酸酸的，感觉还不错。它最大的用途是可以减肥。”

“你还需要减肥吗？你的身材挺好啊。”

“你没有注意吗？我这件牛仔裤都要撑破了，去年的衣服今年就不能穿了，所以我要减肥了。”

“那种苹果醋饮料有用吗？”

“谁知道啊。反正我觉得挺好喝的。”

“好喝的饮料可能不但不能减肥，反而是增肥的。”

“也管不了那么多，我喜欢那种酸酸的感觉。”

小穆想起什么，道："你好像选择的都与醋有关啊，从那个黑醋栗美容品到你喝的这个饮料。"

"你这一说，倒真是这样。也许女人是酸性的吧。"

"你这一说倒新鲜，"小穆接着道，"男人是不是碱性的？"

"这么说，男人碰到女人，就要起化学反应了？"莎莎话一出口，再次觉得不合时宜，但是在这样一种孤男寡女的情况下，这种暧昧的语调，倒没有使两人过多地尴尬。

"呵呵，"小穆笑了笑，"男人与女人在物理的世界里，是正电子与负电子，倒没有听说男人女人在化学世界里扮演什么角色。你说得也许有道理吧。"

两个人就这么闲谈闲扯，似乎倒不觉得时间在过去。

莎莎喝完牛奶，抹了一下嘴说："时间不早了，我们赶快走吧。"

车子上路后，莎莎打电话给钱盛钟，问把服务器等设备送到宾馆，还是运到其他地方去。

钱盛钟那边来了电话，叫莎莎直接送到她租住的地方，暂时先放在她那里。

莎莎住的地方在长宁区，于是莎莎驾驶着车子，穿越整个上海城，从上海的东南角，驶往西北的长宁区。

车从长宁区电影院边上的小巷子往里驶去，左绕右弯，来到一所住宅区。这里的楼道都不算太高。车子停在路边，小穆把服务器搬了出来，莎莎自告奋勇地捎上了扫描仪，然后进入小区。

莎莎租住的这所房子有一百八十多平方米，原来准备用来当室内拍摄现场的，但这里的空间毕竟太小，无法达到拍摄需要的要求，里面的客厅其实已经进行了适用于片场的初期装修，只是后来发现没有发展的余地，就被搁置在一边，也是因为闲置着没用，就让莎莎住在这里了。

莎莎开了门，客厅里装潢得古色古香，但是仔细看看，会发现这里的装潢工程并没有完全到位，就像是烂尾楼一样。

莎莎占据了左边的一间客房，其他的房间都空着。这里原来也没有其他人，所以莎莎的房间里也没有怎么特别收拾，这次来了一个陌生的男子，莎莎心里隐隐生出了一个隐藏自己秘密的心思。

小穆随着莎莎在屋子里逛了一圈，还有两个空房间，一个是与莎莎房间处在同一朝向的大房间，还有一个是靠在客厅边上的房间。小穆看了看，选择了靠在客厅的那个房间，这主要是因为小穆看到另一个房间装饰得太新颖了，机器放进去有一点不协调。

小穆又下楼去了几趟，把车子里的设备都搬上来，然后很快安装起来，接上网络。一接通网络，小穆就像换了一个人，忘记了身边的世界，沉浸在浩渺的网络天地中。

莎莎无所事事，待在自己房间里十分无聊，对着镜子摆弄过来转悠过去，把自己从头上研究到脚下，然后抄起一本时尚杂志，翻了几页，甚是无趣，困倦一点点袭上来。

一般情况下，钱盛钟很少到莎莎这儿过夜，他的老婆对他管教甚严。莎莎曾经见过那个女人，她与钱盛钟是大学同学，现在是一家公司的财务经理，一个很能干的女人，只是年近四十，很难对男人有什么吸引力。莎莎不喜欢钱盛钟，但也不至于讨厌，毕竟在人家手里讨一口饭吃，犯不着装成一个淑女。

手机的铃声响了，是钱盛钟来的电话，他说明天就要去北京了，又问了问小穆的情况，吩咐她有空就把小穆的其他东西都拉过来，浦东的房子以后就退掉。

莎莎接罢电话，趿着粉红色的拖鞋，来到小穆的房间，看他正忙，便倚在门口。小穆见到有一个人影，才恍然知道这不是在自己原来的屋里，便问她有什么事。莎莎问要不要再去一趟，把所有的东西搬过来。

小穆想一想，就说那边也没有什么贵重的东西了，除了还有一些生活用品。莎莎就说她这里日常用品倒不缺，小穆用她的好了。其实，莎莎这里还有一套钱盛钟偶尔住宿时准备的生活用品，完全可以给小穆用。想到这里，莎莎到卫浴里查看了一下，后来考虑了半天，她还是把钱盛钟用过的毛巾、牙刷收了起来，把自己备用的一套拿了出来，放在原来搁着钱盛钟用品的那个位置上。

小穆把网上的事情处理完，莎莎告诉他该吃晚饭了，小穆这才意识到，一个下午的时间已经过去了，屋子外面是幽深的暮色，因为屋里亮着灯，让人几乎不觉得时间已经悄然流逝。

莎莎在厨房里忙了半天，从冰箱里取出存货，配了几个菜，还熬了一点珍珠米粥。她做了一道最拿手的红烧小排，反正也闲着，做这些晚餐是她消磨时间、感受成就感的一种方式。

在厨房里，她做得不紧不慢。一回来的时候，她就将小排从冰箱里取出来，用酱油和姜丝拌好，做晚饭的时候，正好把小排浸透。打开煤气灶，火呼呼涌上，倒油下锅，噼噼啪啪地响了半天，然后提溜出小排，用冰糖熬的糖稀挂色。再放入油中，用大火爆炒炝锅，小火煲熟，香味很快奔涌出来，尝了尝，甜而不腻，肥而不油，莎莎很满意。然后又做了其他两道小菜，虽然菜量不多，但桌上倒摆放得很满了。

她又从烤箱里拿出面包片，装在小碟中。小穆来到餐室，觉得这顿晚饭太精致了，以前一个人的时候，他吃得最多的是方便面，有一顿没一顿的，像这样正儿八经地坐在餐桌旁，吃一顿像模像样的晚餐，似乎已经多年没有过了。

莎莎也盛了一碗，坐在小穆的对面，细嚼慢咽。小穆倒是狼吞虎咽，虎虎猛吃。莎莎把桌上的菜让小穆吃净，又是捡又是夹，小穆吃得满满当当，有些不好意思地说："今天可吃得撑死了。"

小穆吃过晚饭后，本想帮莎莎清理桌上的残局，莎莎却把他支走了。然后一个人有滋有味地打扫桌上的餐具，随口哼起了小曲。

莎莎觉得今天的心情很好，在收拾桌子的时候，她又涌现出不久前出现的那种家庭主妇的感觉。有时候，人的感觉真是很奇怪，像海啸一样涌来，来无影去无踪，虽说是一闪而过，却有一种摧枯拉朽的气焰，令自己防不胜防。

第二章

下午培训班结束得很早，柳丝丝拖拖拉拉留在后边，眼睛却紧张地注视着窗外。她不想再被莎莎抓到，如果那样的话，莎莎肯定又会来一套装腔作势的说教。

见到自己的表姐在培训班里，柳丝丝暗暗吃惊。莎莎离开家已经许久了，没有人知道她在干什么。而柳丝丝固执地认为，爸爸和妈妈的不和睦，完全是因为莎莎造成的。

她本来有一个完美的家庭，可是就因为莎莎，父母闹到了离婚的边缘。

她爱父亲，也爱母亲。她崇拜他们，喜欢他们。但是，莎莎破坏了父母亲在她眼中的圣洁，让她曾经完美的家庭遭到了毁灭性的打击。

这一切的罪魁祸首就是莎莎。她坚定地认为，就是她。

走出临时租用的培训基地，她庆幸自己没有被莎莎看见。其实这天下午莎莎没有上班。

走进上海永远熙熙攘攘的大街，柳丝丝很快感到自己被都市永不停息的声浪淹没了，这种嘈杂的氛围，给她的是一种自由的感觉，一种不知自己是谁的神秘。走在大街上，柳丝丝觉得自己充满弹性，富有魅力，她喜欢把大街想象成 T 台，那是展览她青春与骄傲的所在。

穿过虹口体育场巨大高耸的肩胛，柳丝丝在路边等着公共汽车。这一段地区，柳丝丝还从没有来过。上海太大，就像一片汪洋，而柳丝丝就像一条小鱼，她只是熟悉自己家门前那一段狭小的河汊。

她想还是乘车回到人民广场那儿吧，她熟悉那个地方，因为从小她经常去外婆家，对那儿的地形比较熟悉，她宁愿到那儿转车回家。看到一辆经过人民广场的公交车，柳丝丝跳了上去。居然还是一个不投币的公共汽车。柳丝丝习惯地握住车内的拉杆，猛然启动的车子传过来强烈的惯性，她不动声色地化解了。而身边，乘客都晃晃悠悠地站立不稳，这往往是沪上车内吵架的最普通的开端。

柳丝丝从包里取出交通卡，刷卡的地方，应该在车后边，但是，面前挡着厚厚的如青纱帐般的乘客，她像一条小鱼一样，根本无法穿过那密密的栅栏。她挥着手里的交通卡，侧着头，透过人群的缝隙，看到售票员的面孔。

售票员在里面吆喝着买票，她用最节俭的声音，减少着能量的损耗。这是售票员职业性的自我保护，她说道："谢谢大家摆一个渡，帮帮忙，把交通卡传过来。"

伸出几只手来，从柳丝丝的手里接过卡去。

但过了片刻，那边传过来的却是两张卡。

柳丝丝接过卡，发现这是一模一样的交通卡。两张卡，哪一张是自己的呢？

"怎么会是两张卡？"柳丝丝高声向售票员问道。

"有一张是我的。"身边传来一个男人的声音。

柳丝丝朝那人看了看，这是一个高个子的男青年。他说道："给我一张就行了。”

“这两张一模一样，哪一张是你的？”柳丝丝犯起了迷糊。

“给我看看。”那男孩接过交通卡，翻过来，转过去，这种卡，外表大同小异，没有任何记号标明它们的差异。

“分不清啊，你来看看有什么不同。”那男孩把两张卡全部递回到柳丝丝的手里。

柳丝丝只好接过那个男孩递过来的两张交通卡，最后决定还是向售票员寻找解决的方法。

“售票员，”柳丝丝高声地叫道，车厢里虽然人很多，嘈杂得很，但额外的叫喊还是很鲜明的，“哪一张是我的啊？”

售票员挤挤碰碰地摸索过来：“又分不清了？还有一张是谁的？”

柳丝丝向那位男孩指了一指。售票员翻来覆去看着交通卡，小声嘀咕道：“你们怎么不在上面做一个记号？”

“我哪里知道会分不清？”柳丝丝说道，“识卡机能不能识别出来？”

“不行的，这种情况我老碰到，”售票员是一个面容憔悴的三十岁左右的女性，脾气倒还不错，“这台车上的识卡机不允许用第二次的。唉，你们这个卡里还有多少钱？”

“为什么要问有多少钱？”柳丝丝瞪着眼睛问道。

“小姑娘，要是你们卡上的钱差不多，倒可以换一下。”

柳丝丝想了一想，说：“我这卡上估计有一百多元吧。”然后眼光朝那个男孩看去。

那个高个子男孩好像与己无关地站在那里，听任自己的卡在柳丝丝与售票员之间转来转去。售票员也看着他。那个男孩说道：

"我这卡上应该有三百多元吧。"

"你们这个真麻烦了，"售票员说道，"你们准备到哪里下？"

"那就换不回来了？"柳丝丝不悦地鼓起嘴巴。

"换是能换回来的，就是麻烦一点。看你到什么地方下车，要是你着急的话，我可以到其他的车子上用识卡机看一下。"

"我到人民广场。"柳丝丝说道。

"你呢？"售票员望着那个男孩。

"我也到那儿去。"那个男孩应道。

"那你们就好办了。到站点后，你们自己直接到其他的车子上试一下，行不行？"那个售票员和颜悦色地说道。

"那只好这个办法了。"柳丝丝从售票员手里接过交通卡，看了看，赌气似的，塞给那个男孩。那个男孩脸上却荡漾着温和的笑意，说道："你拿着吧，你给我，也没用啊。"

"那你不怕我拿着跑了？"柳丝丝有一点没好气地说道。她喜欢无牵无挂，喜欢那种自由自在挥洒自己的随意的感觉，偏偏惹上这样的麻烦事，让心里老不痛快。

"跑了就跑了呗。说起来也不值多少钱。"那男孩说道。

是不值多少钱，但给人一种拖泥带水的感觉。柳丝丝心里不快活，见到这个男孩居然假惺惺地充着大方，更加有些不悦："你以为我值得为几百元钱跑了吗？"

"我是相信你的啊。"那个男孩抿着嘴，似乎隐藏着笑意。

他有什么值得开心的？柳丝丝心里故意找茬，嘴上说道："我还不喜欢让别人相信我。"

那男孩终于笑了起来："那我还是不相信你好了。"

"喏，拿去。"柳丝丝飞快地把交通卡甩到男孩的手里。

“你……”那个男孩猝不及防地接过柳丝丝递过来的卡，有一点无所适从的样子，“你怎么变卦了？”

“不是说你不相信我吗？”柳丝丝瞄了他一眼说道。

“那你放在我手里，你就放心了吗？”那男孩说道。

“我不知道，我不去想那个问题。值得为一张卡去相信谁吗？”柳丝丝的嘴噘得老高，用一个没有创意的比喻——简直可以挂油瓶了。

“那是错在我了？”那男孩仍然小声地说道。

“干吗分谁对谁错呢？下车后，你把我的卡给我就成了。”柳丝丝扭过头，朝身前身后乱蓬蓬的后脑勺看去。她的这种咄咄逼人的态度，引得周围的乘客发出窃窃的笑声。上海女孩似乎有一种得天独厚的资质，可以随心所欲地施展她们的小性子。在人民广场下了车，柳丝丝跳下车门，那男孩跟过来。

“你要上哪里去？”那男孩问道。

“回家，什么事？”柳丝丝头也不回地说道。

“我知道你要回家，你准备乘几路车？”那男孩跟着说道。

“你问这干什么？”柳丝丝不满地白了他一眼。

“你乘哪一路车，我可以上去试一下交通卡。”那男孩道。

“那你与我同路吗？”

“我无所谓，以你为准吧。”

“我住在浦东。”柳丝丝没好气地说道。

“走吧。”那男孩说道。

“你去哪里？”柳丝丝奇怪地说道。

“说不定我们同路呢。”那男孩说道。

“什么叫说不定？同路就是同路，不同路就是不同路。”

“其实我的一个朋友在那儿，我正好要去看他，走吧。”那男孩说道。

来到开往浦东的公共汽车上，车里还没有多少人，上了车，男孩把两张卡交给了售票员，很容易就分清了卡里的金额。他把一张交通卡递给了柳丝丝，然后对她说道：“你坐吧。”

“我坐不坐关你什么事？”柳丝丝依旧不悦地说道。

“其实我认识你。”那男孩微笑道。

“认识我？”柳丝丝吃惊地看着这个男孩。

“你可能没有注意我，你叫柳丝丝吧，其实今天我们一块在培训班上学习的。”

“你？”柳丝丝一时语塞，“你为什么不早说？真会骗人。”

“现在说也不迟啊。”那男孩带着一丝亲和的笑容说道。

“当然迟了，如果你也是学员，这张卡你明天带给我不就是了？干吗要费这么大的周折，非要今天验证呢？”

“其实我是想告诉你的，可是车上人太多，我也没有找到机会说啊。”那男孩说道。

“这不是理由。”柳丝丝心情复杂地瞟了一下那个男孩，“我真是佩服你，你真能沉得住气。如果是我的话，我早就说了。”

“其实我当时说过，建议把卡就放在你那里的。”

“你没有说过。”

“我记得当时说过，‘跑了就跑了呗，反正也不值多少钱’。”男孩辩解道。

“你觉得这两句话的内容是一样的吗？你为什么不直截了当地说？害得我忙乎到现在。”

“其实你没有忙乎吧。我觉得自己并没有影响你。”

“还说没有影响我？我都被你弄得心里老不痛快了。”柳丝丝噘着嘴说道，但心里的气倒泄了不少，这个男孩一直不辞辛劳地跟在她身边，她自己倒像是一个大小姐似的，忙乎的是别人。本来柳丝丝对一个陌生的像狗皮膏药似的男孩在身边一刻不停地缠绕着感到烦人，现在听说他也在培训班里学习，倒觉得有一种熟悉的亲近感，不知不觉，她的口气里少了刚才一以贯之的火药味。

“好，好，怪我不好了，我当时应该对你说，我认识你，你放心地走吧，明天把卡带给我就成了。”那男孩站在那里，低着身子，向她说道。说话间，车子上上来了不少乘客，很快一个车厢就被乘客占满了。

“算了，别分谁好不好了。本来就是一个偶然的事情。”

“啊，这样我也就放心了。”

“是吗？你刚才不放心吗？”柳丝丝抬眼看了他一眼。

“刚才我可是如履薄冰、胆战心惊。”

“真的吗？我有那么厉害吗？”柳丝丝不由在嘴角边浮现出一丝笑意。

“不是厉害，只是你让错都错在我身上了。”

“别讨论谁错谁不错了，也许我今天心情不好。”柳丝丝说道，“你到底下不下车啊，车子都要开了。”

“我要到浦东去一趟的。”

“那你还站着干吗，坐啊。”柳丝丝拍拍身边的座位，示意那个男孩坐下来。

“谢谢。”

“谢什么？你想站到浦东啊。”

车子开动，不紧不慢地穿过狭窄的闹市，痛苦地挣扎着走出城市的腹心地带。

“你也喜欢表演？”柳丝丝扭头问他。

“其实，我到浦东去就是为了这个事。我今天是代我朋友来充数的，他喜欢表演，但他今天没有空，非要让我替他来报名。这不，好事做到底，我给他上课来了。我想去浦东一趟，把学习班上的教材什么的都带给他。”

公共汽车在城市迷宫里穿行。上海的公交线，像蛛网一样令人扑朔迷离。它不是直线，而是最大限度地容纳着崎岖不平的站点，从而使公交道路像打摆子一样忽左忽右。

汽车几乎贴着巷道的边缘，很难想象如此狭窄的街道，还是汽车川流不息的要道。高耸的楼道，拥挤地矗立在道路的两侧，像一道黑色的闪电一样，直劈大地。城市的空间，滋生出许多畸形的结构，就像原始森林里的植物拼命抽长自己的身躯，抢占高空那一抹维系生命的阳光。

在车厢外渐渐上涨的灰色光线中，城市陷入一种深沉的临近黄昏的暖色里。公共汽车就像一把尖锐的刀，切割着城市的断面，车窗玻璃外，是城市缤纷斑斓、层层叠叠的记录。在这种断面里，既有着市中心豪华高楼的气宇轩昂，也有着居民区地段俗不可耐的下里巴人，它们交错着闪过汽车的窗户，把城市的姿影浓缩在车窗一成不变的镜框里。柳丝丝与那个男孩并没有说多少话，她沉寂地望着窗外，显得宁静而平和。

地面突然变得高耸起来，这时公共汽车正在驶上卢浦大桥的引桥。随着地面的抬高，一缕鲜艳的像血一样的阳光，突然照进了没有色彩、没有激情的车厢内，令整个空间里洋溢着灿烂的云霓。

阳光在柳丝丝的脸上闪耀着，掠过她脸上的光线，又照射到那个男孩的脸上，他被外面美丽的晚霞所吸引。那种绯红的涂满天空的色度，一直被高楼遮挡着，现在它们放肆地涌进车厢，在移动着的车厢里徘徊、游动。

他惊异地望着身边这个女孩侧面的轮廓。柳丝丝微微地侧着身子，眼睛若有若无地看着那炫目的夕阳，脸上挂着一种平静，好像早就熟悉这样的颜色，熟悉这个城市的另一种光辉。她的沉静与泰然，与车窗外旋转着的暖色调的阳光，仿佛对立着，但又天衣无缝地交织在一起。

汽车绕行着驶上卢浦大桥的引桥，缓缓上升，下一层引桥上的汽车，变得渺小而遥远，可以感觉到自己与地面的距离在扩张。在这种旋转中，你可以感觉到你升起在城市的上空，跃上了城市的天空，去领略城市里深埋着的无法俯瞰的一切。

那个男孩的目光悄悄盯住柳丝丝侧面的轮廓，偷窥女孩可不是一个文明的举动，但他无法不被她身上的那种光彩，那种气质，那种宁静所吸引、打动。他想搞明白，是什么让女孩变得神圣而不可侵犯？是什么使她变得非人间所有？

城市的夕阳，其实并不是那样鲜红，只是自己一直被深埋在城市的没有色泽的平凡生活里，当自己被城市的暮色吸引的时候，会觉得那种强烈的对比色能呈现出一种非常饱满的艳丽。

过了桥，那个男孩在“花木”站下了车。分手时，柳丝丝问了他的姓名，他告诉她：“我叫韩力护。”

“怎么叫这么一个怪名字？”柳丝丝笑着，向他道别。

第三章

早上，莎莎准时把车停到锦江饭店的地下车库，接到了从北京来的黎湘榴教授。她对黎教授很有好感，因为钱盛钟经常提到黎湘榴，想用黎湘榴的理论来支持演艺事业。莎莎记得特别清楚，钱盛钟最喜欢强调黎湘榴的一句经典名言："每一人都有处置自己身体的权利。"莎莎由于自己的特殊身份，她觉得全社会对女性沦为小三都嗤之以鼻的情况下，还有一个尊敬的黎教授大胆喊出女人有权处置自己的身体，这多少让女人们有种相逢知己的亲热感。

但真的接到了黎教授，她却大失所望。面前的只是一个发胖的老女人，走在大街上，几乎与那些居委会的大妈没有两样。她的头发分成两边，露出一张鼓鼓的大胖脸，带有蒙古人的脸部特征，下巴宽大，应该属于《三国演义》里说的那种后脑见腮的面容。幸好一副眼镜拯救了她，使她带上了一份学者的气质。在她的身上，几乎看不到任何一点女人味。专家教授就有这样的本领，能在保持女性身体的前提下，把哪怕一点的女性风姿扫地出门，空留下一个臃肿的身体，以验证女人的正身。好在莎莎的失望只是一刹那，很快她就宽容了这个女人与她想象中的差距，继续保持着那种见到偶像时崇拜的心情。

到了学校，莎莎把所有的账务事情做好后，惦记着黎湘榴的讲课，便收拾好账本，锁了保险柜，关了门，准备听黎湘榴教授的讲课。

还没走近教室，莎莎就听到里面嘈杂一片。她从后门望去，只见课桌中间站着一个男生，正向讲台上的黎湘榴说着什么。教室里的学生乱成一片，交头接耳，吵闹声、哄笑声不绝于耳。莎莎悄悄地走进教室，只见那个男生的个子很高，站在那里，依然没有坐下来的迹象，滔滔不绝地阐述着什么。开始莎莎也没有听进去，渐渐地听懂那男生是在反驳黎教授："……水至清则无鱼，一个社会不会完美，完美的社会只在理论中。但是，如果我们连一个完美的理论都没有，那只会纵容社会的丑恶现象，我觉得黎教授提出的'妓女非罪化'就承担了这种为虎作伥的效果……"

黎教授刚要反驳，只见柳丝丝又站了起来，说道："我同意刚才那位同学的意见。'处置身体的权利'，可笑、荒唐，黎教授你也是女人，我也是一个女人，我与你没有什么本质的差别，在女人这个方面，我不愿意用我们中间的任何一个女人来打比方。我假设，真有一个随意'处置自己身体的权利'的女人，只要她愿意，找千百万的男人，我们也不用反对它，哪怕她已经五十多岁了，肯定也有权利'处置'自己的身体……"

莎莎明显听出柳丝丝的话中暗含着对黎教授的讽刺，她没有想到，柳丝丝竟然这样出格地炮轰黎教授，甚至比刚才那个男同学更加火爆激烈。莎莎本能地喝止她，不论是作为学员班的老师，还是作为柳丝丝的表姐："柳丝丝，你给我坐下，你这样说话太不礼貌了。"

"请你不要干涉我，你没有资格。"柳丝丝斜睨了莎莎一下，眼睛饱含着一种浓重的轻蔑，几乎使莎莎无地自容，她嗫嚅地说了一声：“你……”便再也说不下去，教室里爆发出哄堂大笑。

莎莎被一种恼羞成怒的情绪席卷着，她走到柳丝丝的身边，望着她，竟然感到毫无办法。在一种热血上涌的冲动中，莎莎一把扭住柳丝丝的胳膊，不知自己哪里来的劲儿，把柳丝丝扯离了座位：“你给我出去……”

“放开我，”柳丝丝冷酷地命令道，仿佛她更占据着正义，“不要你叫，我自己会走的。”柳丝丝轻蔑地皱起了鼻子。

柳丝丝走出教室，头也不回地向校门口走去。后边传来莎莎的叫声：“丝丝，等等我。”

莎莎追上柳丝丝，还好，柳丝丝给了她一个面子，停下了脚步。莎莎说道：“丝丝，这么长时间没有看见你，能看到你说话这样伶俐，我真为你高兴。可是，你何必去惹这些教授？”

柳丝丝看了莎莎一眼说：“我真不知道这个培训班究竟讲的是什么内容？真是恶心。”

“丝丝，你这样看，我也赞同，我早就说过不要你来，可你不听我话。我一直不希望你到这里来学习，我早就说过，在这里学不到好东西。”

“我不会听你的，不会，知道吗？”柳丝丝虽然背着身子，声音中却含着一种咬牙切齿般的锋利。

“你……丝丝，你太过分了。”莎莎觉得热血在涌上自己的脸颊，过去的一切，像台风中的浮云一样，掠过她的心灵。她本身就是一个受害者，那曾经发生的事情，也改变了她的生活，但是她向谁说去？她没有一个可以倾诉的亲人，那不堪回首的记忆是她心底独自苦吟的痛，表妹还屡屡在她的伤口上蹂躏。她觉得自己对表妹已经宽大为怀了，从没有与她计较，甚至还暗暗思考着表妹的前途问题，但是，柳丝丝几乎在每一处，都与她较劲捣蛋，自己的苦楚又有谁怜了？想到这里，她气不打一处来，对着柳丝丝的背影继续说道：“你给我走，我再也不要看到你。”

“哼，你以为你是谁啊，我走是因为我想走，不是因为你说过的话。”柳丝丝说完，飞快地跑了出去。

柳丝丝一气之下，走到了大街上，顺着并不宽敞的道路，漫无目的地走。突然看到前面有一块很大的绿地，绿树掩映，花草齐芳，她隐约觉得是一个公园，便朝悬挂着的宣传广告看了看，果然看到在广告的落款下，署着“虹口公园”，心里想着：“今天这半天算是完了，先到这里逛一逛吧。”

进了虹口公园的大门，柳丝丝看着脚尖走路。只见一位老太太牵着一个很小的小孩，拉拉扯扯地跑过来，小孩像是刚刚学会走路，想方设法要逃脱大人的束缚，瞅着空儿要脱离大人的牵拉。老太太被拉扯得没有法儿，只好松了小孩的手，小家伙一旦没有人挡着他了，便像脱缰的野马，跌跌撞撞地撒起欢来，摇摇晃晃地就向柳丝丝这边跑。柳丝丝怕他缠着自己，便一边微笑着，一边往边上闪了闪，走上了绿茵丛中的一条岔道，那小家伙放着大路不走，偏偏尾随着柳丝丝而来，张开双手，嘴里叽里哇啦地说个不停，柳丝丝觉得这个小孩可爱极了，便停下脚步，看他要做什么。那小孩兴冲冲地跑过来，一不小心走错了步伐，“扑通”一声，像一只小企鹅一样栽在了柳丝丝的脚下。柳丝丝“哎呀”叫了一声，赶忙蹲下身去，小家伙一动不动，趴在地上，奇怪的是不哭也不闹。柳丝丝抓住小男孩的手臂，用了一点力，把他拉起来，说道：“瞧你，走路可要慢慢地走呀。”

老太太连走了几步跑过来，数落着小孩：“叫你不要跑，栽跟头了吧。”然后她抬眼看着柳丝丝，“他是喜欢小阿姨，才跟着你走呢。”

“这小朋友真可爱。”柳丝丝说了一声，把孩子软乎乎的小手捏住，交到了老太太的手里。

公园里的空间大多被老人与孩子占据，柳丝丝回忆着那个小男孩圆滚滚的脸蛋与那种一点不怕生的表情，觉得还是孩子的性格更加纯真而无所顾忌，喜欢什么就表现出什么。

她两手插在口袋里，东张张西望望，阳光在树枝的缝隙中，亢奋地跳动着，带来几许临近中午时的燥热。这样的时光，是一种凉爽而急促的时光，走在公园里，有一种奢侈的感觉。柳丝丝涌上一种醉醺醺的迷糊与困顿，看到有一条长长的石凳，看着还很干净，她便坐了下去。

树丛中泄漏下来的阳光，不停地晃动着，柳丝丝好像坐在小船上，晃过来荡过去，有一种很虚幻的感觉。她微微地闭上自己的眼睛，茫然无际地想着自己的心思。

“哈哈，你躲到这里逃学来了。”一个男孩的声音，在她的面前响起。

柳丝丝警觉地抬起头来，原来就是那个在公交车上遇到的男孩，名字叫……似乎叫韩力护的吧。刚才在课堂上，就是他率先站起来向黎湘榴发难，正是他开了第一枪，柳丝丝才紧跟着出了一刀。然而，她不但没有把黎湘榴打跑，自己却灰溜溜地被赶出课堂了。现在看到这个男孩突然出现在面前，柳丝丝倒有些奇怪了，反问道：“逃学？不错，我是逃学了。你来干吗？”

“呵呵，天下逃学的，只能是你一个吗？”他叉着手，满不在乎地说道。

“我一看就知道，你也是一个逃学鬼。”

“哈哈，能与你一起逃学，我还觉得无上荣光呢。”那男孩说道。

“严格地来说，我可不是主动逃学，是被赶出教室的。”柳丝丝抬眼望了他一下，“我看你才是正宗开小差出来的吧。”

“你都被赶出来了，我还能在教室里坐得住吗？我见机行事，自己认命吧，比照你的情形，我自己把自己赶出来了。”

“别为自己寻找理由了，你很符合逃学的定义呢。我至多叫……驱逐出境。”

“升级了？我想想，我应该叫叛逃出境吧。”

柳丝丝忍不住笑了一笑，然后严肃地说：“真的，你怎么也出来了？”

韩力护抬眼看看伞一样的树荫，低首说道：“我很佩服你，能大胆向黎湘榴发难。”

“什么意思？你是不是叫我再佩服你一下，因为可是你先挑衅的。”柳丝丝寸步不让地说。

“不，你比我更尖锐，更有杀伤力，这一点我自愧不如。”

“别说好话，我可不喜欢听。”柳丝丝扭头看着公园外面道路上穿梭的汽车。

“没有想到，我们能如此立场一致，这一点我感到很荣幸。”

“我没有想过什么立场，”柳丝丝断然地说道，“我相信我的动机肯定是与你不一样的。”

“不会吧，至少我们在反对黎湘榴这一点上是一致的吧。”

“我对黎湘榴没有兴趣，更没有兴趣反对她。你千万不要把我拉到你的战线上来。”柳丝丝仰起头，抿着嘴巴，装着一副若无其事的神情。

"怎么了，在课堂上发言的不是你吗？"韩力护有点奇怪地看着她。

"你不会明白的。"柳丝丝闪过一丝冷笑，"黎湘榴是谁，对我来说并不重要，只要他们站在那个讲台上，我就要反对。注意，是讲台上的人。"

"这么说，你是不分青红皂白，不问缘由啊。"韩力护的目光中满含着好奇。

"是啊，你该相信了吧，我与你是不一样的。你可能反对她的内容，我可是反对她的形式。"

"真没有想到，看来我们真不是一个战壕里的。那你干吗要反对她呢？"

"这你就不懂了吧，我有我的理由。"

"我这倒奇怪了，你反驳的也是言之成理啊，可你好像又说不反对她的内容。我真有一些迷糊了。"

"反驳谁还不容易吗？我可以立即发表一通演讲支持黎湘榴。"

"那刚才好险啊，一不小心，我们还会成为辩论中的对手呢。"

"那是说不定的。"柳丝丝轻声地笑了起来。

"你真有意思。究竟是怎么了？"韩力护有些无奈地交底了。

"你能不能不站在我面前，像审问我似的。"柳丝丝瞄了他一眼。

"那我怎么办？我总不能跪下来，听你的讯问吧。"韩力护摆着两手，一脸无辜的神情。

"笨，你就不能坐下来啊。"柳丝丝抿着嘴，偷偷地笑道。

"我往哪里坐啊？我坐地上？"

"你真是笨，笨到家了，这么长的一个凳子，够不够你坐啊？"

“哎呀，我怎么就没有想到呢，瞧我这脑袋，真是笨得不开窍了。”韩力护夸张地拍着自己的脑袋，然后，坐在柳丝丝的身边。

柳丝丝两腿晃动着，双手抓住椅面，就像坐在秋千上一样，好像自己在树影的飘移中，上下起伏地荡漾着。

“你真的不想回去上课了？”韩力护说道。

“是啊，至少是现在。”

“我也是这样的感觉。我真不知道在这里学的是什么东西，上一堂课，那个教授讲……东方明珠，把我恶心死了。这一次是黎湘榴，振振有词的，真无聊。”韩力护瞟了柳丝丝一眼说道。

柳丝丝侧过身来，脸上含着陶醉的神情：“我已经很解脱了，这里的空气这么好，什么恶心、无聊都应该抛弃了。”

“呵呵，你倒真会放松，”韩力护笑道，“这一点，我倒想向你学习呢。”

“我觉得也是，瞧你到现在一直还对教室里的事情耿耿于怀，我才不去想它呢。凡是我认为不舒服的事情，就坚决把它们挤走。”柳丝丝有一丝志得意满地说。

“佩服，你能有这样的潇洒境界，我倒要向你取经了。”

“这还不简单啊，还要我传授吗？你把那些不快活的事情忘掉就行了呗。”

“忘掉也是很困难的。”

“我觉得，记忆是一种熵变。”柳丝丝轻声地说道，好像说着一件很遥远的事情，“你不经常忘掉什么，你的头脑里就会越来越混乱，越来越没有秩序。你要消灭这种熵，恢复平静的秩序。”

“新鲜，我还第一次听说呢。”

“我再说一遍？”

“干什么？”

“这下你不就是第二次听说了？”柳丝丝仰起脸，迷醉般地笑道。

“行了，第一次我就相信它是真理了。”韩力护说道。他觉得这个女孩还有放松的一面，她的那种若有所思的神情，那种沉醉在自己心灵里的自足感，就像不设防的城市一样，给人一种安全与朴实的幻觉。

“你也太容易确定什么是真理了吧。”柳丝丝不失时机地轻轻挖苦了他一下。

“看到你自足的样子，我还不相信你的原则是真理吗？实践是检验真理的标准啊。”

“我的实践在哪里？”

“你看，你现在物我两忘的境界，不就证明了你的原则的正确吗？”

“我也不知道为什么，”柳丝丝微微抿起自己的嘴唇，“也许我不喜欢的就是班级里的那种气氛，离开了那里，我的心情就变得轻松多了。唉，有时候我觉得这次来学习真的是浪费时间。”

“你来学习不影响工作吗？”

“我是请假的。”柳丝丝说道。

“那你上班好自在。喂，你在哪里上班？”

“干吗？你比班里的老师查问得还要严啊。”

“嘿嘿，随便问问呗。”

“那我随便问问你可以吗？”

“当然可以了。”韩力护干脆地回答道。

“那你说啊？”

“说什么？”

“你什么工作啊。”

“在一家日本公司工作。”

“做什么？”

“我那家公司是出版日本书籍的，我在里面搞排版。”

“你会日文？”

“我们有日文翻译，我只排版。”

“中国公司为日本出书？”

“也不是啦，它只是为日本的书排好版，然后发回日本去印刷，印刷不在中国的。因为中国的人工便宜，所以它在中国进行前道加工。”

“你当时学的就是排版吗？”

“唉，惭愧，我学的专业是电脑设计，最理想的地方是搞广告设计，可惜我找不到一个合适的岗位，只好给鬼子去干电脑排版了。你呢？”

“我？”

“你干什么？”

“你相信吗？我在苏州工作。”

“你是苏州人？”

“不，我爸爸给我找了一个昆山的单位，我每天疲于奔命地上下班，现在想想换一个岗位，我比较喜欢表演，这也是我来学习的原因。只是我现在感到，在这里什么都学不到，我有一点后悔。”

“我倒没有什么后悔，反正我是替朋友来的。最近比较闲，当一天和尚撞一天钟吧，反正下面学表演，就让他来了。”

“我也想再看看，如果整天教的都是这些乱七八糟的内容，我想干脆不来算了。”柳丝丝眯着眼睛，若有所思地说道。

两个人说着话，柳丝丝看见刚才那位小男孩被奶奶牵着，从长椅前走过，那小男孩认出了柳丝丝，向她“咿咿呀呀”地说着什么，柳丝丝向那个小男孩挥挥手，那个小男孩咧开嘴，开心地笑了。柳丝丝情不自禁地又挥挥手，发出轻轻的笑声。

韩力护望着那个小男孩的神情，又忍不住看了看柳丝丝，他被柳丝丝那种发自内心的快乐感染了。她的神情有一种小女孩的放任、轻松与自然，但是又带着一种对待小孩子自然流露出的成人气质，她的身上融合了孩子的天真与成人的庄重神情，于是，他脱口说道：“真有意思。”

“是啊，我也觉得那小男孩挺有意思的。”

“我不是说那男孩，是说你。”

“说我？”柳丝丝不解地看着韩力护。

“我觉得你适合在幼儿园。”

“你……”柳丝丝奇怪地看着韩力护，“我还要从幼儿园学起吗？”

“不不，你误会了，你像幼儿园的阿姨。”

“是吗？我怎么没有感觉到？”

“你的阳光，你的那种欣喜，可是属于幼儿园老师的。”

“噢，我还是第一次听说。”

“那我再说一遍？”韩力护有意模仿了一下刚才柳丝丝说过的话。

“别别，说两遍，也不能改变真理啊。”

“这么说，你承认了？”

“嗯，就算吧。幼儿园老师上课了。”柳丝丝正了正身子，摆着一副老师的架势。

“得，当学生的只有我一个了。”韩力护摇头四顾，作勘察状，无奈地把两手摆在胸前。

“听好，认真听讲，”柳丝丝清了清嗓音，模仿着幼儿园老师的口气，一字一顿地说，“虎——鹿——猪——兔——鼠——”

韩力护暗自好笑，他在想，如何好好地反击她一下，扭过头，他想了一想，说道：“柴——米——酱——醋——盐——”

“你做什么？你不好好学习，”柳丝丝惊讶地看着他，“你怎么不跟老师念？”

“报告老师，学生开动脑筋，是创造性思维啊。”

“有这样不听话的学生吗？向老师发出挑战吗？听着。”柳丝丝两手交叉，咬着嘴唇，眼睛向对面的树冠眨巴着，说道，“再出一个，赤——橙——黄——绿——青——蓝——紫——”

韩力护心里说，这么简单啊，看你厉害还是我厉害，于是，他以同样的缓慢的节奏回答道：“喜——怒——忧——思——悲——恐——惊——”

柳丝丝笑了一下，不再停顿，可以看出，她要给对方再来一个下马威了，她想了想，又说道：“唐——宋——元——明——清——”

韩力护更不以为然了，笑道：“怎么越说越短了？公——侯——伯——子——男——”

“太简单了，我来一点复杂的。”柳丝丝认真地想了一会儿，嘴里念念有词。

“快一点啊，我都等不及了。”韩力护故意在一旁逗她。

“别急，听好，这个可长了，你别记不住，到时我可是有时间限制的。”

“别说多少了，想好就说吧。”韩力护一副胸有成竹的样子。

“听啊，‘春夏秋冬四季，品酸甜苦辣咸五味人生，得情仇爱恨四种答案’。我这里有数字，而且还有内涵的。”

韩力护把柳丝丝念叨的内容复述了一遍，有些惊愕地望着她：“你这是从什么地方找来的？”

“为什么说我是找来的？我可是它地道的原创者啊。”柳丝丝张着一双明亮的眼睛，带着愤慨的情绪，紧紧地盯着他。

“你想的？我真得佩服你一下了。”

“就佩服一下子？你对不上来，就不是佩服一下子的问题了，两下子、三下子，你自己选吧。”

韩力护念熟了柳丝丝出的上联，越念越觉得这丫头鬼得很，一边默默地想着，一边侧过头看着柳丝丝顽皮的带着挑衅神气的面容：真佩服她能在这么短的时间里，浓缩了这么几个词汇，组成了一个富有内涵、令人回味的联句。自己用什么句式？她的句子中有数字，按道理下联里也应该有数字，我总不能说七八九吧，应该在百千万上打主意了。她说的是季节，是一种时间状态，我应该在空间上动一点脑筋，所谓空间，那不就是历史吗？如此一来，时空就都全了。这么一想，韩力护很快想好了下联：“听好了，‘东西南北百姓，承唐宋元明清千载历史，诵富强安泰万般气象’。你有四五四，我有百千万。怎么样？”

柳丝丝夸张地叫道：“哇，还真行啊，虽然不算工整，但也能过关了。不过，你还是输定了。”

“为什么？”韩力护不服气地问道。

“你以为我这个就这么几句啊？我还能在上面加字的。”

“你加我也加呗。”

“你加得了吗？我这是上下贯通，前后衔接的，听着，‘虎鹿猪兔鼠之物，经唐宋元明清，不识赤橙黄绿青蓝紫七色，天地人历春夏秋冬四季，品酸甜苦辣咸五味人生，得情仇爱恨四种答案’。”

“晕倒，我真怀疑你是否事先准备好了。”

“怎么样，厉害吧，是因为我的厉害，你才怀疑的吧。呵呵，我这几句，可是有内在的联系的，你对不上来了，乖乖地做学生吧。”

“我不会认输的，我要作最后一搏。”韩力护说道。

柳丝丝看着韩力护在一边悄无声息地苦思冥想，不由开心得笑起来，一蹦从长椅上站起:“给你多少时间？根据你需要的时间，我去逛公园喽。”

“用不了多久，让我想想。”韩力护心不在焉地说着，一边低头沉思着。

看到一个男孩被治理得服服帖帖，柳丝丝心里挺得意的，她走上了公园的小径，沿着环形的道路，慢慢地走着。但她没有忘记长椅上的那个男孩，过一刻，便去看一看那个男孩，这种感觉，就像捉弄了别人那样很开心。她在想象着那个男孩被这个上联搞得七荤八素、满脑子糨糊的那种尴尬模样，倒有一点同情起那个男孩，心想是不是把他修理得太狠了？

逛过了一大圈，那男孩还是没有动静，她正好踱回来。“喂，”她故意地用手在韩力护的面前晃了晃，“没有死机吧？内存够不够？”

“我 CPU 速度快啊。不过，不知道行不行？”韩力护是一副可怜兮兮的神色，一点自信都没有了。

“你说出来听听。”柳丝丝轻快地命令他道。

“还没有完全想通，我先说吧，‘公侯伯子男诸爵……行美英德法俄……难逃喜怒忧思悲恐惊……一叹，华夏民有东西南北百姓……承炎黄尧舜禹……千载历史……诵富强安泰万般气象’。”韩力护结结巴巴说到底。

柳丝丝停住了，咬文嚼字地念着韩力护的答案，突然伸出手来，像一个老师那样，拍着韩力护的肩膀说：“行，你行，你可以毕业了。我宣布，你从幼儿园毕业吧。”

“啊，”韩力护从刚才的沉静的状态，突然跃起来，双臂高举，“热烈庆祝，我终于毕业了。”

“你的水平太高了，幼儿园已经收留不了你了，你现在到孔雀培训班吧。”柳丝丝压抑住欣喜的笑容，故作严肃地说道。

“什么？”韩力护装出一副垂头丧气的表情，颓然地倒在长椅上，“早知如此，我还是不毕业算了。”

“哈哈哈，你还想待在幼儿园里再复习一年啊？”柳丝丝开心地笑出声来，两个人的笑声在公园里引来了散漫的游客的观望。柳丝丝突然不好意思起来，她止住笑声：“嘘，你提到了培训班，倒提醒了我。我们出来也太久了吧。”

“我觉得，与你在一起，倒比在培训班里学习更有收益呢。”韩力护说道。

“我该回去了。”柳丝丝说道。

“上哪去？”韩力护在椅子上抬起头，望着她，似乎刚才的一道难题给他制造的头脑混乱仍没有消除。

“回到学校里啊。难道你还想待在公园里吗？”柳丝丝望了他一眼，忍不住窃窃私笑。

两个人沿着回去的道路一起走着，韩力护明显处于注意力不集中状态，柳丝丝掉头看着落在后头的韩力护，问道：“怎么了？”

“没什么。”他若有所思，静静地看着柳丝丝。

“你看我干吗？”

“我觉得你好厉害啊。”

“是吗？我是魔鬼猛兽啊。”

“我觉得你很聪明啊。”韩力护说道。

“说了半天，你就想说这句话啊，啦啦啦……”柳丝丝不以为然地笑笑，蹦蹦跳跳地向学校方向走去。

走到学校门口，柳丝丝看到莎莎的车子正停在办公楼前，不过没有看见她的人影，正是一个可以溜走的好机会。于是，她的身影飞快地消失在空空荡荡的校园里。

第四章

莎莎刚才追赶柳丝丝不及，失意地走回办公室，一个人静静地坐在自己的椅子上想心事。刚坐了一会儿，莎莎听到隔壁有一个女人说话的声音，她在心里想：黎湘榴的课不会这么快就结束吧？莫非黎湘榴在班级里又遇到了麻烦，直接吵到了钱盛钟那里？

这么想着，莎莎把桌上的账簿收拾好，站起身带上门，到隔壁的大办公室观察动静。莎莎大摇大摆地走进去，整个人亮相在办公室里，这时候，她才后悔莫及。

只见办公室里的那个女人正与钱盛钟对面而坐，不是别人，正是钱盛钟的夫人，她的背正对着门口，莎莎的第一个反应就是夺门而逃。她也不知道为什么会生出这样的奇怪的念头，或许是她在心里对钱夫人有一种本能上的畏惧。钱盛钟利用工作之便，在调情方面，可谓是左右逢源，但这只有在夫人不在场的情况下才能超常发挥。在他夫人面前，大多数情况下，他保持的是一种德高望重的君子风范。此刻，钱盛钟正坐在他夫人的对面，看到莎莎夺门而入，立刻站了起来，叫道：“小全，来来来。”

莎莎这时候想溜之大吉也已经不可能了，只好稳稳神，前来迎客。好在最近一段时间以来，她也没有与钱盛钟有什么私下的来往，心里倒也多了几份心安理得的泰然。

“小全，你真是越来越漂亮了。”谢有芳站起来，看到莎莎，热情地叫起来。谢有芳个子挺高，穿着高跟鞋，看上去比钱盛钟还要高一点。她年龄已届四十，但身材却依然苗条又富有弹性，保养得很好。她的头发剪成流行的短发，像一个大男生一样，瘦削的脸颊，几乎看不出岁月加载在她身上的痕迹。相对于钱盛钟贼眉鼠眼的样子，她生得落落大方，一双大大的眼睛尚还清澈透亮，眼角边皱起的几道细纹，反而衬托出眼角皮肤的娇嫩，尖尖的下巴微微翘起，似乎还带着少女时的无忌状态。当她高高爽爽地站起来时，莎莎甚至感到一种被压制的自卑。如果说钱盛钟带着一种庸俗的市侩气的话，那么，谢有芳身上体现出的倒是一个职业女性不曾褪色的风韵。

“谢经理，你好，你说得真叫人不好意思。我要是有谢经理一半的风度，我也就满意了。”莎莎含着微笑，看着谢有芳，头微微仰起，才能平视着谢有芳的高度。

谢有芳十分亲热地拉过莎莎的手，后弯着身子，打量着小全说：“我就喜欢你这样的天然风韵，看上去叫人很舒服。我在家里经常叮嘱老钱，你不要看着小全舒服，就看在眼睛里拔不出来。”

钱盛钟哈哈大笑：“小全，你说说，我有没有拔不出来啊？”

莎莎顿时满面通红，低下头，说道：“谢经理，你真会开玩笑，钱主任是我们的领导，我尊敬都尊敬不过来呢。”

“现在不正不经的，哪一个不是领导？”谢有芳含笑说着，好像是完全下意识说的，但却句句说在莎莎的心里，莎莎只觉得浑身发软，差一点就要倒在谢有芳的面前。

“小全在领导手下干活，再怎么胆大也不敢啊。”莎莎无力自持地抬起头，望着谢有芳。

钱盛钟若无其事地笑道："有芳，你别吓唬人家小姑娘了。"

谢有芳伸出另一只手，放在被握着的莎莎的手背上，爱抚地抚摸着："这么可爱的小姑娘我也喜欢，对了，你的这件折褶裙是从哪里买的？"

女人一谈到衣服，世界便在她们的身边消失了。莎莎也开始自然起来，与谢有芳交流起衣服的购买渠道，两个人索性坐下来，开始连绵不绝地窃窃私语起来，钱盛钟也觉得待在一旁多余，不知在什么时候走出办公室了。

两个女人正在谈得热火朝天之际，小兔走了进来，站在一边，听着两个女人讲话。

谢有芳看到小兔素面朝天的打扮，转过话头，说道："小兔，你还是那个老样子。你打扮别人倒挺有能耐的，怎么不把自己打扮一下？"

小兔道："我打扮不起来啊，哈哈，我就这个样了，越打扮越丑。"

谢有芳问道："你看我这个年龄，用什么化妆品好？"

小兔打量着谢有芳，说："你的皮肤白、唇色深，我这有雅诗兰黛，超级好用，我看你适合用326号，橙色系的。"

谢有芳道："小兔，我倒是挺佩服你的，我看你从来不用这些化妆品，但你比谁都懂。"

小兔道："谢经理，其实我真不好意思告诉你，我其实逛商店特别喜欢逛化妆品柜的，每一次都败了很多钱啊，我喜欢那些漂亮的小瓶瓶，小盒盒，我买了许多唇彩、唇膏、口红的，我喜欢偷偷地一个人在家里摆弄它们。"

谢有芳宽厚地笑笑，这时，钱盛钟在外面叫道："有芳，你过来一下。"谢有芳向莎莎与小兔打了一声招呼，走了出去。

莎莎觉得心跳变得自然起来，既然与小兔谈起了化妆品，心情一放松，便禁不住与小兔聊起天来，道："为什么从没看到你用啊？其实你打扮起来，应该也很漂亮啊。"

小兔说道："别恭维我，莎莎姐。有时候，我整天在家里试啊试，把这个抹一点，那个涂一点，可是怎么抹都不好看，我这皮肤不行。"

"你也应该护理一下啊，能不能去掉这些小痘痘。"

"别提了，我做过一会儿护理，这小痘痘顽强着呢，这边刚刚压下去，那边又冒出来，没办法的。"

莎莎望着小兔，说道："应该找医生能看好的吧。"

"看过了，能找的医生我都找了，我老妈对我说，只有老了才能打扮，想想真是伤心了，等我老了，我也不要漂亮了，还打扮做啥呢？现在我也习惯了，自己的脸不好打扮，我为别人打扮啊，看到把别人打扮得漂漂亮亮的，粉嫩粉嫩的，倒挺开心的。"

"你啊，真的很有意思。上星期逛商店了？"

小兔说："嗯，我买了一堆呢，好多好多的牌子，我现在都不敢去逛专柜了，每次去，不买一点，总不甘心。"

"你买了什么牌子的？我一直不知道用什么牌子好，你看看我用什么的？"

"我买的可多了，资生堂、露华浓、MAXFACTOR 水分、CHANEL、CD 的，最近又看上了倩碧、安娜苏。你现在用什么？"

"我前一阵到新世界去看了看，买了兰蔻，一直用的这个。"

"雅诗兰黛我觉得很好用，它不干，颜色很好，所以我推荐你试试呢。我这有，你要不要用？”

“不了，上午不想化妆了，吃过午饭再说吧。你说这个牌子好，你不用，怎么会知道呢？”莎莎笑着问。

“我白天不用，晚上会用的啊。睡觉前，我会抹上唇膏，觉得舒服的，下次就再用；不舒服的，就放到柜子里了。”

“这么说，睡觉时候的小兔是最漂亮的了？”

“别这么说，好恐怖的啊。如果你晚上见到我，就像见到一个鬼了。”

“你啊，你还是没有好好地打扮自己。我不懂打扮，什么时候，我给你收拾一下，肯定要比现在的小兔漂亮。”

“哈哈，说不定，换一个口味，还真能成呢。”小兔开心地笑起来，嘴里不整齐的牙齿粗鲁地暴露出来。

莎莎也不由自主地笑了起来，腹部收缩着，突然一阵针刺一样的疼痛，从那种隐逸的麻辣中漂浮起来，一咬牙，还是脱口而出：“哎呀——”，然后赶忙捂着自己的肚子。

“怎么了，莎莎姐？”

“怪了，有一点不舒服。”

莎莎曲起身体，等待那一阵疼痛像流星一样闪过，小兔赶忙扶着她，过了一刻，莎莎说：“没事了，女人就是这样，从小到大，就是在疼痛中长大的。”

“什么地方不舒服？”

“觉得肚子有一点疼，这一阵子身上都不正常。不过，现在好像没事了。”莎莎撑着站了起来，觉得自己的腰有一些酸涩。

莎莎强撑着回到家里，用钥匙打开门，还没有转动钥匙，门却开了，原来是小穆在屋里开了门。小穆问了一声：“回来了？”莎莎答应了一声，脱下高筒靴，把手里小提包递给小穆，声音轻得听不见：“放到厨房里吧。”

小穆把装着鱼的塑料袋扔到了水池中，问莎莎要不要他帮忙，莎莎到自己的房间里换了常穿的那件牛仔裤，上衣也换了一件紫色羽绒衫，显得十分随意，她悄没声地来到厨房，说：“没事了，我来吧。”

小穆也没有在意，又到自己的电脑室里去了。起初还能听到厨房里乒乒乓乓的声音，后来就觉得悄无声息了，那种安宁与寂静真是出乎他的意外。

他觉得有一些奇怪，便走出了屋子，悄悄来到了厨房里，里面的灯开着，却没有见到人，只见案板上放着鱼，电饭锅里正在蒸着水，冒出几缕有气无力的热气。真奇怪，人呢？

他见没人，又敲了敲卫浴的门，里面也没有人，他转身上了阳台，也看不到一个人影。

“莎莎姐……”小穆叫道。

“小穆，我在这……”一丝微弱的声音从黑暗深处传来，小穆转了几圈，也没有找到这个声音传来的方位，“我在房间里。”

莎莎的房间漆黑一片，像一个巨大的黑洞，小穆真没有想到她会在里面。

“你怎么了？”小穆开了外间的灯，推开了房门，借在外面的灯光的折射，看到床上卧着一个人影。小穆打开了房间里的灯，只见莎莎和衣躺在床上，身上盖着半片被子，“怎么了，不舒服？”

莎莎点点头道：“不知为什么刚才突然感到头晕。”

“生病了？”

“没什么的，肚子有一点疼。”

“那我来烧晚饭吧。”

“你先把粥烧好吧，原来想烧一道水煮鱼的，看样子是不成了。”莎莎动了动嘴角，抱歉地说。

“我只会烧咸鱼，太复杂的鱼，我不会烧啊。”

“今晚就简单点吧，你把粥烧好了，冰箱里还有剩菜，明天我再来烧。”

“好的。”小穆答应着，到厨房里，把米倒进锅里。

烧好了晚饭，去叫莎莎的时候，才发现她发着高烧，说着胡话，穆炎吓了一跳，不由分说，把莎莎从床上拉了起来，打了出租车，赶到长宁区中心医院。

总算把莎莎送进了急诊室，也不知过了多久，等到莎莎出来，小穆赶快上前，扶住她，问她怎么样？莎莎说：“没问题，医生叫你进去一下。”

小穆茫然无措地走进了急诊室，一个中年女医生把隔开房间的帘子拉开半边说：“你是刚才那个病人的家属？”

“嗯。”小穆不置可否地应了一声。

“你是她男朋友？”那女医生掉过头，扫了他一眼。

“我们住在一起。”

“你知道她患了什么病吗？”

“不知道。”

“那个病是她的，责任是你的。宫颈炎知道吗？”女医生坐了下来，直视着小穆，“这种病的原因，有很大一部分是性生活造成的。”

“她发热也是这个原因吗？”

“这是炎症所致。为什么你们男人非要这么对待女人？你们住在一起，这是道德问题，我没有权利问，但总懂得要爱护女人吧。女人外表看很柔韧，但女人的生理机能有很脆弱的一面。”女医生仰脸冲小穆说道。

“我没有啊……”小穆懵懵懂懂地承受着女医生的狂风暴雨。

“我不想找你谈这些话，我是气不过。我只要求，你对她好一点，这是我多余的话。作为一个医生，我不应该说任何医疗之外的建议。行了，你走吧。”

“医生，那是不是不要紧？”

“怎么能不要紧呢？在医生眼里，什么都是要紧的。她能否康复，全看在你。具体的治疗情况，我告诉她了。还有一点，在半个月内不能有性生活。”

“我……没有。”小穆被医生抢白得满脸发烫，却辩白不出任何一句话。

“我要说的就这几句话，你走吧。”医生鄙夷地看着他，令小穆无地自容。

小穆尴尬万分地走出了急诊室，见莎莎瑟缩着坐在椅子上，像一枝遭遇到寒风的迎春花。小穆本来想发作说莎莎一下的，但看到莎莎娇弱的身体，他把心中的一腔怒火压了下来，他对莎莎说：“好一点没有？走吧。”

“医生说了什么？”莎莎站起，小心地问道。

“没说什么，只是叫我照顾好你。”

“真是麻烦。”

“别说这话，她以为我们住在一起。”

“不好意思，连累了你。”

“没什么，其实我们的确是住在一起啊。”

“小穆，你的心真好。”莎莎轻声地说道，“幸好遇上你。”

“我们倒有一点相依为命的感觉。”小穆觉得莎莎很可怜，心中的不快，顿时转化为一丝温柔。对病人指责是不应该的，误会的是医生，责任也不在莎莎啊，想到这里，小穆的心情好了许多。他的脚步走得太快，看莎莎艰难地行走，便把自己的膀子伸了过去，莎莎乖巧地伸出手臂，搭在小穆的膀子上，轻轻地依偎着，女人的小鸟依人可能是天生的，有一种说不出的自然。小穆心里倒升起了一丝甜丝丝的感觉。

第二天早上，莎莎躺在床上，一点儿劲没有，幸好这两天是周末，可以把培训班的事暂时搁在一边了。她懒得起床，在床上睡了一天。

中午的时候，小穆把莎莎昨天买的那条鲈鱼从冰箱里拿出来，烧了一锅鱼汤，以前在家里妈妈烧鱼汤的时候，就是告诉他要旺火多烧，烧得浓浓稠稠的，味道才正。可是小穆真的这样如法炮制的时候，却发现鱼汤烧得黑糊糊的，怎么也没有那种黏稠感。小穆有一点不好意思地端给了莎莎，莎莎从床上支起身子尝了一口，也许是饿了的缘故，竟然吃得很香。一碗鱼汤喝了一个干净，这是对小穆最好的奖赏。

喝毕，莎莎还赞了一句：“烧得味道真好啊。”

“莎莎姐，你别讽刺我了，我这几招手艺真臭，烧得这个汤黑乎乎的，也不知道什么原因。”

“烧得味道挺好。东西是吃的，也不是要看的。我看啊，以后水煮鱼也别吃了，就吃你烧的鱼汤了。”

“水煮鱼太辣，我不是特别喜欢。”

“我也是，我也喜欢吃这有味的鱼汤。”莎莎说道，“小穆，和你说一件事情。”

“什么？”

“你以后不要叫我莎莎姐了，听得我直起鸡皮疙瘩，我哪能做你的姐啊，就喊我叫小全吧。”

“小全姐？”

“你这样叫不是与以前叫的一样的吗？以后不要提姐不姐的。你叫什么名字？”

“我姓穆啊。”

“我知道你姓穆，你总该有一个名字吧。”

“穆炎，两个火字的炎。”

“挺好听的名字。”

“你是不是感觉好一点？”

“好多了，头不疼了就舒服多了。”莎莎的脸上挂着平和的恬淡的微笑，她披着羽绒外衣，露出里面白色的针织衫，胸口上绣着一朵粉红色的草莓花饰，浑身上下倒别有一种素雅的情致。小穆看到的一直是一个浓妆艳抹的莎莎，昨天晚上又见到了一个面色蜡黄的莎莎，两相比较，还是觉得面前的这个不施脂粉的莎莎更接近生活的状态。莎莎的皮肤比较白，刚才又喝了一点鱼汤，热气一浸染，双颊上顿时生出一段隐约的红晕。虽然不同于脂粉制造出来的那么明显，但无疑更具有一种平易近人的亲和力。

“那就好，你再歇一歇吧。”穆炎说着，把莎莎用过的碗筷拿到了厨房里。

次日早上，穆炎正睡得香甜，听到厨房间里响起了沙沙的声音。今天莎莎不知如何了，他硬着头皮爬了起来，因为声音是从厨房里传出来的，他便径直奔厨房走去。

在乳白色基调的厨房里，只见莎莎穿着白色的针织衫，趿着一双红拖鞋，融入整个白色的基调中。她的后腰上扎着围腰裙，把纤细的腰肢恰到好处地露了出来，一时间，穆炎看得两眼发直。

“小全姐，你起来了？”穆炎问道。

莎莎全身心地忙碌着，猛一听后面的声音，吓得一愣，手里拿着的勺子扔到了水池里，惊道：“我的妈呀，你要吓死我啊。”

穆炎不好意思地挠挠头说：“你注意力太集中了，也怪我，发声太突然了。你今天起得好早啊。”

“有精神就不会待在床上了。睡了一天，睡得昏天黑地。得起来活动活动了。”莎莎只是用美白洗面奶洗了脸，又用了绿茶面霜搽了脸，也算是素面朝天吧，干净而朴质，气色整个像换了个人似的，“你再去睡一刻吧，早饭好了我叫你。”

穆炎回到床上，但睡意全无，索性起了床上网。

一上午，莎莎忙里忙外，犹如家庭主妇一般，中午时分烧了一桌菜，两人大快朵颐，倒也其乐融融。

中午，穆炎没有午睡的习惯，莎莎上床休息了一会儿，起来甚感无聊，便到穆炎的房间里逛逛，穆炎开了电脑，让莎莎玩游戏。莎莎一个人打了一会儿联众的台球游戏，玩了几局后，觉得兴致索然，便伸了个懒腰，倚着椅子，默默地发愣出神。

穆炎看莎莎一副慵倦的样子，也想不出什么解闷的法子，看看屋子里的光色转过深沉了，这意味着日头已经偏西，外面的小区里传来小孩玩耍的叫声，给人的感觉，好像外面挺热闹似的。

穆炎望望莎莎，问道："是不是坐不住了？"

莎莎应道："坐得时间久了，还是觉得腰有一点酸。"

"要不要出去活动一下？"

莎莎想了一想，还是觉得出去透一透新鲜空气是正事，便同意了。

小穆穿上外衣，等在门口，莎莎又是穿衣服，又是拿鞋子，只是没有装扮自己，一脸本色，拖拖拉拉好一会儿，才跟着小穆下了楼。女人出行，总是耗费时间的。

两个人走出小区北门，穿过长宁图书馆，然后绕了一个弯，到了长宁区影院的门口，这里车水马龙，人来人往。穆炎自觉与莎莎挨得近了，防止被人流冲散。

一个小女孩正在前面的人行道上兜售鲜花，这种卖花女无孔不入，出入在上海的角角落落，路人唯恐避之不及。

一对情侣模样的男女青年相互搂抱着走了过来，那小女孩习惯性地跟了上来，叫道："哥哥，哥哥，买一束花吧。"

小女孩挡住了去路，那男青年停了下来，问道："买花做什么用啊？"

"送给姐姐啊，姐姐好漂亮，好配这朵花呢。"小女孩甜甜地说道。

"多少钱一支？"男青年问道，摸着小女孩递过来的花。

"五块钱一束。"

"真漂亮，你这是哥伦比亚进口玫瑰'铁达尼'吗？"那男青年说道。

"铁达尼？"小女孩显然不知道男青年话中的意思。

"小丫头，这么贵，我还以为是进口玫瑰呢。你真会喊价，当我好骗，你看值不值这个钱啊。”说完，一把将玫瑰花挡了出去，打在了地上，花瓣散落了下来。

小女孩拾起地上的玫瑰花，不甘罢休，继续追上去：“八元两束吧，哥哥要吗？”

那两个搂抱在一起的男女自顾前去，小女孩紧跟在后边，继续叫道：“两元钱一束，要吗？”可是，那男女青年根本没有理睬的意思，小女孩追赶不及，呆呆地立在那里。

小女孩的失神仅仅一会儿，便又投入了新的热情，继续卖她的花。穆炎与莎莎两个人因为很闲，就注视着小女孩的一举一动。小女孩正在物色新的买主，看到这么一对一前一后的男女，立刻瞄了上来。她走到莎莎面前，又用她那甜甜的声音问道：“姐姐，买一枝花吧。”

莎莎的目光其实一直停在小女孩的身上，她有点欣赏小女孩那种乖巧的样子，面前的这个小女孩打扮得很干净，一双黑黑的眼睛动人地闪着，很吸引人。走近来的卖花女从莎莎的眼中看到了一丝温暖的微笑，更是缠住不放：“要吗？姐姐，买一支吧。”

莎莎摇了摇头，她觉得这种生活流中的小女孩，是她心目中羡慕的那一种，因此，她在摇头的时候，嘴角边依然挂着和善的发自内心的笑容。

穆炎见莎莎被缠住不走了，便折回来，走近莎莎身边。小女孩立刻迎着穆炎，叫道：“哥哥，买一支吧，送给姐姐，哥哥喜欢姐姐，买一枝花，姐姐会好喜欢的。”

穆炎没有吱声，却感到两耳发烫。那天在医院里女医生说他是莎莎的男朋友，毕竟当时莎莎不在身边，他只是把难堪一个人承受着，现在在莎莎的面前，那个小女孩直接认为莎莎是他的女朋友，倒让他更不好意思了。穆炎看了看莎莎，莎莎一副久病初愈的样子，脸上却挂着一丝知足的微笑，既没有鼓励，也没有拒绝，那种泰然的神情确实迷人。

这样的时候，即使男孩没有主观的愿望，也会在女孩的那种默许的神情下，做出选择。

“那就买一枝玫瑰吧。”小穆说着。

小女孩脸上露出笑容，从篮子里抽出一束鲜艳的玫瑰，递给了莎莎。

“刚才那支掉在地上的玫瑰呢？”莎莎问道。

小女孩不解地望着莎莎。

“把那支给我吧。”莎莎说道。

小穆从口袋里掏出十元钱，递给了小女孩。莎莎问道：“有玉兰花没有？”

小女孩兴奋地回答道：“姐姐，你要一支玉兰花吗？”

莎莎点点头，小女孩从篮子里拿出一束白如素绢的玉兰花，一并刚才的两束玫瑰花，一起递给莎莎，说道：“姐姐，你心真好，这玉兰花我不收你的钱。”

莎莎接过花，一手都拿不住了，玫瑰花在莎莎的脸旁闪烁着波光，小穆被莎莎脸上那满足的神情感染了，觉得她有一种说不出来的美。

小穆接过莎莎手里的玉兰花，两个人心满意足，小女孩看着两个人，说道：“哥哥姐姐，祝你们幸福。”

虽然小女孩是说着她的套话，小穆与莎莎都面面相觑，却没有向小女孩解释什么。莎莎把玫瑰花放到嘴边，嗅着那沁人的香气，满意地笑了笑。

这是他们外出散心时的最大收获，十元钱买到了一个好心情，买到了一个小女孩的开心，也买到了一种属于自己的最简单的快乐。

回到家里，莎莎把玉兰花插在瓶子里，让小穆打开窗户，窗外飘来清新的空气，那淡淡的玉兰花香渐渐地弥散开来，沁满整个屋子。

“你怎么想到玉兰花了？”小穆有些奇怪地问道。

“不知为什么，以前一直不喜欢玉兰花，也怕闻玉兰花，但刚才突然想起它来了。可能是那天中午在宾馆里看过玉兰花吧。”莎莎模棱两可地说。

穆炎准备把那支残破的玫瑰花扔掉，莎莎说：“别啊，我喜欢这枝花，虽然破了一点，但也是花啊。”

这一朵曾经被扔在地上、沾上沙土、碰碎了花瓣的玫瑰，被莎莎珍藏着，在无人的时候，她把花瓣贴靠在脸上，使劲地嗅着那源源不断涌现上来的花香。她从花中嗅到了自己，女人是香的。

第五章

趁中午在培训班的闲暇时间，柳丝丝乘车到徐汇区，看了外婆，还有她最喜欢的小姨妈。等到赶到学校时，学员已经把教室坐满了。

对于培训班安排的理论课程，学员表示了强烈不满。柳丝丝进来的时候，边上的几个女孩告诉她，刚才钱主任进来承诺学员，减少那些不着边际的理论课程，直接进入到演艺训练。今天下午是最后一节理论课程。

上课时间到，走进教室的是一个看不出年龄的男子，大致已经到了中年，但那油光可鉴的外形，很容易混淆人们的判断标准。钱盛钟向大家介绍，这是今天讲课的老师，名叫石安泰，负责讲今天的最后一节课。

正当石老师彷徨四顾之际，莎莎和小兔捧着一大堆书，走进教室，看样子，又要发新教材了。学员们都感到挺新鲜的，教室里立刻又恢复到闹哄哄的气氛，后边的同学，迫不及待地游荡到前排，想先睹为快究竟发了什么书。有些地方，甚至发生了争抢新书的骚动，两位女老师，完全招架不住这种动荡的局面，发书的动作更快了。

柳丝丝支着头，托着两腮，不想与莎莎打照面。莎莎经过她身边，也无暇打量她，只是扔下书，就往后走去。

后排的一个男孩不客气地伸出手来，想抢走柳丝丝的书，柳丝丝本来没有兴致去拿书，这时候再也不能不拿了，她松开右手，“啪”的一声，扣住了书本，“咕咚”一声，虽不惊天动地，却也响入云霄，倒把其他闹哄哄的声响给压制住了。

那男孩叫了一声：“不给就算了。”

“你干吗？你为什么要抢我的书？”柳丝丝头也不抬地回应道。这么炙手可热的书，倒要看看是什么内容。

柳丝丝摆正那本簇新的书，只见封面上一个其貌不扬的女人在书页上搔首弄姿，女人的头上，是几个卡通人物组成的小头像，中间是一行字——美女入门。

晕倒。柳丝丝轻轻地冷笑一下，难道这里是美女培训中心吗？女生发的是《美女入门》，那些男生们发的书，莫非是《帅哥入门》？真的太搞笑了。

这么一想，她转过身，面对后边的那个男生。她惊讶地发现，刚才那个放肆的男孩，就是她认识的韩力护，难怪他这么胆大包天。她对那个男生说：“你的书呢？”

“我不给你。谁叫你刚才不给我？”那个男生仰在后边的桌子上，端坐着，抬起眼睛，轻飘飘地看着她。

“大男人，怎么这么小肚鸡肠的？给我看看。”柳丝丝伸出手去，觉得自己像一个乞丐。

“看什么，不是与你的一样吗？难道我这本书比你的新一点吗？”

“你真傻。你以为我要你的书啊，我想看看你发的是什么书。”

“我都告诉你了，与你的是一样的。”

“看一下，别欺负女生。”柳丝丝用手指敲着桌子，决定不当乞丐，摇身变成公检法，就像法官威吓犯罪嫌疑人那样。

“给你。”也许女生的威胁起了效果，韩力护把书递给了她。

柳丝丝拿过书，见封面一样，也是《美女入门》，下面署着作者：林真理子。她突然哈哈地笑起来。

韩力护莫名其妙地看着她：“笑什么？不过，你笑起来，就像这本书呢。”

柳丝丝痛痛快快地笑了一个够，问道：“你什么意思？”

“我是说，你的笑容，是美女入门的笑容啊。”韩力护似乎有一点腼腆地笑着道。

“我是笑给你们这些大男人也发这样的书，难道你们也要学《美女入门》啊？我怕你们学成了美女，就要变成人妖了。”柳丝丝说完，又忍不住笑起来。

边上的女生也嘻嘻哈哈地帮腔道：“培训班毕业，倒学出了一帮美女，男生们都变性了。”

韩力护眨巴着眼睛，发着愣，等女生们的疯劲过去了，他说道：“虽然学不上《美女入门》，但至少学一学怎样入美女的门吧。”

柳丝丝举起手，一下子把书扔过去，韩力护“哎哟”一声，接过砖头一般飞过来的书，像中弹一样作倒地状。柳丝丝笑了一声，说道：“你啊，没门。”

正在下面打打闹闹之际，台上的石老师清音正喉，准备开讲了。石老师从讲台上操起一支粉笔，转过身，踮着脚，挥起手，贴着黑板，像握着一支如椽巨笔，在黑板上写出了一行标语。讲台下心直口快的同学以为他要写什么“严肃、认真、活泼”或者“与时俱进，求真务实”这些俗套的口号，没想到石老师擦过黑板之后，在他的身后留下了几个慷慨激昂的大字——挥霍人生，青春无悔。

就像一颗流星砸进地球的大气层，讲台下的学生们“嗡”的一下爆炸开来。

石老师微笑地看着大家，慢慢说道：“同学们冷静下，我完全可以感受到你们的激动情绪。这八个字，是我奉送给你们的礼物。也许在任何一个教室里的黑板上，你们都不会看到我这八个字，但是，你们从事的是演艺行业，这八个字是你们今后更好发展的引擎，是你们前进的动力，是你们绝不回头的推进器。”

他的声音富有金属的磁性，而这是男性魅力的一部分。这种磁性的声音，穿透了整个教室，使教室里渐渐恢复了正常秩序。

书的作者是日本的著名女作家林真理子，柳丝丝随便翻开一章看了起来，并没有觉得有什么特别富有哲理的地方，像大多女性作家一样，这本书的作者有一种强烈的自恋情结与小胜即喜的虚荣心态。于是，柳丝丝便很静心地捕捉着石老师的点拨。

只听石老师说道：“请同学们翻开课本，看林真理子是怎么说的：‘我可以断言，如果一生从未鬼迷心窍过，那可真是太没有意思了。做了后来自己觉得糟糕的事，这才叫年轻，这才叫女人。以后不绝如缕地不断后悔，但那正是甜蜜的后悔，正是使女孩儿变得妩媚多姿的后悔。’”

“原来这些高深的理论，就是让女孩去干日后后悔的事。”柳丝丝轻声说道。

石老师的声音像经过了粒子加速器，急速地撞击着课堂上年轻的胸膛，恍惚间，一种强烈的“让我犯错，让我后悔”的意念，犹如火山爆发一样，熊熊地升起在少男少女们的心里。

柳丝丝因为脑筋在开小差，没有被卷入这种无形的场，就在她被周围静谧的气氛压抑得有些不能忍受的时候，后面跳来一个小纸团，柳丝丝打开，只见上面写着一行字："逃学鬼，怎么没有行动？"

不用问，闭着眼睛都能知道这个纸团的制作者是韩力护。于是，她把那个纸团理顺铺平，用笔点着纸面，想了想，在上面写道："是啊，你想做我的徒弟吗？"

柳丝丝把纸条甩到身后去，也忘了这一码事，不一会儿，脑后又弹来一个纸团，落在她的桌子上。柳丝丝捻开来，看到："我怕了你了，上次你让我做幼儿园学生，这次又让我当徒弟。抗议你讨我便宜。"

柳丝丝嘴角边浮起一朵微笑，把笔再次摸起来，在下面又跟了一句："你真的听从我的指挥？"

扔到身后去之后，果然韩力护又把字条扔了回来，上面写着："我唯你马首是瞻，徒弟还能不听老师的？"

柳丝丝看过后，在已经填满字迹的纸条上又接上了一句："五分钟后，开始逃学行动……"

柳丝丝低低地窃笑着，觉得生冷的课堂有了一丝趣味。此刻，石老师正在讲台上大讲特讲林真理子的语录，灌入柳丝丝耳鼓里的是："参加聚会吧，去约会吧，要让生命大放异彩。"

这句话，到了柳丝丝的耳朵里，成了这样的话："去逃学吧，要让生命大放异彩。"

"啪"的一声，后桌又滚过来一个纸团："后卫紧跟前锋行动。"

柳丝丝坐着不动，石老师继续在声情并茂地朗诵林真理子的箴言："……想要的东西，不管付出什么代价也想得到，这就是名牌具有的撩拨人心的魔力。"

“无聊……”柳丝丝心里说了一声，像被闪电击打了一下，平静地站了起来，走上桌间通道，扬着头挺着身，走了出去。

远离了教室里窒息的空间，她觉得心胸变得空旷而纯净起来。宽大而冷清的广场，似乎完全属于她一个人，可以完美地放飞她的思考，甚至是郁闷。

她漫无目的地往学校门口走去。下午时分的天空，失去了太阳的轮廓，经年不息的灰尘遮蔽了天空，高楼林立的城市建筑中泄漏下来的光线，像经过毛茸茸的玻璃过滤过的，使人忘记了时间。上海的下午就被笼罩在这种暧昧不清的光线里，配合着城市，失去了时间的概念，下午向夜晚的过渡，就是这块灰色调色板日益向黑色的进化。

因为失去了太阳的痕迹，所以时间也在上海的下午消失了。柳丝丝抄着手，走出了校门，慢慢地走在路边的小道上，茫无目的地向前走。

“喂，你等一下，前锋扔了后卫了。”身后突然传来一个男孩的叫声。不用问，肯定是韩力护了，他还真的跟出来，柳丝丝觉得怪无聊的，头也懒得掉转过去，稍微放慢了脚步，等着后边的那个男孩追上来。其实她只是讨厌那种课堂里的气氛与撞击向脑海的歪理邪说，所以她选择了逃离。本意上，她并不想让另一个人分享她的孤独，她喜欢这么静静地在陌生的环境里走着，没有人认识她，她也不认识任何人，这是在城市里最惬意的感觉。但现在有人追上来了，她也没有强烈反对的意思，反正她的无聊无限散漫着，随便被宰割一块下来，并不影响她芜杂的心绪。

韩力护追了上来，带着一点隐约的气喘：“你走得太快了，我差一点没有追上来。”

“你真的逃学了？”柳丝丝低头看着脚步，没有分配给韩力护一丁点目光。

“不是约好的吗？”韩力护望了她一眼说道，“答应的事，肯定不能失约。”

“我可没有约好你，是你自己愿意的。”柳丝丝抬起头，望着远方突兀的高层建筑，在想象着是否可以根据这些楼层判断在上海的位置，最后她确定这是徒劳的。城市，真是一个永远解不开的谜。

“行，我不会把逃学的责任怪罪于你的。”韩力护妥协地说道。

“那就好，不然你学业没有长进，得怪我了。”

“怎么会？我早就受不了，我发现这个班上找来的都是什么狗屁教授，狗嘴里吐不出象牙。”

“吐出象牙的，也不叫狗了。”柳丝丝轻声地说道。

“哈哈，你真有意思。你看今天那个石老师推崇的什么林真理子，说的是什么歪理啊。她的那一套不后悔的理论行得通吗？我设想一下，日本人侵略中国，也是一次鬼迷心窍，用她的话讲，‘做了后来自己觉得糟糕的事，这才叫年轻。以后不绝如缕地不断后悔，才是甜蜜的后悔’，这一套理论套在日本鬼子身上，倒是蛮适合的。”

柳丝丝掉转头，看着韩力护：“你怎么会这样想的？我觉得你像是一个愤青啊。”

“其实，你自己都不知道，从一开始认识你，你就是一个愤青的模样。”

“什么？我是一个愤青？你怎么这样说我？那我不是非常讨人厌吗？我最讨厌愤青了。”

“不，我不这样认为。我觉得……你很可爱。”韩力护不敢直视着她的眼睛说道。

“当然了，你是一个愤青嘛，当然不会看不惯了。只是我是讨厌愤青的。”

“可你自己不会讨厌自己吧。”韩力护笑着驳斥着她。

“别骗我了，我不会是愤青的。”柳丝丝睁着一双眼睛认真地问道。

“你不是？你只是不肯承认罢了。在公共汽车上，你那么咄咄逼人，夸张一点，是穷凶极恶，我都被你吓坏了。”

“我那么可怕吗？”

“还有你在课堂上敢于顶撞老师，我在心中早已佩服不已。”

“唉，真失望，原来我在你眼中是这样的印象。我肯定不是淑女吧。”

“是一个淑女，是一个会愤怒的淑女。”韩力护说道。

“好难听的称呼。不过，这一次，我倒是站在你这一边的。”

“噢？动机一致了？不是像上次那样，仅仅是形式一致，动机不同？”

“对，我也讨厌那个石老师在那里胡说八道。投你一票？怎么样，得意吧。”柳丝丝向韩力护摆弄了一下手臂，连着迈了几步，把韩力护甩在了身后。

人其实很奇怪，有时候，仿佛是无意识的，却会遵循着一种潜在的渴望，走向一个茫然而无着落的目标，只有这个目标突然展现在面前的时候，才会明白心里究竟渴望着什么。

面前是一片绿树丛中的绿地，蓬蓬勃勃的梧桐树，遮蔽出一片联袂的绿荫。前面是鲁迅公园，也就是过去的虹口公园。柳丝丝站在不封闭的公园的入口，微微愣了愣神，略向后扫了一眼，正好看见韩力护兴冲冲的神情，仿佛在鼓励着她继续前行，她无法收住前进的步伐，继续往前走去。

韩力护紧赶几步，追上来问道：“以前你来过吗？”

“没有。小时候我总喜欢跑到人民公园去玩，这个地方我还从没有来过呢，你来过吗？”柳丝丝摇着头，顾盼着。

“我也没有，”韩力护说道，“以前到过虹口体育场看过比赛，这个公园倒真没有来过。”

两人一边说着一边往里走，由于是第一次来，两个人都睁大眼睛，看什么都新鲜。

深入公园里，擦着右侧大同小异的湖，柳丝丝与韩力护两个人来到了鲁迅墓下。墓前的鲁迅坐像安详而沉默，好像对这个城市怀着永远不满足的抨击。

任何把鲁迅显影化的努力，只会使他与这个城市更加不谐调。他在文字中的不姑息、不妥协、不原谅的情怀，是永远不会被上海这个艳浮的城市理解的。他落脚于这个城市的一角，像是一个误会，也许有一天，这些碑座会被这个城市的绵软与靡浮驱逐出城市的版图。

他不是一个明星，却以明星的姿态，被安放在城市的一隅。他与这个城市没有关系，他的文化和思想，都是这个城市所不需要的。鲁迅在上海没有传人，所以，他在这个城市里的塑像注定是以一种孤独的方式立在这里，就像一个打工者不慎跌落到上海的红尘中，就像南京路上顾正红喋血的地方，只配映照着霓虹灯那没有血色的惨白。

踏上台阶走进去，拂开银杏树的遮挡，“鲁迅先生之墓”几个金色的大字闪耀在碑座上，静静地沐浴在树荫的阴影里，似乎苦苦沉吟着一个人与另一个人惺惺相惜的友情。

两边的走廊里爬满了常春藤，辉映着绿色的光照，像一座绿色的山洞。

“走，到那边歇一歇去。”韩力护说道。

柳丝丝站在墓前，似乎在入神地望着那单调而简单的碑面。也许其他女孩在这样的时刻会有一种矫揉造作的拿腔作调，但在韩力护眼中看到的这个女孩，却似乎真的沉入了漫漫的历史深处。一种与环境的亲和而又抗拒的力量，总是非常奇怪地出现在柳丝丝的身上。因为这样的缘故，韩力护忍不住偷偷地打量着她，等待着她从沉醉中复苏过来。

“好吧，走啊。”柳丝丝转过身，追随着韩力护刚刚启动的步伐向西走去。

水泥座凳斑驳着一团团遮遮掩掩的红色，像是历经岁月的打磨，呈现出一种风烛残年的老态龙钟。

两个人坐下，隔着一段距离。

“你喜不喜欢这样的环境？”韩力护问道。

“一般化。”柳丝丝说道，“你呢？”

“差不多。”

柳丝丝有些古怪地看了一下韩力护。

韩力护见柳丝丝没有吱声，便又说道：“你有没有觉得这里特别安静？”

“一般化吧。”柳丝丝脱口说道，“你喜欢这样的安静啊？”

“差不多吧。”韩力护用怪腔怪调的口气说道。

“你的口头禅？”柳丝丝用讥讽的眼神看着他。

“怎么了？我说的话很奇怪吗？”韩力护不解地望着她。

“一般化吧。”柳丝丝抑制住自己声音中的情绪，“我想起一个故事。”

“什么故事？”

“一般化与差不多的故事。”

“这么巧啊，就是说的我们俩？”韩力护惊讶地问道。

“不是，只是一个故事而已。”

“什么啊？你快说啊。”

“从前有一个小朋友，说什么都说一般化，所以大家都叫他一般化，还有一个小朋友，因为老说差不多，大家都叫他差不多。差不多后来造了一座大楼，他马马虎虎，造好了却没有电梯，反正他做什么都是差不多。一般化到这个大楼上看戏，要爬到最顶层，爬啊，爬啊，爬到第五十层，小朋友问他累吗？一般化说一般化。爬到顶楼上，小朋友问他累吗？一般化又说一般化。差不多看到一般化来了，问他楼造得好不好。一般化说一般化吧。一般化又问差不多这楼上戏开演了吗？差不多说差不多吧。”

“哈哈，你这个故事肯定讲错了。我听的是‘不高兴与没头脑’，到你这儿变成了‘一般化与差不多’了。”

“反正差不多就行了。”柳丝丝笑着瞟了他一眼。

“谁给你讲的这个偷天换日的故事？”韩力护问她。

“是我爸爸。”

“那他是骗你，把故事都改变了。”

“他没有骗我。”柳丝丝噌地跳起来，把韩力护吓了一跳。

柳丝丝的脸上是怒形于色，一朵像玫瑰花的红晕，展开在她的脸颊上。她的表情太真实了，让韩力护本来想开玩笑的念头消失了。

“对不起，我不应该与你开玩笑。”韩力护说道。

柳丝丝扭过脸去，不再吱声，她迈着细碎的步伐，沿着绿荫夹峙的道路，向公园深处走去。

韩力护望着她的背影，带着一些不可思议的表情摇了摇头，女孩就是这样怪，脾气变化得让人捉摸不过来。他跟了上去。

“你真的生气了？”韩力护无力地问道。

“没有，”柳丝丝摇了摇头，“没什么，你别当一回事。”她的神情并不偏激，这让韩力护有一点放下心来。

“是我不好，可以感觉到你很崇拜你的爸爸。”韩力护试探地说道。

“是吗？只是我相信，我爸爸不会骗我的。”

“我现在也明白了，只是一个故事，一个你爸爸让你开心的故事。他是善意地讽刺你一下，你的爸爸肯定很幽默。”

“我爸爸是一个很好的人，”柳丝丝有一些迟疑，“小时候，我最喜欢听我爸爸讲故事了。”

“呵呵，一看就知道，你是一个你爸爸特别娇惯的女儿。”

“噢，真的吗？这有什么不同吗？”柳丝丝回过头来，看了他一眼，似乎刚才的气愤已经风平浪静了。其实对一个女孩，与其赞美她美丽，倒不如夸耀她讨人喜欢。女孩喜欢从别人的眼睛里，看到自己被娇纵的目光。她会得意于别人眼中对她洋溢的赞美，这也是女孩会刻意打扮自己、追求美丽的原因吧。

“你这么可爱的女孩，肯定会讨爸爸妈妈的欢心了。”

“我觉得你倒很会讨女孩的欢心。”柳丝丝的声音，带着春天的柳丝一般的轻灵，飘舞着。

“我只是说的真心话罢了。真心话，也许更讨女孩的欢心吧。”韩力护有一些羞涩地说道，他感到他的嘴从没有像今天这么滑溜。面对着一个可爱的女孩，让人会不由自主地让她快乐，让她高兴，就像自己努力着，用尽所有的欣赏的目光，让孔雀绽放它的美丽的羽毛。在女孩面前，你会才思泉涌，下笔万言，滔滔不绝。

“你是让我相信你说的是真心话？”柳丝丝走到道路的尽头，踏上了向上升起的台阶，稍微停顿了一下，掉头看了一眼韩力护。

“我是真心话啊。你不相信？”韩力护也停了下来，目光迎着她。

“嗯，一般化吧。”

“难道真话还分成真正的真或者一般化的真吗？”

“我说一般化就一般化。”柳丝丝踩着台阶向上走去。

“那我就只好差不多、差不多了。”韩力护故意哀怨地说道。

两个人爬上高坡顶部，浓郁的树荫遮住了阳光，四周是一片幽深而静谧的世界。两个人穿行在绿树丛中，间或从树林的间隙中，闪过一星半点的人影，有老人在林中旁若无人地打拳练剑，柳丝丝与韩力护也不由自主地放轻了脚步，好像怕扰乱公园里的宁静，更像是害怕吓坏那些练功的人。

走着，走着，好像是公园的最高处了，他们都不知道自己走到什么地方了。但是，公园是一个道路循环的地方，用不着担心走上一条不通的死路。突然间，他们发现右边的世界豁然开朗，两个人都好奇地望着右边朝南的缺口，望着下面的一切，两个人都觉得特别好奇。

“我们跑到墓地后边了？”韩力护说道。

“嗯。”柳丝丝止住脚步，静穆地望着远方。

鲁迅墓从后边看去，就是一圈破旧的圆形碑墙。从墓碑的前面来看，整个墓道似乎是厚实而坚实的，但走到了背面，才知道正面看不过是徒有其表的扎实有力，后面其实是脆弱而空洞的。在墓碑的后边，还有一条小走廊弧形地裂开一条小缝，使整个墓碑纵横交错得可以让人穿越。

“我觉得……”柳丝丝呢喃地说着。

“什么？”

“我觉得我们像是爬上了‘差不多’先生建造的大楼的顶峰。”

“那么，我应该问你累不累了？你该说……”

“一般化。”柳丝丝牵强附会地说道，“城市的墓让我有一种异样的感觉。”

“什么感觉？”

“我们的生命是什么呢？为什么我们会生活在这个城市里？我们的明天在哪里呢？”她眯着细细的眼睛，沉浸在自己的思绪中。

“你真的太哲学了。”韩力护说道。

“我想得太多了吗？像你这样，你只要说一声‘差不多’就够了吗？”

“差不多，也许是人生的一种态度吧。不是放松要求，也不是得过且过。像现在，生命的意义能去追寻吗？这个问题太沉重了，我们都回答不了，但是，我感到我们生活着，有生命在墓地里展示着自己的活力，这不就是一种意义吗？”韩力护说道。

“也许是我不该问，但在这样的地方，我们总会感到生命是一种不一样的东西。我的‘一般化’应该向你的‘差不多’看齐了。”柳丝丝嘴角边凝固着一丝淡淡的表情。

“不，其实，我从你身上知道了生命的光泽。”

“噢，太玄乎了，我能告诉你那么多吗？”柳丝丝不解地看着韩力护。

“你不知道你的魅力。我觉得，你的青春很强劲，在这块墓地里，我感到生命是永恒的，这是你感染了我。真的，你不相信我说的是真话吗？”

“究竟谁不相信谁啊？我相信你一次吧。其实我也感到一点没有死亡的悲哀。不知为什么？”

“因为你相信，生命是美好的。”韩力护其实在说着自己的相信，说着内心里对她的赞美。

“你真的相信我是这样想的？”

“是的，丝丝。”韩力护有些生涩地说道。

“什么？”柳丝丝嘴边泛起一抹古怪的笑意。

“没什么。”韩力护有些尴尬地躲藏着自己的表情。未经允许，突然舍掉女孩的姓氏，这可有一点强盗的行径呢。

“呵呵，其实我的小名不叫丝丝啊。”

“那叫什么？”

“我不告诉你。”柳丝丝得意地说道。

“你太坏了，连这都保密。”

“很俗的名字，告诉你，你要笑话我了。”

“你这样一说，我更想问了。怎样俗啊？我不怕俗的。”

“哎呀，你太会逼人了。”

“你太会设置悬念了。”

“好吧，我告诉你。我小名叫小囡。”

“呵呵，原来是这个，一点个性都没有，人人都可以叫的啊。”

“谁叫你听了？都怪你，知道了又来嘲弄人。”

“我没有嘲弄你。只是，女孩的称谓都可以叫小囡的。”

“每一家的小囡，自然都是不一样的。她们的重要性都是一样的。”

“这样的解释，还差不多。”韩力护说道。

“你啊，永远的一般化。”柳丝丝说完向高坡的另一边下行台阶走去。

第六章

这天，小穆接到钱盛钟的电话，说小火已经离开了剧组，因此，她在火车站附近原来租用的地下仓库已经没有人住了，小穆与莎莎住在一个屋子里，毕竟男女同处一室不方便，现在正好让小穆搬到那儿去住。

钱盛钟在电话里征求小穆的意见，是今晚就去呢，还是明天再搬。钱盛钟提到一套数字非线性编辑系统下午刚刚运送到那里，但不知效果怎么样，意思是叫小穆测试一下。听到这话，小穆浑身来了劲，一直以来，他都在别人的工作室里学习非线性编辑技术，但那完全是一种寄人篱下的感觉。工作室里业务很忙，他很难有机会上台去正式操作，特别是这种电脑运作，一旦介入，思维几乎不能中止。小穆一直断断续续地在人家的机台上训练自己的操作，从来没有一段连贯的时间供自己酣畅地过把瘾，现在听说钱盛钟专门配置了这套他一直梦寐以求的设备，真的有一种喜出望外的感觉。

穆炎联系了钱盛钟，取来了钥匙，一个人赶到位于闸北区的地下室里。

穆炎按照门牌号码，找到了那间地下室。从地上走进地下，扑面而来的是一股暖融融的气息。空气中散发着油香、菜香，正是吃晚饭的时候，这种气息在地下室走廊里，四处游走，经久不息。

穆炎找到自己的房间，打开门，见屋里堆满了纸箱子，箱子堆成的墙边，放着一只小床，床上空无一物，看样子前主人已经把被褥搬走了。

一进屋，才发现蚊子挺多。靠门边，两个高及一人的箱子堆在一起，不用问，就是刚刚运到的电脑及编辑系统。

刚才，穆炎联系钱盛钟的时候，只听到老钱说这些设备是由他的夫人谢有芳联系的，电脑的配置十分高。小穆现在迫不及待地想试一试新系统的运行情况，也顾不上其他，便把电脑箱拆开，搬出电脑，放在电脑台上。

非线性编辑系统的关键设备是非线性采集编辑卡，置入电脑即成。小穆拆开包装，看那样子，价格也在一万多元。小穆很快把机器安装成功，先试了一下实时色键抠像和画中画功能，这是图像编辑的重点内容，果然操作起来很灵敏。看着终于有了一个属于自己的操作平台，穆炎感到开心极了。

正当他不知疲倦地试验新设备功能的时候，突然传来急促的敲门声。

小穆心里一愣，这时才意识到这个空间里只有自己一个人，立时心里有一些慌张，走到门口，问道："谁啊？"

"你快开门。"外面传来的是一个同样急促的男人的声音。这个声音他没有听过。

小穆开了门，门口站着一个男人。乍一瞧，觉得仿佛在什么地方看过。在哪里呢？小穆懵懵懂懂地想着，心有余悸地问道："你……找谁？"

"你看到一个女人来过没有？"那男人没头没脑地说道。他的皮肤黝黑，闪亮的汗珠在额头上闪烁着焦急的光泽。

“女人？你以为我藏起了女人？”小穆大惑不解。

“不是，不是，我在找一个人啊，现在到处找不到她。”那男人的眼睛忽地收缩，疲沓地垂下眼帘，可以明显地看到刚才的希望之火从他的眼睛里熄灭。

穆炎一直在心里捉摸他是谁，久久地盯着他，拼命地从脑海里搜索在什么地方见过，突然间，看到面前的这个男人松弛下来，小穆的脑海里闪过一束弧光。“你是……我想起来了，你叫……阿溟，是吧？我们在培训班上见过面的。”

阿溟抬起头，也直直地看了小穆半天，说道：“噢，想起来了，是的，那一次到培训班去，是看过你的。你叫——”

“我姓穆，叫穆炎，快进来坐吧。”小穆赶紧把阿溟让进屋里，在这个人生地不熟的地方，遇到曾经有过一面之缘的熟人，两个人之间都有一种特别的亲热感。

阿溟犹犹豫豫地走进了屋子，他望着屋子里的摆设，眼睛中闪烁着留恋的光泽，他问道：“你现在住在这里了？”

小穆搬出一个凳子，示意阿溟坐下，阿溟哪里有心思坐得下来？小穆说道：“是啊，我也是刚刚才过来的，你找谁呢？”

“我找秦娴火，你不一定认识吧，就是小火啊。”阿溟说道。

“小火，听莎莎说过，她怎么了？”

“我突然找不到她的人了。”

“不会吧，这么一个大活人，还会跑丢了吗？”

“你不知道，我们约好一起走的，可是，我左等右等却没有等到她人。”阿溟的眼睛里黯然无光。

小穆原来以为阿溟的到来会有什么急事，原来是跑丢了一个女孩，为这事心急火燎的，未免太兴师动众了吧。望着阿溟那颓丧的表情，小穆心里想：这个男人有一点怪，离开女孩那么一点时间，就变得意乱神迷了，一看就知道他与那个女孩有什么。这么一想，小穆突然想到了自己，想到自己离开了莎莎之后也曾经有过的那种焦躁情绪，顿时便消释了对阿溟的嘲弄意味，转而开始耐心地问他究竟发生了什么事。

阿溟重重地叹了一口气："你不知道吧，小火原来一直住在这里，所以我一发现她不见了，就急急忙忙地跑来了。"

"难怪你会找到这里来，"小穆忍不住重新看了看屋子里的布置，想象着过去一个女性住在这里有什么样的感觉，"那她怎么搬走了？"

"她不是被钱主任辞了嘛，既然辞了，自然就搬走了。"阿溟回答道。

"那她搬哪里去了，会不会搬到新地方去了？"

"就是这样啊，我们约好了的，一起搬到新地方的。"

"你们？"小穆好奇地看着阿溟。

阿溟的脸上无由地泛起了一抹红潮，令他黑色的脸膛上闪烁着像一块燃烧的煤球般的红彤彤的光泽："是啊，她答应和我一起走的。"

"和你一起走？你应该到新地方去找她啊。"

"她还没有去过呢，我是等她一起去的啊。"阿溟抬眼望着小穆说道，眼睛里满是委屈。小穆可以感受到他陷入熊熊燃烧的心火里，正在备受炙烤的折磨。

"你们准备搬到哪里去？"

"是这样的。你知道吧，我过去是做教师的。我在钱主任那里，只是跑龙套的，算是群众演员，还干着剧务啥的。你也知道，上海的郊区很缺教师，我想还是回去干老本行算了。听朋友介绍，松江一个学校正在招聘老师，我报名被录取了，准备搬到那里去。”阿溟说道。

小穆听到这里，心有所动，阿溟的潜台词是小火愿意跟他走的，他不知怎的又想到了自己，便继续关心地问道：“那小火答应与你一起去？”

“是啊，上次出了事故后，她身体一直不好，她跟我去，我还可以照顾她。”阿溟说。

“那她会不会回家去了？”小穆问道。

“没有，不会的，她说过不想回去的，她说等她安定下来，再回家去一趟。”阿溟说。

“那你们约好了怎么见面呢？”

“我们是约好在西区汽车站见面的，可是左等右等现在也找不到人。”

“手机呢？”

“手机也打不通。”

小穆挠了挠头皮：“真是怪事了，难道这么大个人还会失踪吗？”

“我最担心她的身体，就怕她倒在什么地方，她动过气管切割手术后，一直没有恢复，不然我也不会这么心急了。”阿溟说着又开始焦灼不安起来。

小穆也在屋子里踱着步，碰到这样的事情，他首先想到了莎莎，说不定她知道小火在什么地方呢。他也没有细想，就拨通了莎莎的电话。

莎莎接到电话的时候，刚刚把屋子收拾干净。一个陌生的男人在这个屋子里待的时间并不长，但还是留下了不一样的印迹。与小穆在一起的日子虽然短暂，但却隐隐地触动了她隐秘的心思。自从离开家之后，她一直飘浮在真实的现实生活之上，而这也成了她攀附在钱盛钟身上的一个心理基础。而小穆却让她感受到了现实的生活依然近在咫尺，特别是那一晚，小穆陪伴着自己来到医院，更让一个女人的心底深处涌上了异样的涟漪。当她的心里苦苦地回味着那一种久违的温馨与感动的时候，另一种声音便固执地跳出来，警示着她：别做美梦了，你根本不配去想象那种纯真的感情，只要你现在还在钱盛钟的手下，你就注定不可能去拥有自己独立的感情。钱盛钟这么匆忙地把小穆从自己这里赶走，也有着对自己的防范因素，不管怎么说，即使没有钱盛钟对自己的这种戒备，自己也不应该往那一方面越雷池半步。

莎莎杂乱无章地想着自己的心思，倒把杂乱无章的屋子给收拾干净了，刚想歇一歇，手机铃响了，看上面的号码是小穆的，她的心里涌上一种说不出来的期待与颤动。但小穆没有说上几句寒暄的话，只是告诉她，小火不见了。

莎莎与小火过去并不是闺蜜，反而更像是同行相轻的仇人，但是，一想到那日小火憔悴不堪、楚楚可怜的病容，她却当仁不让，答应前去找小穆一起想办法。其实她也知道，如果不是小穆来邀请她，她不会这么义不容辞地再一次插进小火的事情之中。她开着车，穿过半个市区，来到闸北。

在低矮的灯火丛中，她停下车，打了电话，小穆接住，约她在地下室的上面见面。

莎莎下了车，就看到两个男人站在路边，她连跑了几步，先向阿溟点了点头，径直问道："究竟是怎么一回事，小火前几天我还看见过，怎么会突然不见了呢？”

阿溟垂着头说：“别说前几天了，今天上午我还看见她呢。”

“你们究竟怎么了？有没有闹别扭啊？”

“怎么会呢？”穆炎在边上插上话道，“小火都答应跟阿溟走了，要是闹别扭，小火能跟阿溟走吗？”

莎莎看了穆炎一眼，然后望着阿溟说：“小火真的亲口对你说，她要跟你走了？”

“嗯。”阿溟重重地答应道。

“这个死小火，她跑到哪里去了呢？”莎莎重复地扫描着面前的两个男人，“她会不会回家去了？”

“我想不会的吧，她说过不回家的，她说她这个样子回家去，会让家里人担心死的。”阿溟茫然若失地说道。

“你们为什么不打电话到她家？肯定回家去了。”莎莎说道。

“我原来不相信她会回家的，难道她真的回家了？”阿溟的眼睛里空洞无物。

“你们两个大男人就不能去她家找啊。待在这里，也不想一个办法。”莎莎望着两个男人一筹莫展的模样，不由嗔怪道。

“我摸不着小火的家啊。”阿溟说道。

“小火没有带你到她家去？这个小火，整天风风火火的，也不知道干的是什么事情。她愿意跟你走，总得把你带到她家里去一趟吧。”

“那现在怎么办？”阿溟可怜兮兮地说道。

“你还来问我？我怎么知道？小火的家不就在闸北吗？离这里不远啊，你们就不能去找找吗？”莎莎有一点着急。

“可现在我们谁都不知道她的家啊。”穆炎在边上小心地说道。

他看出了莎莎的焦急，似乎她与小火之间的恩怨，并没有影响到莎莎的那种溢于言表的担心，他这时候觉得莎莎真有一点光彩照人的感觉。

“我记得以前小火曾经说过她的家在什么地方……让我想想，说不定我能记起来……”莎莎低头沉吟，“走吧，我和你们一起去找吧。”

车子重新发动，在两边泛着苍黄灯光的街道上穿越，车里没有开灯，路灯光像金色的面包，不断地塞进车内，使车厢里升起短暂的香喷喷的温暖的味道。

莎莎把车子停在一个巷口，估计着这就是小火曾经说过的地方。她停了车子，叫阿溟下车去找。阿溟急匆匆地下车走了，车里只留下莎莎与小穆。可是莎莎只是低着头，注视着消失在巷口的阿溟的身影，一言不发，突然她开了车门，跳下车子，对小穆说：“你等一会儿，我再问一问阿溟情况。”

莎莎下车后，连跑几步，对着阿溟的身影高叫了一声，阿溟重新折回头来。小穆隔着车窗，望着在一盏昏黄的路灯下，阿溟与莎莎交头接耳,似乎交流着什么。他被他们在一起的身影吸引，长久地趴在车窗前，失神地望着那一对男女。暖融融的橘黄色的灯光，吝啬地洒在他们的身上，只能把他们的身影显示出来，但是，就是那一团并不太清楚的侧影，小穆还是能分清他们是谁。莎莎与阿溟谈话的时候靠得那么近，似乎莎莎平时与他谈话的时候，也没有像现在这样与阿溟接近。他的心里突然升起一种奇怪的想法，竟然隐隐地感到一种酸楚的滋味。为什么会有这样的想法？这个女人与自己相识才多久啊，怎么突然之间如此关心起她来了？她与另一个男人如此贴近地谈话，竟然会让自己心里泛起波澜。

小穆重重地喘了一口气，突然觉得，几日来与莎莎共处一个屋子之下，竟然产生了一种依赖的心理，这种心理又加重了他心里的一种朦胧的渴望。真是怪事了，难道自己的感情就是如此脆弱，竟然不设防地缴械投降了?

这是不可能的。小穆对自己说着，他知道莎莎的身份。在大庭广众面前，她也不避讳与钱盛钟的打情骂俏，自己凭什么要插一杠子，去卷进这种在城市里司空见惯的关系之中?

他快被车里暖烘烘的热气弄得窒息了，也开了车门，站到车尾，他控制自己，不向莎莎与阿溟的方向走去。但是，他们两人依然在远处叽叽咕咕，仿佛小穆被忽略了似的。小穆大口大口地呼吸着夜晚清新的空气，努力把涌上头脑的热血冷却下去。

“小穆。”莎莎的声音突然打断了他晕乎乎的胡思乱想。

“什么？”穆炎像一只受伤的野兽一样惊悸地望着莎莎，“什么事？”

“这样吧，我与阿溟商量过了，还是我先去，你和阿溟一起来吧。怎么样？”莎莎一点没有避讳地说道。

“随你。”小穆被莎莎的平静打动，他觉得刚才心里一闪念的酸楚的想法有一点矫揉造作，实属多余。他现在越来越喜欢莎莎身上呈现的不事雕饰的本真成分。

莎莎话说完，便像一只羚羊一样，“呼啦”一声闪进了小巷里。

小穆与阿溟跟在后边，慢慢地向前走，狭小的街道上，曲曲弯弯，一眼看不到头。小穆走得不快，但没有想到莎莎走路倒是风风火火，相比之下，阿溟紧随着的步伐很急迫，小穆觉得自己倒像是局外人。他有一点逍遥又有些三心二意地望着路旁的房屋，被这里的一种浓烈的平民生活气息震撼着。上海简直是一部百科全书，一部人类的历史，至今仍完美地保留在这里，这里的简陋出人意料，充斥着最原始的世俗的气息。

莎莎过一刻，停在一处，询问着什么，似乎在打听地址，然后她便更加快速地前行。走了有一里多地，她的身影长久地消失在路边的房屋中，小穆看见阿溟也停在路边，便小声地问道："到了？"

"好像是的。"阿溟颤抖着说道。

莎莎从里面跑出来，叫阿溟："快过来，他说的啥话呢？"

小穆看到阿溟跑过去，里面的一个人，比比画画，说的话是叽里呱啦，小穆一句听不懂，只听那人反复说："小吊头往逼拐就到了。"

小穆听了觉得好笑，看看莎莎，她侧过脸去，掩饰着不好意思。阿溟问完话，小穆问："他说了什么？"

阿溟道："他说是过了小桥头往北再一拐就到了。"

莎莎笑出声来："我当他说流氓话呢。"

阿溟解释道："他说的是灌云那儿的方言，他说他认识小火一家的。"

莎莎说："那我们快一点走吧。"

果然走了不远，一个破落的石板桥横在路上，过了小桥，顺着道路向北拐一下，莎莎看到了她需要找的巷子，连声说："找到了，找到了。"然后兴致勃勃地向前走去。

"就是这里了，"莎莎望着门牌，"门牌号离这不远了，我先进去看一看，你们在这等着。"

莎莎消失在一排低矮平房前的小巷子里。这里的门牌号码，似乎是好几家共有一个的，必须依次去问才能找到。过了一刻，莎莎出来，阿溟紧张地问："找到没有？"

"找到了她家，但小火没有在家。"莎莎满脸失望地说道。

"你问了她家里人？"

"好像是她奶奶，说的话我听不懂，我比画了半天。估计屋里没其他人。"莎莎说道。

"我再去看看。"阿溟焦急地说道。

莎莎指出了所在的方位，阿溟跑进了小巷里去。

穆炎似乎在此刻才单独与莎莎在一起，他朝她看了一看，莎莎露出一点轻松的笑容，知道了小火不在家的真相，两个人似乎才想起了他们自己来。小穆向莎莎靠近了一点，借着昏黄的路灯光，看着她，在这一刻，才感觉到似乎好久没有看到她了。

"你还好吧？"小穆问道。

"还行，你呢？"莎莎抬眼看了他一下，"新地方适应吧？"

"当然没有你那儿好了，有吃有喝，都养出贵族气了。"

"如果不习惯，还是搬回来住了。"莎莎脱口说道。一出口，才觉得自己是身不由己的人，赶快咬着嘴唇，使劲地用牙齿压着下唇，仿佛是在惩罚自己似的。

"不用了，钱主任都安排好了，有空的时候，把你那边的电脑都搬过来吧。"小穆淡然地说道。

两个人都没有说话，路灯的灯光憔悴不堪地笼罩着他们，把他们包裹在一层梦幻一般的轻浮之中。

小穆叹了一口气道："真不知道小火出了什么事？刚才你与阿溟谈到小火有什么反常的吗？"小穆是想找这个借口，弄清楚刚才莎莎与阿溟在路灯下叽叽咕咕地究竟谈了什么，只不过，他巧妙地以小火的名义提出来罢了。

“没有听他说小火有什么不正常啊，”莎莎说道，两眼直直地望着巷子里幽深的黑暗，“他们两个人好像挺好的，我觉得小火还真是有福了。阿溟愿意要她，她有一个不错的归宿了。”

“那小火究竟为什么又失踪了呢？”

“我也觉得奇怪啊。阿溟对小火一直很好，我们都看得出来，现在小火愿意跟阿溟走，她不应该再有什么变卦了啊。”

“也许小火不想去了呢？”小穆问道。

“不会吧，如果是我，我肯定会去的。”

正在这时，阿溟走了出来，后边跟着小火的奶奶，来到他们的面前说道：“小大哥，小大姐，小火这丫头狗癫风，总只的哎不归家，把我这个老满着照死得了。”（灌云方言：大意是指小火总不回家，让我这个老太婆心焦死了。）

阿溟又用灌云方言与奶奶一来一去谈着什么，莎莎与小穆自然是一句听不懂，奶奶拉住阿溟的手，似乎对他很有好感。毕竟在上海，找到一个同乡人确属不易，再加上阿溟说他是小火的同事，老奶奶在抱怨小火之余顺便夸自己的孙女如何出色。莎莎与小穆看到老奶奶对阿溟的那种热火劲，都暗自感到好笑。今天虽然是找小火才来到这里的，但变相地让老奶奶见了一下孙女的男朋友，而阿溟也见到了小火的家里人，也算不枉此行吧。

第七章

看似没完没了的理论课程终于画上了一个句号。

莎莎把学生们带到了培训班借用的少年体校的室内篮球场内，在这里进行表演课的讲授。

这还是莎莎第一次站在学生们的面前。她一直担心自己会像那些老教授那样，无法镇住下面人心蠢动的学生，但是，当她把学生们带进球场的时候，她发现学生们竟然出奇地规矩。

她可以感觉到，灼灼有神的青春的眼睛，集中在她的身上，使她浑身上下有一点不舒服、不自在。但她毕竟是经过舞台训练的，过去在一百公司分公司的时候，也参加过模特表演，她很快镇定下来。

莎莎在文化宫进行过一段短暂的训练，上海戏剧学院的一位老师负责对她进行表演训练。尽管那段时间很短，但却很受用。因此，她今天的第一堂课，完全是依葫芦画瓢按照上戏老师讲授的内容复述一遍。

莎莎让男生、女生各分成两行纵队，然后两行纵队疏散，让男生与女生交错着站成一个纵队。然后命令男生与女生手拉手连接起来，男孩们与女孩们开始的时候都有些羞涩，一时间气氛比较尴尬。

莎莎知道，从事演艺事业，最关键就是消除男女之间彼此的羞涩。她坚决地命令，大家把手拉好。女生们咬着牙齿，藏着羞涩的表情，把手胆怯地伸出来；那些男孩也好不到哪里去，都没有胆量去握女孩的手。

他们都很纯洁，但表演就是去掉那最初的纯洁，打掉内心的戒备，让演员的自我消失，成为一个万金油式的道具。

“握好没有？”莎莎富有感染力地说道，她亦步亦趋地重复着上戏老师当年的神情与腔调，“紧紧地握着，好像你们在海滩上，远处有汹涌的波浪袭来，你们紧紧地联系在一起，不能放松。你们已经忘记了你们的性别，只有面前的危险，告诉你们，你们不能松开。”

她在启发着学生们产生表演艺术中特别重要的形体想象。男孩与女孩，像正负电子一样，在没有接触之前，对碰撞产生的火花有一种既渴望又本能的惧怕。但实际上，当真的接触的时候，远没有想象中的那么可怕，更没有特别的温馨，男生与女生逐渐适应了那种手握手的感觉。

在学生适应了男女可以授受相亲之后，莎莎让学员们放松，经过前一番整合后，男女学员们之间融洽了许多。

莎莎吩咐让做一个最基本的形体练习，就是站在最后一名的学员匍匐下身子，从前面学员的腿裆里爬行而过。然后依次列入最后一名的学员，同样从前面的学员身子下穿过，一直爬到最前面的学员前，重新站起，如此滚雪球般向前，使每一个学员都有一次从别的学员腿裆下越过的体验。

当年，上戏老师这样进行训练的时候，学生们都表示不理解。其实这与其说是形体训练，倒不如说是对演艺学员的心理训练，使学生在入行前能丢掉任何的准则。每一个人轮番着从别人的胯下穿过，一旦接受了这样的事实，以后的事情就豁然开朗了。后来，莎莎一直对此事印象深刻，所以，她在学员培训班的形体训练课也是如法炮制。

莎莎发出指令后，学员们认真地执行着。男生的高大身躯，要穿过较为纤细的女生的胯下，的确颇为费劲，男生们尽力做出缩地老鼠的姿态，努力贴在地面上，艰难地向前行进着。而女孩们开始的时候，既怕碰到别人的裤裆，更不愿意贴着地面，怕弄脏了身上的衣服，所以，那样子很滑稽、很别扭。虽然她们看起来要比男生们小巧玲珑，但是她们在地上爬行的动作更加丑态百出，渐渐地，女生们没有了嘻嘻哈哈的劲头，开始安分地执行训练命令了。她们把自己的前胸压在地板上，像蛇一样，往前爬行着。

莎莎对学员们的表现基本表示满意。但是，这种持续向前运动的轨迹却停在一个男孩那里。

"你为什么不做？"莎莎责问着那个男孩。

那个男孩沉默地立在那里，塌陷的纵队，在他那里停顿下来。

"你叫什么名字？"莎莎觉得他有一些面熟，问道。

"韩力护。"

"你为什么停下来？"

"因为我不想做。"

"别人都在做，为什么你不想做？"

"这样的胯下之辱，有意义吗？这与表演有什么关系？"

"你不同意，我们可以课后切磋，但是，你不能影响其他同学继续这样的训练。"莎莎的脸有一些微微发烫。她想起来了，就是这个男孩，曾经在前几天的课上，公然顶撞黎湘榴教授，而且与柳丝丝一唱一和，一翘一搭，好烦人的两个人。

“我不会影响你们。告辞。”韩力护转过身，离开了纵队，大踏步地往外面走去。整个训练场里鸦雀无声，韩力护的脚踩在地上，发出沉重的呼应，似乎整个空间都回应着他有力的脚步声。

莎莎无奈地看着他远去，突然，她看到一个女孩纤细的身影，追随着他而去。这个女孩像一条被风吹起的柳丝，无声地拂过大厅里的木质地面，富有弹性的枝条与地板相撞，自然不会发出任何撞击的声音。她的轻盈与韩力护的沉重，形成了强烈的对比。

“柳丝丝，你站住……”莎莎空洞地叫道。

柳丝丝猛地刹住脚步，她不得不踩着自己那细碎的步伐，惯性让她无法中止，稍稍空滑了一段不易觉察的距离，她让自己停下来。

“全老师，我等一会儿就来。”柳丝丝微微地侧过身子，她的脸上，是一种温和的表情，而令莎莎更为惊讶的是，她的话音中饱含着一种礼貌与亲切，以前甚至从没有称呼过她为“全老师”。

“你准备干什么？”也许是看到了柳丝丝的随和，本来一直不敢冒犯柳丝丝的莎莎，竟然生出了几分斗胆。

“我去劝他一下，马上就回来。”柳丝丝的眼睛里含着一种明澈的征求的神情，就像小时候向莎莎索要一件她心爱的玩具。莎莎看到了小表妹那种特有的亲切与温和。

“好吧，那你快去快回。”莎莎方寸大乱，机械地应和道。

柳丝丝继续她无声的步伐，追出了训练场大厅。

“韩力护。”她在门口叫道。

“怎么？你也出来了？与我一起逃学？”韩力护半侧着身子，望着她，带着嘲弄的自鸣得意的微笑。

“不，我才不当逃学鬼呢。”柳丝丝严肃地说道。

“你真的改过自新了？”

“别逗趣了，快回去吧。”柳丝丝轻柔地说道。

“是老师叫你来拉我的？”韩力护问道。

“不，是我自己。”

“你真的想拉我回去？”

“是啊，我觉得今天才真正有一种学到东西的感觉。”柳丝丝由衷地说道。

“什么，就那种蛤蟆一样在裤裆下钻过来钻过去，就是学到功夫了？”韩力护轻蔑地说着。

“至少我们应该听听老师接着讲授的内容啊。她不是说了吗？这才是第一课。我觉得这样的讲课方法，倒是挺好的，比前几天在课堂上讲的不着天、不着地的理论课要有意义多了。”

“你竟然有这样的看法，那你回去吧。你这么愿意学，就跟着他们学吧。”

“你也回去吧。”柳丝丝说道。

“我不回去了，我决定离开这个培训班了。”韩力护撇了一下嘴，他脸上的表情，似乎整个儿地扭动了一下。

“为什么？刚开始步入正轨的训练，你就打定主意要离开？”

“柳丝丝，不仅仅这个原因吧，我真的想离开了。明白地告诉你吧，即使没有这样的训练，我也准备离开了。”

“为什么？”柳丝丝突然涌上了一种说不出来的伤感。

韩力护低下头，看着自己的脚背，然后，他抬起头，平静地望着柳丝丝说：“以前我对你说过吧，我是代朋友来上课的。前一阵，我正好完成了设计任务，时间还比较充沛，所以，我整天都耗在这个培训班里。可是现在，我的工作又要忙了，而且，我觉得帮朋友的忙，帮的时间也太长了吧。再学下去，好像我真的要成为一个演员了。我从没有想过有一天会从事演艺事业。”

“你怎么这样说，其实谁真的想当演员啊？只不过是自己的爱好罢了。再说，你学到现在，如果抛弃了，不是白白地浪费了吗？”柳丝丝慢条斯理地劝说着。

“其实，我还是感到很有收获啊。”韩力护的嘴角边挤出一丝吃力的笑容。

“收获？就是你的逃学？我看你前一阵也没有好好地上几天课啊，都是一直在逃学啊，旷课啊。”柳丝丝的眼睛定定地注视着他，好像她一眨眼，韩力护就会突然消失一样。

“对，这就是我的收获。”韩力护回应着柳丝丝的目光。

“你别哄我。”柳丝丝噘起嘴说道。

“真的，其实，我一直觉得，在班上能认识你是我最大的收获。”韩力护真诚地看着柳丝丝。

“哈哈，你别开玩笑了，我也没有教你什么，更不会教你什么。”柳丝丝像看破谎言似的，不由得笑了起来。

“别这样说，不管你相不相信我，我觉得最快乐的事情，就是在班级里认识了你。你是一个与众不同的女孩……”韩力护沉思着说道。

“别说好话，我不相信你也会哄女孩。”柳丝丝没来由地打断了他的话。

“哪里是哄你，我说的是真话。你有思想，有个性……”

“你不会是拐着弯说我脾气大、性子急吧？”柳丝丝不留情面地说道。

“不，在我的眼中，这都是你身上可爱的优点。”

“可你还是承认我脾气大、性子急啊。”

“那是你自己的评价，我可觉得你很有个性，特别是你很有思想。”

“哇，我很失望哦。”柳丝丝惊讶地叫起来。

“怎么了？”

“你知道说一个女孩有思想是在什么情况下才会发生的？”

“什么？”

“那是说女孩不漂亮，不可爱，只好夸她有思想。”

“不,不是这样。”韩力护不易觉察地闪过一丝羞涩的笑容,“其实，你很漂亮，你很可爱，相比于你的思想，你的漂亮更可爱。”

“哈哈哈，你今天怎么这么会夸人呢？怎么平时看不到你这么会讨女孩喜欢呢。”柳丝丝忍不住笑出声来，她洁白的牙齿，闪烁着晶莹的光泽。

“我怎么没有觉得是讨好女孩啊，只是我的大实话罢了。也许以前也没有机会说吧，今天……”

“今天你有机会了？”柳丝丝说道。

“因为我觉得就要离开培训班了，别的倒没有什么可惜的，就是觉得怪……怎么说呢？怪留恋你的。”

“别尽拣好听的说。如果不是我追着你，你才不会说这些话呢。”

“我也没有想到这么快要告辞啊，就是在课堂上的某一刹那，我觉得我不属于这里，我一刻也不能在这里待了。其实刚才说的话，倒是我一直在心里想说的话，只是以前没有机会说出来。”

“我真的好失望。”

“又怎么了？”

“你看，我多像一个无赖，追着你，似乎就是要听你说这些话似的。”

“其实我在心里也想过，如果可能的话，有一天，我正儿八经地向你说一遍该多好啊。”

“瞧你说得多好听，你都不辞而别了，哪里想到过别人？”柳丝丝的声音中，含着蜜糖一般的甜意。也许女孩是敏感的，她会听出别人话中的寓意。

“我会离开班级，但我在心里想过，我一定会向你正式道别的。”

“真的？”

“是真的。在走出训练场的时候，我就想应该向你单独告别一下，可是你突然追出来了。”

“这么说，我是满足你的要求了？”柳丝丝忍俊不禁。

“不管怎么说，我是不会忘记与你在一起的时光的，我会记得的。”

“瞧你说得这么坚决，你真的要走了？”

“是啊，我只是不喜欢这样的表演。但我们以后会见面的吧，培训班总会结束的，但我想，应该保持我们的……”

“友谊吧。”柳丝丝抢过话头说道。

“好吧，就算友谊吧，你不会见怪吧？”

“见怪什么？有你的友谊，我也觉得挺不错的。”

“你这样说，那就答应我一件事。”

“什么事？你说吧。”柳丝丝爽快地说道。

“可是你要答应我啊。”

“男子汉怎么这么婆婆妈妈的，你说什么事吧。”

“把你的手机号码告诉我好吧。”

“我当是什么大事。记下来……”柳丝丝报出自己的号码。

柳丝丝渐渐地爱上了培训班，她对莎莎的成见，也像春天逐渐融化的冰凌，越来越萎缩了。

她没有想到，莎莎在课堂上有那么大的魅力。她在心目中一直鄙视着的表姐，其实有着沉稳、老练与有涵养的一面。

班级里，很快分出了差距。相比之下，女孩要比男生更富有表演潜力，在模拟回合的演绎中，女孩很容易进入角色，找到想象的表演空间。

柳丝丝心中暗暗地较着劲。她瞄准那些出类拔萃的女生，心里面有一股超越她们的强烈念头。

她发现，她现在很注重莎莎对她的评价。一旦莎莎对别的女生加以表扬的时候，她心里就涌上一种不舒服的妒意。

她可以感受到，班上有几个女生很有潜力。一个叫谢北桦的女孩，特别讨得莎莎的喜欢。这是一个长得十分洋气的女孩，小小的脸，细细的腰身，很符合演员的条件，她的可塑性很好，走在一群女孩中很出挑。莎莎在模拟演示的时候，经常让她做示范。

另一个女孩名叫严馨婷，她的身材有些丰满微胖，个子也不算高，但很明显她有着表演的功力，举手投足之间有一种特别的韵味，大家都议论她过去演过黄梅戏。

这两个女孩最讨莎莎的青睐。柳丝丝心里可痒痒了，她觉得自己竟然像小学生似的，也在期望着莎莎表扬她。

但是，她越用劲，越觉得吃力，她无法像那些女生一样游刃有余。莎莎在一般情况下，也对她很忽略。柳丝丝心里的不高兴越积越重，暗自责怪自己：看吧，把莎莎姐得罪了，这下她该让我难堪了。

这天，下课后，柳丝丝心情不悦地往外走，突然有一名女生叫她，她回过头，只见从人群那边传递过来的眼光，最终停在莎莎那儿。

柳丝丝有一些不相信地指着自己的鼻子，莎莎点点头。

柳丝丝停着不动，让那些欢蹦乱跳的男生女生走过她的身边，然后，向莎莎走去。

“有事吗？”柳丝丝问道。

“走，我问你一件事。”莎莎转过身，向侧边的小屋走去。

“什么事啊？”柳丝丝紧跟着追了上去。

“丝丝，你真的喜欢表演？”

“嗯——”柳丝丝应了一声，说道，“可是，我总觉得做得不好。”

“才开始都这样嘛。”莎莎轻描淡写地说道。

“我都没有信心了。”柳丝丝有一点委屈地说道。

莎莎转过身来，温和地微笑着看着她，这种目光令柳丝丝感到心里有一种甜美的慰藉。几天来，莎莎的那种站在讲台上的风范，在台下的学生之间不由自主地形成了一种崇拜的能量场，大家都很服她，觉得她的指点辅导很有实用价值，柳丝丝也被这种集体无意识感染了。

莎莎用手抚摸着柳丝丝的头，就像小时候她曾经与柳丝丝这样亲热地接触：“你如果有空，我以后多教教你。”

“真的？”柳丝丝有一些喜出望外地说道。

“我骗你做啥呢？我的小表妹，如果你真的有一天当了明星，我也会很骄傲的。”

“我能吗？我觉得自己好笨的。”柳丝丝嘟着嘴说。

在训练大厅放置物品的小仓库里，莎莎耐心地教柳丝丝表演的基本功。静静的时光，在狭小的窗户上，缓慢地移动着，浓重的阴影，像灰尘一样从角落里升腾起来，逐渐地淹没了她们。

莎莎与柳丝丝一起走出训练馆，柳丝丝仍有一种恋恋不舍的感觉，好久没有这样的感觉了。她拉着莎莎的膀子，说：“晚上有空吗？”

“你有事？”

“我们一起到老家去玩玩吧。”柳丝丝建议道。她说的老家，就是指小时候她上幼儿园时所在的黄河路地区，那块南京路南边的一条陋巷，是她们这一代生存在这里的人的共同精神家园。虽然外婆一家搬迁离开了这儿，但是，柳丝丝只要到市中心去一趟，无论如何都要看一下那条陈年旧巷。其实，长她几岁的莎莎也是如此。那里有她们少女时代的回忆，而少女时代足以与人一生中其他任何美好的事物相媲美。日后的岁月可以遗忘，但刻骨铭心的少年生活是最清晰的记忆。

“好啊，我上个月还去那儿呢。”莎莎的脸上挂着兴奋，“不知现在人民广场有没有改造好，难走死了。”

柳丝丝说道：“上次路过那儿，我没有进去，后来我做梦，梦见过那儿。”

“我也是这样。”莎莎侧过头，看着兴高采烈的柳丝丝，两个人扯着膀子，柳丝丝的重量压在莎莎的身上，莎莎被她推搡着往前走，两个女孩发出莫名其妙的笑声，好像她们刚刚获得了一件什么特殊的宝贝似的。

柳丝丝的母亲姐妹四个，而莎莎的父亲则是柳丝丝的舅舅，也是外婆五个儿女中唯一的男性，自小特别受家人的宠爱。在柳丝丝的印象中，母亲几个姐妹的称呼，都是用囡囡来称谓的，按顺序依次是大囡、二囡、三囡与四囡。柳丝丝的母亲排行老三，家里都称呼她三囡。小时候，丝丝寄养在外婆家，与父母离异的莎莎一起在那住了好长一段时间。现在，她们重新找回了童年快乐的时光，那种姐妹间的亲热感又回到了她们身边。

过去有一段时间，柳丝丝一直对莎莎有着严重的成见。在她的心目中，是莎莎导致了她的父母不和，一直像现在这样不冷不热。父亲后来调到昆山工作，很少回家，柳丝丝大多数时间都是跟着母亲生活。甚至过年的时候，父亲也是尽量不回到家里来，这成为丝丝心中难解的疼。

在柳丝丝的印象中，是莎莎引起了家庭的不和。那时候她还小，不知道什么原因，只记得莎莎有一次哭哭啼啼地说柳丝丝的父亲在她洗澡的时候，跑进浴室搂住她。因为这个事情，柳丝丝的父母暴风骤雨般吵了一架，自此以后，家里的平静生活便被打破了。柳丝丝感觉自己不再重要了，失去了父亲的疼爱。

那时候，柳丝丝还小，她不知道这里面究竟发生了什么，她无法把自己深爱着的爸爸，与莎莎说的那个在她洗澡时搂着她的男人联系在一起。这样丑陋的场面，打乱了一个少女成长时平静的思绪。自此以后，她只看到家里发生了天翻地覆的变化。她只知道，是莎莎的存在，让父亲曝光在众人的指责声中，家庭的温馨从此一去不返。

从此以后，对莎莎的成见就执着地扎根在柳丝丝的心里。这也是她一直以来对莎莎气不打一处来的原因。是莎莎改变了她的一切，剥夺了她的美满生活。近年来，父母亲的关系有所好转，但是柳丝丝再也寻觅不到童年时家庭的和美与温情了，这一切，都在强化着她把责任归咎于莎莎。

但是，在培训班的这一段时间，莎莎对她的宽容与包涵，特别是莎莎一如既往的姐姐风范，使柳丝丝的心态发生了改变。她把过去的不良记忆重新包裹起来，逐渐接受了面前的这个依然像姐姐般温暖的莎莎。尘封过去的痛苦与不祥，柳丝丝找回了她与莎莎以前的那种友好关系。

当柳丝丝与莎莎来到南京路上的时候，天色已经完全黑下来了。两个人从公共汽车上下来，一时找不到方向感，四周望去，大同小异的高层建筑，像透明的气球一样包裹着她们。城市让每一个进入到它腹地的人，都感叹自身的渺小。

两个人没有完全去考究方位，而是不约而同地按方向牌的提示向东走去。五光十色的南京路，用缤纷又妖艳的光线，搅乱着她们的视线，仿佛在前面设置了一个辉煌的未来。可是只要你洞穿城市的实质，你就会知道，在城市灿烂的背后，是灰暗与寂寞，这种感觉，一种是外观上的，一种是灵魂上的。在城市待久了，这两种感觉是驱逐人离开城市的两大杀手锏。在欣欣向荣的中国，也许要过很久的时光，才能感受到发达国家源于上述两种情感的逃离城市的浪潮。

“莎莎姐，你还记得你在过街天桥上为我拍照的事吗？”柳丝丝抬头望着辉映着灯光的城市半空说道。

“记得啊，那时候，我们吃过晚饭，就喜欢爬上天桥。”莎莎拉着柳丝丝的肩膀，回避着川流不息的人群，“唉，那一次拍照之后，过街天桥就拆了。可惜，现在从天桥上看看南京路也看不成了。”

“有办法，我们到一百商店去乘电梯吧。”柳丝丝建议道。那时候，她们最喜欢的事情就是到一百商店里，乘透明电梯，看着脚下的城市越来越小，人民广场在远处升了起来，觉得特别刺激，特别有意思。

“你啊，还是没有变，”莎莎笑着望着她，“你肚子不饿啊？”

“我饿了。”柳丝丝显出一副垂头丧气的神气，那是一个小妹妹跟着姐姐外出时特有的撒娇的表情。

“走吧，先去填饱肚子啊。”

“我喜欢吃大光明电影院边上那个店里的饺子。”

“傻丫头，那店早拆了。走吧，新世界顶楼上新开了一个餐饮店,我们一起上去吧。你不是说要乘电梯吗？有的看,又有的吃,美吧。”

“真的？太好了。”柳丝丝使劲地抓住莎莎的膀子，穿过永远不曾安宁的南京路，向对面走去。这里的灯光，永远是那么虚假而空洞，把整个道路映照得犹如一台布景般不真实。

她们上了电梯，然后像泥鳅一样，钻进了人群的最里层，两个这么大的姑娘家，还是这么一副疯疯癫癫的嬉闹样子，令电梯里的几个乘客很为之侧目。两个人挤到电梯的边缘，看到的是对面的像巴士底狱般沉闷的建筑。电梯启动，眼前的世界，缓缓开始下降，对面的建筑，像沉陷似的，无声地沉入到大地深处。远处的地平线开始上升，灯火辉煌的人民广场像冉冉升起的月亮一样，浮现在她们的面前，市政府、博物馆那一团建筑，像是精致的小玩具，在远处熠熠生辉。

很满足地看完了小时候看过多少遍的城市鸟瞰图，两个人似乎很惬意。面前的人民广场，几乎就是一部上海的变迁史。从最初最呆板的主席台到现在花团锦簇的布置，这个城市每时每刻都让人陌生。

在新世界的顶层吃过晚饭，两个人相携着又乘上电梯，重新回到了南京路上。两个人钻进了一条小巷，不由分说地向黄河路的方向走去。

柳丝丝突然问："你想不想到小姨妈家去？"

"小姑妈住在这里？"莎莎有些惊讶地问。在她的印象中，自从外婆搬离了这儿之后，整个黄河路区，就找不到一个亲人了。

"是啊，她的街道工厂还没有搬呢。"

"那她住哪里呢？"

"有一处拆迁房，没有人住，她正好住在里面给人家看家呢。"

"我去看合适吗？"莎莎心怀戚戚地说道，迟疑着迈不开脚步。自从离开家之后，莎莎自觉地与过去的温暖大家庭分隔了。

"没事的，小姨妈没小孩，看到我们最喜欢了。"柳丝丝说。

柳丝丝凭着前一阵来过的记忆，带着莎莎穿越在上海背后的小巷中。左拐右弯，当初黄河路拆迁的地方，停着一座烂尾楼，黑洞洞的，像一个巨大的怪兽，吞噬着城市的光亮。柳丝丝绕过那片杵到路边的巨型建筑框架，来到了一片相对矮得多的旧房区。这里本来连在一起的房屋已经支离破碎，到处是一片狼藉和颓废。

柳丝丝牵着莎莎的手，走在前面，前望望，后瞧瞧，努力判断着地理方位。莎莎没有吱声，很放心地听任小表妹带着她向前走。

"好像是这儿。"柳丝丝停下脚步，面前是一座独立完好的两层旧房。这是上海旧式建筑中最具代表性的房屋。只是房屋两边没有任何支撑，只有这座房屋突兀地立在这里。

“这里吗？这里怎么能住人啊？”莎莎不相信地摇摇头。

“是这儿。我记得的，上次还有三间房连在一起的，现在只有这一间了。”柳丝丝若有所思地说道，“你等一下，我敲门。”

柳丝丝拍了拍木质的门，这时果然看到楼上亮起了朦胧的灯光。里面传来一个女人的声音：“谁在外头？”

柳丝丝应声道：“小姨，是我啊，丝丝。”

随即，楼上的灯光大亮，木门“吱呀”一声打开了，小姨那张永远没有血色的脸，从门洞里闪现出来，她高兴地拉着柳丝丝的手，说：“丝丝，今天怎么有空来了？”

“小姨，你看还有谁？”柳丝丝用头示意了一下身后。

“莎囡？”小姨用她的左手，拉着莎莎的手，莎莎可以感觉到，小姨把右手缩在了一边。

“姑妈，是我啊。”莎莎亲热地叫着。

“莎囡，你今天怎么来看姑妈了？快进来，快进来。当心楼梯，小心不要踩空。”小姨把两个女孩让进屋门，然后把木门重新合上。她让两个女孩先上楼，自己尾随着，并且高声叫着：“大明，快下来，你看谁来了。”

柳丝丝与莎莎还没有走到二楼，一个粗壮的男人站在楼梯口，声音洪亮地说：“这是丝丝，莎囡可是好久不见了，快进来。”

柳丝丝与莎莎分别叫了姨父与姑父，正房里开着电视，看样子小姨与姨父正在看电视。

小姨让丝丝与莎莎坐了下来，问她们吃过没有，后来想起什么，说要给她们热崇明糕，告诉她们这是从崇明老家带过来的，说她们小时候最喜欢吃了。

两个女孩刚才吃得很饱了，但松香柔软的崇明糕还是勾起了她们的食欲。她们用筷子夹着崇明糕，一边吃，一边与小姨讲话。

丝丝说："小姨，这个房子怎么还能住人啊？从外面看吓死人了，都要倒塌下来了。"

小姨说："这家户主不肯拆迁，找人留在这儿，想与房产公司较劲，无非是想多要一点钞票。"

姨父说："我早就劝她搬走了，可她舍不得那几个铜钿。"

丝丝的小姨将近四十岁，一只手残疾，右手似乎没有发育成熟，像一只鸡爪，医学上叫鸡爪手。姨父也有残疾，但柳丝丝不知道他哪一方面有缺陷，在她的印象中，姨父相貌堂堂，比小姨要出色许多。她所能感受到的，就是姨父与小姨相处得很融洽，是他们上一辈中感情最和睦的。

当年外公在世的时候，外公最喜欢的是大姨。大姨十分能干，几乎所有出头露面的事情都由她操持。而二姨与小姨都有不同程度的残疾，这是这个家庭里一直存在的阴影。不过，在所有的长辈中，柳丝丝最喜欢的就是小姨了。柳丝丝小的时候，一直寄住在外公家，那时小姨所在的街办工厂就在幼儿园的隔壁，丝丝上学的时候，总会看到小姨在黑洞洞的门洞里，和一大帮工人，趴在地上，刷洗着什么。小姨穿着工作服，浑身沾满了灰尘，柳丝丝每次上学，都很乖巧地向小姨道别。

随着城市的拆迁，这些街办工厂被搬出了市中心，小姨失去了工作，姨父所在的标本厂也经营不善。黄河路过去杂七杂八的坛坛罐罐被推去后，正重新进行着布局。城市正在进行着利益的重新洗牌，这种低效益的街办工厂与贫民式的市民生活，正被城市的日新月异驱赶出中心地带。大量的别墅式高层住宅区，代替了原来低矮的木板屋。住在这里几辈的本土居民，被迫面临着另一次远离故地的搬迁，这种搬迁注定是野蛮的、强横的。有些住户不愿意离开中心地带，想方设法滞留在这里，更多的住户，期望能在他们原来的住宅地址上，购得一所住宅。但是，补偿给他们的拆迁资金远远不够买一所新房，他们唯一的命运就是灰溜溜地夹着尾巴走人。城市的洗牌，充满着金钱与权力主导的野蛮工程。弱势的居民采取的唯一办法，就是赖在这里不肯搬迁，甚至愿意用生命与拆迁的野蛮相抗衡。

这里的一家拆迁户提出的条件没有达成，就坚决不肯搬迁，但是这户人家也不愿意住在这所岌岌可危的房屋中，所以，愿意出相对高的价格，请他人代为留守。小姨因为贪恋这份收入，便住进了这所即将拆迁的危房里。

明白了这样的事情，柳丝丝担心地说："小姨，还是搬走吧，这所房子两头不着边，怪吓人的。"

姨父插嘴道："我早就说了，要是出个啥事，真是划不来啊。说一个事儿给你听听，有一天晚上，你小姨晚上起来，一把拉开了那边的门……那门外面的过道都拆光了，一脚踏下去，一定要触霉头了。幸好那天我睡得轻，觉得有动静，看着她脚就要向外迈，一把拉住她，吓得我老半天魂儿都没跑回来。"

"哪有你说得那么吓人？"小姨亲昵地白了丈夫一眼，"别听他说得那么夸张，自己小心一点，我到现在不是过得好好的吗？"

莎莎说道："姑妈，姑父说得对，住在这里也不是办法。听说那些拆迁公司的人狠着呢，前几天徐家汇那边拆迁，把一个老太太给活活烧死了。"

柳丝丝惊讶地问："谁放的火？"

"不就是拆迁公司的人吗？"莎莎说道，"现在拆迁公司黑道、白道都能搞定，只要能赶走住户，什么手段做不出来？”

“怎么不是呢？”姨父挺直了腰杆，坐在沙发上向两个女孩说道，“我早就说过，那些死猫死狗肯定是拆迁公司扔进来的？”

“死猫死狗？”柳丝丝疑惑地问。

姨父说道：“前几天你小姨把衣服晾在阁楼上，晚上收衣服的时候，衣服里裹着一个死猫。”

柳丝丝惊讶地说：“有这样的事？你怎么不向街道办事处反映？”

小姨身子贴着门，说道：“有啥用，那些街道办事处的人还整天劝我们搬走呢。”

莎莎说道：“姑妈，别住在这里了，太不安全了。那些人坏得很，弄不过他们，让一让为好。”

姨父看到两个女孩帮助他劝说妻子，显得很高兴：“听见了吧？这下该相信我的话了吧？等一歇歇，不再给人家看房子了。”

小姨看了一眼丈夫：“行行，按你说的来，我们不给人家看房子了。不过，我不是听你的话，我是听丝丝与莎囡的话。”

姨父爽朗地笑道：“我就知道你喜欢丝丝与莎囡。丝丝、莎囡，以后你们可要常来啊，我说的话没有用，你们来劝劝她吧。”

莎莎很久没有接近过自己的亲属了，而现在回到这样的环境中来，她没有觉得陌生与隔阂，小姨也没有旧事重提，使她感到很自在。

走出了小姨临时的家，莎莎与柳丝丝重新走回南京路上。两个女孩的关系有了更进一步的融洽，她们穿过路上的车来人往，走过街边饭店拉客的喧嚷，一边说话一边走路。

莎莎挽着柳丝丝，想到以前想过的一个问题。那是她过去曾经的一瞬间的想法，但是她只是藏在自己的心里，从没有说出来。因为那时的柳丝丝对她怀着深深的敌意，她无法在她的面前提出这一个要求。

莎莎拉了拉柳丝丝的胳膊，问道："丝丝，你今年是不是二十三了？"

"是啊，我比你小三岁。"

"有没有朋友啊？"

"问这个干什么？"柳丝丝警惕地回望了她一下。

"随便问问啊，不肯告诉我就算了。"

"那莎莎姐，你有朋友吗？"

"你倒好，反过来问我。"

"你比我大，你先回答我。"柳丝丝找到了反驳的理由。

"是我先问的，应该你先回答。"

"莎莎姐，你欺负我。"柳丝丝撒娇地说道。

"我怎么欺负你了？看你有没有朋友，我也给你出把力啊。"

"真的？你要给我介绍朋友？"

"你想不想啊？"莎莎故意松下了口风。

"不想。"柳丝丝斩钉截铁地说道。

"怎么了？"

"还问我呢？那你为什么不找男朋友？"柳丝丝反问道。

"你总把问题推到我身上。"莎莎使劲掐了表妹一下，柳丝丝尖叫了一声，然后两个人都笑了起来。路上的人，都好奇地打量着这两个有些疯癫的女孩。她们在外界目光的压力下，都变得安静下来。

柳丝丝过了一会儿问道："莎莎姐，你真的要为我介绍啊？"

“也不是吧，缘分这东西，还是要靠自己处。我只是觉得有一个男孩与你很般配。”

“谁啊？”柳丝丝奇怪地问。

“是我以前在公司里认识的。”莎莎陷入了沉思，她的脑子里浮现出穆炎，努力想描述他的优点与好处，但是她发现自己竟然很难开口。

“……他的年龄比我小，与你倒挺适合。我是觉得他好，才希望你们认识的。”莎莎觉得自己的脸颊有些发烫，她说出这个理由的时候，只能从年龄上让柳丝丝相信她主动介绍的借口。

“噢，我倒想看看，他究竟有什么好？”柳丝丝有些敷衍地说道。

“真的？那什么时候我请你们一起吃饭。”莎莎说道。

“也别太着急，我还不想有男朋友呢。我想自由一点，不想被人管着。”

“说得也对啊，好吧，那等以后有空，我们大家聚一聚吧。”莎莎觉得自己有一点太热心了，如果再这样下去，会让柳丝丝产生疑心的。再说还没有向穆炎提过这件事呢，不知他同意不同意。但至少目前从表妹这儿，她已经得到了允诺的消息。

走上南京路，灯火通明中，并非没有阴影。浓绿的树荫在大光明电影院面前，人民广场那儿修建了一堵黑森森的墙。两个人穿过马路，向对面走去。

刚踏上对面的路，暗影就包围了她们，这时身后传来一个女孩的声音：“请问这是什么路？”

柳丝丝感到很好奇，居然有人踏在南京路上不知道这是什么路？柳丝丝忍不住回头朝那个女孩看去，那是一个个子并不算高的女孩，披肩长发，引人注目的是她背着一个背包，两脚踩着树下的光影，正向一位中年男人问路。

柳丝丝觉得她的背影好熟悉。随后那位女孩说了一声“谢谢”，便转身向东边走去。

“严馨婷？”柳丝丝几乎要高声叫起来，但莎莎止住了她。

“别叫她，她可能有事吧。”莎莎说。

严馨婷的身影顺着道路的河流，慢慢地向东边远去。

第八章

严馨婷走出地铁站的时候，就觉得有一些晕晕乎乎。人民广场地铁站的地下过道特别长，明亮的光线照得这里异常清晰，她随着匆匆的人流，向外面走去。当外面的黑暗突然施加于她的时候，她发现自己失去了方向。

面前的道路像是一条被烤炙过的烙铁，发射着红彤彤为主调的光。四周没有参照物，她像撞在了黑夜的弹性的壁上。

下午课程结束后，她就踏上了回去的公共汽车。走到半路上，手机响了，接听后，里面传来章苏尔的声音。今天下午她似乎没有看到他，可能是工作忙吧，他没有来上课。

章苏尔在电话里约她去逛街，严馨婷不假思索地答应了。

在严馨婷的心中，章苏尔是她最信赖的人，他的命令自己一定会不折不扣地执行。

然而等她走出人民广场地铁站的时候，才发现不知道在哪里与章苏尔碰头。

四通八达的地铁出口分流了人群，也把严馨婷随机地带到一个陌生的路口。问了路，她明白了此刻是在南京路上，她打开手机拨通了电话，很快联系到章苏尔，两人相约来到博物馆前面见面。

人民广场依旧包裹得严严实实，巨大的工地仍没有结束施工。严馨婷穿过一段狭窄的小巷，向巷子里走去。

在博物馆的栏杆边，她看到了章苏尔。他站在高高的台阶上，左盼右望，严馨婷本来想叫他，但她改变了主意，悄悄地走到他的身边。章苏尔的注意力一直在市政府前那条车水马龙的道路，不会想到严馨婷会从后面杀将出来。严馨婷踮着脚，背着手，在章苏尔的身后做着鬼脸，章苏尔没有发觉。

“喂——”严馨婷在他的耳边轻声地吹了一口气，章苏尔一下转过身，有些惊愕地看着她。

“你吓我，我不会饶你。”章苏尔果断地拉住了严馨婷的手，严馨婷不知为什么觉得被烫了一下。

“怎么样，你想揍我？”严馨婷歪着头挑衅。

“你同意吗？”章苏尔嬉皮笑脸地说道。

“这是什么规矩？你要揍人是你的事，难道还要征求我的意见吗？”

“那么，先记账吧。”

“这就是你的见面礼啊？”严馨婷甩开了他的手，她还是不太适应在这样的情况下，被一个男孩拉住手。

“走，先请你吃饭。”章苏尔和解地笑道。

“这还差不多。”严馨婷跟着他的脚步，融入变幻莫测的城市灯光中。

城市风景的魅力，应该是让人心里有一个希望。南京路正是集中了这样的一个特点。严馨婷与章苏尔走出餐厅的时候，两个人加入了南京路向东行的人流。

南京路的所有人流，都集中走向东方。南京路的妙处就在这里，它有一个目标在东方。一个城市的道路，最忌宽大而没有目标。夜幕下的南京路上，人流像潮水一样流向外滩。严馨婷与章苏尔贴在墙根下，顺着城市的人群，向外滩方向走去。

过了步行街，人流都被压缩到街边的路沿上，因而变得狭窄而紧凑。在一段路口等待红灯转为绿灯的当口，章苏尔悄悄地把严馨婷的手捉住，严馨婷藏起了嘴角羞涩的笑容，没有拒绝，她只是觉得脸颊上发散着一股热流。

开始时，拉着的手有一些别扭，但是，很快她便适应了这样拉着男孩走在一起的感觉。女孩生来就有小鸟依人的天性，严馨婷不由自主地把自己的身体微微依靠在章苏尔的身上，两个人的脚步逐渐踏上了相同的节奏，没有讲话，但他们找到了这样一种默契的步幅。

在安徽的家乡，还是上初中的时候吧，他们一起到乡里参加演出。在祠堂里搭起的古戏台上，他们往往是最早登场的，演过节目后，他们走下舞台，在台后看一会儿节目。年轻人就有一些闲不住，章苏尔便悄悄地捏一下她的手——那时候，是多么地两小无猜啊——严馨婷便悄悄地跟着他，踏着楼梯，爬上了祠堂的楼上。远处咿咿呀呀的黄梅调穿过沉重的祠堂建筑，模糊不清地传过来，黑暗的楼道上，几乎看不见道路；但是白色的墙壁，像一块惨淡的白布悬挂在那里，总给人一种不祥的感觉。

直至今天，严馨婷还是不喜欢徽派建筑那种像骨头一样惨白的建筑色彩。它们不绚丽，却以一种刺眼的缺乏鲜艳的白色，使人望而生畏。

陈年的祠堂楼板，发出吱吱扭扭的响声，黑暗中似乎藏着列祖列宗鬼祟的目光。严馨婷如果一个人，是绝对不敢走上这楼梯的，但是，有章苏尔在身边，她的勇气似乎倍增了。

他们围绕着祠堂的天井转了一圈，不知什么时候，章苏尔把严馨婷汗津津的手握在了手心里，那温暖的手掌让她放心。

多少年来，她在梦中一直憧憬着一个男孩牵着她的手，有的时候是清晰的，有的时候是朦胧的，但她今天知道，在繁华的大上海的市中心，这个男孩的手就是她梦寐以求的。

在外滩靠近黄浦江的人行道边，拥挤的人流在这里铺展开来。年轻永远是这里骄傲与炫耀的资本，男孩与女孩成为这里最具风情的景色。

这道从历史深处延伸出来的情人墙，至今仍然发散着永不衰竭的魅力。这里的爱情，与其说是藏掖，不如是一种展览，爱情的私密与这种情人墙的表演本身就是一种反差，但正显示出一种城市骨子里珍藏的反叛与挑战精神。

情人墙边的亲热行为，曾经在上一代人中引起轩然大波，然而今天已经复归平静，爱情也恢复了率性与天然，亲热也恢复到本真的色彩。

章苏尔与严馨婷好不容易才找到一个凭栏眺望的位置。上海的所有地点，都是闭塞而局促的，只有在这里，天旷地远，视野开阔，无边无际，令人心旷神怡。

轻轻地，章苏尔把手搭在严馨婷的肩膀上，她好像没有感觉到，贴着她薄若蝉翼的短裙，他轻轻地搂住她丰腴而富有弹性的肩膀。

不知是他的手上用了一点力，还是她想寻找一种支撑，严馨婷轻轻地倚靠在章苏尔的肩膀上。

严馨婷几绺飘逸的发丝，轻轻地摩挲着章苏尔的面颊，那种痒痒的酥酥的感觉，仿佛延伸进心中，严馨婷忍不住轻轻地笑了起来。

“怎么了？”章苏尔用手扳过她的肩头，问她。

“你把人弄得难受死了。”严馨婷低垂着眼睛，回避着他的询问。

“我弄疼你了？”章苏尔问道。

严馨婷摇摇头，说：“是你的头发。”

“我的头发？是你的头发吧。”章苏尔笑道。

“我的头发不会自己戳自己吧。”严馨婷的面颊在暗淡的光线中，泛着隐忍不发的红晕。对岸，陆家嘴那儿的东方明珠塔仿佛是一个俏皮的小孩，在忽上忽下地跳动着。那是披覆在身的广告，仿佛被金钱驱动似的，不安宁地波澜起伏。严馨婷眯着眼睛，望着那骚动不安的城市光影，若有所思。

“是你用你的头发戳你自己。”章苏尔望着面前这个目光迷离的女孩，心有所动。他故意把自己的头压在她的脸颊上，扰乱着她的轻灵的短发，她倾泻下来的发绺，遮蔽了她的脸。

“你干什么？”严馨婷一边挑开前拥的头发，一边像小女孩一样呢喃着，就像一个被男生捉弄的小女生，投告无门，只得自我怨叹。

“我给你整理一下。”章苏尔伸出手，拂开严馨婷侧面的头发，她丰润的脸颊，从头发的帘中露出，散发着青春的气息。脸颊是女孩的一个秘密，那里表情简单，却掩藏着女孩的羞涩。章苏尔的手，轻轻地抚过她的双颊，把她的头发绕到耳朵后边去，但是他的手在完成使命之后并没有离开，轻轻地抚摸着她的皎洁如月色的腮颊。

严馨婷没有动弹，那是女孩的一种首肯。章苏尔感到了对方的默许，他的手缓缓地滑过她的面颊，巡视着她秘密的领地，随时拦截绿丝绦一样袭击过来的发丝。他的手仿佛在月光下弹跳，然后，掠过她圆润的下巴，递进到她的颈脖间。面前的这个女孩，像暗夜中的一尊大理石雕像，被纯洁的月光浸泡着，侧面的轮廓冰冷而又温暖。章苏尔轻轻地抚摸着女孩柔软的脖颈，他的手指传过来的是女孩那默默承受的温柔。

女孩的沉默就是一种鼓励。章苏尔托着严馨婷的下巴，把她专注的面颊平移向自己。在城市迷乱光线的映照下，女孩的眼睛射出清冽明快而又模糊的光，既没有责难，也没有赞扬，更像是一种好奇的观望。

她会拒绝自己，像流星一样避开吗？章苏尔这样想。

没有多余的时间给他思考，章苏尔慢慢地移动自己的嘴唇，仿佛在为她吹去眼中的沙粒，又好像在挑开她眉毛边缘的发丝。在与她嘴唇很近的时候，不知发生了什么，是她的迎合，还是他的捕捉？突然间，两个人的嘴唇亲密地结合起来。

爱情是一种电的释放，而绝不是电荷的累积。没有肉体接触的时候，对爱的想象，总是以一道闪电的方式构成的。一旦把爱转化为接吻，那么，放电的闪光便会消逝。

对接吻的电闪雷鸣的想象，最强烈的时候，是接吻前的一刹那。而一旦融入接吻的雨季中，就会顿释前嫌，恢复平常。

也许他们是第一次接吻，甚至都觉得有一些别扭，两个人的鼻子阻碍着他们碰到一起，阻挡着接吻的温柔。

嘴唇，是他们深藏在内心里的那一块物质的天地，然而此刻他们却毫无保留地奉献出来，愿意在思想交流之外，进行最亲密的接触。

章苏尔夹着严馨婷那风姿绰约的嘴唇，开始的时候，觉得很费劲，甚至可以感觉到她牙齿的生硬，于是脱离开来，两个人对视一下，严馨婷的脸上泛起了更灿烂的红晕，敏感而脆弱。接着，章苏尔再次将嘴唇凑向她，她坦然地接受了。这时候，他们改变了面部的接触角度，显得自然多了。两个人的气息交织在一起，城市的布景被虚化了。

松开严馨婷，章苏尔望着她，女孩目光迷离，躲向一边。两个人无言，好像是为这种初次的接触而震惊。

四周游人络绎不绝，但他们无暇他顾。幸福会排斥对周围环境的体验，他们感受到的，只是对方的那种温暖与亲切。

“走不走？”章苏尔问道。

“上哪里去？”

“到豫园吃南翔包子吧。”章苏尔建议道。

“你还想吃啊？晚饭刚吃过，我都要撑死了。”严馨婷白了他一眼。

“反正也是闲着，我们慢慢走过去吧。走到那里，也该饿了。”

严馨婷不置可否，她愿意听从这个男孩的指挥，在今晚。

他们走在沿江的人行大道上，离开了人来人往的繁华地段，上海再次呈现出清冷的背后来。过了外滩最热闹的地段，无论是街道还是光线都像突然滑坡了似的。人们都说，东外滩没有热炒起来，而外滩的尾巴同样没有光彩。

两个人离开了沿江大道，穿过马路，贴着灰头垢脸的建筑边沿走。这里很多建筑都正在进行拆迁，一片狼藉的模样，与灯火通明的海关大楼相比，几乎是一个天一个地。

章苏尔伸出手，拉着严馨婷的手，两个人比开始的时候融洽多了，有了吻的接触，手的敏感度大幅下降，那种女孩源于手的羞涩心情被涤除了不少。严馨婷的脸上挂着由衷的笑容，褪去红晕的脸颊上残存着那一抹余音绕梁的韵律，在若明若暗的光线映射下，显得楚楚动人。

章苏尔辨识着方向，以前他与同学曾经从豫园走到外滩，对这里有一个大致的印象，此刻反方向寻找老城巷的路，倒有一点犯难了。

在一个破旧的阴沉沉的路口，章苏尔停顿下来，看了看说："好像上次走的就是这条路。"

严馨婷陪着他，转过头看着远处依旧红红火火的东方明珠方位，城市遥远的光线，就像照在太阳系最外围的星球一样，发射着有气无力的微光。面前是一个黑洞洞的世界，就像进入另一个世界的洞口。

严馨婷未作什么犹豫，便跟着章苏尔走进了这一条即将拆迁的小巷。似乎这里正在兴建古城公园和旧房拆迁此起彼伏，整个街道处于一种毁尸灭迹前的最后阶段。

四周很静，严馨婷想到那个少女时代牵着她手的男孩近在咫尺，嘴角浮现出只有自己明白的笑意。

"会不会怕我把你拐走？"章苏尔在她的耳边诡秘地说道。

"你拐啊，不知道谁拐谁呢。"严馨婷用带着笑意的声音说道。女孩在这一刻的声音，像在蜜糖里泡过似的，甜得闻都能闻出来。

"怎么，你要拐我啊？"章苏尔故作惊讶地看着她。

"不能吗？"严馨婷挑衅地看着她。

"你这么凶啊，我怕你了，不行吗？"章苏尔把她拉到自己的身边，对女孩体温与气息的初次感悟，使他着了迷。

严馨婷并不反抗，一双幽深的眼睛，水灵灵地注视着他："你怕我就好，我会吃掉你的。”

“好厉害哦。”章苏尔几乎窘迫地应付着，然后，在女孩无声的鼓励下，再次将唇印在她的唇边。应该说，女孩的玩笑给了他借口。而男孩天生有一种本领，适时地配合女孩的默契。

严馨婷愣了一下，很快热烈地应和着他的吻。在这里，光线昏暗，人影灭迹，他们全身心地投入到对方的内心中去。刚才在外滩情人墙边只能属于接吻作秀，是对那一个环境的致敬，现在来到这僻巷深处，他们才真正纵情吻了一次。

远处的巷道里传来垃圾车的呼啦啦的声响，打扰了两个人，他们知道这里远不是尽情享受的地方。

章苏尔的唇离开了严馨婷的唇，她依然恋恋不舍地依偎在他身上，仿佛沉浸在亲热的回味中，不能自已。

“走，我们到那边的巷子里。”章苏尔四顾张望，见纵向的小巷子里到处是那种大门四敞的败落景象，每个房间都是空置房。

严馨婷没有表态，章苏尔握着她的手，严馨婷乖巧地跟着他。四周的建筑，都是上海很多年前的那种两层楼的小木屋，脱榫与剥落非常严重，与洋人建造的大理石房屋相比，就像是火柴盒搭成的。木头的框架经过岁月的浸染，都变成黑乎乎的了。二楼的高度也很矮，缩手缩脚地堆砌在底层之上，仿佛随时能从上面滑落下来，真怀疑人一踏上去，整个房子就会土崩瓦解。

站在路边，看到几乎所有的房屋都敞开着门。章苏尔看到有一处像是过去的小店铺，有一个完整的屋门，便用另一只手推了一下，门“吱呀”一声开了，里面是一处不大的地方，在暗影中显得很亮堂。然后，他走了进去。

在确认没有危险之后，他招手让严馨婷进来。借着暗淡的灯光，章苏尔拉过女孩，她热乎乎的气息扑在他的脸上，仿佛延续着刚才没有过瘾的热吻。他再次把她拥入怀里，两个人再次热吻起来。

在很多年前，他曾经拉着这个女孩的手，在破旧的祠堂顶楼上走。那时候，他第一次知道女孩的手是如此柔软，他愿意用一生的时光去拉着这双手，而现在，他觉得有比手更柔软的地方，他的欲望远不是多年前的那样，只愿意从手中去感受女孩的那一份温暖了。

隔着裙子下摆，他的手放肆地抚着女孩的柔软身体，而严馨婷却没有什么反应，倾情地吻着他的嘴，把两根舌头搅和在一起。

严馨婷的投入给了章苏尔以鼓励。他用手挽起她的裙子，在她的裙子边缘抚摸着。

严馨婷离开了章苏尔一点，有一些沉默地看着他。章苏尔停下了手上的活动，低声问着她："我这样是不是不好？"

严馨婷沉默地望着他，似乎在思考着什么，然后她摇了摇头。

章苏尔更加大胆起来，他再次把滚烫的吻贴到严馨婷的嘴上，女孩毫不犹豫地接纳了他，而章苏尔更痴迷地留恋着她丰腴的身躯。

男人的欲望是逐步递进的，得寸进尺，无休无止。章苏尔最初的念头，只是想亲吻严馨婷丰满的嘴唇，他在心里对自己说，如果能亲亲她的嘴唇，就满足了。但是，在有了嘴唇之亲之后，欲望又开始瞄准了她另外的身体部位。但是，不久的将来，他会知道男人对女人的欲望就是这样不断加强，不肯善罢甘休的。他在将来才会明白，当男人对女人的爱超越了女人的肉体，便会重新关注女人的灵魂。但往往在期待占有女人的身体的时候，他却失去了珍惜女人灵魂的机会。这也许就是男人本能性进攻造成的悲剧。

章苏尔像哄小孩那样，搂着她的腰哼哼着。严馨婷咬着嘴唇，默默地看着他。章苏尔觉得这时候特别地喜欢她，因为她的默许，她的对他亲密行为的容忍，便想将欲望之手伸进她的裙子中，但是严馨婷拦住了他，说："不许了。"

"为什么？"

"不许就不许。"严馨婷把自己的裙子掖紧。

"开放时间太短了吧。"章苏尔厚着脸皮开着玩笑道。

"你？你把我当什么了？当博物馆啊，当广场啊，你真坏。"严馨婷举起拳头，就向章苏尔打来。

两个人追逐着离开了破旧的小巷。

第九章

那一晚，莎莎向表妹柳丝丝提起为她介绍对象，而随着小穆的离开，这一想法在她的脑海里挥之不去了。她常常把柳丝丝从记忆深处调出来，放在面前的小穆身边，仔细斟酌着两个人般配与否。为什么她把自己剔了出来？莎莎仅仅受一种下意识的思想左右着，她觉得小穆与柳丝丝是纯洁的男孩与女孩，他们才是真正具有平等地位的，他们在一起才是真正合适的。莎莎心中对小穆有一种她不愿意去相信的朦胧的感受，这感受，使她愿意看着小穆拥有真正的幸福。正是出于这样的考虑，她觉得如果小穆与柳丝丝走到一起，倒是一个绝佳的选择。

尽管她知道表妹不可能一下子彻底消除对她的成见，但她反而因为这个原因，对柳丝丝更添几分欣赏。因为在她的这种成见中，恰恰说明了表妹的那种与生活不妥协的纯洁，而这与小穆的现实状态非常吻合。

有了这样的想法，莎莎的一个念头在心里坚定了。但她没有说出来。虽然女人是藏不住秘密的，但是，她们往往在另一种情况下，会成为秘密的最好坚守者。因为相对于男人而言，她们少了一点显摆的欲望，少了一种表现自己的冲动。她们的大多事情，往往是聊天时由她们封不住的口透露出来的，但倘若是一个真正的秘密，她们会死死地按捺在心底深处。

穆炎接到莎莎的电话时，正全身心地扑在视频编辑上。

好久都没有与莎莎联系了，穆炎是一个很单纯的人，嗜网络与电脑如命，这一段时间，他整天把自己关在闸北区的一个地下室里，几乎一个星期没有走出地下室。

当莎莎打来电话的时候，他才想起有这么一个人。

并不是说他忘记了莎莎，只是他觉得自己目前的状况，应该尽快地开辟一块能够自立的天地，只有自己真正从地下室走上地面，他才可能与他心爱的女孩走到一起。

这是他内心里隐秘的渴望。

听到莎莎甜润的声音，他内心里的那一段温暖回忆再次升上心头。他在努力与他的感情抢时间，他想一定要在发生变故之前找到自己新的生活。他要学会更高深的电脑编辑技术。

电话里莎莎说今晚请他吃晚饭，地点在南京路的苔圣园饭店。穆炎觉得有些奇怪，问什么原因吃饭，莎莎卖了个关子，只说让他来了就成。穆炎从闸北乘上 2 号线，到人民广场站下了车，在南京路与黄河路口碰着了莎莎。他看到，莎莎的身边还有一个女孩，因为穆炎的视线主要在莎莎身上，对那个女孩也没有在意。借着路灯的光，莎莎把那个女孩拉了过来，对穆炎说道：“认识一下，我的表妹——柳丝丝。”

穆炎这才认真地打量起那个纤细身材的女孩，她的个子要比莎莎高一点，显得很挺拔，也很出挑。穆炎赶紧对柳丝丝说：“你好。”然后目光移到莎莎身上，他觉得还是和莎莎较熟悉一点，可以大胆地存放他的目光。

莎莎抿着嘴，微笑地看着穆炎：“怎么样，我表妹漂亮吗？”

“有其姐必有其妹啊。”穆炎生硬地附和着。

柳丝丝扯了一下莎莎的衣袖，莎莎有一点踉跄，她反过来捉住柳丝丝的手说："你这死丫头。"

三个人高高兴兴地往巷道里走去。

莎莎扬头问穆炎："最近忙什么啊？"

"没忙什么，"穆炎回答道，"那一台编辑机被我摸索了好长时间，现在总算会操作运用了。"

"现在会制作什么了？"莎莎问道，随后伏在她身上的柳丝丝隔着她，打量着穆炎，安静地听他们讲话。

"很多啊，可以进行图片加工啊，影像制作啊。"穆炎说道，"什么时候给你们做一幅美女图。"

"丝丝，听见没有？以后你可以叫小穆给你做照片，做录影。"莎莎对着柳丝丝说。

"你干吗总把我扯上啊，要做你做。"柳丝丝嗔怒地冲着莎莎嚷道，穆炎笑了一笑，上海女孩的这种乖戾气，可能是因为她们当乖乖女当惯了吧。

"我以后给你示范一下，"莎莎谦和地笑道，"你看我做得好不好，你再来做。"

"这样太麻烦了吧。"柳丝丝说道。

穆炎赶快接腔："不烦，能为两位女士效劳，我倍感荣幸啦。"

莎莎说道："小穆很热心的，他的电脑技术很高，你有什么难题尽管问他。"

穆炎说："什么高不高的，说不定我还要向你们学习呢。"

就这么杂乱无章地说着话，他们来到了苔圣园饭店。这里的菜比较大众化，水煮鸡血、菠萝土豆沙拉、蒜香排骨都是这里的特色菜。莎莎找了一个靠里的座位，整个餐厅很是拥挤，他们缩在里角，倒也僻静。

饭桌上，柳丝丝很文雅地吃着菜，莎莎与小穆交流了一下最近的情况，柳丝丝作为一个外来人也没有在意他们谈的是什么。

吃毕，莎莎准备结账，小穆抢着要去，争执了许久，小穆拗不过莎莎那种俨然长者的腔调，只好让她付了款。

三个人出了门，莎莎悄悄地拉过小穆，躲过柳丝丝，问道："怎么样，我的小表妹怎么样？"

"什么怎么样？挺好的小姑娘。"穆炎奇怪地看着她。

"我觉得你应该感觉很好。很天真、很纯真的一个小丫头，我觉得你会喜欢的。"莎莎说道。

"你说的什么啊？"穆炎简直不相信地看着她，"我不明白你说的什么。"

"你喜欢就好了，我觉得……"莎莎避开了小穆的质询的目光，"其实，你们两个人很像，都很纯洁，我觉得你们……"

"你说什么？"小穆几乎是压制着她的声音说，"你想干什么？你脑袋是不是进水了？"

"真的，小穆，你们都是好人，我觉得你们挺般配的。"

"你？"穆炎的眼睛里露着吃惊和愤怒，找不出合适的话来表现内心的激愤，"没想到你会这样，你真令我失望。"

"小穆，我是真心的。"莎莎不解地望着他。

"你是头脑拎不清，还是没有脑子？"小穆以少见的愤怒腔调说道，"有你这样的人吗？你应该知道我心里想的是什么，你还偏偏做出这样的事。"

"小穆，你听我说。说心里话，你们两个是我最亲近的人，我觉得你们很适合。当然，如果你不同意，只当我没有说。"莎莎说道，低垂着眼睛。

“这不是什么同意不同意的问题，你根本不应该这样想。我的生活要你安排吗？”穆炎余恨未消地反击道。

“小穆，你别说这样的话。”莎莎像一个犯了错误的小孩，惊恐不定地望着小穆，“我做错了吗？只是我希望你们……”

“什么是你的希望？你为什么要把我安排到你的希望里。再说，你了解我的希望吗？你根本不知道我的希望是什么，你就在这里胡思乱想，真是可笑、荒唐。”

“小穆，如果你不同意，就不同意罢了，我也是好心，干吗要这样怪我？”莎莎有些委屈地轻声说。

“我怪你？我是奇怪你怎么想出这样一个馊主意。”穆炎说道。

“怎么这样说呢？我只是觉得你们合适才这样想的。”莎莎无力地辩解。

“这么久了，你还不了解我吗？……你应该知道我心里装的是谁，可你却装着不知道，还这么假仁假义地为我介绍女友，你……真的很令我失望。你是故意寒碜我，还是想嘲讽我？”

“别说了，都怪我不好，行了吧！你也没有必要这样说我吧。”莎莎噘着嘴，委屈得几乎站立不住。

穆炎本想把更多的怒火发泄出来，但看到莎莎这一副手足无措的样子，他的心不由得软了，他停顿了一下说：“我真没有想到，完全彻底地没有想到，你能做出这样的事来。还有，你这样介绍，你征求过你表妹同意了吗？”

“我只是想让你们见见面。我想得很简单，如果你们愿意，可以深入交往下去。”莎莎说道。

“这么说，你根本没有征求人家姑娘家的意思？你真会干荒唐事，我算领教了，原来你也会干傻事。”

穆炎冷漠如剑的目光，刺在莎莎的身上，莎莎像一只无力自卫的刺猬，缩成一团。

“你还想说什么？”穆炎见莎莎无声，不得不收敛了自己的声音。

“我没话可讲。”莎莎低声地呢喃道。

正当两人处于僵持阶段的时候，柳丝丝突然站在他们面前，她满脸涨得通红，厉声斥责着：“你们两个合谋来捉弄我？你们好像都有委屈似的，可是你们知道我才是真正的受害者吗？”最初，柳丝丝不明白他们两个人为什么而争吵，当她觉察到被莎莎拉进了一个有关她的事件中的时候，她还是震怒了。

莎莎抬起头，望着柳丝丝，干巴得说不出话来：“丝丝……”

“你，你又骗了我一次。”柳丝丝不妥协地看着莎莎，“刚刚觉得你有几分好，可是你，你，你想把我再卖了吗？”

“丝丝，你怎么这样想？我一点恶意没有的。”莎莎感到理屈词穷。刚才穆炎对她的数落，使她内心里充满了负罪的感觉，柳丝丝紧随其后持续发力，她几乎毫无招架之力。

“你总说你没有恶意。你把我当成什么了？我是累赘吗？我是一个东西吗？任你拿过来使过去吗？”柳丝丝说道，声音、语言依旧尖锐。

“丝丝，我想等事后再告诉你的，不是你想的那样。”莎莎向柳丝丝靠过去，柳丝丝避让着。

“我很失望，我真的很失望。”柳丝丝说完这句话，扭过身去，眼睛里升起一团潮湿的迷雾。

穆炎的怒火倾吐干净，却见柳丝丝继续猛烈炮轰莎莎，刚才自己尽情地痛骂了一顿莎莎，似乎心中还不解气，但是看到柳丝丝依然热火朝天地向莎莎倾倒着怒火，倒觉得莎莎有一点可怜了。他像一个局外人似的望着两个女孩之间的谈话，终于忍不住对柳丝丝说道："柳丝丝，其实，全姐也没有说什么啊。"

柳丝丝突然间无由地把怒气朝向穆炎："还没有什么？你看她干的什么好事？她把我喊过来是做什么的？我真怕我被卖了都不知道是为了什么。"

"没有这么严重吧？"穆炎尴尬地迎着柳丝丝的怒声斥责，"其实，小全姐并没有说什么。"

"没有说什么？刚才你还在那里指着她的鼻子骂呢。"柳丝丝瞟着眼睛，挤着鼻子，把她从幼儿园时代就学来的那一套轻蔑的表情，奉送给穆炎，"你刚才骂她什么了？我算明白了，你们是一丘之貉，你骂啊，使劲地骂啊，现在怎么不骂她了？现在反而来怪我了，你们两个人联合起来欺负我，以为我是那么好欺负的吗？"

"柳丝丝，你别想这么多，"小穆窘迫地嗫嚅道，"我刚才有一点失控了，不过现在我想想，也不全是小全姐的错。"

柳丝丝说道："你们是一伙的，当然要帮她了，我算看透你们了。"

莎莎还想亲热地与表妹说话，便把手搭在丝丝的膀子上："丝丝，这不关小穆的事啊，要怪就怪我好了。"

"你们，"柳丝丝听到两个人互相帮衬着，联手对付她，更加气不打一处来，"你们，你们根本不是好东西。"

此语一出，柳丝丝伤心极了，扭头走进大上海的夜色中，眼泪像流星一样，从眼眶里飞溅出来，飘得满天都是。

柳丝丝委屈极了，她再次把仇恨的火焰引燃了。是莎莎破坏了她的家庭，让她的爸爸与妈妈开始了冷战，现在，莎莎又把她出卖给那个陌生的男人，鬼知道他是一个什么东西。瞧他们谈话时的那种怪里怪气的腔调，他们之间肯定有着见不得人的勾当。

走出黄河路的巷口，路边饭店的小伙计拦着她，拉扯她去吃饭，柳丝丝猛地甩掉那个男孩的拉扯，并推了他一下，那男孩惊异地望着这个看上去很文静的小姑娘，不得其解。

柳丝丝走上了南京路，走进了人民公园那儿的树荫下，她觉得受辱、委屈，好像她是一个没人喜欢的女孩，表姐拼命地把她推销出去。她真是一个没有人喜欢的女孩吗？她百思不得其解。逐一把过去的记忆展开，她想寻找一个寄托，一个慰藉，找一个人在这样黑暗的夜里陪着她。

她想起了什么，掏出手机，找到一个号码，按下了按钮。

那边有人接电话。柳丝丝冲头冲脑地嚷道："你是谁？你是韩力护吗？"

"是我啊。你是谁？"电话那头，传来一个男孩的声音。

"你听不出来吗？那就算了。"柳丝丝恼怒地就要关机。

"柳丝丝，我知道是你。"电话那头韩力护的声音模糊地传过来，"你那边太嘈杂了，难道你站在大马路中间啊。"

"离马路也不远了，"柳丝丝几乎是对着手机嚷道，"你在干吗？"

"没干什么。你有事吗？"韩力护的声音。

"没有事会找你吗？你在忙什么事？"柳丝丝反问道。

"也没什么，最近买了一台手提电脑，苹果牌的，花了我十二万元。”

“你吹牛，什么电脑值这么多钱啊？”

“嘿嘿，我忘了说是日元了。”

“有你这样说话的吗？”柳丝丝说道，“没想到你还特别崇洋媚外的。”

“没办法啊，日文排版，这个电脑的程序比较好用，我正伤心呢，几个月的薪水都搭进去了。”

“既然你这么忙，我也就不打扰你了。”柳丝丝的口气变得缓和下来，也许她需要找一个人谈谈话，一个可以听她讲话、愿意了解她此刻烦躁情绪的人，仅此而已。

“不忙啊，正无聊着呢。你有事吗？”

“没事，我才是真无聊呢，”柳丝丝重重地叹了一口气，“我真无聊死了。”

“你在哪里啊？”

“我在南京路上呢。”柳丝丝委屈地说道。

“这么繁华的闹市区，你居然说无聊，真是天下怪事了。”韩力护说道。

“这里越热闹，我越觉得无聊，你懂吗？”柳丝丝没好气地说道，声音又开始提高了。

“懂懂懂，”韩力护妥协地说道，“莫非你迷了路吗？”

“可能吗？我幼儿园在这里上了三年，小学上了六年，中学又上了六年，我会迷路吗？”

“你遇到什么事了？”韩力护小心翼翼地问道。

“一件非常不开心的事，我难受死了，我都不想回家了。”柳丝丝的口气里不自觉流露出隐隐的撒娇的口气。

“你究竟怎么了？你快说啊。”韩力护的声音却很焦急。

“没什么。无聊透顶，我烦死了。”柳丝丝的声音里带着无奈的哭腔。

“这样吧，你待在那儿不动，我去找你。”韩力护说道。

“真的？”

“嗯，我马上就走，乘地铁赶过来，不会超过半小时吧。”

“好吧，你不要太着急。”

“你千万别走，等我，知道吗？”韩力护叮咛道。

“嗯。”

柳丝丝坐在公园里的长椅上，浸泡在黑暗中。天空中流淌着从地表泛滥上去的光线，像一个虚幻的巨人世界。星星是一星半点看不到的，柳丝丝百无聊赖地坐着，长椅上到处是幽会的年轻人，还有闲坐的老年人。她觉得自己异常孤独，就像那些行动迟缓的老者。

手机响了，韩力护说他已经赶到了地铁出口，问柳丝丝在哪里。柳丝丝有气无力地告诉他自己所在的方位。不久，韩力护的身影从南京路摸索而来。柳丝丝没有站起来，拨了他的电话，韩力护接过电话，问她具体在哪个方位，柳丝丝望着他，一边悄声地指挥着他，向前，向右，再向左，直到韩力护站到她的面前，她指令道：“前方三米。”

刚刚从强光中走过来的韩力护一时半会还适应不了公园里的暗淡光线，看到面前的柳丝丝，他露出很惊讶的神情，笑了起来：“你真的很鬼啊。”

“你说我是鬼啊？”柳丝丝坐在椅子上，没有动静。

“嗯，只能看到你的鬼影。”韩力护开玩笑地应和道。

“我是一个女鬼，你就开心了吧。”

韩力护走到她的身边，笑道：“女鬼都是很漂亮的。”

“漂亮的女鬼是会吃人的。”柳丝丝轻声说道，她不想让边上的人听见。

“我不怕你吃。”韩力护说道。

“我又不漂亮，自然不会吃人了。”柳丝丝突然间破涕为笑。

“你是不会吃人的漂亮女孩，这总该行了吧。”韩力护乖巧地说道，“怎么了？你打电话的声音好吓人。”

“奇怪吧，没有想到我会打电话？”柳丝丝仰脸扫视着他。

“是没想到，我还以为你遇到什么危险了呢。”

“怎么样？感到骄傲吧？”

“为什么？”

“一遇到危险，首先想到你，你不觉得是一种骄傲吗？”柳丝丝傲气地昂着头说。

“没有，有什么值得骄傲的？充其量我也不过是一个打手而已，随叫随到罢了。”韩力护自我解嘲地说道。

“你？你不愿意？”柳丝丝冷下脸来。

“怎么不愿意？一听你的声音，我立马放下手里的活儿就过来了，愿不愿意你还看不出来吗？”韩力护笑道，“我觉得凑合着还能算作护花使者吧。”

“难怪你的名字叫——力护，原来有这么一个典故。”柳丝丝说完，轻轻地笑出声来。

“呵呵，要你这么一说，我还就是这样一个护花的命了。”韩力护跟着笑道，“我这名字，原来我爸给我起的是力沪，就是上海的简称那个‘沪’字，我觉得太难听，上中学的时候改成现在这个‘护’了。用原来的‘沪’，一看就知道是上海人，我不想让别人知道我是上海人。”

“怎么，你歧视上海人啊？”柳丝丝奇怪地问道。

“也不是啊。只是觉得如果不让人知道你生活在哪里，是多么爽的事啊。”韩力护说道，“哎，你没碰到什么事吧？你说的危险在哪里啊？”

“现在好了。”柳丝丝若无其事地说道。

“这么快啊，眨眼之间就没事了？”

“是啊，也怪你跑得太慢了。”

“再快我就成飞毛腿了，没事就好。”韩力护轻松地说道。

“也就是突然感到无聊了。真的好无聊,就想找一个人说说话。耽误你的时间了吧？”柳丝丝说道。

“哪里，我也没有什么事。”

“喂，我问你，我是不是特让人烦的那一种人，特推销不出去的那一种人？”柳丝丝问道，带着很期待的眼神，全神贯注地看着韩力护。

“怎么会有这样的感觉？你是那种特好、特让人珍惜的那一种人。”

“我怎么觉得我好像是没有人要的呢，拼命地要推销出去的感觉？”柳丝丝叹了一口气。

“谁这样对你啊？谁这么有眼无珠啊？”

“我不是这个意思，”柳丝丝眼睛里闪过一丝忧伤，“今天本来心情好好的，哪里想到会碰到那件事，现在心里真的好郁闷啊。”

“什么事啊？你吞吞吐吐的，想说就说清楚好不好？”韩力护被女孩绕得没办法，焦急地问道。

“说出来，你别笑话我。”柳丝丝说道。

“你说啊。”韩力护催促道。

“今天，学校里的全老师喊我吃饭，她要为我介绍对象，她提前又不告诉我，就把一个男孩推到我面前，你说气人不气人？我真的这么推销不出去吗？”

“那你同意了？”韩力护的心里“咯噔”一下。

“同意什么呀？我心里难受死了。”柳丝丝说道。

“你说的那个全教师就是培训班上的那个全莎莎？她怎么这么热心为你张罗这事？她有什么资格啊？你居然还听了她的话？”韩力护莫名其妙地恨起莎莎起来。

“她是我表姐，我才不听她的话呢。她总是骗我，这次我真有一种被卖出去的感觉。”

韩力护松了一口气，也许柳丝丝的态度与立场，让他如释重负，于是他故作轻松道：“男大当婚，女大当嫁，她也是关心你啊。”

柳丝丝听罢，挥起拳头，“嘭”的一声打在了韩力护的胸前：“叫你胡说八道。”

韩力护假装委屈地哼哼了起来：“我说的是实话啊。”

“本来希望叫你来安慰安慰我，可你又来挖苦我。”柳丝丝小声地说。

“那你同意不同意啊？”韩力护转回话题。

“我同意什么？我压根儿都没有想过。我都被气死了。”

“唉，也犯不着这么生气啊。”

“你自己设身处地想想生不生气？你以为我嫁不出去吗？”

“我就不生气。如果有谁来给我介绍，我高兴还来不及呢。”韩力护说道。

“瞧你那一副嘴脸，臭美。”柳丝丝望了他一眼。

“什么时候，我也找全老师，让她给我介绍一个，条件就是像你这样的。”韩力护索性开起了玩笑。

“你？你太坏了，你也来挖苦我，我，我要哭了。”柳丝丝虽这样说着，但她的声音中，却含着调皮的笑意。

“我投降成不成？在女孩的眼泪面前，没有一个男人不投降的。”韩力护说道。

“你真的想打我啊？”柳丝丝说道。

“我干吗要打你啊？”

“你不是说要战胜我吗？”

“我有那个豹子胆吗？好了，别争了，你能开心，我也开心了。”韩力护说道。

柳丝丝拍着身边的狭窄的坐椅，对韩力护说：“你坐吧。”

韩力护无奈地望着狭窄的空间，向柳丝丝摆了一下手，柳丝丝转头四顾，发现不远处的花畦边，空着一张长椅。可能是地坪灯照得那儿十分明亮，所以，被情侣列为不受欢迎的地理位置。柳丝丝向那里努努嘴，韩力护会意地点了一下头，两个人一起向长椅走去。

两个人分别坐下，柳丝丝仰着头，背靠着长椅，韩力护挨着柳丝丝坐下，没有吱声，两个人似乎一时找不到话题。韩力护偷偷看了看柳丝丝一眼，发现她正全神贯注地眺望着城市那看不清本色的天空，便没话找话地问道：“今天晚上，天上有什么不一样啊？”

柳丝丝似乎沉浸在光线迷蒙的思绪中，没有理会韩力护的发问，只是轻轻地“嘘”了一声，搞得韩力护止住了好奇的探询，也模仿着柳丝丝的样子，躺下身子，看着城市的天际光束。

“怎么，喜欢看夜景吗？”韩力护又没话找话地小声问道。

“嗯，我觉得自己已经消失了，只有眼前的光，还有我记忆中的童年时光。面前的变得不现实了，我觉得眼前的一切很虚；现实的变成过去了，我好像踏着这些光，回到了小时候的时光。”柳丝丝有些吃力地说着内心里的感受。

“你莫非踏着时光隧道回到了过去？”韩力护用手扶着长椅说道。

“要是能回到过去，那就太好了。可惜我块头太大了，就是有时光隧道，也挤不回去了。”柳丝丝的声音中充满感伤的味道。

“不会的，你像柳丝一样，时光隧道拦不住你。”韩力护开了一句玩笑。

“我问你，眼前看到的光是不是就是时光？”柳丝丝奇怪地问道。

“这么复杂的问题，我哪里能回答啊？”韩力护说道，“不过，我最近琢磨了一个道理，光线是正向的衬托，而声音是反向的衬托。”

“别，别，太深奥的道理，我搞不明白。”柳丝丝故作大惊小怪地说道，但她的口气好像是鼓励对方似的。经她这么一咋呼，韩力护却没有声音了。柳丝丝等了片刻，问道：“你说啊。”

“不是你不让我说的吗？”韩力护有些卖关子。

“我不是听着你说的吗？”柳丝丝用温婉的口气说道。

“就比如眼前这个黑夜中的城市吧，远处的大楼衬托着面前的大楼，是因为有了远的建筑，才衬托出近的建筑。所有的建筑，都是通过衬托体现出来的，因为这种衬托，才有一种景深，才觉得高楼大厦之间有一种空间存在。我觉得这个叫‘正向反衬’。因为衬托，物体才存在。声音可就恰恰相反了，声音属于一种‘反向衬托’，只有没有声音的时候，才能衬托出另一种声音；同样，有了声音才能衬托出另一种无声的状况，古诗中不是说‘鸟鸣山更幽’吗？鸟鸣没有衬托出热闹，反而把空山的‘幽’衬托出来了。”韩力护一气呵成地说完，然后停下来，看着柳丝丝的反应。柳丝丝见他又停下来了，便说道：“挺好啊，怎么不说了？”

韩力护便接着说道：“面前这座城市的纵深，也是通过衬托，是通过前后建筑之间的衬托来体现的。”

“呵呵，你最近研究起光线的学问了？”

“这叫什么学问？”韩力护说，“因为你提起在夜晚的感受，我不过是有感而发而已。”

城市没有夜晚，但夜晚不会忽略城市。柳丝丝渐渐忘记了今天晚上给她带来的不愉快，想起了是该回家的时候了。韩力护趁机说陪她一起回去，毕竟他们曾经同路过，而韩力护的一个很正当的借口，就是他的朋友在“花木”，与柳丝丝要走的是同一条路线。

柳丝丝一口否决了他的要求，韩力护有一些嬉皮笑脸地说：“我是护花使者啊，行使职权，是我的本分。”柳丝丝瞄了他一眼，说道：“我不是花，用不着你来护。”韩力护说道：“在我的眼中，你就是花。”柳丝丝大声地嚷嚷：“你搞错了，我是一片叶子！知道吗？我充其量是柳树叶。”韩力护暧昧地笑道：“花草不分家，知道吗？何况我正要到‘花木’去，看样子，我今生与花草有缘啊。”柳丝丝推了他一把，假嗔道：“去你的有缘。”两个人因为这么斗来斗去，反而有一种特别的亲昵感。

开往浦东方向的公共汽车，驶上了高架桥，仿佛道路搁置在城市的上空，齐着高楼大厦的楼顶，翔游在空中。韩力护与柳丝丝坐在一起，在市区的时候，车上很拥挤，基本无法谈话；开始接近浦东的时候，人开始稀少。韩力护的左腿无意识地碰到了柳丝丝的腿，心里萌生了一种痒痒的感觉。他与这个女孩保持着轻微的衣物接触，甚至比柳丝丝还要谨慎。过了杨浦大桥，车上乘客渐少，两个人又聊起了城市的夜晚。韩力护又借机说起了他的那一套对城市“反衬”的看法。他说这个世界就是因为衬托才显示了存在，相对地存在，构成了世界。

柳丝丝有一点不服气地回敬他：“我觉得没有必要把上海看得这么透吧，用尺子量来量去的。你这么看上海还有什么乐趣而言？”

也许柳丝丝说得有道理，她永远是一个尺度之外的女孩，这才是她的魅力所在。

韩力护先行下了车，与柳丝丝道别，钻进了夜色中。在走了一段距离后，韩力护掉头看着渐渐远去的汽车，一刹那间涌上心头的是一种不知今夕是何年的茫然感。为什么刚刚离去，却有一种思念开始诞生？

城市能够解释的永远是外表，就像城市地图与建筑物的外形可以记录与描摹，而内心的神秘是永远无法阐述清楚的，城市的灵魂究竟在哪里？

小穆冲莎莎发了一通火之后，很生气地扭头而去。只剩下莎莎一个人，形影孑立地站在熙熙攘攘的街道边。

这是一条横行的平行于南京路的小巷，但却狭小而暗淡，就像任何城市里都有的一条吵吵嚷嚷的小巷一样。莎莎不知去向哪里，自己最喜欢的表妹离开了，最信赖的男孩拂袖而去，也许自己真的做错了？丝丝有必要这么怪自己吗？其实自己都跟丝丝提过这件事，看她没有特别的否决，才安排了这次见面，但没有想到丝丝的反应这样激烈。小穆呢？当小穆对她大发雷霆的时候，莎莎却感到一种莫名其妙的快意。为什么有这样的感觉？难道自己撮合小穆与丝丝，是因为心里有一种自私的想法？难道期待着能够从中获益的人，竟然就是自己吗？

莎莎这样自责着、询问着自己，一路沿着小巷，百无聊赖地走着。小巷是她熟悉的。南京路变化很大，而面前的这条陋巷却一如往昔，依旧是一个门市隔着一个门市，看上去杂乱无章，但它们连贯起来的时候，却充满着一种浓烈的生活气息。

她想到了小姑，不知为什么，在这个孤寂的时候，她特别需要一个亲人来安慰她。

她循着小巷走着，回忆着那天丝丝带她去见小姑的路线。那天见到小姑的时候，因为有丝丝在身边，莎莎并没有说多少话。她现在需要一个长辈，来排解她内心里的苦闷与失落。

她心中的秘密，没有人可以与她分享，哪怕是丝丝。

她不会忘记那一刻，那个让她臭名昭著的一刻。

丝丝对她的恨，她知道是什么原因。在丝丝的心中，她是造成丝丝父母不和的主要原因，但是她自己知道，她是无辜的，是无法选择的。

她不会忘记那一天，丝丝的父亲突然闯进她正在洗浴的浴室，把她紧紧搂住的情形。

那还是她上中学的时候，父亲那一阵正与母亲闹离婚，她因为上学方便，便住到了爷爷家，就是黄河路这儿的一个老宅。爷爷过去是远洋轮的大副，因为经常出国，补助很高，家里生活条件一直不错，单位分了这一幢贴近市区的小楼，在上海来说，这是一块普通人家很难奢望到的宝地。这种楼原是单门独院的小阁楼，以前是某个有钱人家的宅院。时代变迁，这所住宅重新安排了住户，打破了原来的一体化结构，分割成自成体系的房间，一下子住了四家住户。

莎莎那时候正在上学，当时父亲刚从黄山迁回插队的户口，在上海也没有工作，居住地离市中心也较远，与母亲一直闹着，于是就让莎莎住到了爷爷家，三楼小阁楼上的那一间屋子，就成了她住宿的地方。

平时上学，莎莎从来不回家，但那一天下午，她发现月事来了，血迹渗透了内裤，她便找一个理由，提前回来了。

爷爷与奶奶都不在家。爷爷退休后，被聘用到辽宁葫芦岛的一处造船厂，平时很少在家，奶奶肯定到人民公园去锻炼身体了，屋子里很安静。莎莎开了大门，这是四户人家共用的大门，她必须穿过别人家挂着的衣服，才能走到自己家的房间。

踏上木头的台阶，她用钥匙打开了爷爷家的屋子，然后带上门，跑到自己居住的小阁楼上，换了内裤，觉得浑身不舒服，涩涩的很难受，便重新下到一楼去，准备洗个澡。

底层爷爷、奶奶住着的屋子，其实就是一个大房间，里面的结构是没有门的，南北相通着，地板、墙壁都是木头的，房子的南端，是厨房与卫生间混为一体的小房间。从北边的正房间，踏着“咚咚”的地板，下行而去，就到了那间小厨房与卫浴合为一体的小隔间。地方不大，但上海人向来擅长在螺蛳壳里做道场，里面摆布得倒也井井有条，自得章法。厨房最靠里边的地方，拉上了一块布帘，隔开了卫浴，人进去后，可以用水龙头沐浴。平时帘布拉起来，不影响整个空间的完整。

莎莎咚咚作响地踩着地板，在屋子里似乎闹出了很大的动静。反正没有人，也无所谓避讳了。

莎莎来到厨房间，拉下了隔帘，烧了一会儿水，看水温差不多了，便脱光衣服钻了进去，放下布帘，罩着自己。

女孩也许对自己的生理反应都有一种不洁的感觉，在这时候沐浴，可能更多的是一种心理上的慰藉。她让自己裹进了水雾中，好像感到那每一缕的温暖都渗透进自己的心里，融化进自己的肌肤中。抚摸着自己的身体，她觉得还很陌生。高中时，她就发育得很好，身体曲线玲珑，她既欣赏自己的凹凸有致，又很讨厌自己这种截然分明的变化。

就这么在水中一边洗着，一边自我欣赏着，后来她听到了开门的声音，然后就是“咚咚”的踩着木板台阶的击打声，显得很沉重。莎莎想，肯定是奶奶回来了，静静地听了一会儿，便没有在意，又继续把自己笼罩在暖水中。

一切都是突如其来发生的。隔帘突然被掀开了，然后突然伸进来一双巨大的男人的手，把她的腰一把搂住，将她拖出了布帘，她觉得自己突然悬空了，无力掌控自己，但那双手很有力度，不至于让她跌倒。突发的事件，使她本能地尖叫着，水流入眼睛里，头发从额上垂下来，她几乎不能判断是谁把自己拦腰抱住。

她的尖叫发生了作用，那双手停顿下来，把她重新放回帘子中，搁到了浴池内。

莎莎惊魂未定地扭头看着，她看到的是一张熟悉的面孔，就是她的三姑父，丝丝的父亲。

“是莎团啊，我不晓得是你。”三姑父两手尽湿，脸上是满脸的尴尬，低着头不敢看莎莎。

莎莎几乎在那一刻失去了知觉，头脑里一片茫然。突然间她意识到，她全身赤裸地暴露在外面，便两手本能地护住胸部。再看刚才被拖出浴池的地方，地下蓄积着一摊血水，刚才的这么一折腾，她身体里的经血流淌出来，顺着大腿，滴到了地面上。

莎莎觉得自己被剥得一干二净，而这个男人竟然是自己的姑父，她委屈得放声大哭。

三姑父退出了房间，只听到他在外面连声安慰她，叫她不要哭了，莎莎却越想越伤心，想到爸爸妈妈在闹离婚，自己从来没有享受到父爱母爱，而现在竟然一丝不挂地暴露在自己的长辈面前，为什么这一切都被自己遇到了？

莎莎一哭一闹，全家都知道了。连锁反应就是丝丝的父母进入了冷战阶段，这就是丝丝痛恨莎莎的原因。

其实，后来才知道，丝丝的父亲在外面有一个情人，约好了到莎莎爷爷家幽会，没想到下午莎莎回来了，丝丝的父亲还以为洗澡的是先期而至的情人（她有一把屋子的钥匙），于是就发生了这样的一幕。

因为莎莎的哭叫，这个事件整个家里人都知道了，但那时候丝丝还小，她只知道是莎莎揭开了家庭不幸的开始，而根本没有弄清是什么原因。

莎莎来到了前一阵与丝丝去过的拆迁楼，这里沉浸在一片黑暗中，似乎城市在这里坏死一样，但还没有舍得被割掉，显得特别累赘而难看。

莎莎很容易就找到了上次小姑留守的那一幢拆迁楼，惨白的墙壁，像一面失去血色的巴掌，屹立在眼前。过了这么一段时间，两边拆迁的废墟范围更小了，小姑暂住的那幢楼显得更孤立，更危机重重。

莎莎拍了很长时间的门，才听到楼上有声音传出来。莎莎在黑暗中，抹了一下眼泪，她不想让亲人看到她内心的难受，看到她的藏掖不住的情绪。

小姑点着蜡烛走了下来。莎莎记得上次来的时候，屋内还是通电的，现在连电都没有了。

"谁啊？"小姑在楼梯上面问道。

莎莎应着，听出了她的声音，小姑很高兴地下来，开了门，然后端着蜡烛，退着回到楼上。到了二楼后，小姑的手紧攥着她，这是一只好手，那么温暖与柔软，莎莎觉得眼泪又控制不住急欲流下来。

"就你一个人，丝丝没有来？"小姑问道。

"没来，就我。"莎莎跟进了屋子。

小姑把蜡烛放到了茶几上，叫莎莎坐下来，小姑父也从内屋里走出来，亲热地与莎莎打招呼。说了一会儿话，姑父从厨房间里端出一个大瓦盆来，小姑单手从桌上的锅碗瓢盆里拿出一个大碗，放在桌上，说道："这是你姑父做的鸡汤，我吃不了，正好你来了，快尝尝。"

"我不饿，我吃过了。"莎莎连连推辞。

"都回家里来了，还客气什么？汤味道挺好的。这里面放的什么冬虫夏草，难看死了，就是冬天像虫子夏天像草的。其实我哪里需要补啊，你姑父非要买这玩意儿，你吃吃看吧。里面还有黄芪、香菇、鸡蛋菌、龙眼肉，味道还好，我吃了也是白吃，你小姑娘吃了倒对身体好。”小姑一面把碗推向莎莎，一边说道。

“你小姑就会省，”小姑父在边上说道，“她身体又不好，经常腰酸背疼，省下钱还为谁呢？她自己不肯买，我就替她买吧。”

小姑接着说道：“你姑父会照顾人，他就这一个长处。”说完，小姑娇嗔地望着姑父。在蜡烛的昏暗的灯光下，姑父的满脸络腮胡须，像一个乱糟糟的野人，但眼睛里却放射出温顺的光。

小姑父嘿嘿地笑道：“要是没这一个长处，你还愿意跟着我过吗？”

“你不能夸，夸你还真得意忘形了，”小姑继续嗔着说道，“你去干你的事啊，不要干扰我与莎囝谈话。”

“我能去哪里啊，你把我吊在阳台上吧。”姑父开玩笑地说道。

“你吊哪里，我不管，只要你不在这里就成。”小姑很严肃地说道。

莎莎不好意思地说道：“都怪我，不该来这儿的。”

“这是什么话，”小姑用眼睛示意丈夫到房间里去，“你来看我，我都高兴得没魂了。快，你姑父走了，没人捣乱了，你安心喝吧，喝光了，不然小姑是要生气的。”

小姑父嘀咕着，到房间里去了，只听到他重重地躺到床上的声音。

小姑继续催促莎莎喝汤，莎莎捧着碗，眼泪滴了下来。这是一种家的感觉，亲人在身边，总是会容易牵连到成长的过去，记忆中的往昔，每一刻过去的时光，总会从亲缘关系中重新闪回那份曾有过的鲜活。

“怎么了？遇着啥事了？”小姑不解地看着泪流满面的莎莎，

因为屋子里比较暗，小姑一直没有看清莎莎的脸容，但是近在咫尺，她看到了莎莎红红的眼睛，还有两颊上的泪痕。

小姑靠近莎莎，用完好的左手摸着莎莎的臂膀。莎莎可以感觉到小姑空着的离她最近的右手，她知道小姑那只手发育不全，但是，她觉得小姑的生活却是健全的，有家庭的温暖。在这种心理驱使下，她一把拉住小姑一直藏在茶几下的右手，紧紧地攥在自己的手里。也许刚才一直端着盆子，吸收了盆子外沿的热气，她觉得小姑的手很凉，但是握着却很舒服，她太需要一点亲情的安慰了，哪怕是一双不健全的手。

小姑用那只完好的手，覆在莎莎的手上说："好久都没有看到你了，我知道你的日子过得不好，你是家里最苦的小孩了。"

"小姑妈，不知道为什么，什么不痛快的事情，都被我碰到了，我究竟做错了什么？"莎莎哭泣地说着。

"莎囝，别说了，过去的事情不怪你，没有人怪你。"

"真的不会怪我吗？"莎莎求救般地看着小姑。

"家里人是不会怪你的。你是一个好囡囡，你爷爷在的时候，最记挂的就是你了。那时候你才多大，你能懂得什么？本来就不关你的事情。"小姑用那双有力的手，紧紧地按在莎莎的手上。

"小姑，你说的是真的？"

"我怎么会骗你呢？你离开家后，爷爷奶奶找了你好久呢，你大姑还在电视台发了寻人启事，后来听说你找了工作，觉得你也许是想离开这个家，不想再看到过去的一切，大家也就没有去见你。其实家里的人都是喜欢你的，你的爸爸也是喜欢你的。"小姑说道。

莎莎的父亲是家里五个子女中唯一的男性，从小是最受娇宠的，这种娇宠里，有长辈的关爱，还有几个姐姐的爱护。莎莎的爸爸正赶上知青下放的尾声，当时丝丝的妈妈下放到同属上海市的崇明岛，而莎莎的父亲则下放到安徽的黄山地区了。那时，整个黄山林场，都是由上海插队知青组建的。莎莎的爸爸到黄山的时间并不长，受的苦也不是很多。他去的时候，黄山林场的条件已经改善了许多，那些年，每年都有上海的慰问团到黄山林场看望那些上海知青。

莎莎的大姑，在父辈中是家里最大的，生活条件也挺好，经常受爸爸妈妈的嘱托来看望这个唯一的弟弟。没过多久，文革结束，上海知青全部返城，父亲重新回到了上海。当时，莎莎的奶奶在街道缝纫社里上班，为了让唯一的儿子有一个工作，便退职在家，让莎莎的父亲顶替到街道办做事。后来，街道小厂越来越不景气，莎莎的父亲便在淮海路上做服装生意，别人家都发了财，但莎莎的父亲却越做越亏，衣服盘点下来，反而欠了一屁股债。

现在小姑提到自己的父亲，她的眼泪再次流了下来。自从在爷爷家发生那起“浴室事件”后，她吓坏了，三姑那一阵天天到爷爷家，哭哭啼啼，看莎莎的目光也很陌生。三姑父有一天被叫来，爷爷严厉地教训着他，莎莎看到三姑父被勒令跪在三姑的面前，痛哭流涕。在她的眼中值得尊敬的大人竟然像小孩一样被惩罚，她感到所有的罪过都是自己的。如果自己不那么声张，就不会让所有人都知道了。她越来越感觉自己负罪深重。爷爷奶奶以后望着她的眼光越来越沉默，越来越充满着意犹未尽的无奈，更有一次，当时只十几岁的丝丝瞪着她，狠狠地说道：“你是坏女人。”这给了莎莎强烈的刺激，她觉得这个家已经没有她的位置了，她唯一的选择就是离开家。她当时高中还没有毕业，看到多如牛毛的招聘公告，便早早地走上了社会。过早地与家庭隔绝，使她的内心里总有那么一种对家庭近乎病态的留恋。

女孩的眼泪是她发泄的一种形式，流泪前后，她会把自己分成截然不同的两个人。莎莎依靠着小姑，无遮无拦地哭作一团，觉得心里得到了安慰，心境也变得平和了许多。

莎莎把小姑这儿作为她寄托亲情的最后一个窗口，因为小姑是最安全的，是最谅解她的。她想把自己攀附在这一个窗口里，重新吸吮着家庭的乳汁，她需要的更是精神的营养，而不是从这个家庭中获得物质的帮助。这就够了,莎莎感到相当满足。

对于自己的家，莎莎已经不奢望了，父亲与另一个女人居住在一起；而对于母亲，她只知道她所在的大概的方位，根本不知道她现在在哪里。她只是想把当前的生活料理好，把每一个日子推向前，向前。她难以知道前面是什么，她只是朦胧地鼓励自己，要走下去，走下去。

因为心境的改变，两个女人的话题开始信马由缰起来，小姑问莎莎有没有男朋友，莎莎含羞摇头，她没有把今天为柳丝丝介绍对象的事说出来，她觉得应该把这件事情彻底埋葬，知道的人越少，埋藏得越深。她只是说，今天碰到工作中不顺心的事，觉得特别委屈，特别难受。

小姑从过来人的角度，劝莎莎尽早找一个对象，过上安定的日子。一个已婚的幸福女人，总是喜欢让一个单身女孩走进婚姻的天地，以为那才是一个女人最好的归宿。而从内心里讲，莎莎已对婚姻不抱希望了。

望着小姑热情的期待的目光，莎莎却觉得自己很冷。婚姻是离她很远的事，她为别人的婚姻操劳，但从来是把自己的婚姻置之度外的。

“小姑，我觉得自己很难爱上一个人了。”莎莎吟味地说。

“莎囡，我总觉得你还没有走出过去的阴影。我都说了，过去的事情不会对你有影响的，你还是一个纯洁的女孩，别把自己憋在过去的错误里，那不是你的错。”小姑以为莎莎还是因为“洗澡事件”而郁郁寡欢，依然如故地开解她。

“我已经不相信男人了，我不会去爱上不相信的人。”莎莎欲言又止地说道。

“傻丫头，结婚不结婚与相信不相信男人有啥关系？就像我与你姑父，看起来我们都身体不好，但我们过得不是很好吗？两个人过日子都是平平淡淡的，不要把过日子想得太复杂。只要两个人互相瞧得起，互相不嫌弃，那比什么有钱有势都好。”小姑又比照自己动员起莎莎，她干枯的脸上放射出暗淡的红晕，在蜡烛的映射下，显出几分觉察不出年龄的美丽。

莎莎想到什么，问道：“小姑，这房子越来越危险了，你怎么还不搬走啊？”

“你姑父天天催着要搬，就像催命鬼似的。现在这家住户给的钱又涨了，反正在这里睡睡觉都能拿到钱，天下哪有这样的好事？”小姑兴奋地说道。

“可是这里太危险了啊，孤零零的，说不定什么时候墙就会倒下来的。”

“不会的，不会的，这些老房子，都熬过了几十年，结实得很呢。”小姑的脸上是一副乐观的表情。

小姑说起小姑父的标本厂效益也开始不好了，以后挣钱越来越难了，说起这话时，小姑的脸上蒙上了一丝阴郁。

这时小姑父从屋里走了出来，说道："怕什么？只要我有一口吃的，就不会少让你吃一口。把心放宽了，这比吃什么灵丹妙药都见效。"

莎莎接着道："姑父说得对，心情放宽些，身体好比什么都好。我以后会经常来看你的。你过得好，我才不会担心。"

小姑笑道："我哪里要你担心了？你把自己的生活过好，我就开心了。下一次，记得把男朋友带来，不然小姑妈会不高兴的。"

从小姑家里出来，莎莎突然觉得心情好了许多，想到小姑与姑父这么恩爱，她似乎又感受到了家庭的温馨。心情一好，脚步也不由自主地轻快起来，看什么都觉得很舒服。上海有不夜城的称号，但是，它在本质上是睡眠的，此刻的小巷，就沉浸在昏昏欲睡的半眠状态。真正不眠的，仅仅是上海的物质部分，包括那些擅长哗众取宠、招蜂惹蝶的霓虹灯，而灯火是城市最大的欺骗。

莎莎觉得自己的心情难得这样平静，便发动车子，漫无边际地开了出去，甚至不知道开向哪里。她的目光注视着道路两边，希望在这里面看到穆炎的身影。莎莎只是觉得自己想出去走走，毕竟走在城市里，还有寻找的机会，但这样找到的可能性简直是微乎其微。

远处，一道彗星一般的光束，轰隆隆地开了过去，那是紧靠着中山公园的 3 号线地铁，正趾高气扬地行驶而过。莎莎明白，自己不知不觉地来到了中山地铁站，曾经，她在这里与小穆一起进出上海这个城市的中心地带。它把城市简约成两点一线的直线距离，这反而更容易成为介入城市的一种契机与借口。

莎莎把车子停到路边，下了车，穿过昏暗的道路，来到了地铁站。她不能确定前进的方向，因为无聊，因为空虚，她乘上地梯，上了地铁。空旷的站台上站着几个孤独等待的人，莎莎依靠着栏杆，任城市的夜风吹拂着自己，她觉得自己的肉体已经消逝，只有一种精神的东西，屹立在风中。

在这样的夜里，她对爱的渴望突然滋生出来，变得异常迫切。这种爱，也许并没有明确的指向与标志，它只是一种不清晰的渴望，一种内心里的需要，莎莎希望有一个人在这个陌生的城市里，给自己孤独的心以安慰。

从中山路站点出发，莎莎可以感受到这里曾经带给她的希望与温暖。她自己都觉得奇怪，为什么小穆偶尔说起的某个细节，却可以在她的记忆里不断地萦回，指点着她执着地向前。她曾经听小穆说过，那时候，他与女朋友谈恋爱，最喜欢的去处，就是乘上地铁，到外滩的对面看夜景。也许正是这个原因，使得莎莎不由自主地顺着小穆曾经走过的路，去偷窥一下另一个男人曾经有过的浪漫痕迹。

不知道自己为什么有这样的怪念头。莎莎觉得此刻似乎只有在这样的寻访过程中，才能松弛她内心蓄积的期望。莎莎重新回到地铁站，乘上地铁。在一种换位思考的状态下，她似乎钻进了小穆的心里，感受到他曾经有过的心情状态。这顷刻间的幡然醒悟，使她重新发现了小穆的善良与贴心，这样的寻找，是寻找小穆，更是寻找失落的记忆，还有那陈年旧事。

莎莎在陆家嘴站下了车，她在心里想着，小穆当年与女朋友应该就是在这里下车的。

江边人数相对而言要较外滩少了许多，但栏杆也基本被人占据，只是人的密度没有对岸那么大而已。

看到情侣们坐在江岸边的栏杆上窃窃私语，莎莎才知道，一个人来到这个地方，只会更明晰地知道什么叫孤独。她喜欢把自己藏在光影里，因为这样使她感到安全。

她来到面向黄浦江的长椅处，那里，早已被一对情侣占领。她不好意思久待在这个被那对男女占领着的长椅边，那种感觉，就像她是一个窥视者。她重新走上台阶，回到了江堤上。回首望去，她看着对岸的那熟悉得不能再熟悉的上海外滩，此刻像一堆积木，被光线映照着，给人一种极不真实的感觉。而更吸引人眼球的，却是外滩建筑后面的那些高低起伏的新型建筑，它们奇形怪状的造型，压迫着低矮的外滩建筑，这就是上海人经常讨论与厌倦的光污染与无序建筑群。

莎莎再次把目光移到那个长椅边，突然间，她看到一个熟悉的身影，在长椅前慢慢地蠕动着，然后停靠在江边的栏杆上。难道是城市里过多的光线漾进眼睛里导致的幻觉？

她一步步跑下台阶，走近，走近，身影给她一种熟悉的感觉，在暗夜里四处弥漫，笼罩了她。只是她看到的仅仅是一个背影，她无法确认是否属实。

她被一群女孩的结伴游打扰了一下，停住了步伐，那个倚着栏杆的男人，转过身来，显然是被那群叽叽喳喳的女孩的声音所吸引。然而，就在那个男人转身的一刻，莎莎似乎在黑暗里，看到一条闪电般的光束，压过了城市里所有的光线，在她与那个男人之间勾连起来。

“穆炎……”莎莎无意识地叫道。

“小全姐。”她不仅看到他眼睛里的光亮，更听到了他低沉的嗓音。

他们像两个在陌生街头相逢的熟人，有一种异样的亲切。

莎莎跑了几步，绕过面前三三两两的人群，走到小穆的身边，小穆等她走近了，拉住她的手。时间与空间的距离，消弭了他们之间产生的芥蒂。也许他们在这一刻感受到的是城市相同的压迫，他们都是孤独者。

他们之间似乎有一刻想逃离彼此的接近，但城市残忍的手推搡着他们，干燥着他们的灵魂，使他们感受到，他们是这块陌生土地里彼此最亲近的两个。

经过相亲那一段波折，此刻在外滩的相逢，使他们已经远远把那一场不快抛弃到遥远的地方，在不期而至的生分之后，他们倍感珍惜只有他们在一起才能感受到的亲切感觉。

“你怎么也到这里来了？”小穆倚在栏杆上，看着莎莎。他的脸上挂着平和的表情，与刚才那种剑拔弩张的态度判若两人。方才，他对莎莎发了一通火，甩掉了她，但是静下心来，却感到一种酸楚。

他觉得委屈，觉得难受，更觉得有一种愤慨。他似乎还有很多的话没有说完。他当时对莎莎大吵大嚷的时候，莎莎只是隐忍着没有吱声，他生气的正是她的没有反应，如果她跟他吵一下，回敬他反驳他，他也许会觉得心里舒服一些，心里的积怨可能会散开一些。

但是她没有。她像一个始作俑者，制造了一个尴尬的场面，但她却是一副无辜的表情。小穆恨不得继续在她面前大吵大嚷，但当真的看到她的时候，他的愤懑却不翼而飞了。

“你能来，我就不能来吗？”莎莎歪着头，带着一种挑战的调皮神情说道。

“我可没有说你不能来啊。可你怎么会知道我在这里？”小穆惊讶地睁大眼睛，把莎莎的手紧紧地攥在手心里，仿佛怕她一振翅就能飞走。

“你别这样，捏得我好疼啊。”莎莎扭曲着面孔，直到小穆松开了她的手，她也倚在江边的栏杆上，头微微地侧过来看着小穆，“我当然知道了，你知道女人有第六感的。”

“我真是服了你了，这你也能猜测到？”

“我可不会算命，只能说是瞎猫撞上死老鼠罢了。”

“你说我是死老鼠？”

“是你自己这样说的，你说是就是了。”莎莎噘着嘴，看着他。

“你？老鼠也会吃大米的。”小穆故意装出一副凶狠的表情。

“我不怕你，我又不是大米。”

“老鼠还喜欢吃奶酪的。”

“我更不是奶酪。”

“那你选吧，选一个老鼠爱吃的东西。”

“唉，一直说吃啊吃的，你晚饭吃了没有？”莎莎转过身，看着小穆，然后她就势转过身，从倚着栏杆变为趴在栏杆上，眼睛却始终看着小穆。

“我不想吃，一点想吃的感觉都没有。”小穆也侧转身子，两个人一起面向黄浦江，看着波光粼粼的灯海与河水。

“小穆……”莎莎欲言又止。

“全姐，你别说了。我们不提那件事，好吗？”

“好的。”

两个人沉默地望着远方，灿烂的灯光持久地辉映在他们的眼睛里，让眼睛变得疲惫而失去了感受力，他们对远处流光溢彩的灯海都似乎视而不见。

“全姐……”小穆开口说道。

“嗯，你说啊。”莎莎低声地应道。

小穆把手轻轻地放在莎莎的肩膀上，莎莎没有拒绝，他们感到这种若即若离的接触是他们此刻最为需要的。小穆可能想到刚才不提旧事的建议，没有吱声。

小穆道：“你很自私。”

“自私？”她想反驳，但是想到心中萌生的愧意，她失去了兴趣，附和着问道，“我真的自私吗？”

小穆道：“当然是真的，你舍不得把你最好的东西给我。”

莎莎不解地问：“最好的东西？怎么会？”

小穆道：“就是你啊。你为什么要藏着掖着你自己？”

莎莎明白过来，说：“我？我不是什么好东西。”她说得很古怪，但听起来，却很自然。

“全姐，你在我心目中，永远是美好的，永远是一个好姑娘。”

“穆炎，其实你不了解我。”

“我知道。”

“你不知道。”

穆炎转过身，说：“不就是钱盛钟那一码事吗？你不可能永远与他待在一起。”

莎莎只觉得头脑里“嗡”的一下，最困难的时刻是逃不过去的。她是别人的小三，这是雷打不动的事实。她没有回应。

穆炎继续道：“全姐，刚才一路过来，我想了许多。现在我想清楚了，我们不完美，但并不可耻。”小穆努力把自己与莎莎一起纳入他表述的那种范畴中。

“不，穆炎，我与你是不一样的，我根本没有作为正常女人的自由。你是纯洁的，你与我不一样。”

“全姐，与你在一起这么久了，我觉得你像是我的一个亲人，你可以说是恋人。我懂得了什么叫爱的感觉，这是我很久都没有尝到的感觉了。”

“穆炎，我没有那么好，我是一个男人的玩物。”

“全姐，我不准你瞎说。”小穆另一只手也搭在莎莎的肩头，两只手扶着莎莎娇弱的双肩，莎莎努力扭动着头，回避着与小穆的正视。

小穆继续说道：“在我的心目中，你永远是纯洁的、干净的。”

莎莎道：“谢谢你，有你这句话，我就很开心了。”

穆炎道：“我不是为了讨你开心才说这一句话的。我不知道为什么又走到这里，我想到的是，当年我与前女友就喜欢走这条路，想问问过去的记忆，我能不能重新开始一段感情。现在我明白了，应该珍惜身边的感情，如果当年前女友再让我选择一次，我愿意选择与她一起离开上海。”

莎莎心里一凉，道：“你想去找她？”

穆炎道：“当然是不可能的了，时光不可能倒流，失去的一切，是追不回来的了。但时光告诉我，不能再放弃一段感情了。今天晚上，我突然明白，你让我相亲，为什么会激怒我，因为我突然明白我需要什么了。”

莎莎咬着嘴唇，道：“你还是提到今晚的事了。”

穆炎道：“现在我知道，其实我心里珍惜的是你。我来到这里，我耳朵里只有一个声音：我不能再放弃你。”

莎莎道：“可是你知道，我不是一个正常的女人。”

穆炎道："你完全可以回到正常啊。钱盛钟有家室，他不可能娶你。"

莎莎道："你为什么不能找一个纯洁的女人？"

穆炎道："你为什么总以为自己不纯洁。我们相处这么久了，我觉得你很纯洁啊。"

莎莎摇摇头道："我有那么好吗？"

穆炎道："在我的心目中，你是最好的。"

莎莎道："我们之间太过偶然了，完全是一次意外的相遇，你说这可能吗？世界的存在，不可能是偶然造成的吧？"

穆炎道："很多偶然，你抓住它，就能成为必然，我已经失去了一次必然，我想抓住这一次偶然。你看，上海这么大，我们居然能够在这里相遇，这是一个了不起的偶然。"

莎莎平静地侧过脸，看着穆炎，道："你以为我们在这里相遇，是一次偶然吗？"

穆炎疑惑地问道："不是偶然？难道有谁牵着我们走到一起的？"

莎莎诡谲地笑道："你记得你过去说过的，你喜欢与你的女朋友一起到外滩的浦东那边，明白了吗？其实世界上是没有偶然的。"

穆炎仰脸笑道："原来如此，我偶然说的一句话，你记得这么清楚啊，我真的服你了。"

莎莎低首笑了笑，道："女人的心，就是这么小。"

穆炎道："不是小，是大啊，把这么多的事情都记着的女人，真的是很了不起。这也是我觉得你与众不同的地方。"

"你不嫌弃我？"

“别提嫌弃这个词好不好？我觉得我还是高攀呢。”

从黄浦江上飘过来的江水的气味，灌进了他们的鼻腔，这一片百年前就有的滩头，如今成为城市的核心地带，早已失去了纯真与自然。

一个人只是城市的过客，而两个人就是城市的一份子了。当你拥有一个女孩，你会觉得自己强大，你会觉得自己已经超越了城市的领空，可以俯瞰整个城市。小穆在今天才第一次体会到有一个女孩在身边的感觉，虽然他没有想过什么是幸福，但是，至少他觉得在此刻的城市里，他不再孤独。想到这里，他把莎莎的手紧紧地攥着，莎莎以为他在暗示什么，小跑着跟上他的脚步，因为跑得太快，反而把小穆拖了起来。

这就是爱吗？爱赋予许多没有意义的事物以无穷的光泽，让许多平凡的时光，有了珍珠一般的圆润。爱是一种幻觉还是一种真实？是一种欺骗还是一种直觉？没有人知道，没有人能回答，或许爱就蕴含在那一颦一笑之中吧。

第十章

上海的雨，后遗症是产生雾一样的迷蒙。城市在风雨交加中，孤立无援地忍受着大自然的侵袭。

莎莎站在学校的阳台上，可以看到虹口体育场的那座高耸的射光灯架，在肆无忌惮的风雨中屹立着。时间已经是黄昏了，厚厚的云层过早地把黑幕拉扯了下来。

莎莎似乎一直在莫名其妙地期待着什么，她在期待着电话铃的响声。但是所有的来电中，都没有他的声音。

昨天与穆炎在外滩那儿像恋人一般归来，是她没有想过的，她一直对自己有一种嫌弃的自卑感。从她还是少女时，她就一直被一种不洁的感觉缠绕，这使她陷入一种深深的自卑之中。少女时代无意中惹上身的那一场风波，更使她带上了一种负罪感。有了这样的心理负担，她步入社会的时候，便不再觉得有什么珍惜的东西了。

她发觉这个社会根本不会注意到她的感受，她内心里所有的自卑与不洁感，这个社会是不关注的。她只要修饰她的外表，就会很自然地获得身为一个女人所能拥有的一切。

她发觉自己在男人堆中的关注程度，远不是与她的心灵密切相关的，而绝对与她对自我的修饰成正比。

所以，她放弃了对自己灵魂的维护与珍惜。她从不去想灵魂深处的底色，而只是强化渲染她外表的光彩。越封闭内心，越张扬出外表的风情，便越能让男人围绕着她打转。

她原先一直在内心深处厌弃的肉体，却在男人那里，找到了另一种价值。她小时候就觉得自己胖，发育得太丰满，高挺的胸脯也一度让她羞愧难当，这一切强烈的女性特征，却在男性那里获得了出人意料的追捧。在那一刻，她似乎懂得了，男人与她内心里幻想的不一样，她厌弃的恰恰符合男人的胃口。有了这样对男人的认识，她懂得如何让男人喜爱自己，让男人迷恋自己。

然而，她从穆炎的身上，却体会到了一种不一样的感受。大概是因为从一开始就住在一起的原因吧，她倒没有把他作为一个男人看待，更多的是看成自己的小弟弟。她没有想过与这个男孩有进一步的关系，在她的心目中，与他住了那么长的时间，却保持着纯洁的友谊，也慢慢滋生了一种信赖。在那些日子里，那种每天在一起相互扶持的感觉，使她体味到了一种久违的纯洁。她灵魂深处的那一种渴求滋润的情感，在慢慢复苏。那时候，她觉得这个屋子里有了他的出现，便会有一种安全感，一种完整感。这就是一种出自灵魂的爱情吗？

然而，当她真的倾注自己感情的时候，必然要面对内心深处的问题。她的身体被使用过，为一个老男人。虽然穆炎知道她的一切，但她毕竟还没有离开那个男人。这一块石头压在她的心里，她知道这对于她的感情是致命的隐患。

所以，她把自己投入到培训班里，让每天的忙碌去冲淡内心的忧虑。

今天因为下雨，培训班人来得很少，下午莎莎擅自做主，早早地下了课，但是她却懒得动弹，一个人在空旷的学校里，默默地想着什么。四周很是寂静，她觉得不管如何留恋这样的时光，总归是要回家的。她走出门，站在走廊上，看着外面的雨，依旧下个不停。暗淡的天光下，操场上空无人迹，只有积水顺着高低凸凹的地势，玩着跑来奔去的游戏。它们好像有目的，但又好像没有方向，这倒使它们带着几分天真的烂漫。莎莎看上了瘾，倒有一些恋恋不舍，留恋起这种发自内心的滚打摸爬来。

突然，她看到有一个黑影在雨地里奔跑，然后“咚”的一声，重重地摔在了一楼的走廊里。

是谁？莎莎转身下楼，想看一个究竟，回头想了一下，把自己办公室的门锁了起来，虽然保险箱里没有多少钱，但她还是留了一个心眼。

她来到一楼，看到有一个黑影，倒在一楼的台阶上。

莎莎左看右看，希望出现一个人影，甚至希望小穆快一点来到。刚才对小穆的期望，是出于心理上的，现在她完全是出于一种现实的需要。她屏住了呼吸，探身靠近那个黑影，睁大眼睛，好像要把所有的谜底都看清楚。她拉了一下那个人的肩部，那个人慢慢地侧过脸来，那一张面孔是莎莎再熟悉不过的，她惊愕地叫了一声：“小火——”

走廊上不明亮的灯光倾注下来，洒在小火的脸上，她的面容像失去光泽的象牙一样，泛着次品一样的成色。自从小火突然失踪之后，这是莎莎第一次看到她。上一次见到她时，大病初愈的小火虽然面色苍白，但尚有几分血色，而此刻看到的小火脸上泛出的白，是一种冰冷的白。

这就是当年那个处处与她对立的小火吗？当年的资本是她艳若桃李的面容，是她心高气傲的心胸，这一切仿佛在一夜之间挥发殆尽，只剩下这一个可怜兮兮的尚有一口气的生命。

莎莎把小火的身体扶起，这个面无血色的女人，脸上全是斑痕。虽然莎莎过去曾经多少次地在心底诅咒过她，但此刻却觉得鼻子酸酸的，眼睛里飞进的雨水，弄得眼球很不舒服。

女人的嫉妒心，是与对手的实力高低成正比的，此刻莎莎的心里装的全是同情。她把小火扶起，偏离了滴水下落处，免得扑下来的水珠再次践踏小火的面容。

莎莎看看四周，没有一个人，她失去了主意，不知道该怎么办；想了想，还是把小火拖到楼上去，毕竟那里干燥一点，环境要好一点。

她托起小火，小火发出梦呓一样的呻吟，双腿还有知觉。她把小火抱了起来，小火沉重的身躯压着她的手，几乎令她无力动弹。就这样一步一步地拖着小火往台阶上走，走到半途，莎莎举起小火的手，套在自己的头上，往上艰难地移动。

小火能模糊地发出几个声音："别，别……"莎莎感到自己连发出声音的力气都没有了，看着越来越短的台阶，她憋足了劲，把小火托上了最后一层台阶。

扶着小火走了一段距离，莎莎把小火放在了办公室的沙发上。莎莎感到自己一个人实在对付不了小火，想来想去，能想到的帮手就是穆炎了，便打了电话，告诉小火来到培训班的事，穆炎在电话里说马上过来。

莎莎回到沙发前，看到小火水淋淋的脸颊，想找一个毛巾给小火擦擦，在办公室里找了半天，只找到一条皱皱巴巴的毛巾，上面蘸满了墨水、粉笔灰，自己看了都恶心。莎莎在无奈之下，想到自己裙子上的披肩，咬了咬牙，抽了出来，为小火擦干净了脸。

她匍匐下来，伏在小火耳边，轻声地叫道："小火，小火……"

小火的嘴唇动了一下，双目没有睁开，莎莎把手伸到小火的脑后，问道："小火，你怎么了？你不要不睬我啊。"声音出口，在空旷的教室里回荡，莎莎觉得自己的声音里夹带着哭腔，吓了一跳，但也想不出更好的办法。

她只好把小火放到沙发上，又跑到走廊上看穆炎有没有来，如此跑来跑去，总算听到走廊上传来"咚咚"的脚步声，莎莎的心里一阵轻快，穆炎终于来了。此刻，她觉得穆炎是如此亲切，是她今晚唯一的依靠。

"小火在哪里？"一进来，穆炎就焦急地问道。

"你看，她晕倒了，我是从楼下把她扶上来的。"莎莎指着沙发上的小火说道。

小穆凑近过去，粗粗地看着，说："她怎么了？"

"我也不知道啊。"

"应该早一点送医院，"穆炎忽地抬起身来，"不能再耽搁了。"

"也没有多长时间，就是一会儿。"

穆炎说："一会儿时间也不能耽误，你怎么连这个都不知道？她病得很重，脸色多难看啊。也不知她怎么了，你应该立刻把她送入医院。"穆炎的口气中，饱含着一种责备的语气，莎莎却没有一点委屈的感觉，莎莎心甘情愿地被穆炎教训着，心里却很踏实。

"走，你不是开车过来的吗？快去，把车子开来啊，我把小火抱下去，赶快去医院。"小穆说着，就把小火抱了起来。

莎莎像犯了错误的小孩，乖乖地听着穆炎的指挥，一声不吭地匆匆下楼。

很快，在茫茫的雨林中，一辆汽车幽灵般，跌跌撞撞地冲出了由单调黑块占领着的校区，驶进了上海永远大同小异而又辉煌灿烂的夜幕里。

车子开到长海医院，把小火送入急救室，医生拖拖拉拉挂上点滴，送入病房已是晚上九点多了。小火躺在病床上，脸上渐渐恢复了一点血色。医生查过房，告诉莎莎病人无甚大碍，但因患过呼吸窘迫症，此病极易复发，一旦发作会造成呼吸困难，十分危险。莎莎才算定下心来，重重地喘了一口气。

病房里很安静，邻床的病人已经休息，莎莎想到什么，指了指病房门口，两人走出病房。

“饿吗？”莎莎问道。

小穆摇了摇头：“都忙忘了，一点想吃东西的感觉都没有了。”

“现在你说怎么办啊？”

“你不是知道小火的家吗？她家里有没有什么人？”

“不行啊，她这个样子，怎么去见家里人啊？还有小火，我知道她，她过去一直不让人知道她生病的事。这样突然让她家里人来，还不被吓死。”

小穆有些不解地看着莎莎：“那你就在这里照应她吗？”

“那你说怎么办？”莎莎的目光回避着。

听着外面的风雨声，两个人一时无语。

走廊上惨白的灯光，照着深邃的回廊。小穆回头看了看这苍白的走廊，没话找话地说道：“你看这医院，好像挺熟悉的。”

“你以前来过啊？”莎莎也顺着他的目光望去。

“没有。也许医院都是一样的。”小穆的目光在她的脸上停留一下，仿佛在辨识着什么，莎莎立刻感悟到了他目光中的含意，心中“咯噔”一下。她想起了当时他们住在长宁区的时候，也是晚上小穆把她送进了医院，小穆的话语中，显然是指那一次在医院里的事情。

那一次是为自己，这一次是为了另一个女人，而身边的男人却是同一个。想到这里，莎莎觉得有一种淡淡的温暖弥漫心间，忍不住往小穆身边靠了靠。女人的这种亲昵暗示，总会得到男人的响应。小穆伸出手，环绕着莎莎的肩膀，隔着薄如蝉翼的裙袖，抚摸着她的丰腴的膀臂。莎莎软软地靠在小穆的肩膀上，就像窗外那些孱弱的枝条，寻找着坚强的依靠。

他们忘记了医院里的清冷与苍白的时光，倒觉得这一刻相守在一起的时光是最宜人的。

突然间，莎莎打了一个寒战，小穆把她更紧地搂在怀里，问道：“冷吗？”

莎莎摇了摇头。

小穆说：“不知小火怎么样了？”

一句话提醒了莎莎，她突然抬起来头来，说：“差一点忘了。”她抱歉地朝小穆笑了一笑，自己有一点沉迷在这种短暂的亲昵中了，倒忘了他们是来照顾病人的。

隔着病房门的玻璃，莎莎见小火呼吸均匀，推门进去，伏在小火身上。小火微微地睁开眼睛，嘴角略略上翘，似乎想表达一点笑意。莎莎凑身近前，握着小火的手，上面汗津津的，不像刚发病的时候那样冰冷了。莎莎问道：“是不是好了一点？”

小火点了点头，嘴唇微微地嚅动着，莎莎却没有听清楚，便把耳朵往前凑了凑，轻声说：“你想要什么？”

小火艰难地吐着细细的声音：“莎莎姐……谢谢……你。”

莎莎觉得小火轻轻地捏了捏她的手，便低声打断了她的话：“快别想那么多，赶紧把自己身体养好了。要不要打电话叫你父母来？”

“别……别告诉他们……”小火的眼睛睁得很大，脸上露出惊恐的神色，被握在莎莎掌心里的手，急促地抓着什么，“求你了……”

“那要不要告诉谁？”

小火的眼睛里闪出一丝茫然的神态，眼珠游移着，轻轻地叹了一口气。

莎莎懂得她的意思，便说道：“你放心，我会照料你的。”

一串清亮的眼泪，从小火的眼睛里流了下来，莎莎觉得鼻子也酸酸的。女人的眼泪，就像见缝插针的病毒，带有很强的传染性，甚至有时是为了传染而传染。

小穆站在一边，见到这两个女人竟然如此惺惺相惜，实在不相信自己的眼睛。他曾经耳闻过两个人针尖对麦芒，一副不斗个你死我活不善甘罢休的劲头。女人之间那种生死对头的感觉，似乎是与生俱来的。但是，正因为如此，两个女人之间如果有一种融洽共处的关系，倒是一道最美丽的风景。

小穆觉得自己在慢慢地了解着莎莎，当初这个女人在他的心目中是庸俗与浅薄的，但是随着更多的接触，他越来越发现莎莎身上有许多可爱的地方。他觉得自己应该帮助莎莎做些什么，他由自己对莎莎的爱，设身处地想到了小火的爱，这么一闪念，一个主意萌生在心间。

穆炎碰了碰莎莎的后背，示意莎莎出来一下。莎莎跟着穆炎来到了病房外，悄声问：“怎么了？”

“我倒想到有一个人可以照应小火。”

“谁？”

“阿溟啊。你不记得了，小火失踪之后，阿溟还去找过她呢。”

“你说的倒也是。不知道他们两个人之间究竟发生了什么。我晓得阿溟是蛮喜欢小火的，但小火不知遇到了什么事情，这次她大病了一场，我琢磨着怪怪的。按理讲，小火应该找阿溟才对，可她却跑到学校来，也不知要找谁。你想，要不是那天我迟些离开学校，她一个人晕倒在学校里，还有命吗？我倒担心她与阿溟之间出了什么事。”莎莎喃喃地说道，仔细思量着这一连串的事情。

“是有一点怪啊，”穆炎挠挠头，“你没有问小火最近上哪里去了？”

“我怎么好问啊？她刚刚好一点，我没法开口啊。”

“前一阵阿溟与小火都商议结婚了，两个人有感情是不会错的。肯定遇到了特别的事情。我觉得还是找阿溟，至少弄清楚是什么原因吧。”穆炎说道。

“你说得也有道理。那我联系一下阿溟吧。”莎莎说着，从口袋里摸出手机，翻查着过去的电话记录，嘴里小声地嘀咕着，“上次存的有他号码的，不知藏到哪里去了？……找到了，是这个号码……”

拨了阿溟的号码，电话里很快传来阿溟的声音。莎莎把小火在医院里的情况说了一下，阿溟说要立刻赶过来。莎莎有一些惊讶，阿溟在松江当老师，这么晚，还有这么大的风雨，赶过来实在是不方便。但是电话中阿溟的口气十分焦急，完全是一股锐不可当的劲头。莎莎叮嘱他路上小心一点，便放下了电话。

莎莎朝穆炎看了一下，她说的话，穆炎都听到了，她只是想听一下他的意见。穆炎沉思了一下，说道:“不知小火愿不愿意见他？”

“要不要我去问她一下？”莎莎说道，“小火如果不想见，阿溟来了对她的身体也不利啊。”

“嗯，那你去问一下她吧。”

莎莎重新走进病房，俯下身来，对小火说：“阿溟马上要过来了。”

小火的眼睛睁得很大，本来她的脸颊就偏长偏瘦，唯有一双眼睛，尚明亮有神。此刻，一双饱含着惊恐的眼睛，在她憔悴的脸上，闪现出倾尽全力的烈火，仿佛要把自己所有的能量都燃烧出来。她的嘴唇嚅动着，说道:“别让他来，我不想看他。”

“小火，”莎莎摸着她的手，“你们怎么了？我看得出，阿溟是喜欢你的。”

“不要，不要，莎莎姐，求求你了，不要让他来了。”小火挣扎着说道。

“小火，你是不爱他了，还是其他什么原因？如果你不爱他了，我就不让他来。”莎莎说道。

小火目光中的火焰燃尽，变得空空荡荡，她仰视着天花板，一抹眼泪盈在眼眶中，嗫嚅着说道:“我不配他，我……不想他……看到我这样……”

穆炎躬下身来，凑近小火的耳朵，对小火说道：“那就按照你的要求，不让阿溟来了。”

莎莎扭头不解地望着穆炎，穆炎向她使了一个眼色，叫她别吱声，莎莎明白了穆炎眼色中的含义。小火的神情，表明她并非不爱阿溟，只是她不想连累阿溟，这样的情况下，还是不阻挡阿溟前来为宜。

小火的药水挂完,已经深夜了。雨渐渐止住了,仿佛它也知道,子夜需要宁静。

阿溟赶来的时候，已经凌晨一点多了。这时，正是城市真正的夜与昼的过渡，黎明前的黑暗包裹着城市，它给城市的状态不是无底洞似的黑暗，而是真正的萎靡不振。

第十一章

阿溟轻轻地推开门，一眼就看到了躺在病床上的小火。小火的眼睛很大，很亮，正好注视着门口，好像在等待着他的到来。

阿溟放慢了脚步，踟蹰着，在小火面前，他又是那一副小心翼翼的神情。他像火柴杆子一样，站在小火的床前，莫名其妙地笑着。

小火冰冷地看着他，一言不发，阿溟感到了来自她的威慑，为了掩饰这种紧张，他悄声说道："小火，好一点了吗？"

小火垂下眼帘，然后睁开眼睛，毫无表情地说道："是谁叫你来的？"

"我只是来看看你。"阿溟在小火面前，不由自主地拙嘴笨舌。

"我不要你来看。"小火扭头朝向床的另一边。

阿溟在床头，咬着嘴唇，憋了半天，说道："小火，你先把病治好了，其他的事情不要去想。"

"我没有病。"小火硬硬地说。

"还说没有病，瞧你现在这样子，又黄又瘦，都认不出来你了。"阿溟低下头，近距离地看着小火。

"关你什么事？你看不惯，不看就行了。谁叫你来看了？"

小火过去对阿溟说话，一直是这样火爆的口气，阿溟现在听来，一点不以为忤，只是觉得小火在身边，他就放心了。过去那么长时间以来，他听惯了小火恶声恶气的腔调，他比较了一下后来小火的柔慢的语调，他还是更适应小火风风火火的语调。小火的火力也就那么一点烈度，再升也升不上去了，阿溟看到如此，倒生出了一点逗弄小火的想法，便故意说道：“你越难看，我越要看。”

“你……”小火气哼哼地转过头来，看着他，似乎气得牙痒。

阿溟却觉得很高兴，她能生气，说明她的精神还不错的。阿溟讨饶地朝她笑笑：“再说，你也不难看啊，我看着舒服。”

“你……”小火无能为力地望着他，突然五官纠结起来，似乎被什么击中了。

“怎么了？”

“胃有一点不舒服，请你把那边的痰盂拿过来。”

听到小火的吩咐，阿溟满心喜悦，他把痰盂拿过来，放在小火的床边，小火对着痰盂，吐出嘴里的酸水。

阿溟借机托住小火的背，觉得此刻为小火所需，避免了刚才被小火顶撞的尴尬。他扶正了小火，小声地说道：“看，幸亏我帮你一把。”

“没有你，我就不能照料自己啊？”小火白了他一眼，阿溟感到，她的眼睛中已没有了刚才的那种怒气。

“我没说你不能啊。”阿溟轻松地回了一句，把小火放正。

小火并没有拒绝他的帮助，这使阿溟想到了半个月前小火的神秘失踪。那时候，他与小火柔情蜜意，几乎就要玉成好事，没想到小火突然不辞而别。再次见面后，却是这一个模样。阿溟不敢正面问询小火在失踪的日子里究竟去了哪里，只能旁敲侧击，了解她的动向。他现在最大的渴望，就是能找回失踪前小火那种柔情似水的模样。他隐隐地感到，小火虽然嘴上依然硬邦邦的，但内心里还蕴含着过去的那种对他的容忍与温柔。男人的心有时候也是相当敏感的，可以从女人的一言一行中解读出她的心思与动态，只要女人留给他一条缝，他就会见缝插针地钻进去。所以人们说，男人是博爱，女人是精选。当广施杨柳水的男人碰到有回报的女人，便立刻一触即合，达成默契。在爱的取舍中，女人显然更具决定权。

病室里另一床的病人，出去做超声波检查了，屋子里只有阿溟与小火。小火背朝着阿溟，没有吱声，阿溟也不敢出声问询她。

小火突然掉转头，问道："阿溟，你来这不影响工作吗？"

阿溟木木地望着她。此时屋里没有别人，但他却不敢放肆地说什么，他嗫嚅着嘴唇，憨厚地笑笑，说："你到现在都不明白吗？"

"明白？我需要明白什么？"

"小火，知道你在这儿，我还有心思做其他的事情吗？"阿溟说道。

小火的眼帘垂下来，似乎睡意席卷上来，然后缓缓地抬起眼皮，问道："这么久了，你还没有把我忘了？"

"怎么会？时间越久，越难忘掉。"阿溟触动了内心的情绪，"你离开之后，我才知道离不开你……你不要生气，我不该这么想你……我不配……"

"唉……"小火重重地叹了一口气，她的手臂露在床单外面，无意识地动了一下，"没有说你不配啊，只是……我不配。"

"你又提这种话了。小火，我不许你这样说。"阿溟的手急欲伸出来，抚摸她的手臂。在梦中，他多少次幻想着抱着她，这样就可以让她不再从手心里溜走了。

小火的手躲了一下，阿溟的手抓了个空，她茫然地叹了一口气，说：“你就不想问我为什么不辞而别吗？不想问我这一段时间到哪里去了吗？”

“你做的肯定是有道理的事，我为什么要问你？只要你回来就好了。”阿溟收拢起双手，百无聊赖地相互抚摸着。

“你不知道，这么长时间什么事都可以发生啊。”小火的目光像隔着很远的距离，望着他。

“我不管，只要你在我眼前，我就放心了。”

“你真是一个大傻瓜。”小火轻轻地吐出了一句话。

“随便你怎么看我，只要你再也不走了，你天天说我是傻瓜我也高兴。”

“你真是地地道道的傻瓜。”小火的手微微抬起，像是指着阿溟，又像在索取什么。阿溟不知怎么的，心里一动，胆子顿时膨胀了一下，他把自己的手伸过去，捏着小火伸出的手，这一次，小火没有拒绝，径直让他握住了。阿溟用自己宽大有力的手，裹着小火软绵绵的手，好像要把一个多月来的思念，都通过手上的体温传达过去。他可以感觉到，小火的手在他的掌心里微微颤动，好像在缓缓地抚摸着他。她细腻的动作，使阿溟感到了久违的那一种亲密接触。

“上海的路真是难走死了，光走路就走了一个钟头。”门突然开了，莎莎的声音传了进来。阿溟赶忙把小火的从手心里松了出来，掉转头，却见莎莎正好把门关上。

小火支起身子，叫了一声：“莎莎姐。”莎莎放下杂物，走到床前，问道：“小火，好一点了吗？”

小火点点头，小声说：“昨天幸亏是你，要不然……”

“你看你，我最听不得你说这样的话。咱们姐妹再不帮衬，谁还帮衬啊？”莎莎拉过小火的手，握在手里。

小火的眼睛里，泪珠在打着转儿。她想到了什么，对阿溟说：“阿溟，你把床头柜里那个纸袋拿给我。”

阿溟赶忙拉开柜子，果然见里面有一个湿了半边的纸袋，递到小火的面前。小火用空着的一只手接过纸袋递给了莎莎，说道：“这是我的存折，昨天你送我住院，都是你垫的钱，这个钱……”

莎莎打断了小火的话：“你说什么呀，你现在最要紧的是把身体治好。钱的事，提它做什么？”

一句话，提醒了阿溟，他从上衣口袋里摸索了一会儿，摸出厚厚一叠钞票，放在病床上，说道：“瞧我这脑袋，我都忘了跟小火说了，钱用不着担心，我把钱都带足了。”

小火望望莎莎，又看看阿溟，然后，把存折递给阿溟：“我这脑袋也糊涂了，这事就托阿溟办吧，你把存折里的钱都取出来，全姐垫的，都还给全姐。”

阿溟心里一阵欣喜，小火还是把自己看作最重要的人。他接过小火的存折，连连点头，脸上露出欣喜的神色。

阿溟躬下身子，征求小火意见道：“我到住院部交一下款？”

小火躺在床上点了点头，说道：“还有把全姐垫的钱还给全姐。”

莎莎打断了小火的话道：“昨天还真巧呢，正好口袋里有两千元，就给垫上了，一两天的费用还是够的，我那个钱不用还了。我马上找钱主任说一说，让他再解决一点。”

小火说道：“全姐，已经很麻烦你了。阿溟，你把钱提出来，全姐的钱，还给全姐……”

阿溟答应一声，匆匆地奔出病房，小火想到了什么，轻声叫了一声：“阿溟，等一等。”阿溟早已走出病室，莎莎赶快追了出去，把阿溟叫了回来。

小火淡然地说：“阿溟，我粗心，你比我更粗心。你去拿钱，也不知道我的密码，怎么拿啊？”

阿溟说：“我这里有钱啊，你的钱放在存折里，等你病好了，你请全姐吃一顿就算了。”

一席话，说得两个女人都笑了起来。阿溟走出去之后，莎莎悄声对小火说：“几日不见，阿溟的嘴也开始油腔滑调了。”

小火用手指了指床，示意莎莎坐下来，莎莎侧身坐在床头，看着小火。小火说道：“他现在重操旧业，当起了孩子王，就是靠嘴吃饭。还有你过去可能不了解他，他那个嘴要么不说，一说能把人噎死。”

“阿溟还是挺老实的，人还不错。”莎莎试探着说道。

“你别看他老实，心里的鬼多着呢。”小火说道。

“这倒好了，全靠老实也不行。我是说阿溟心倒是挺实诚的，这样的人还是叫人放心。你一出事，我就想到了他。”静了片刻，又问道：“你以后打算怎么办？想不想和阿溟待在一起？”

“我现在也不知道该怎么做，走一步看一步吧。”小火轻轻地叹了一口气，欲言又止。

“你又怎么了？能找到阿溟这么诚心诚意的男人，真不错了。他现在有一份工作，你随着他，将来日子还过得去。”

“我不是担心这个，我是说我配不上他，我觉得对不起他。”小火的脸上浮现出一丝忧伤的神情。

“你怎么配不上他了，你哪一点不比他强？我看是他配不上你。你一个上海姑娘，配不上他？”莎莎情急之中，一股脑地说起来。

“我不是这个意思。你刚才说阿溟很好，这我也知道，可是我这心里，装的却不是阿溟一个。”小火缓缓地说道。

“你还装着谁啊？”莎莎有些不解地望着她。

“你知道我最近去哪儿了吗？”小火眼神忧郁地看着莎莎。

“我也奇怪着呢，怎么你说得好好的，准备与阿溟一起走的，突然就不见了呢？你上哪儿去了？”莎莎追问道。

“说起来，这真对不起阿溟了。我看出来，他对我死心塌地，可是我分给他的只是那一丁点儿。这就是我说的对不起阿溟的地方。”小火的眼睛瞟到一边，似乎回避着什么。

“你心里还想着谁啊？谁还值得你这么想啊？”莎莎忍不住又问了一句。

“不知道为什么，我总忘不了他。”

“谁？”莎莎又逼问了一句。

小火张口，正要说出她内心的隐秘，门突然开了，阿溟走了进来，说查了住院费，莎莎交的费用不是两千元，是三千元，阿溟当即把三千元塞给了莎莎。病房里争执了一会儿，莎莎无奈地把一沓钱收了起来，她想到了什么，说道：“我先把钱收下，等我回去，告诉钱主任一下，让他再解决一点。”

小火摇了摇头：“不要向老钱提了吧，上次要工资的时候，他已经不耐烦了。当时就说我与他没有关系了，现在再去找他，实在是找他白眼。”

“试试吧，毕竟你也算是工伤事故，钱主任不至于那么翻脸不认人吧。”莎莎说道。

“算了，不向他提了。”小火再次说道。

阿溟在边上，帮腔道：“按道理钱主任不应该这么绝情才是，要不是拍那个电视剧，哪里会出这么大的事故？”

小火苍白的脸上，浮现着瑟缩的表情，她畏怯地说道：“那件事情就不要提了。”

莎莎朝小火望去，只见她被一种恐怖的阴影笼罩着，莎莎明显可以感觉到，她还没有走出过去的阴影，便连声道：“不提了，不提了，我先走了，还要到培训班去呢。”

小火欠了欠身子，莎莎示意她躺下，离开了病房。阿溟随着她，送她出门。

走出病室的门，莎莎悄声地对阿溟说：“小火的事，我再向钱主任说一说，看他能不能再补助一点。”

阿溟说：“谢谢全姐，能办成最好，办不成就算了，不要太麻烦了。”

莎莎举脚欲走，又想到了什么，她停顿了一下，用手招呼了一下阿溟，退到走廊面北的空旷处，阿溟追随着她走过去。

莎莎望了望刚刚从楼上跑上来、额头上沁满汗水的阿溟，问道：“你以后有什么打算？”

“先等小火身体好一点再说吧，也不知道她怎么想的，不知道我提的想法，她能不能同意。”阿溟神情黯然地说道。

莎莎点了点头，说：“刚才我和小火谈过。”

“她说什么了？”阿溟焦急地追了一句。

“她有一点矛盾。但她对你没有恶感，你还是有机会的。”莎莎说道，“你要对她好一点，女人的心嘛，你付出了，她就会回报你。”

“这我懂。”阿溟咬着牙应承着。

“小火现在这个样子，你多关心她一点，就能把她的心笼住了，女人这时候最脆弱。”莎莎说道。

“全姐，那小火有没有说她究竟遇到了什么事？”阿溟忍不住追问道。

“刚才我正问着的，不知怎么被岔开了。我觉得，她对你还是有感情的，有这一点就比什么都要好。她的事情，你以后慢慢问吧，只要她对你还有感情，就不怕了。”

“嗯。”阿溟答应着，就像一个小学生听老师讲话。

莎莎瞧着阿溟听话的样子，又问道：“你刚才提到下一步打算，你究竟想怎么办？”

“要是小火同意，我想把小火带到松江去。她身体未康复，可以转到那里住院。这样我可以就近照应她。就怕小火不答应。”阿溟说道。

莎莎又仔细回忆了一下小火刚才的言谈举止，总的印象是小火对阿溟并没有什么排斥性的情绪，便果断做出判断，道：“我看这个行。你把小火带去，她还能不死心塌地？我看她会同意的。刚才她还说呢，她说她配不上你，这对你倒是好消息。”

“她经常这样说的。”阿溟有一点不以为然地说道。

“你以为女人喜欢说这个话啊？”莎莎口气稍微硬了一点，“小火很要强，也总认为自己很强，过去她很咄咄逼人，这你也不是不知道。她这样说容易吗？现在我觉得她的心里很失落，很自卑，再也不是过去那个骄傲的小火了，你多给她一点关怀，小火就是你的了。”

听到莎莎如此一说，阿溟的脸上渐渐有了一些开朗的神色。莎莎的到来，使他与小火的关系更融洽了，他对莎莎是十分感激的。莎莎刚才一番关怀备至的话，从女人的角度给他的提示，也使他心里有了底。他嘴唇颤动，却一时不知说什么好，最后挤出半句："全姐，要是我与小火成了，就请你吃饭。"

"我当然要吃了，难道还忘了我？我走了，你有什么事，告诉我一声，也让我知道你们的去向。"走了半步，她转过身，又叮嘱道，"小火就托付给你了。"

"你放心吧，全姐。"阿溟应声道。

第十二章

莎莎开车来到培训班，把车子放入车库，“咚咚”上楼。听到办公室里闹嚷声不断，莎莎觉得有些奇怪：平时培训班上，除了自己常驻之外，并没有其他人光顾。难道是钱盛钟来了？正好，莎莎心想，正要找他，没想到他竟然送上门来了。

莎莎蹑手蹑脚地走到了办公室门口，只听到里面传来几个男人的说笑声。有一个男人的笑声十分爽朗，盖过了所有的人，钱盛钟尖细的公鸭嗓子夹在里面，就像被欺凌的小媳妇，一点地位都没有。莎莎从声音里大致猜出，这里面的人，肯定是钱盛钟的客人，且地位要比钱盛钟高。

一个中年男人用浑厚的带着江浙口音的腔调说：“姨太太的这个角色肯定是要的，现在看电影，看老爷已没有啥意思，也只有用姨太太来吸引人了。现在这个时代，姨太太当然没有张艺谋那个时代吃香了，但是‘余威震于殊俗’，姨太太的屁，还是能提升票房的。”

“这么说，黄导是要闻姨太太的屁了。”莎莎听出说这话的人，是曾经给培训班上过课的名叫石安泰的教授。对这个人，莎莎不知为什么比较警惕，他是钱盛钟的老婆介绍过来的，培训班上的人都说石教授与钱盛钟老婆有一腿。女人对情人的所有信息，哪怕是情人妻子的情人的蛛丝马迹都是高度敏感的，所以，莎莎对这个男人也有所在意。

“哪里，我这叫‘以屁搭台，用脸唱戏’。”那个被称为黄导的中年男人说道。

“我改一个字，不要提屁好不好，提屁股行不行？”一听就知道说这话的是钱盛钟，在这群人中，他是最没有品位的。莎莎想着，不由得皱了皱眉头。

“我们的钱主任对屁股情有独钟，闻到屁，他想到的是屁股。这也叫化腐朽为神奇，变下里巴人为阳春白雪啊。”这声音是由赵图庚发出的，话中包含着他一贯阴阳怪气的声调。

钱盛钟嘿嘿地笑道：“老赵就是了解我钱某人啊。只是提醒诸位，对屁的歧视是要不得的。我们能爱屁股，为何瞧不起屁股的主产品。”

“行，行，行，”赵图庚打断了钱盛钟的话，“你就不要在黄大导演面前卖弄你的‘屁经’了。”

钱盛钟呵呵地干笑着，打趣道：“我这叫‘嘤其鸣兮，求其友声’，还不是想在黄导面前卖弄一下，得到一个知音吗？”

赵图庚跟着说道：“你以为黄导也像你这样有吃屁的爱好啊。”

钱盛钟不依不饶地说道：“刚才我明明听着黄导说他有爱闻姨太太屁的嗜好呢。”

莎莎不忍卒听，从窗子边闪了一下，然后出现在办公室门前。

室内有五个男人，钱盛钟、赵图庚、石教授，还有一个摄影师，莎莎认识，有一个人莎莎不认识，大概那个人就是这一行人称呼的黄导了。

莎莎一一向各位打招呼，除了那个叫黄导的男人，众人纷纷依次向莎莎点头回应。钱盛钟屁股坐在桌子上，两腿搭在对面的一张办公桌上，一副鹬鸟高高瘦瘦的站姿。看到莎莎进来，他便对着莎莎说道："小全，来来，认识一下黄导——著名的黄银黄导演。"

那个黄导演站了起来，目光却没有离开莎莎身上。莎莎一向知道，自己的身上可能富含钩子，很容易就能把男人的眼光吊起来，因此对黄导目不转睛的神情也没有多少奇怪。在黄导留神细看她的时候，她也用眼睛的余光打量了一下黄导：黄导年龄要比赵导大一截，长得矮胖而圆满，气色很好，面色红润，按照钱盛钟三句不离口的分割法，应该属于第四代导演了。

钱盛钟反过来向黄导介绍道："黄导，这位是我们的小全，全智贤的全。姓全的都是美人胚子，黄导，你看着还行吧？"

莎莎最反感钱盛钟总是把她当成一个奇货可居的器物，一有来人便拿出来显摆一番。黄导打量着全莎莎，微微点着头，说："不错，不错，一个挺不错的小姑娘。"

钱盛钟紧追了一句："就不错啊？能不能在你的电影里演一个角色？"

莎莎被黄导看得有一些不自在，而比黄导更经久不息观望着的，倒是钱盛钟那死搅蛮缠的劲头。她不好向黄导发作，便朝钱盛钟瞥了一眼，说道："钱主任，你总拿我开玩笑，不管遇到什么，都把我拎出来寒碜我。"

钱盛钟嘿嘿笑了一笑，说道："小全，这黄导可是货真价实的导演，他最近正在筹拍电影《刘文彩》，要是黄导看中了你，演一个角色，你小全也能全国闻名了。"

赵图庚双腿跷起，一副世外高人的样子，此刻插嘴道："小全，钱主任没有几句正经话，不过这次说得倒没有错，黄导可不是我赵图庚，他可是上了台面的大导演。”赵图庚不愠不火，但话中却醋味扑鼻。

“认识黄导真是三生有幸了，”莎莎向黄导欠了一下腰，“只是我这业余级的，实在不入黄导的眼啊。钱主任专喜欢拿我开玩笑，黄导不要见怪。”

钱盛钟带着温和的笑容，牙花肉子却大面积地裸露。“我这是爱才心切啊，如果咱们这个团队也能推出全国性的明星，不也是为我们这座小庙争光吗？”

赵图庚哈哈大笑，说道：“钱主任终于说了心里话了。小全是钱主任的心肝宝贝，在这一点上，我支持钱主任，哈哈哈。”

莎莎白了赵图庚一眼，微嗔道：“不理你们了，你们专门拿我开玩笑。”

钱盛钟说道：“小全，我说的句句是真话。今天既然黄导在这里了，要证明我不是假话，就让黄导拍一个板吧。黄导，你看我们的小全能演什么角色？”

“算了吧，我也是拿不上台面的。”莎莎娇笑着，躲到人后，只想话题从她身上快快离开，“就算演，我也只能演一个姨太太的角色。”

黄导接过话茬，说道：“不要小看姨太太的角色哦，我这一部戏中，姨太太是很重要的角色哦。”

钱盛钟接口道：“刘文彩的姨太太多，不知黄导安排我们小全演哪一个啊？”

黄导呵呵地笑着，却不表态，只说：“钱主任对演员真是关怀备至，我深受感动，一旦影片定下来，我肯定会给一个说法的。”

钱盛钟今天能把黄导演尊驾请来，少不得要在莎莎面前继续吹嘘起来。他介绍说，黄导早在“文革”期间就已经参拍电影，那时候是助理导演。当年在上影厂筹拍过故事影片《收租院》，主要是表现刘文彩的罪恶行径，只是后来文革结束，这部电影告停。

说到这里，黄导抢过话头：“这是我心头的一个结，我一直耿耿于怀这个题材，只是老天不助我，一直拖延到今天才能得以筹拍。在今天的情况下，表现刘文彩才真正找到一个实事求是的视角。当年拍那个片子，完全是阶级斗争的框框条条，对刘文彩完全是一种丑化的态度，在那个时代的眼中，他是一个杀人不眨眼的魔王，家里就是一个魔窟。《收租院》那个题材大家都知道吧，那哪像一个地主的庄院？就是地狱也没有这般恐怖。”

石教授说道：“现在流行翻案文章，黄导说的《收租院》，倒赶上时代潮流了。”

黄导沉吟着说道：“我不是要翻案啊，只是我觉得，把什么都简单地看成是阶级斗争，并不一定能反映生活的实质。刘文彩家里没有水牢，这是当年我们实地走访时就已经知道了的，但这并不能说明刘文彩就是一个好人。在现在的经济环境下，坏人并不都有一副狰狞的丑恶面孔，他可能还很讲仁义道德，但是，他通过经济这一根线，盘剥老百姓，大肆捞取钱财，这是一种更大的强盗。奇怪的是，我们当年却视而不见他经济上的盘剥，只是强调他血淋淋的暴力成分，似乎只有暴力才能丑化一个人。我现在要拍的这个电影，就是把刘文彩还原成一个人，他也有情义，对乡邻也不错，但是他那种经济上野蛮的剥削，却比水牢、血衣更加触目惊心。”

赵图庚说道：“这样的电影，有人看吗？”

黄导愣了一下道："那不是我过问的事情了。我只管拍出来，看不看，我也不能干预观众。只是我也考虑到了票房，这也是我想把姨太太插在电影里的原因。"

钱盛钟说道："要是由我们小全担任姨太太的角色，肯定会受到观众关注。"

黄导面带微笑，说道："钱主任这种倾尽全力支持影片的热情，我感受到了。钱主任，到时候还望你投资影片呢。"

钱盛钟一听说要他出资拍片，立刻心里"咯噔"一下，当下在中国投资拍片，完全是一种赌博行为。钱盛钟不想当这样的冤大头，于是他说道："我们这样的小本经营，实在难登大雅之堂，与你们动辄几千万元的投资相比，真是小巫见大巫了。"

黄导说道："你要是有投资，我们就用你的演员，怎么样？老钱，干不干？"

钱盛钟见势不好，赶快见风使舵："这个，我们还得商量，再说，小全还要动员才肯出山，呵呵。"

"你手下不是有一批演员吗？我都可以考虑用啊。"黄导大有锲而不舍的精神，不让钱盛钟破财不甘罢休的意思。

钱盛钟顺坡下驴，赶忙对莎莎说："小全，听到黄导说的没有？你再到班上去叫几个学员来，说不定能入黄导的法眼。"

莎莎还在犹犹豫豫，不知道钱盛钟说的是真话还是假话，钱盛钟向她使了一个眼色，莎莎从后排位置上，探身到钱盛钟面前，钱盛钟俯在她的耳朵边嘀咕了几句，示意把上次班上比较突出的学员像谢北桦、严馨婷叫来。莎莎确认了后，走出办公室，来到教室里。

来到宽大的训练室里，里面新请来的一位中年女老师，正给学员们做模仿练习。莎莎在门口招手，那位女老师便把两位女生叫了出来，一个是谢北桦，另一个是严馨婷。相比之下，莎莎更喜欢谢北桦，这是一个瘦俏高挑的女孩，动作的模仿力与可塑性极强，莎莎知道她曾经在少年宫参加过芭蕾舞业余班，严馨婷也有过黄梅戏表演的经验，这两个女孩在班级里比较出众。

莎莎带着两个女生来到办公室，然后悄无声息地坐在办公室后边，看着黄导又用刚才那种专注的目光打量着两位女生。但黄导并没有对两位女生说什么，却是顾左右而言他，又对着赵图庚谈起《刘文彩》的拍摄计划来。

两位女生晾在一边，颇觉尴尬，左也不是，右也不是。她们退到一边，那位瘦高个的女生谢北桦，向莎莎努了努嘴，莎莎问她们有什么事？那位女生说，她是否可以走了。莎莎也不能确定，便扭头朝向钱盛钟。钱盛钟早就领会过来，说："不忙走，中午一起去吃饭，陪黄导吃饭。"

莎莎对两位女生说："那你们就坐在这里等一会儿吧。中午有事吗？"

两个女生都有一些拘谨，规规矩矩地坐在那里听黄导继续聊拍摄电影的事。在这方面，黄导与赵图庚有共同语言，钱盛钟等其他人一时也插不上嘴，莎莎看钱盛钟有一些精神萎靡的样子，想到自己的事，便套着钱盛钟的耳朵说道："钱主任，有空吗？"

钱盛钟问道："什么事？"

"你能出来一下吗？"莎莎说道。

钱盛钟从桌子上弹了下来，站直身子，向黄导打了一个招呼，便跟着莎莎来到了会计室。

莎莎把坤包放在桌子上，开了朝北的窗子，让湿润的空气流通进来，冲走屋里的霉味。

钱盛钟进屋，放大了嗓子，对莎莎说道：“你想说的是什么事情啊？小全啊，这几日不见，你真是越来越性感了。”

“钱主任，我不和你不正不经的。你刚才让我难堪死了，你也不知道避嫌一点，总是拿我出来当垫背。”

“我那是真心实意地想帮你的啊。如果搭上黄导这条线，你也算有一个正果了。”

“我从来没有想过。你说可能吗？这个我清楚得很。”莎莎有一点咬牙切齿地说道。

“小全，那还不是我心中有你吗？你想想，我不帮你还能帮谁啊？”说着，钱盛钟便走到莎莎的身边，手摸着她的腰，一副邀请舞伴跳舞的姿态，这种姿态可进可退，进可以拥女人入怀，退可以随便放下圈起的手臂。

“去你的，尽说好听的。”莎莎不客气地甩掉了钱盛钟亲热的表示。自从她与小穆有了朦胧的感情之后，她对钱盛钟也就决计断了任何让他触摸的可能性，她无法容忍自己的灵魂接纳了一个男人，同时身体又接受另一个男人的贴靠。好在最近钱盛钟被经济困境搞得心力交瘁，倒也没有给予莎莎更多的骚扰。

钱盛钟拂着被打掉的双手，嘿嘿笑道：“我的这一颗心，难道你还不明白吗？”

“麻，麻死了。”莎莎尖叫道，但声调并不高。

“你死了，我也要搂着你。”钱盛钟被莎莎的矫情表现又激起了冲动，两手触摸着莎莎的热裤，恨不得从她的低腰裤边缘把手伸进去。

“钱主任，别打趣我了。”

“我不是与你开玩笑，我是喜欢你。”

“我知道你喜欢我,你能不能安稳一点？我求你了。隔壁有人，要是被人看见，那多不好。”莎莎经过刚才那么一争执，脸上现出红晕，钱盛钟真有一点情不自禁之感。

“那你叫我来，是不是想我了？”钱盛钟嬉皮笑脸地问道。

“你想得美。你以为我是想你啊？”莎莎嗔了他一下，与钱盛钟接触这么久，她知道什么时候给他一个距离，什么时候又哄一下他，“我想向你支一点钱。”

钱盛钟如释重负，说:“钱就在你的手里，怎么还跟我要钱？”

“这么说，我口袋里的钱就是我的了？那我想怎么用就如何用了？钱主任,是你说的话,到时可不能翻悔了。”莎莎趁热打铁，跟进一步说道。

钱盛钟贴靠着沙发的边缘坐了下来，似乎怕沙发上的灰尘弄脏了衣服，他眼望着莎莎说道:“小全，你说心里话，你要用钱，我哪里不给了？怎么，又有什么开销了？”

“钱主任，向你说实话吧，你放心，我不会向你要钱的，只是……”

“有什么话你就说吧。”钱盛钟有些奇怪地看着莎莎。

“钱主任，今天我看到小火了。昨天她一个人跑到这里来，晕倒在楼下的台阶上,我把她送到医院了,她现在还住在医院里。”莎莎说道。

“小火？她跑到这里来了？上次不是说了吗，她与这里没有关系了，她怎么还往这里跑？”钱盛钟不屑地说道。

“你说她不到这里来还能到哪里去？”莎莎不悦地嘀咕着。

“管她到哪里去呢，反正她也碍不着咱们的事。还有，小全，她的事情，你还这么热心啊，过去你与她针尖对麦芒，现在倒惺惺相惜了。她现在与我们没有什么关系，你再把她惹上手，以后想甩也甩不掉了。”

“钱主任，她好歹也在这里干过。不能说走就走了，那也太绝情了吧。”莎莎望着钱盛钟，看着自己的目的无法得逞，急躁之情溢于言表。

钱盛钟看着莎莎急得满脸痛红，倒涌上一股怜香惜玉的爱意，女人嘛，一件小事都能让她急得面红耳赤，开女人一个小玩笑，就像逗小孩一样，是男人的一种乐趣所在。钱盛钟用手招了招莎莎，让莎莎过来：“你来啊。我绝情，要看对什么人，对你我是永远不会绝情的。”

“我见识你的狠了，”莎莎扭头不顾，“本来我也看不惯小火，借着你的喜欢，到处争强好胜，恨不得爬到人头上，可现在你看她的样子,是人都有恻隐之心。她现在在医院里,也没有经济来源,你不是把她往死里逼吗？”

“小全,你心好,我知道,可是我做的是生意,丁是丁,卯是卯,我动恻隐之心，谁来恻隐我啊？小全，这次看在你的面上，你从账上支走五千元，我钱盛钟并非是见利忘义的人。不过，你以后再也不要惹这事了，只当不认识小火。”

“五千元？得了，钱主任，你真够大方的。行了，谢谢你的好意。”莎莎的眼睛里立时水汪汪的，那是一种气急败坏的神气，更把女人本质上的脆弱揭示得一览无余。

“六千,六千行了吗？”钱盛钟伸出手指，一副慷慨解囊的派头。

“钱主任，你的钱真够值钱的。我不是与你拍卖什么东西，讨价还价的。得了，我算认识你了。迟早有一天，我也是这样一脚被踢开，光着屁股走人。”

钱盛钟呵呵地笑起来：“你光着屁股的时候，我更舍不得你走了。”说着，站了起来，走到莎莎的身边，用手摸着莎莎娇嫩的脸蛋，特别是她脸上沁出的愤怒的红晕，更使她楚楚动人。

“去，不要不正不经的，辱没了你的身份。”莎莎推开钱盛钟，就要往外走。

“八千，给八千，行了吧？你也知道，最近生意不是很好，现在赚钱也不容易啊。对小火，你凭良心说，我是不是有仁有义的？我也对得起她了，给她的钱也不算少了。不知道她能为我挣多少钱？我在她身上，是绝对亏本的。”钱盛钟紧紧地挽住她的手臂，显得特别诚恳。

“你？你永远亏欠人家小火。”莎莎一时无语，冲着钱盛钟近在咫尺的脸，怒气冲冲地说道。

“好好,你也不理解我。我这苦水还不知往哪儿灌呢。你知道，我已经栽过一次跟头在投资拍电视剧的事上了，正想通过拍摄一部电影来绝地求生，现在正是需要投资的时候，你说现在资金这么紧缺，我哪里有钱做善事？再说我的善事做得还少吗？”

“你是大善人，我真是看轻你了。”莎莎轻蔑地望着钱盛钟，余怒未消。

“我不标榜自己，但我还不算是一个坏人吧。”钱盛钟自怨自艾地说道。

“你是我见过的最好的人。”莎莎冷笑道，把一张纸条递到钱盛钟面前，“嗯——”

“什么？”

“割你的肉了，总得让你签字吧。”

钱盛钟在莎莎填的支票上签了字，笑着说：“你个人要钱，尽管向我说。”

“用不着，我不需要什么钱。”莎莎没好气地说道。

“小全，什么时候我们聚聚？”

“我现在忙死了，没空。”莎莎说完，扭头站到门外，作锁门状。

“你上哪里去？”

“把你的善事做到底啊。”

钱盛钟想挽留莎莎吃午饭，但莎莎托词要上医院，回绝了钱盛钟的邀请。莎莎向钱盛钟允诺说，这是她最后一次见小火，把钱给了小火之后，再也不过问她的事了。钱盛钟还执意想留下莎莎，莎莎说已经有两个美女当陪客了，就饶了她吧。钱盛钟无奈，只好放莎莎走了。

莎莎开出车子，想起什么，从包里找了一阵，但是却没有发现手机。本来她不想再上楼了，但是思想斗争了好半天，还是下了车子，重新上楼，蹑手蹑脚地来到自己的办公室，悄无声息地找手机。刚才与钱盛钟的一番争执，却记不得当时手里究竟拿了什么，一点没有印象，自己把手机放到哪里去了。她使劲回忆着刚才发生的一幕幕，搞不清自己的手机是否拿出来过，难道放在钱盛钟他们谈话的那个大办公室里了？想要进去找一下，她又踟蹰了步伐，那里面人多，自己进去，免不了又要来一番虚情假意的寒暄，说不定想走也走不成了。她估计手机可能丢在大办公室里了，想想，还是先走再说吧，等回来没有人的时候，再来找手机。

莎莎依原路回到车上，一路开到长海医院，在门口的中国银行网点提出一万五千元现金来，其中七千是她自己的钱，然后来到小火所住的房间。莎莎从窗玻璃朝里望，看到阿溟坐在床边，面朝着门，小火闭着眼睛，似乎已经睡着了。

莎莎没有推门，在窗玻璃上闪了一下，阿溟早已看见，走出房门。莎莎把钱交给了阿溟，说这是钱盛钟同意给的，阿溟千恩万谢。莎莎又对阿溟说，自己以后不一定能来看小火了，叫阿溟好好照顾小火。阿溟连连点头。莎莎觉得再嘱咐什么显得很多余，自己也不是小火的什么人，与阿溟一样，都是她曾经的同事，而阿溟与小火之间毕竟有一层恋爱的关系，如果自己多叮咛什么，实在有一些不合时宜。莎莎见两人之间也没有什么话可讲了，便转身往走廊外面走。走了一半，她还是忍不住停了下来，回身看了看阿溟，阿溟知道她有话，向她走了两步。莎莎嚅动着嘴巴，问道："你今后想怎么办？"

"刚才我与小火商量过了，我准备把她带到松江去，那里毕竟是城郊，照顾起她来比较方便，可能费用也少一点。到那里，先住院一阵，等她能出院了再说吧。"

"这倒也好，这里探视时间限制太大，到小一些的医院你照顾起来是方便一些。"莎莎点了点头。

"我也是这样考虑的。"阿溟低着头说道。

"小火情绪还好吧？不知她前一阵子上哪去了？"

"我偷偷问过她，她说看望一个老朋友，究竟发生了什么，我也不好问。不过，不管她发生了什么，我也不会怎么样她的。你也知道我是什么样的人，我不会怎么她的。"阿溟说道。

"好好待她，女人嘛，就这样，多接触，多哄哄，她的心就会随了你的。再说，你们也不是没有感情，我可以看出来，小火还是喜欢你的。但她心里有她的疼,你多体谅她一些。"莎莎说道。

“全姐，多谢你……”阿溟喃喃地说道。

“别提谢不谢的，我们是谁跟谁啊。”莎莎开朗地笑道。

“说实话，以前我一直后悔入了演艺这一行，但是，现在我觉得很庆幸，怎么遇到了这么好的你们？”

“呵呵，你是说小火好吧？我可没有什么好处。”莎莎轻松地笑着说。

“不，全姐，我觉得你才是真正的好。小火当然也不坏，但她的好与你是不一样的。以前不了解你，不知道你的心这样的好。以前小火是恃强一点，总是她惹起事端，可你一点不记仇。小火的事情，我知道你不会计较的，但是，我还是感谢你，一点没有记仇，对小火还这么好。”阿溟收拢不起嘴来，滔滔说个没完。

“别别，你说起哄人的话来，也有一套啊。”莎莎笑着打断他的话，“行了，我哪里有这么好了？说得这么好，就不是我了。大家待在一起，也算是兄弟姐妹了，能帮衬就帮衬一点，再说，我也没有做什么。人就是这样，在一起的时候，没觉着什么，等到分开了，才知道在一起的时光是最快乐的。”莎莎退让到走廊的一边，因为医生推着小推车，为病人发药了。

“是啊，遇到你们，我真是三生有幸了。我最大的收获，就是认识了你们，不管将来怎么样，在这一点上，我决不后悔。”阿溟认真地说道。

“行，行，越说越没完了，”莎莎淡然地笑道，“我也不说什么了，小火你照应着是最令人放心的，以后有什么事，通知一下。”

“嗯，等我在松江安顿下来，请你去玩。”阿溟说道。

“好啊，等你好消息。”莎莎说着，扭头告辞。

阿溟为了照顾小火，在长海医院附近租了一间房子。他向学校请了半个月的假，说母亲生病，到上海来住院了。他每天在小屋里烧饭熬汤，趁去医院探视，送到小火的病室里。小火一天天康复起来，脸上渐渐恢复了血色。

阿溟曾经与小火说过他们未来的去向，那天他告诉莎莎，说小火答应与他一起走，其实每当阿溟问小火的时候，小火总是缄默无语。阿溟的心一直很忐忑，他不知道小火身体康复之后，能不能真的与他走到一起。

这一天，阿溟接到院方的通知，说账上的一万多元已经用光了。阿溟吓了一跳，这里的开销太大了。他拿着医院的催款单，来到小火的病房，他弄不清楚，是否要把账单给小火看。

小火坐在床上，精神看上去还不错，她一眼就看见阿溟手里拿着一张纸条，便问道："是什么？"

阿溟只得把账单递给小火，小火拿着账单沉默无语，过了好久，她才对阿溟说："阿溟，真不知道如何谢你，这钱我会还你的。"

"这也不是我的钱啊，这是全姐送来的。"阿溟说道

"我知道，你每天照料我，给我送饭来，这不花钱啊？"

"别说什么谢不谢的了，还是身体要紧啊。"

"其实我现在感觉很好啊，我想马上出院算了。"

"你以为想出院就行啊，医生不同意，你也出不了院。"

"我真的待不住了，我想出去，这样也能省一点钱。"

"别总提钱不钱的，把病治好才行。医生说你这病最怕复发，再这么折腾一次，人就吃不消了。"

“住在医院里，真像坐牢一样，我真受不了。”

阿溟想了想说道：“这倒也是。小火，我一直想问你一个问题，你打算出院之后怎么办？”

“我也不知道。我这样子谁还要我啊？”小火眼睛望着墙角，回避着阿溟的目光。

“你怎么这样说话？我过去与你说的话，你都忘掉了？”

“你说什么了？”

“小火，你总是不用心。”阿溟有些伤感地望着小火，不知道如何说话，强烈的自尊心，使他觉得很难堪。小火好像没有给过他任何承诺，自己也许是自作多情。

小火抬眼看了阿溟一眼，用手指了指床沿，阿溟乖巧地在床边坐下。“阿溟，我不是傻子，我知道你的好心。可是，我身体不好，不应该拖累你，你知道吗？”

“你说什么话？不管你怎么样，我都像以前一样喜欢你。”阿溟背对着小火，情不自禁地说道。

“阿溟，你知道吗？这一次离开你这么久，究竟是什么原因？你知道吗？”

“我不想知道，那是你的事情，我从来不问你过去的事情，我想要你的将来。我以前一直就对你这样说的，你为什么总不往心里去？”阿溟扭头扫了一下小火，又转过身去。

“你真的能容忍我与别的男人来往？”小火轻描淡写地说道。

“我说过，过去的事情我不问。”阿溟说。

“可是如果是现在呢？”

“现在你还与谁来往？”

“这就是小火不好的地方。”小火软弱无力地垂下头。

“你说的现在就是现在吗？在医院这段时间里，你还与谁往来啊。”

“在医院里，我都要死了，还与哪个男人来往啊？”小火的嘴边挂起一抹苦笑。

“那不就得了，那还是你过去的事情。我说过，我不在乎你的过去，我只要你的现在。”

小火的手放在阿溟的手背上，阿溟颤抖了一下，这还是这次见面以来，小火第一次主动和他亲热的行为。阿溟翻过自己的手，握住小火的纤纤手指，紧紧地捏着，好像要把自己的体温完全地传输给她。

“阿溟，你真的不嫌弃我？”小火轻声地说。

“小火，你要我怎么做，你才把心里话掏出来？再说了，不是我嫌弃你，而是你嫌弃我。”阿溟直视着小火的眼睛说道。

“你真的愿意带我到你那儿去？”

“看你给不给我脸了。”

“你能接受我，我感谢还感谢不过来呢。”

“小火，以后不要对我说感谢好不好？你心里有什么，告诉我就成了。我就怕你心里有什么想法，却不告诉我。你跟我去我那儿，先把身体养好，以后你想离开，那随你的便。”阿溟说道。

“阿溟，只怕以后我离不开你了。”

“那才好呢。”阿溟朝她诡谲地笑了一笑，女孩的那种口气里对男人的依附，会让男人涌上一种自豪感与自信心。

“你不怕我像包袱一样拖累你啊。”

“拖吧，拖一辈子才好呢，你能拖我，我也能拖你。”

小火抿着嘴笑了笑，这是阿溟从来没有见过的小火文静的一面。

阿溟发现要转走一个病人，手续实在麻烦。松江县医院那边的手续，阿溟已经通过学生家长联系得差不多了，倒是长海医院这边的手续遇到了麻烦。他到长海医院住院部去，咨询了如何把病人转走，住院部称要有主治医生的同意，阿溟再找医生，医生很冷漠地回绝了转院的要求，说小火还要观察一段时间，不宜转走。小火早已能活动自如，但医生称她的病容易复发，要求到彻底康复为止。

小火比阿溟更着急出院，数目每天攀升的住院费，她知道得比阿溟还清楚。在这一段时间里，阿溟特地回去向学校借了一笔公款，约有五千多元，才勉强维持住目前的治病费用，再这样下去，几乎要达到弹尽粮绝的地步了。小火是出于节约开支的考虑，阿溟则是想到了在松江，自己工作与照料小火都不耽误。自己毕竟刚刚来到新学校，如果旷工太多，对工作肯定不利。但是，有小火的答应，阿溟绞尽脑汁，找到过去一起从家乡出来的另一名老师，辗转找到医院里的一位主治医生，才算把出院手续给办了。

第十三章

手机很奇怪地失踪之后，莎莎着实到处乱找了一气。她觉得这件事情很蹊跷，最大的可能，手机还是落在了培训班的办公室里。没有手机，真是什么都不方便，上面留下的好友的号码，是手机丢失后最大的损失。这么心里忐忑不安着，她还是回到了培训班。此时天色已经黄昏，培训班里空无一人，她一人上了楼，来到自己的会计室里翻箱倒柜，找了许久，却一无所获。她猛然想起，何不用座机拨一下手机号码？或许能有一点什么意外的收获。于是，她用会计室里的座机，拨了自己的手机号码。虽然屋子里没有任何回音，但是大办公室里却传来隐隐的手机铃声，自己的手机声音很熟悉，莎莎像被针刺了一下，顿时感到一种不可思议的阴森感。

她记得，那天手机丢失后，自己明明到大办公室里找过手机，可是却一无所获，现在怎么突然冒出来了？在这样凄清暗淡的光线下，真有一种遇鬼的感觉。

她走出会计室的门，沿着空寂的走廊来到大办公室。她把走廊里的灯打开了，好像这样可以驱走席卷上来的阴霾的气息。

走近办公室的门，那本来熟悉的手机铃声，就像一个溺水者哀婉的叹息。想到自己朝夕相处的手机，沦陷在空无一人的办公室里，莎莎心里涌出一种隐隐的不忍感，就好像自己被遗弃在荒无人迹的地方一样。人都有这样的体验，心爱的物品遗落在荒凉的地方，就好像自己被留在那里似的，爱屋及乌，爱自己，自然要及于自己的物品，莎莎心里被一种怜爱的情绪裹胁着。

她开了办公室的门，打开灯，循着声音找去，果然见到自己的手机放在一张靠墙边的桌子上，混在书本堆里。莎莎拿起手机，就像找到失散的好朋友一样，将它紧紧地握在自己的怀里。莎莎情不自禁地把手机放在嘴边吻了一下，然后打开翻盖，逐项对功能检查了一番，她看到好友的电话依然存储在里面，完好无损。

在一种奇怪的力量指使下，她又接着尝试用上面的号码拨通了电话。她本想打给小穆的，但想想他现在沉浸在电脑中，不一定喜欢她的电话干扰。她那天听黄导说过，马兰对余秋雨就是很乖巧的，余秋雨写作的时候，马兰从不在边上打扰，有时候，余秋雨还对马兰走来走去嫌烦呢，何况自己根本没有马兰的色与德。于是，莎莎又从电话号码中寻找新的对象。

“打给阿溟吧。”莎莎觉得自己这次可选对了对象。不知小火的出院手续办得如何了，这的确是她迫切想知道的问题。打通阿溟的电话后，阿溟很高兴地告诉她，小火明天就和他回松江了，准备到松江县医院再住一段时间。莎莎因为心情很好，便说自己明天也到医院去，为小火送行。

莎莎收拾停当，把最后一个号码留给了小穆，小穆说他最近没有什么事情，说要来看莎莎，莎莎想，自己正好开着车子，还是自己过去吧，便匆匆下楼，开出车子，驶出了学校。

走上永远吵吵嚷嚷的街道，莎莎又被夹在车流中无法动弹了。她经常发誓，宁愿打的，也不要开车，但每次度过马路上的惊魂时刻后，便忘记了路上的烦恼。她打着方向盘，紧张地在街道上左冲右突。她本无暇留意路上的人流，但是熟悉的身影，却可以排他性地直钻入眼睛。

她看到一个熟悉的女孩闯入眼帘，边上一个矮胖的中年男人搂着她的腰，扶着女孩，搀带着她，引导着她穿过长虹体育馆门前那永远纷攘杂乱的地界。

莎莎把车子停了下来，专注地打量着这极不相称的一男一女。

莎莎认出，那个矮胖的男人正是那天有一面之缘的黄导，他与身边的女孩反差强烈，这个纤细纯净的女孩，莎莎知道她的名字，名叫谢北桦。那天黄导来到培训班，钱主任叫她找人陪客，当时找的两个女孩中的一位就是谢北桦。那天吃饭，莎莎找了一个借口没有前去，不知道饭桌上发生了什么。但是，当看到黄导与谢北桦如此亲密地穿过马路，结伴行走的时候，她仍然感到一丝惊讶。

黄导的年龄在五十到六十之间，身体严重发福，这个年龄层次的男人，如果挂着一个艺术家的招牌，都有相同的虚伪嘴脸。这真是一个奇怪的现象，普通的这个年龄段的男人，很可能给人一种和蔼可亲的感觉，但一到了艺术家那儿，整个就是一个方寸大乱，那副尊容里最明显的特征是包含着恬不知耻的虚伪笑容。

一眨眼间，黄导与谢北桦的身影消失不见了，莎莎觉得自己在自寻烦恼，人家的事碍着自己什么呀，她重新启动车子，谨慎地驶过这一段拥挤不堪的道路。

但是，她却觉得自己的心再也无法平静下来。一个男人与一个陌生女孩的身影，像一丝强劲的风，吹动了她内心的湖面。她不知道如何挥去刚才见到的那一幕不协调的情景，就像一粒沙子混进了自己的眼睛内，自己主观上想略去它们的存在，但是它们却挥之不去。

风驰电掣般地驶上了高架桥，莎莎的心情开始豁然开朗了，她的眼睛瞄了一下放在面前的手机，一只手拿起手机，拨出了一串号码，是拨给穆炎的。

莎莎只是想听到小穆的声音，迫切地想听到。这种奇怪的感觉折磨着她，使她不能自已。

渴望他的恩爱，他的搂抱，他的力量，他的温暖，这是一种典型的小女人心态。她的心里涌上了一种甜蜜的欣喜，这使她觉得自己还没有老，还像少女那样渴望爱情。这种感觉，加剧着她的心跳，她在这一刻觉得自己是正常女人——这是她目前迫切需要向自己证实的。

一直以来，她偏离了正常的生活轨道，连她自己也视自己为异类，但是，此刻泛起的情愫，使她充满了信心，她觉得自己也是平常人中的一分子。这种平凡人生的感觉，只有在失去之后才觉得可贵。原来自己也能像芸芸众生那样，得到一份天经地义的快乐，而这竟然是一件值得窃喜的事情。有时候发现自己还能爱，还能有爱的感受，那真是一件美好的事情。

电话里小穆讲了什么，她根本没有听清，她似乎只是需要这样的声音陪伴着她的孤独。在含糊地交谈了几句之后，她关掉手机，耳边顿时响起了车子引擎单调的呜呜声，但在她的耳中听来也如此悦耳。

她约了小穆来到番禺路上的罗马地窖音乐餐厅，过去莎莎曾经和朋友到这里吃过饭，当然不是与钱盛钟，所以，她很乐意把小穆带到这里来。

这家餐厅的装潢是罗马风格的，整个空间里弥漫着一种异国情调，但主菜却是川味菜。也许是因为上海地处长江的下游吧，川菜顺江而下，在这个城市里大行其道，让这个城市里的口味也变得火辣而生猛。

小穆与莎莎点了一份南山泉水鸡，这是重庆第一号的品牌菜，好在其他的菜辣性还算温和，两个人一顿晚饭吃下来，浑身也变得热辣辣的，好像放在蒸笼里伴着辣椒蒸了个通透。川菜被这个城市接受，或许是它在化解这个城市的潮湿与晦涩吧。

两个人火烧火辣地相携着，进了房门，在私密的空间里，小穆与莎莎终于可以亲密地拥抱在一起了。小穆把她抱住，放倒在床上，然后侧身依在她的身边，手像水一样，漫溢到她身体的每一个部位。

辣是一种火，烤了他们的内心，他们的外在，还有他们相碰撞在一起的时光，甚至感染到他们的声音，他们的呼吸，他们的语调。

当最初接触的快感席卷两人的时候，他们尽情享受地发出呻吟声。

小穆觉得激情无法控制，犹如潮水一样滚动上来，那么猛烈，那么厉害。他不想离开她。在抑制了一下自己的快感之后，他说道："你有套子吗？"

"你把我这里当成什么地方了？"莎莎睁开眼睛看着他。

"那我找了？"小穆以开玩笑的口气看着她。

"你找吧。"

小穆提身，支起双腿，拉开床后面的活动板，那里是她放置东西的小柜子。

他并没有抱着希望，只是莎莎的大度让他觉得有一些奇怪，所以，他想逗她，与她开一个玩笑。里面堆放着一些女人的贴身物品：整整齐齐的毛巾、手帕、相册，还有一些化妆品什么的。

他在寻找时完全是装模作样的，因为他的用意只是想逗她。但是，他看到了藏在毛巾下的一个盒子，当他拿出来时，清晰地看到表皮上印着的夹在花里胡哨图案中的“安全套”三个字。

穆炎举着避孕套的盒子，扬起在莎莎的面前，好像扬起一面高高飘扬的旗帜。此刻的他，就像是一只抓住老鼠的猫，显摆着他的战利品，大有人赃并获的意思。

他的激情在一瞬间萎靡不振了。他的脸上挂着僵硬的微笑，但是内心里却膨胀着没有方向的愤怒。至少他觉得在这一刻，他是一个有理主义者。

很明显，身下的这个女人撒了谎，她像没事人似的，言之凿凿地声明她这里没有避孕套，但是铁证如山的事实，却狠狠地打了她一个耳光。

穆炎潜意识里知道，他没有权利指责她什么，但是，他能抓住即时的一个理由，就是她对他撒谎了。他心里酸涩的滋味一时泛滥成灾。他在心理上有了充分的准备，谅解她的过去，谅解她的小三身份，这一点，不能不说他没有过痛苦和挣扎。正当他经过一番焦灼的内心角逐，忽略了她身份的尴尬，可以从内心里接受她的时候，却从她隐秘的居处里找到了另一个男人所使用的避孕套，至少在刹那间，他的自尊心无法承受。

男人的心态是奇怪的，他在拥有一个女人的时候，会下意识地设想自己是独一无二的，是她最为重视的。但是，女人的经历却明白无误地告诉他，他不过是一个群落中又一个无足轻重者。一时间，面前的这个女人变得扑朔迷离，犹如深渊一样不可探测。

一段时间以来，他开始喜欢上面前的这个女人，可以回避她作为别人情人的身份，但是，女人背后的这种秘密，却使他觉得，她隐藏在背后的心态与作为，才是真正不能让他接受的关键。

莎莎怔怔地看着他，一双眼睛里只有麻木，没有羞涩，她没有任何声音。

穆炎把避孕套重新放到床后边，激情这时候已经远离了他，他觉得索然无味。他感到什么地方出错了，但是，却只能模糊地把握住自己的理由，并死死地咬住不放，以此来说服自己。

他感到自己这一段不合时宜的爱情，真正遭遇到了问题。他从没有刻意地去寻找一个只能拥有她肉体的女人，然而，当他在生活中投入自己的情感时，却发现，自己必须遭受肉体的狙击。避孕套破灭了他的梦，令他信心顿失。

他觉得自己还没有做好准备，去迎接那一切他无力承受的意外，此刻，他觉得唯有逃避，离开这是非之地。

“我走了。”他内心里充满着委屈的情绪，朝着天花板说道。

莎莎一直没有说话，听任他穿好衣服，趿着鞋子，带上房门。

没有想到的是，莎莎这一夜却睡得很好。早上醒来的时候，她才记起来昨晚发生的事：一个男人来过，后来又走了。走了就走了呗，自己还要继续下去。

她一件件地穿好衣服，手机突然响了。

里面传来小火的声音，她告诉莎莎，她要出院了。小火说，她要和阿溟到乡下，离开上海。其实她去的地方只不过是上海的郊县，但是，那种感觉就像是永别了上海。

莎莎这时候似乎需要依靠着过去环境里的一个人，以驱赶心里积压着的阴影。这种念头在心里一闪过，她便不假思索地说：“我去送送你吧。”

小火竟然没有拒绝。

莎莎开车来到了长海医院，上了住院部的大楼。在病房里，正巧遇到扛着一个大包裹的阿溟。

“小火呢？”莎莎问道。她看到，小火睡过的床上一片狼藉，下面露出黑乎乎的铁丝网。

“你刚才上来的时候没有看见她吗？在医院的大门口呢。”

“我怎么没有看到？”

“你是开车进来的吗？你一定没有在意。”阿溟说着。

莎莎想帮他拿东西，但这已经是最后一趟了，她只好空手跟随着阿溟下楼。

“小火的心情还好吗？”莎莎在电梯门口问道。

“挺好的。”阿溟从包裹后边露出头，说道。

“她喜欢跟你去吗？”莎莎问道。

“她挺爽快的，”阿溟说道，“不过，还是要谢谢你啊。”

“谢我什么啊，我也没做什么。”莎莎笑了一下，说道。

“感谢你一直在做小火的工作。”

“别这样说，也是你有魅力啊。”莎莎跟在阿溟后边说道，“女人嘛，就是这么一回事，谁对她好一点，她就会对谁好。”

“全姐，你说的话，我会记住的。”阿溟诚恳地说道。

“算了，我说的也不是经典，倒是我的口头禅，呵呵。”莎莎笑得露出了牙齿。

在医院门口，果然见到了小火，小火脸色苍白，但一双眼睛倒显得乌亮乌亮的。

莎莎走近车门，小火手伸过来，把莎莎拉住。莎莎问她：“早饭吃过了？”

“吃过了。”小火好像怕她不相信似的，便又补充说道，“吃的是面包。”

莎莎一只手被小火的手拉着，一只手摸着她身边的袋子，里面挤着三四个不成形的面包，说：“就吃这个啊？你可得多补充一点营养。”

“我喜欢吃，你看，我养得不是挺好的吗？”小火笑道，她的牙齿没有光泽地浮现在她没有血色的嘴唇边。

“你这样子还算好啊，我都叮嘱过阿溟了，他对你不好，我可不依。”莎莎故意瞪着眼睛说道。

“他呀，宁愿自己不吃，也要给我吃。”小火的目光朝车外看了一眼。

“你知道就好。有阿溟这样的男人，是你的幸运。不是所有的男人都像阿溟的。”莎莎说道，她不由想到了小穆。阿溟可以毫不嫌弃小火，而小穆呢，却无法容忍自己的过去。

“没有想到小火的命还不错呢。”小火似乎很开心地笑道。

“我是跟你说真的，不是说了玩的。你不要不当一回事，好好珍惜，懂吗？”莎莎竟然不自觉地用严肃的口吻对小火说道。

小火水灵灵的大眼睛看着莎莎，没有一丝挑衅的情绪，过去这双眼睛里，总是蕴含着逆反和抗拒，现在却明鉴见人，一览无余。小火点了点头，应了一声：“嗯。”

离开小火，莎莎在告别时拉住阿溟，问他花了多少钱。他说结账后，共计用了两万五左右。莎莎不放心地又问到松江县之后的医疗费有没有着落，阿溟说，他准备再向学校里借一点。

第十四章

小兔早早地离开了培训基地，因为她的妈妈又托人为她介绍对象了。真是烦死了。在她心中觉得自己还很小，很乐意享受这种无人干扰的安宁。但是妈妈不知怎么想的，整天催她找一个男人。自己是不漂亮，但至于嫁不出去吗？这不，下午的时候，妈妈打来电话，叫她下班早一点走，又安排去相亲了。

在虹口体育场，她上了地铁，这个地铁是悬在空中的，像拦腰切过城市的腹地，满目所见，都是城市破败不堪的背面。

这次妈妈也与时俱进，玩起了时尚，让小兔到地铁线上去赴约。这倒颇合小兔的心思。没有一个女孩不在心中怀着一点浪漫的渴望，那种按部就班的见面，是小兔十分厌倦的，尝试一下在地铁中的“闪约”，倒别有一番风味。近来上海风行地铁里的约会，让一群女孩乘上地铁，依次在预定的站点下站，与等候在那里的男士面对面地交谈，时间到，再乘上地铁到下一站。那种机遇加上速度的感觉，十分符合城市的风格，可谓地铁上的快速相亲。虽然小兔也觉得这种配对简直把人当成了一种机械的动物，但城市嘛，讲究的是速度，心理上还算能够承受。

可是小兔的约会是失败的，在地铁中，她遭遇了一个小偷，而另一个男人却奇怪地把她的手机从小偷手里追讨了回来。为此她错过了那个约会，一场历险代替了甜蜜的期待，小兔倒觉得今天的相亲不枉此行。

走出地铁口，已经天色昏暗，扑面而来的是像满天星斗似的灯光。既然来到外滩了，那就到处闲逛一下吧，等逛累了，回家交差。

坐在黄浦江边看灯火，不知不觉消磨了不少时间。突然，手机在口袋里响了。小兔一个激灵，难道刚刚那个要了号码的人，这么快就给她打电话了？她在心里发觉，其实她一直在期待着一个陌生电话的来临，而现在她才明白，她要等的电话，正是刚才那个与她短暂碰撞的男人——或者叫男孩吧。

电话里传来一个陌生男人的声音。

“你是谁？”小兔的心“咯噔”一下，似乎蹦到嘴边，不让她开口了。

“你是小兔吗？”对方说道。

谁知道她的小名啊？小兔觉得很奇怪，她可以肯定，电话里的人不是她期待的那个男人，便大声问道：“你是谁？你怎么认识我？”

电话里嘈杂了一会儿，那个声音说道：“我是……小穆，我们在一起吃过饭的。”

“想起来了，想起来了。找我有事吗？”小兔松了一口气，她觉得很奇怪，在她的印象中，与小穆他们吃饭，还是很久以前的事，记得当时也没有把电话留给他啊。

“你看到小全了吗？”穆炎在电话里问道。

“你是说全姐？看到了，我下班的时候，看到她上楼去的。”

“怪事了，我拨她的电话不通，打到培训班，也没有人。”

“没事吧，我下午看她好好的。”

“行,那我再打她住处的电话吧。”小穆说完之后,挂断了电话。

小兔印象中，觉得莎莎与小穆的关系有一点不寻常，刚才从穆炎对莎莎的那种焦急的关注中，倒颇能验证两个人非同一般的关系。

由这两个人的关系，小兔也联想到自己，看他们那种一刻不能离开的热乎劲，小兔只是觉得有一点累得慌。想想刚才自己瞬间生成的一点企盼，倒有些魂不守舍，可见，爱情这种东西，不涉入也罢，心无牵挂，散漫自由，倒是一种难得的生存状态。

就说小穆吧，才多久没有见到莎莎啊，就打电话来问了，想想都好笑。但听人家说，恋爱中的人都是傻乎乎、疯疯癫癫的，自己还不知道，恨不得要把自己心中的柔情蜜意公开给天下所有的人看。

小兔回到家的时候，已经十点多钟了。小穆的电话再次响了起来，他说，莎莎到现在都没有回电话，家里也没有人。

小兔心里也不免有一点紧张起来。她打电话给钱盛钟，钱盛钟最近身体欠佳，根本没有到培训班里，他也说没有见到莎莎。小兔又依次给她认为有可能见到莎莎的人，都打了电话，但没有一个人看到过莎莎。

小兔在电话里告诉了小穆她所了解到的情况，小穆又详细地说明他与莎莎分手的经过，说下午莎莎约他晚上送一台电脑到她那儿去，他人等在莎莎的家门口，就是不见她回来，所以才打电话四处寻找的。

小兔开始不安起来，最后与小穆约好，一起回到培训班去看一看。

小兔无暇应付妈妈的盘问，托辞称班上有事情，就匆匆地出来了。她打的径直奔向位于虹口区的培训班，从徐家汇一路向北，穿过了半个城市，来到学校的时候，门口空无一人，显然小穆还没有到。

小兔用钥匙开了培训中心的侧门，整个培训中心看不见一点灯光，估计里面已经没有人了。她拨通了小穆的电话，想知道他的方位，电话还没有接通，只见一辆车子的灯光扑了过来，紧接着小穆从车里探出头来。

“小穆？到了？”小兔向他招呼道。

“嗯。有人吗？”小穆急匆匆地说道。

“好像没人了，黑灯瞎火的，看不出有人啊。”

“真是奇怪了？那你是怎么进来的？”

“我用钥匙开了门，这门是合着的，平时都是这样，谁最后走，把门带上就行了。”

“这么说，小全不在这里？”穆炎失望地说道。

“你看楼上黑洞洞的，不会有人吧。”小兔看着暗影中的办公楼，觉得寒从心生。

“这个人真是奇怪了，到底上哪去了？”小穆焦灼地踱着步。

小兔也拿不出主意来，静默了一会儿，她说道：“去看看全姐车子在不在吧。”

小穆认同了她的建议，尽管这种可能性不大，但是两个人也没有别的选择余地。

小兔指点着，带小穆走到停放机动车辆的车棚，转过一个楼角，看到了大车棚里，发出一丝寒涩涩的光亮，蹲着一个厚实的物体。两个人不由加快了脚步，等走近了，看清那光亮正是轿车车身的反光。

“看，是全姐的车子，”小兔轻声地叫道，“她还没有走啊。”

“是她的车，真是怪了，人上哪去了？”小穆绕着车子，摸着车身，低声沉吟着说。

小兔突然觉得一阵寒意袭来，整个培训点沉沦在暗夜中，上海高空外泄过来的光亮，使天空并不阴暗，因此，这个培训点就像是掉在一个黑暗的陷阱里，越是眼前，越是黑暗的最低点。她忍不住向小穆的身边靠了靠，慌里慌张中，与正向后退的小穆撞到了一起。

“妈呀……”小兔吓得惊叫起来。

“小兔，你说她会在哪里？”小穆镇静地说道。

“我，我要是知道倒好了。”小兔战战兢兢地说道，“难道她还待在楼上没有下来？要是她在楼上，楼上的灯应该亮着啊。”小兔越想越怕，声音也越来越细。

“楼上是她的办公室吗？”穆炎仰头看了看漆黑一片的楼上窗户，问道。

“是的，她的会计室在二楼，没有灯啊，一点灯光都没有。”小兔喃喃自语。

穆炎没有吱声，慢慢地向车棚外面走去，小兔跟在后面，小心翼翼地说道：“你要上去找吗？”

“不知道她在不在上面，按道理，她不应该在那儿啊。”小穆似乎自言自语，一边向办公楼走去。

小兔只好跟着他的步伐，走了过去。

到了办公楼下面，小兔开了灯，楼梯从黑暗中显现出来，小穆未加犹豫地跨了上去，小兔紧紧地追随着他。

转了一个弯，接近二楼的时候，突然一声细细的碰撞声，从二楼的阳台上传了出来。小兔不自觉地抓住了穆炎的衣袖。

小穆三步并两步地走上了二楼走廊，小兔觉得揪着一个男人的衣服未免不雅，脸上有一些发烫，于是她赶快走到墙边，把走廊上的灯打开了，小穆停下来，问她："哪一个是小全的办公室？"

"那边……"小兔指着一个挂着财会室牌子的办公室说道。

这时，那个轻微的撞击声，继续从前面传过来，小兔努力把自己藏掖在小穆的后面，她似乎觉得那个撞击声随时会变成一个张牙舞爪的怪物向她扑来。

"别去……"小兔的牙齿似乎在叩击着。

小穆又定了定，对小兔说道："不要怕，没什么鬼不鬼的。"说着，他蹑手蹑脚地向声音发出的方向摸索而去。

小兔走到莎莎的会计室门前，小声地说道："就是这间。"

小穆问道："她的办公室？"

"嗯。"小兔轻声地答应着。

小穆轻轻地推了一下门，吱呀一声，门向里转悠开去，小穆伸出手去，按到墙壁上，碰到了灯的开关，顿时，屋里一片通明。在适应了屋子里突然亮起来的片刻眩晕后，呈现在两个人眼前的，却是空无一人。

声音显然不是发自这里。

小穆在屋子里慢慢地挪动着，明亮光线下的物体，都不是真实的，隐藏着一个说不清的谜底。有时候，寂静的明亮，包藏着祸心，隐含着陷阱。

小兔望着屋子里熟悉的景物，说道："门怎么也没有锁？全姐人上哪去了？会不会在柜子里。"此语一出，她自己倒吓了一跳，屋子里摆放了几个柜子，空间非常有限，如果说一个人可以被藏入柜子里，那么，唯一的可能就是她已经被五马分尸了。

穆炎受小兔的启发，轻轻地拉开了没有上锁的柜子门，黑乎乎的缝隙越来越大，就像动物园里的河马张大了的嘴巴，小兔的呼吸几乎要停止了。但是，他们没有看到任何异样的东西，柜子里只是堆放着一些乱七八糟的杂物。

小兔的眼睛从柜子上移开，移到了办公桌边靠墙脚的一只保险箱，她不由大声地叫起来："保险柜的门敞开着呢。"

穆炎挪开椅子，果然，保险柜的铁门大敞四开，小兔伏在小穆的身后，可以清晰地看到，柜子里空无一物。小兔不由叫道："里面的东西被人抢了。"

小穆冷静地看了看，问道："这里面小全放了什么东西在内？"

"这我倒不清楚了，不过，现在里面什么都没有了。小全姐，你究竟在哪里啊？你快出来啊。"小兔焦急得几乎要发出哭声了。

"到别的地方找找。"穆炎转过身，向门口走去，小兔紧紧地跟着。

正在这时候，外面的某一个地方，突然又发出了刚才上楼梯时听到的"咚咚"声，小兔吓得前进不是，后退也不成，牢牢地紧盯着穆炎。

穆炎顺着走廊继续向里面走去，隔壁就是大办公室，声音显然是从里面传出来的。

小穆轻轻地推开门，里面的"咚咚"声突然清晰地贴靠在耳边。穆炎急迫伸手去按电灯开关，正在双手胡乱地摸索之际，脚底下碰到了一个什么东西，身体失衡，向前倒去。他的两手本能地护卫着自己，蜷缩在自己的胸前，碰到了一张办公桌的边角，握住了木头边，才使自己半跪着稳定了下来。

就在这时候，跟在后边的小兔打开了电灯，眼前顿时一亮。小穆扶着桌角，保持着平衡，看着从黑暗中突然转亮的地上。只见一个人被绑在椅子上，倾斜地横放着，她的两脚胡乱地蹬着，刚才的“咚咚”声，显然就是她的双脚叩击地面发出的。

小兔看清这个被绑的人时，不由惊愕地叫了起来：“全姐……”

这个人正是他们一直在找的莎莎。

她头发披散在额前，遮掩了她的脸。椅子横倒在地上，把她也顺带着撂倒了，显然她经过了一番挣扎，把椅子弄翻了，她坐到地面上，努力地在地面上挪动着，企图移向办公室的大门。莎莎的嘴上蒙着一截布条，紧紧地勒住，扣在脑后，她发不出任何声音。

小穆看清了，他摔倒下去没有危险，索性趴到地下，叫道：“小全。”小兔赶快跑到莎莎的身边，拉住她的胳膊，想把她扶起来。小穆由蹲着站起来，说：“别慌，慢一点。”

穆炎绕到莎莎的身后，把她后脑勺上的绳子解下来，慢慢放松，然后，从前面扯下塞在她嘴里的布条，上面沾满了口水。莎莎释放掉嘴里的布条，嘴唇终于抿在一起，然后，她伸出舌头，舔着干燥的嘴唇。

“全姐，究竟是怎么一回事？”小兔撩开莎莎脸上垂下来的头发，用手托着她的下巴，揉动着她的肌肤。

“小全，再忍一下，我给你解开绳子。”穆炎一边寻找着绑在椅子上的绳子扣，一边说道。

莎莎呼呼地喘着气，眼睛里流下的眼泪与嘴里渗出的口水混合在一起，沾染着她的头发，几乎说不出话来。小兔掏出自己的手帕，揩去莎莎脸上湿漉漉的液体。

“我……我……你们怎么找到这里的？”莎莎断断续续地说道，显然她仍是惊魂未定。

“是穆炎打电话找我，哪里想到你还会在这里？全姐，这究竟是怎么了？”小兔看着莎莎一塌糊涂的脸，这张脸，无论如何也看不出曾经有过的光艳可人。

“有人想抢……保险柜……”莎莎脸上闪现出难以消除的恐怖，仿佛那个歹徒还藏在自己的眼前。

“什么时候抢的？”小兔焦急地问道。

“小兔，帮一下忙，把小全扶一下。”穆炎解开了莎莎身上的绳索的一端，但是绳子在身上纵横交错地缠绕着，一时半会儿，还真的难以理清乱麻一般的绳子。

小兔听从穆炎的指挥，把莎莎抱了起来，剩余的绳子被连扯带拉地解开了，留下了一个可以抽身而出的圈套，穆炎与小兔一起，把莎莎从地上搀扶起来。

莎莎几乎难以自持，站立不稳，小兔急忙拎来了一把椅子，让莎莎坐下，莎莎额头的黑发覆盖下来，她呜呜地哭了起来。

穆炎拉住莎莎的肩膀，问道：“能不能走路？先走两步看看。”

莎莎由小兔扶着，在原地动弹了一下，然后又坐到椅子上。小兔气愤地说道：“这是怎么一回事啊？是谁这么大胆，到这里抢东西啊？”

莎莎有气无力地抬起头来，对小兔说道：“小兔，你到我的办公室里去看一看，保险柜有没有动？”

“我们刚才就是从那里来的。保险柜门开着，里面有没有钱啊什么的？”小兔说道。

“你看到保险柜门开着？”莎莎仰起头，额前的头发散向两边，她的眼睛肿得像水蜜桃。

“是啊，保险柜里什么也没有。小穆，你刚才不是看见了吗？”

“你柜子里有没有钱？”穆炎低沉地问道。

“里面放着十几万块钱呢。”莎莎哀泣地说道。

“究竟有多少钱？”小穆追问道。

“共计十多万元，钱盛钟一直说要投资拍片，也不知道什么时候提款，所以就放在保险柜里，一直没有存银行。这可怎么好？钱盛钟要是知道了，怎么交代啊？”莎莎说到这里，又止不住地流下眼泪来。

“你有没有看到是什么人把你捆起来的？”穆炎问道。

“没有看清楚，他们都蒙着脸，好像有四个人。”莎莎吃力地回忆着。

“你今天怎么走得这么迟？”穆炎忍不住又问道。

“都怪我今天想把开学以来的账目理一下，走迟了一步。当时也是考虑到那一阵是下班高峰期，路上车子太多，我想躲过那个峰头的，哪里想到，突然来了一帮人，看不清面孔，就这样把我扭着……”莎莎越说越觉得浑身发寒，几乎说不下去。

小兔赶忙抚摸着莎莎的肩膀，为她揉搓着，让她安静下来，说道：“那现在怎么办啊？要不要去报案？”

莎莎抬起头来，看着穆炎说：“你说能不能报？”

“这个？老钱听说警察后，估计魂都要飞掉了。他的钱，很多都来历不明，他也没有什么资质办演艺培训班。”小穆沉吟道，“肯定不能报警，要是警察介入了，钱主任的家底就曝光了，他整个就得玩完，我们也得跟着受连累了。”

“是啊，是不能报案，那现在怎么办？那一帮坏蛋有没有走啊？”小兔问道。

“事情发生多长时间了？”小穆问莎莎。

“我记得下班不久吧，估计在七点多钟的时候。”莎莎想了想，说道。

“现在都什么时候了？都将近十一点了，那帮坏蛋说不定都离开上海了。”小穆判断着。

“那钱就追不回来了？全姐怎么办啊？”小兔问道。

“能怎么办？钱倒是小事，小全人没有受伤，就是万幸了。”穆炎说道，“现在关键是要把这里的事情尽快告诉钱主任，看他怎么处理。但我可以肯定，钱主任肯定是不会报案的。”

“这倒也是，”小兔说道，“那我打电话给钱盛钟。”

小兔拨通了电话，钱盛钟啰啰唆唆问了半天，听说保险箱里的十几万元不翼而飞，他焦急异常。小兔明显地感觉到，他更关心的是钱的得失，倒一点没有过问莎莎的情况。小兔并没有觉得意外，视钱如命是钱盛钟的习性。

小兔在走廊上，耐心细致地回答了钱盛钟迫不及待的问题，但答案显然不能满足钱盛钟，特别是小兔请示是否报案的时候，钱盛钟在电话里几乎是吼了起来：“你哪根神经搭错了？不能乱搞瞎搞，姑奶奶，这个事哪能报案？”

“没有报，没有人报案。”小兔不得不向他连连解释。

“你们什么都不要动，我马上赶过来。”钱盛钟在电话里命令道。也许是小兔提到的报案，让钱盛钟再也坐不住了，他立刻决定从电话线的那一端来到现场。

大约过了四十多分钟，钱盛钟才赶了过来，送他过来的是他的侄儿。他一上来，就在莎莎的会计室里左看右看，然后又跑到大办公室里，察看莎莎被捆绑的现场，嘴里一边唠唠叨叨：“他奶奶的，抢钱抢到老子头上了，哪一天让我逮着，我不踩死你我不姓钱……小全，过来，过来，这是怎么一回事？你一个大活人，就被那帮坏蛋给修理了？你那么迟还不走，想干吗？你不是等人家抢你吗？”

莎莎两手捂着脸，又哭起来。钱盛钟注目了她一会儿，实在无奈女人的眼泪，看到小穆待在一旁一言不发，便招手说道：“小穆，这是怎么一回事？你怎么找到小全的？”

小穆告诉钱盛钟说，他今天把莎莎需要的一台电脑送去，在她家的门口等了许久，没有等到人，后来就和小兔找到学校里来。小穆送电脑的事，钱盛钟是知道的。那一天，莎莎向钱盛钟提出要一台电脑，可以上网查查信息，钱盛钟也同意了，是他亲口向小穆提出的。莎莎也是通过这样的办法，可以光明正大地让小穆把电脑送去，避免暗地里搬电脑带来的麻烦。钱盛钟听了穆炎的解释，点了点头，在脑子里，大致想出了抢劫的整个过程。

小穆把刚才莎莎复述出来的情况，告诉了钱盛钟。钱盛钟听明了事情的原委，却想不出一个好主意，又重新跑到会计室里，对着保险箱左看右看，莎莎的钥匙还挂在保险箱上，可以看出，那帮歹徒没有费吹灰之力便打开了保险箱门，把里面的钱一扫而空。

钱盛钟把保险柜的门翻来覆去地打开又关上，仿佛在这种开合之间还有什么玄机存在似的，小兔看着他肆无忌惮地摸着保险柜的铁门，悄声说道：“钱主任，你这样摸来摸去，不是把自己的指纹都印在门上了吗？还怎么分得清哪一个是歹徒的，哪一个是你的？”

“我留在上面怎么了？你以为会有人来调查手印啊？你脑瓜咋就不开窍？我都跟你说了，这事不能报警。吃一个哑巴亏吧，他奶奶的。”钱盛钟又骂骂咧咧起来。

正当钱盛钟像绿头苍蝇游来荡去，唯有吵吵嚷嚷发泄心中怒气的时候，突然侄儿小钱走过来说：“婶婶来了。”

钱盛钟听说老婆来了，不由一愣。钱盛钟本来显得相当浮躁，但是在“咚咚”的脚步声里，开始露出臣服而诚惶诚恐的本色。

钱盛钟几乎是到门口迎接妻子的到来。在众人期待而令人窒息的气息中，钱夫人谢有芳出现在大家面前。

谢有芳穿着一件深紫色的旗袍，头发梳得油光水亮，盘在头上，整洁而干练。特别的衣服，衬托着曲线玲珑的身材。但是，她的脸上有一种霸气，一种咄咄逼人的气息。这种女人，似乎没有背地的温柔，她身上洋溢着的是一种直截了当的气质，钱夫人恰恰具备了这种气质。钱盛钟在她的面前，就像一个不谙世事的小孩，噤若寒蝉。

“你怎么赶过来的？”钱盛钟开口问道。

谢有芳并没有看钱盛钟，而是冷淡地从大家的脸上扫了过去，过了片刻，她才说道：“小全呢？小全怎么样？有没有受伤？”

她显然比钱盛钟处事更得体，但是在她缓慢的语调中，却有一股洞若观火的深沉。

小兔赶快说，莎莎在那边的办公室里。

谢有芳根本不看会计室里的作案现场，说道：“快，让我看看小全。”

她来到了大会议室，一把拉住莎莎的手，像搀着一个小孩似的，轻轻地抚摸着莎莎的手臂，关切地说：“看看，这手的血印，勒得这么深。小全你受苦了，为了老钱那么一点钱，就伤成这样。”莎莎打了一个寒噤，仿佛谢有芳的手上带刺似的。谢有芳蹲下来，搂着莎莎的背说：“别害怕，小全，只要人没有大碍就好。”然后，她站起来，望着钱盛钟问道，“被抢去了多少钱？”

“十万元左右，都是收学生的学费，一直准备进货的，也没有存入银行，这次他妈的可损失惨了。”钱盛钟的用意，是夸大损失，让老婆找不到抱怨他的机会。

“就十万元值得你这样吗？”谢有芳冷冰冰地瞥了一眼钱盛钟，移开目光，“与这么一点钱相比，人是最重要的，幸好小全没有受伤，这就是不幸中的万幸了。我早就说过，你们这儿哪里能另外开一个账户？你们这里根本不能经手钱的事情。钱丢了是小事，命搭上去，麻烦就大了，更是得不偿失啊。”

谢有芳的话中之意是显而易见的，就是钱盛钟根本没有能力管住钱的事情。钱盛钟一时没有话可讲。他现在倒担心，她如果以此事为由头，剥夺了他的经济大权，那么他的好日子也就宣告终结了。应该说，她对他的经济与财力控制得并不紧，这一点自由是钱盛钟可以与他的狐朋狗友交际与玩乐的资本，然而，她现在的语气里，却饱含着对他的不信任。

谢有芳离开莎莎，两手交叉着，像一个大堂经理似的从容发话道：“你们的账目是该要清理清理了，老钱，你这块账上还有多少钱？我看，这样分散管理不是一个办法，还是要统一管理。”

“这个……不应该一朝被蛇咬，十年怕井绳吧。这次的事情，不可能发生第二次了吧。以后小全注意一下，钱还是要存入银行，保险柜里是不能搁钱的。”钱盛钟意识到问题的严重性，他最怕的就是老婆把他的全部财权收去。

“你们的事，不是我想问，可是碰到这些人命关天的事情，能不叫人着急吗？”谢有芳用沉缓的没有感情的声调说道，“我不能看着你们提着脑袋做事情，大家这么辛苦不就是挣一点钱吗？如果拿命挣钱，趁早收拾摊子，这一块也不要做了。老钱这个人，你是马马虎虎，什么都当儿戏，我就知道你迟早要出问题，你看，这也算是给你敲了一个警钟。这次是保险柜被抢，下次还说不定发生什么事呢。”

“下一次？不会有下一次了。”钱盛钟辩解道。

“你能打保票？你连小全的命，你都保不了，还在这里打保票。”谢有芳冷冷地说道，“这个事情就到这里，深更半夜的，也不是讨论这种事情的时候，大家赶快回去休息吧。”

钱夫人是打的过来的，她吩咐小钱把莎莎送回去，她与钱盛钟打的回家去。小穆与小兔则分别打的离开了培训班。

此时，已是这座城市的子夜时分了。整座城市笼罩在烟霭一样的灯光里。不知为什么，城市之光，总给人一种像血一样鲜红的色彩，它可能给人温暖，也能给人一种无法深入进去的暧昧。

第十五章

柳丝丝在培训班上好久都没有见到莎莎了。

最近一段时期，班上又请来了一个妇女，姓童，当年曾经辅导过莎莎所在的文化宫的学员们。随着教程的深入，莎莎可能觉得自己无力胜任教师一职吧，所以就把退休在家的童老师请来了。

童老师个子不高，像上海的老年妇女一样，身材明显发福，很是臃肿，但是她一旦表演起动作来，却富有动感。很多高难度的动作，她表演不起来了，但一招一式比画起来，却很有韵味，每天上课，她都像带着一帮孩子游戏，学员们都感到颇有收获。她不严厉，但是她的声调一高却有一种特别的威慑力，所以，学员们似乎玩得挺欢，但内心里对她又有一种敬畏的情感。培训班渐渐地走上了正轨。

柳丝丝很喜欢上这样的课，她觉得自己爱上表演了。

也许是师承同样的教学体系吧，童老师上课的时候，基本上把莎莎当初教学的基本原则说了一遍。这也许是演艺道路的入门规律。

童老师讲，要当演员，要有两个“无”，一个是无耻，一个是无我。

“无耻”，就是抛弃掉各种戒律与教条，包括各种成见与理念的约束，在演员的词典里，没有耻辱的概念。这也是多年来，演员被称为戏子而遭人鄙视的真正原因。在中国文化体系里，戏子的这种先天性特点，是与中国人所信奉的“仁义道德”背道而驰的，这也算是演员先天性的职业特点吧。但是，如果拿这种损害与职业的丰厚利益相比较，那么演员仍是一种炙手可热的职业。

“无我”，就是不存在一个自我。当演员要抛弃掉自我，把自己还原成一张白纸，然后在自己身上塑造别人。

童老师的和善亲切，使她这两个初听颇为刺耳的“两无”，倒颇使人信服。

她接手莎莎的教学进程，一来就检测学员们的放松与控制能力，她让男生女生们时而像佛像般凝重地端坐着，时而像小狗一般在地下打滚吠叫，借以训练学员的塑造能力。课堂上的气氛是快乐而富有趣味的。

接下来，童老师很注重培养学员们对动作的想象力训练。就像写作是一种对语言的想象一样，表演实际上是把自己作为笔，扭动着自己的形体来抒发自己的想象。经过“无耻＋无我”这种戒律漂白后的学员，才能具有想象力，才能绘就一幅演绎的图景，用自己的肉体，营造出别人的形象。

柳丝丝一直与谢北桦暗中较劲，在她的眼中，谢北桦太突出了。她身上带有一种天生的演员的气质，在很短的时间内，童老师也发现了谢北桦独特的表演天赋。

柳丝丝的内心里有一种好强的冲动。她羡慕谢北桦那种天生的气质，那种独特的表演想象能力她不嫉妒，她觉得谢北桦能做好的事情，自己也完全能做到。

谢北桦带有一种冰冷的清高，连笑容都是浅尝辄止的，她会和女孩们说笑，但是谁都可以感受到她的那种内敛与冷静。

她匆匆赶来上课，然后匆匆地离开，很少与班上的女孩们有什么交流。

女孩多的地方，矛盾也多，她们还不懂得掩饰自己的锋芒，所以，在相互接触中，恃强、自私、贪小便宜、爱虚荣，搞得学员之间内部派系林立，矛盾百出。就像平常搭置训练场地的小布景这些事，总有一些娇纵的女孩，站在一边发号施令，让别的女孩干那种搬运工的活。连平时训练时的站位，也成为女孩们争夺的目标，这些鸡毛蒜皮的事，总是女孩们叽叽呱呱的主旋律。分发道具与戏服的时候，更是抢开了，谁都要漂亮洋气的衣服。在这当中，谢北桦总是以她的冷傲的气质，慑服了所有人，她好像天生应该占有最好的培训资源。

女孩们背后对她不满，对她敬而远之，谢北桦也不在意，她喜欢孑立地显示出自己的与众不同。

柳丝丝羡慕她，但不喜欢她。然而，一次想象力训练的课程改变了她的看法。

班里有一个女生叫张晗，看上了一件粉色船形领吊带裙，非要用香水与分到那件衣服的女生交换不可，那位女生本来答应了她，但张晗穿了一天戏服后，新鲜劲过去，又把那件衣服还给了原来的女生，而且索要自己送给别人的香水。那位女生不肯把香水还她，张晗就与那个女生对骂起来，一来二去，争执逐渐升级，两个女生就在教室里打了起来。

女人打架没有章法，两个女生尖叫声连连，但却很难有效打中对方。柳丝丝远远地躲在远处，不想参与此事，她对那个叫张晗的女生很是讨厌。这个女人说话没有谱，喜欢在女人堆里搬弄是非，当初承诺的时候信誓旦旦，转眼就不承认，而她自己却毫不知耻，依然招摇过市。

张晗与那个女生扭打之间，不知怎的，那瓶香水碰撞落地，顿时四分五裂。张晗立刻撒起泼来，把那个女生的戏服一把扯过，本来就不结实的戏服，哪里禁得起她如此一拉扯，只听得“哗啦”一声，衣服碎成了片片，四处飘散开来。那个女生一见如此，蹲在地上，蒙头呜咽。

就在这时候，谢北桦走进了这一帮女生圈中，说道：“犯得着吵吗？不就是一件衣服吗？”她把自己的戏服给了那个女生，然后抽身离开。

“你自己不用吗？”一位安慰受伤女生的学员抬头问道。

“我自己有衣服。”谢北桦冷冷地说道。

童老师安排的训练课，主要目的是训练学生的想象力，她拿来一台录音机，根据录音带里的音响，童老师做出提示，吩咐学生做出相应的动作。开始的时候，喇叭里传出的声音是很优美清越的，童老师让学生打坐，提示她们感受宁静致远、超然忘我的心态。

但是，下面的声音却充满嘈杂与恐怖，在童老师的暗示下，学员们感受到这更像是一群集中营里的女囚在垂死前的心路历程。

也许死亡是人类感情中最容易得到宣泄的一种途径，所以，在演艺表演中，人们总喜欢选择与死亡相关的元素来进行煽情、演绎与练习。

随着录音机里发出肃穆的音乐，一种恐怖的幽灵从宁和的乐符中像毒蛇一样盘旋而出，童老师让学生们做出送别亲人、孤独承受、感受死亡的种种表情。女孩们按照提示，挤在培训室的一角，阴森的音乐，在她们的眼前幻化出了一幅幅地狱般的图景。她们投入着自我，把自己放进了那种等待死亡的恐怖氛围之中。突然，枪声骤响，女孩们惊恐地睁大双眼，凝视着远方。童老师叫道："谢北桦，你来做一个倒地动作。"

当谢北桦从人群中出现在大家面前的时候，众人的眼里闪过一丝血腥的光亮。

她穿着一件破旧的红色衣服，破碎的布料孱弱地贴在她单薄的身体上，把她修长的身材淋漓地展现出来。衣服的边缘已经丝丝缕缕，垂着败絮一样的毛边。这件衣服，显然不是在培训课里准备的，因为谢北桦把自己的衣服给了别人，她穿的显然是一件自带的衣服。

破烂的衣服套在她的身上，正符合她此刻想表达的中弹受伤的情境。谢北桦挣扎着冲向前，一手捂着腹部，脸上闪烁着痛苦的表情。她的这种惟妙惟肖的形体动作，震慑了所有女孩。谢北桦身上传达出的丰富的信息，让所有的女孩都被卷入到一种虚拟的死亡将至的情境中。

破损的录音机里发出炸雷一般的枪击声，谢北桦应声倒地，董老师在边上命令道："发挥你们的想象，表现你们的感情。"

谢北桦绵软地倒伏在地上，仰面朝天，她的身体在微微地颤动，犹如真的在承受着死亡前那种脱胎换骨的痛苦。

女孩们按照老师的指示，用力所能及的想象，表达着她们在死亡面前挣扎、扭曲、悲悯的样子。有的女孩放声恸哭，有的女孩无声地哽咽着，经过了表演学校最初难以避免的笑场后，她们实际上已经有能力丢掉羞涩的本能。笑场在很多情况下来自于对表演的抵触，这是学表演遇到的一个首要难题。

柳丝丝在女孩的队伍中，脑子里闪回着老师的讲课要点，两手蜷缩在胸前，半跪在地面上，努力调用着过去对死亡的回忆。柳丝丝逼着自己，进入到死亡气氛笼罩下的情境中。她想到老师讲课时提到的“无我”境界，这就要求把自己真正地投身于舞台，排除干扰，集中注意力，这样才能塑造好角色需要的感情世界。

柳丝丝紧盯着谢北桦四脚朝天的身形，可以看出，谢北桦在动作上放得开，她的脸上没有表情，像被漂白过似的，带着一种孱弱、无能为力、听任驱使的无所谓，仿佛这是死亡的真实感觉。

谢北桦黑黑的睫毛，覆盖在她的脸颊上，整个面容像大理石一样娇嫩而又湿润，她在这种没有表情的状态下，把青春的扭断与夭折的强烈反差鲜明地表现出来，柳丝丝不由自主地进入谢北桦塑造的角色形象中。

女孩们的情感是相互感染的，一时间，表演场上哭声与眼泪混杂在一起，操控了整个时空，女孩们几乎没有意识到录音机里的声音已经停止了，依然滞留在自己的情感世界中，她们被谢北桦感动，然后又为自己的内在情感推动，一直达到一种情感几乎失控的境地。

“好了，好了，同学们表现得很好。”董老师甚感满意。

有几个女孩趴在谢北桦的身上，久久不愿起身，好像谢北桦真的离开了。

董老师走过去，说：“北桦起来吧，今天做得很好，一下子就把同学们的情绪激发出来，你今天的牺牲没有白白浪费。”

谢北桦坐起来，柳丝丝情不自禁地挤过几个同学的身边，把她拉了起来，只见谢北桦的眼睛里也噙满了泪水，而柳丝丝的脸上，横溢的泪水划了几道痕，柳丝丝感激地说着：“活着真好，你能活着真好。”

两个女孩好像在那一刻有了某种默契，相互搂抱在一起，柳丝丝突然觉得，自己开始喜欢谢北桦了，喜欢在她身上体现出来的那种真实的感觉。她的冰冷，她的孤傲，在死亡的冷光面前，也变得可爱与可亲起来。

这一天，是柳丝丝在班级里最开心的一天。她觉得表演不是一个孤立的存在，它是相互通融、相互感染的，她第一次感到了集体的影响力。她似乎觉得自己开始留恋这种在虚拟的情景下，经历生死而拥有共同生命体验的感受。

回家的时候，她觉得应该把这种开心传播开去，便掏出手机，在手上摆弄起来。她看到储存号码里韩力护的姓名，突然觉得，首先应该告诉他自己的进步。

电话接通后，里面很嘈杂。好久没有听到声音，柳丝丝不悦地说道：“什么呀，不想接就不接算了。”

“这鬼信号……不好意思，现在好一点没有？”话筒里断断续续传来韩力护的声音。

“你这是蓄意破坏，我与你的直线距离，还没有一站地铁距离长，怎么信号这么差啊？你又没有跑到外星球。”柳丝丝埋怨着，当然仅仅是口头上的。

“外星球没机会，倒差一点跑到外国去了。”韩力护笑着说。

“喂喂，你知不知道我是谁啊？”柳丝丝听到手机里声音比较清晰了，便问道。

“哪能不知道啊？一听到你狠狠的口气，就猜到是某人啦。”韩力护说道。

“我狠你了吗？你冤枉人。我不理你了。”柳丝丝噘着嘴说道。

“不不，你没有狠，你是比较严肃，是关心的一种表现，这样说行了吧？”韩力护连声哄道。

“这样还差不多……喂，你刚才说什么？你上哪一个外国啊？”

“公司送我到日本总公司去学习哦，正在恶补日文呢。”

“真的？什么时候走啊。幸亏我今天打电话给你，不然你都成了日本人了。”

“什么呀？你以为我会赖在日本不走啊。最多培训一年，我又不是不回来。”

“上海人去日本的多了，回来的有几个？”柳丝丝说道。

“不，不，那是别人，我是我。你现在在哪里？”韩力护问道。

“我还在培训班上呗。难怪你不来上课了，原来有了更好的班，一看就知道你喜新厌旧。”

“其实我还是挺想念那个班的，”韩力护说道，“只是我也是代朋友去上课，无法分身啊。现在班上情况怎么样？”

“还能怎么样？喜欢就觉得有意思，不喜欢，还不是你说的浪费光阴呗。”

“我可没有这样说啊。其实我白天打过电话给你的，可没人接，你手机一定是关机了。”

“算了吧，课堂上老师不让开手机。不过，也没见你发一个短信来问候一下。莫非学日语了，中文不会说了？”

“呵呵，又是我不好，我赔礼道歉，届时请你吃日本料理。”

“你真是崇洋媚外，没去日本，就先想到日本风味。”

“呵呵。其实我最讨厌吃日本菜，半生不熟的，那随你点吧。”

“什么时候？”

“随你，只是，除了今天。今晚老师辅导我们口语练习，时间都定好了。”韩力护说道。

“真扫兴，算了，你忙吧。”

“明天早上，行吗？”

“早上有空闲吗？”

“请你到星巴克咖啡店，尝尝卡布奇诺。”

“这么好啊，明天我要去上课，路上我不能耽搁啊。”

“明天早上我去接你。”

“你能找到我吗？”柳丝丝笑道。

“你别忘了，我曾经送过你啊，我在下一站等你。”

“真的？”

“我干吗说假话啊。我在‘花木’那儿等你吧，你坐在窗口那儿，看到我，向我挥挥手。”

“哈，有意思，你可要说话算数。”

“要是我食言，你永远不理我。”

“行，考验一下你。”柳丝丝对着手机，点了点头，好像对方就在身边。

柳丝丝家住在御青花园的顶楼。这里毗邻城郊，在上海的地图上，这里曾经是这个城市的最南端，随着浦东的开发，城市失去控制地膨胀开来，新版的地图上，这里已经被新扩展的一块土地包裹起来了，逐渐有一种沦陷到内陆的感觉。

回到家里，照例是母亲在家。丝丝把自己到培训班学习的事情先告诉了母亲，母亲虽然抱怨了一番，但倒也没有怎么强烈地反对。父亲在苏州，一般一星期只回来几天，家中只有丝丝与母亲住在一起。

母亲四十多岁，原来在街道的工厂里，后来搬出黄河路，母亲就待在家里了。父亲被聘用在苏州的一家企业里，收入颇丰，全家生计倒也不愁。这两年父亲与母亲的关系稍有好转，丝丝记得有一年，父亲与母亲关系最僵化的时候，父亲连春节都没有回来过。

自从那一次莎莎发现了父亲与另一个女人的偷情事件之后，家里一度失去了宁静。丝丝父亲的老家在崇明，他是文革后第一批考上大学的学生，当时乡下老家的生活非常拮据，丝丝的父亲是在丝丝外公的资助下，在上海完成了学业。应该说，丝丝的母亲一家，对丝丝父亲一家在经济上给予了很多的帮助。

丝丝的母亲与父亲是姨兄妹，就是丝丝的奶奶与丝丝的外婆是嫡亲姐妹，中国人一直有一种现象，认为“姑表亲，代代亲；两姨亲，路旁人”，所以，两个姨娘的小孩结婚并无任何忌讳。这样的近亲结婚在旧时代是很常见的，中国现代文明的历程，拖了一个很长的尾巴，就像彗星划过天际，前部已经接近太阳，后部还浸泡在冰冷的夜空中。

丝丝对上一代人的生活履历不是很了解，但是她大致了解父母的一些情况。

文革期间，母亲下放到外地，当时上海人下放的地方，主要在黑龙江、安徽、云南以及上海市近郊的崇明岛。有着五个孩子的外公为了子女的去向问题，可谓绞尽脑汁。大女儿已经做了教师，是铁定留在上海的；两个残疾的女儿，被安排在街道工厂，也有合适的理由；最关心的小儿子去了安徽茶林场当了知青，斟酌再三，外公把丝丝的母亲弄到了崇明岛。

因为丝丝的外公来自崇明，那里有很多亲戚，可以对丝丝母亲有照顾的便利。当时，丝丝母亲就住在丝丝父亲的家里，毕竟两个人的母亲是嫡亲姐妹，这应该说是外公良苦用心的安排。

当时父亲在崇明做教师，母亲则在农场里干活。外公当时的用意,就有意想到把女儿嫁给丝丝的父亲。其实,丝丝可以感觉到，父亲与母亲一直没有培养出感情来。

也许本质上过分亲近的血缘关系，使父亲与母亲产生了一种排斥，知青生活是平淡而清苦的，根本没有产生浪漫的可能。两个青年人吃住在一起，但关系却很冷漠。

文革结束，第一年全国统考，父亲毕竟当过教师，有一定的数理化功底，外公从上海寄了一套当时一书难求的“自学丛书”，父亲考上了上海的复旦大学，这可以说是当年从农门跳进“龙门”的一个典型。

但是，丝丝父亲家太穷了，上大学的资金是由丝丝的外公出的。大学毕业，外公不由分说，召集崇明的亲戚来上海，公开宣布了这门亲事。两个并不相爱的男女，就在外公的安排下走到了一起。这就是丝丝了解到的父母亲的大致情况。

后来父亲与母亲闹离婚，一直闹到外公那里。当时外公在家里很有威信，说一不二。这种威信来自于外公一直以他的丰厚收入，养活了全家子女，把孩子培养成人。强大的经济基础决定了外公在家里的权威，家里的人谁也不敢忤逆外公。外公把母亲与父亲叫到一起，叫父亲跪在地上向母亲道歉，并严格发令，以后谁也不准再提离婚的事情。

家庭暂时得到了保全。对于丝丝来说，这是她最希望看到的事情。她觉得庆幸，她没有遭受这个分裂的家庭的伤害，孩子永远搞不懂男女两个人在一起还有感情一说，她只觉得父亲与母亲是两个最亲的人，以她为核心，她永远不会希望这一对即使是同床异梦的共同体解体。

在丝丝朦胧的印象中，她之所以非常讨厌莎莎，原因也就在这里。是莎莎揭开了父母不和的源头，让矛盾爆发出来，虽然在培训班期间，丝丝与莎莎有了一些沟通，知道了莎莎不应该承担那么多的责任，但她心里的阴影并不是一时半会儿能够消除的。特别是上次莎莎自作主张地为她介绍对象，让丝丝心底的怒气又一次爆发了。

父母没有给她爱，丝丝心中最喜欢的人是外公。外公是家里的天，那一阵，父亲与母亲闹离婚的时候，她一直生活在外公家。她当时好害怕，怕自己被爸爸、妈妈抛弃，但是外公用他的权威，用他说一不二的强势力量，扫清了父亲与母亲之间的纠葛与暗战，在这一点上，丝丝感到特别开心，她觉得有外公在，家里出什么事都不怕。

后来外公在一次出门的时候，无声无息地就倒下了。退休后的外公还被聘到辽宁葫芦岛造船厂当工程师，外公用意是很明显的，就是多挣一些钱，毕竟家里子女多，而他们大多数是下岗或者没有工作的，生活逼迫外公在退休之后还需继续找一份工作，维持一个大家庭的开销。

外公就倒在门口的小巷中，一倒下就再也没有睁开眼来。

外公去世后，黄河路那儿也待不下去了，这里由于进行特殊的城市改造，把大量的老居民拆迁迁走，从此，过去以外公家为核心的血亲成员，呈放射性地散布到城市的角角落落。

御青花园小区不算太大，它已经融入了上海多如牛毛的住宅小区的汪洋大海中。

小区的东边与北边各有一个门。东边的大门算是正门，可以开进汽车，而北边的门只是一个仅供单人穿行的小通道。早晨的时候，东门的大门处形成了一个小小的集市，来来往往的人流，令这里分外热闹。

779 路、969 路公共汽车的起始站点就在这个小区东门，这里成为小区居民出行的一个出发点。由于这是第一个班车站点，居民们懒散地进入停在这里的公共汽车，无需抢占有利位置，别有一种疏淡的与世无争的感觉。

柳丝丝不会忘记昨天与一个男孩的相约，但是，她心里存在着一份狐疑：他能真的兑现那个困难重重的约定吗？

柳丝丝乘上这辆公共汽车，还必须在中途换一次车，在塘桥站转乘581路公共汽车，由这辆车带她进入市区。她刚在车上坐稳，手机响了，果然是韩力护的声音，柳丝丝心里乐滋滋的，今天的早餐失落的风险，已经大大地减低了。

韩力护说他已经来到了“花木”站了，柳丝丝习惯在塘桥那儿转车，因为早一点换乘581路公车汽车，就可以在车上找到座位，离大桥那儿越近，581 路上面的座位自然就越少。现在既然韩力护在“花木”那儿等她，那么，她就再在 779 路上面多待一会儿吧。

向北的道路是在市区难得一见的宽敞的大路，望在窗外向后闪去的并不高耸的沿街建筑，柳丝丝涌上了津津有味的感觉。远处怪异的高楼，总是从低矮的临街建筑后边突兀地挺立起来，打破视觉上的平衡。上海的发展，就像一个一惊一乍的小孩，总会突然冒出一个不和谐的高音。最典型的就是外滩后面那些高高低低的楼群。

在“花木”站，一个男孩的身影跃入她的眼帘。柳丝丝向他挥了挥手，韩力护在站台边上，向她晃了晃脑袋，一副得意的样子。车子停了下来，柳丝丝跳下车子。

“你还算准时啊。”柳丝丝笑着对他说道。

“你准时了，我可没有准时哦。”韩力护踏着双脚，试图消除足上的疲惫。

“你能不能让我表扬一下？”柳丝丝白了他一眼。

“呵呵，你表扬我，我也要诉苦啊。你知道我在这里待了多久？为了你的准时，我是牺牲我的准时为代价的。”韩力护伸出两手，仿佛向天呼吁。

“你等了多长时间？”

“一个天文数字，你猜猜。”

“你不会从昨晚上就等在这里吧？”

“那也太夸张了吧。”

“如果没有超过两个小时，就不要再哭诉了。”

“哇，真的好伤心。你的印象中，只有两个小时才算正常的等人时间吗？”

“我猜你也没有那么久，最多等了十分钟。”

“算了，不想得到你的同情了。”

正说话间，道路那边过来一辆公共汽车，正是他们要等的那一路车。

上了581路公共汽车，还不错，柳丝丝在后窗那儿找到了座位。越往大桥方向，出现空座位的几率就越小。柳丝丝跑向座位，坐了下来，向边上让了让，手指座位，对接踵而至的韩力护说道：“让你歇一歇。”

“谢谢你。”韩力护双脚并用地坐到位子上。

“你从哪一条路过来的？”柳丝丝掉头望着他。

“别担心，我的腿没受委屈，再说，能在早晨的第一时间见到你，我算是三生有幸了。”

“讨厌，腻得让人什么都不想吃了。”柳丝丝用胳膊肘捅了捅他，韩力护只得举手告饶。

“我不说了好不好？嗯，我应该说一句开胃的话，就说——在第一时间见到你，我很扫兴。”

“哎，你存心不让我开心啊。”柳丝丝白了他一眼，“喂，你准备上哪里请我吃早点啊？”

“看车子把我带到哪里吧，随遇而安，怎么样？”韩力护一副不以为然的样子。

“糟糕，你知道这车子开到哪里吗？”柳丝丝看着车子驶上了大桥，吃惊地说道，“我都忘了，我应该到虹口的，与你讲话都讲忘了。”

“这不是开往人民广场的吗？昨天都说好了，请你到星巴克吃早点的，到人民广场的那一家店吧。”

“你看看都什么时候了？有大清早喝咖啡的吗？”

“呵呵，你知道美国人什么时候到星巴克去喝咖啡吗？百分之六十的美国人都是早上去喝咖啡，到咱们中国来，都变成晚上去喝咖啡了，这不是存心不让人睡觉吗？我们现在选择的时间，可是正宗的星巴克时间啊。”韩力护煞有介事地说道。

“真的？就算你时间选得有道理，可是我还要上培训班去呢。”柳丝丝脸上升起一丝焦急的神色。

“你还真当培训班是一回事啊？少一天课没啥了不起的。”韩力护轻蔑地说道。

“行行，不与你说培训班了，你自己逃学，不许干扰别人的积极性。”柳丝丝对他严词正告。

“你也好不到哪儿去，当初你逃学的积极性比我还高呢。”韩力护忍不住笑了起来。

“那是什么时候？其实昨天打电话就是想告诉你，我在培训班上老有收获的。可是，我当时没有说。”

“怎么不说了？”

“怕你笑话我。知道你一直看不起培训班，我一说培训班的好话，你就又是讽刺，又是嘲笑，讨厌死了。”柳丝丝噘起了嘴，像在诉说委屈。

“我现在不讽刺你行不行？只要你喜欢就行了。最近没有人再在培训班上胡说八道了？”

“说你三日不出洞，还真不知天下事了。现在换了一个童老师，她教我们如何发挥想象力，如何去塑造一个角色，我觉得挺有意思的，我还是挺喜欢表演的。那一天，我被感动得一塌糊涂。你不许笑我，我觉得投入到表演中的时候，真的很难受，不过，又觉得很开心。”柳丝丝显得语无伦次，但是她的表情是严肃的，无声中感染着韩力护。

“其实，你不表演的时候更可爱。”韩力护侧脸看着她，说道

“你什么意思？我表演的时候就不可爱吗？”柳丝丝对他瞠目以待。

“不是啦，你表演的时候更可爱。”韩力护连忙改口道。

“这还差不多。你看，为了你的一顿早饭，耽误我的学习了。”柳丝丝像一个迟到的小女孩那般嘟着嘴巴。

“我唯一能做的，就是请求你再惩罚我一次。”韩力护赔着小心说道。

“什么惩罚？自己报上来。”

“惩罚我再请你吃晚饭啊。”

“你想得美。你想让我陪你一天啊？”柳丝丝直了直身子，“我倒奇怪你，今天上班不怕迟到啊？”

“我上午的任务就是到一家客户取一份日文材料，时间嘛，由我掌握了，陪美女吃饭，比日文资料要有价值N倍了。”

“去，假公济私，自欺欺人，我被你害死了。”

“没关系，吃完早点后，感觉就不一样了，记得一句广告词吗？‘浓浓咖啡香……丝丝怀旧情……’”

“你越来越变本加厉了，拿我的名字开玩笑，我绝不饶你。”柳丝丝回首给了他一拳，“看看‘丝丝是不是全是情’，让你尝尝我的玉女掌法，能不能打掉你的油腔滑调。”

“冤枉哦。”韩力护挤眉弄眼，强化着柳丝丝击打的效果，“刚刚腿跑得又酸又疼，现在又平白无故地挨揍，全身无处不痛。”

“呵呵，你终于说老实话了，你今早双腿跑了多少路？”柳丝丝一扫刚才气势逼人的英气，关心地问道。

“没啥，腿再酸也抵不过玉女掌法的凌空一击啊。”

“我是真的问你，你赶过来挺早吧？”柳丝丝低着头，侧过身，望着韩力护。

“其实我有捷径啊。我乘地铁2号线，在龙阳站下了车，再坐上摩托车，就到了汽车站点了。”

“嗯，什么时候地铁通到我家门口就好了。”

“那时候，我就来去方便了。”韩力护说道。

“碍着你什么事啊？”柳丝丝用胳膊肘捅了一下他，韩力护再次配合般地苦苦叫了起来。柳丝丝毫不怜悯他，说道：“下一次再胡说，更有厉害的招数伺候。”

星巴克人民广场店紧靠着南京路，这是一座别致的两层建筑，楼上有一个俯瞰外面风景的小露台，这是它的可爱之处。

柳丝丝沿着旋转扶梯上了楼，她喜欢那个可以看得见风景的顶层。推开玻璃门，她走进人并不是很多的小露台，四顾眺望，这里的一切，都曾经是她童年时代所熟悉的。朝西边看，美术馆的那个带有前苏联风格的钟楼，略显疲惫地疙立在右首，好像仍铭刻着不肯退却的岁月风尘；朝楼下看，是被郁郁葱葱的树木遮掩得若隐若现的人民公园，在城市的喧嚣里，能找到这样一个品茗的世外桃源，真的让人开心。

韩力护在柳丝丝站着的栏杆边上找了一个空座位，坐下来，问道：“你吃什么？”

“喝的嘛，我要一杯抹茶星冰乐，外加芝士蛋糕。”柳丝丝回身说道。

韩力护到服务台点了后，回身来到露台上，见柳丝丝站在露台边缘，望着远方，便悄然地走到她的身边，轻声问：“看什么呢？”

“你问我？你看到什么，我就看到什么。”柳丝丝痴痴地笑道，跑到露台的另一边，悠闲地转着圈。

韩力护重新回到座位上，招呼她：“丝丝，你坐下来歇一歇吧。”

“不，我都坐累了。”

没多久，服务小姐端上了咖啡与点心。两个人在餐桌边坐了下来。

柳丝丝啜了一口星冰乐，甜甜的抹茶香味配合着奶油的清香扑面而来，醇香的味道溢满口中，柳丝丝满意地点一点头，却见韩力护盯着她看，不满地说：“你不吃早点，看我干什么？”

“看美女吃早点，本身就是一道美景。”

“去。你不吃，让给我吃好了。”

“真的？你吃得了吗？”

“当然了，我又不减肥。”

韩力护把自己的杯子放到她的面前说：“我还没有喝，你不嫌弃吧，我再去叫一杯。”

柳丝丝不置可否，韩力护便出去了一下，重新回来，柳丝丝把韩力护放在自己面前的杯子端了起来，品了一口。她并不是贪吃别人的一份，只是她好奇面前的这个男孩喜欢什么样的口味。她轻轻地抿了抿嘴唇，咂了咂舌头，道：“你喜欢焦糖玛奇朵？”

“还行，这是星巴克的独创饮品呢，不尝一下，也不知道星巴克的独特性吧。”

“我没有觉得有什么不同啊。”柳丝丝的眼睛睁得大大的，舌头舔着嘴唇，像沉浸在回味中。

韩力护说道：“我请那位服务先生向你介绍一下吧。”

柳丝丝不想有外人来干扰他们，刚想阻止他，但韩力护示意不远处的一个服务生，让他介绍一下焦糖玛奇朵。那位很帅气的男士，走到他们的桌边来，面向柳丝丝，向她介绍道：“焦糖玛奇朵的特点……是在蒸奶中加入浓缩咖啡和香草糖浆，然后覆盖上一层风格独特的焦糖，如果您品尝一下，一定会感到它口味香甜的质地，一种特别醇厚的感觉。”

“哦，我也喜欢上了‘焦糖玛奇朵’了。”柳丝丝夸张地低下头去，然后像广告明星那般抬起眉眼，灿然一笑。

“谢谢这位小姐对星巴克的赞美。如果你想了解更多星巴克的知识，我愿意为您继续服务。”那位服务生得体而温和地说道。

“行了，行了，等有时间再来听你的介绍。”柳丝丝说道。等他走后，柳丝丝做出一副大快朵颐的姿态，“有此美味，今天逃学也不枉此行了。”

“你这样想就对了，与其在那个培训班上浪费青春，不如到这里来享受人生呢。”

“哼，你的人生要求也太低了吧。”柳丝丝白了他一眼，“不过我觉得我的人生嘛，倒过得太快了。小时候在这里吃早点的事情，仿佛还是昨天呢。”

“那时候你就到星巴克来了？”

“哪儿啊，那时候有吗？小时候最喜欢到饭店里吃面与饺子。不过那个面馆早就不见了，星巴克、必胜客倒冒出了不少，世界不是在飞快地变化着吗？”柳丝丝的脸上挂着神往的表情。

“你年龄不大，倒开始怀旧了。”

“那说明我长大了呗。”

“越是小孩越要充老。”

“你才是小孩呢。”

“你挺像小孩子的。”

“真的？很伤心哦。”柳丝丝停住半边咬在嘴里的蛋糕，“我还没有长大。”

“小孩的天真有什么不好？我就喜欢小孩子。”

“你欺负人，你以为小孩就好欺负吗？”柳丝丝嘟起嘴来。

“小孩是用来喜欢的，不是欺负的，知道吗？”韩力护直直地望着她。

“你瞎说什么？”柳丝丝在韩力护的目光逼视下，先自软弱地退让了。她低着头，喝了一口杯中的咖啡，沉默了许久，然后她想到了一件事情，“哎，吃过早点后干什么？”

“听你的吩咐，你不是赶去上学吗？”

“我告诉你一个秘密。”

“什么？”

“这个咖啡厅的小门直通人民公园，我真想到公园里看看我还认识不认识了。”

“好啊。反正你逃学，我逃班，我们算是逃定了。”

“什么跟什么啊。”柳丝丝憋住笑，嗔怪地看了韩力护一眼。

狭小的露台，隐没在城市高耸的峰峦中间。在喧嚣的都市中，小小的露台，圈起一块难得清静的角落，实在有一些出人意料。

韩力护和柳丝丝从咖啡店的后门左弯右拐，来到了人民公园内。这里的空气非常清新，浓郁的树木疯狂地滋长着，连绵成一团绿色的空间。公园里人不是很多，大多是一些老人，各占要津，锻炼身体。相比之下，倒很少看到青年人。韩力护与柳丝丝走在这里，很有一点鸠占鹊巢之感，不由得放慢了脚步，仿佛怕惊扰这里的宁静。

“你看，刚才我们就是站在那里看这里的。”韩力护后退着，用手指向刚才待过的星巴克的小露台。

柳丝丝转过身，说：“嗯，现在我们是站在这里看那里了。”

“两处的风景不一样吧？”

“当然了，风景只能离开之后才能看的。”柳丝丝甩甩头发，轻快地说着。

“这倒也是啊，‘不识庐山真面目，只缘身在此山中’，只有跳出来，才能看到风景。刚才在楼上往下看时，只是绿荫一片，哪里想到林荫下还别有洞天呢。”

柳丝丝似乎没有听韩力护讲话，嘴角浮现出一抹微笑，女孩这种沉思中的微笑，特别富有魅力。韩力护忍不住好奇地多打量了几眼，怕柳丝丝指责他，便问道：“又想到什么开心事了？”

“我又想到了在幼儿园逃学的事了。”

“哇，你逃学的历史真悠久啊。”

“对人民公园的印象，最早的就是在幼儿园的时候了。我记得当时我的叔叔住在我家，姥姥让他送我去幼儿园，我不想去，缠着姥姥也要出去玩。姥姥没办法了，只好让叔叔带着我。我好开心哦，再也不用去那个冷冰冰的幼儿园了。我记得他带着我，去逛人民公园，还带我去看了中共一大会址，跑了好远好远的路。回来的时候，我跑不动了，让叔叔背着我……”

“天哪，你让人背得动吗？”

“什么啊，你以为幼儿园的时候，我也是这么大块头吗？”柳丝丝狠狠地扫了他一眼，“不过，后来姥姥家离开黄河路之后，真的没有机会来这儿了。那天晚上，我约你来，还是我工作以后第一次到这儿来呢。”

“真的？我与你一起重温旧梦，实感荣幸啊。”韩力护说道。

“不错，你是应该感到荣幸。”柳丝丝望了他一眼，转过脸去，望着四周说，“变化太大了，那边南京路上下沉式广场也要开通了。小时候我喜欢玩的天桥不见了，现在把什么都藏到了地下，唉，旧梦的感觉，也越来越少了。”

“那就做一些新梦吧。”

“新梦？”柳丝丝狐疑地看着他。

“就是……这个……为什么……不能有一些长大了才做的梦呢？”韩力护的目光疲惫地躲避着柳丝丝的追问。

“这个嘛，嗯，我现在梦想当一名好演员。”柳丝丝变得又快活起来，不自觉间，一种舞台上的虚幻的感觉笼罩了她的全身，“如果我在舞台上能塑造一个角色，那该多美，该多好？”

“你会实现的，”韩力护有口无心地说道，“你应该找一个正规的培训班，那个三脚猫的培训班是没有用的。”

“我不想与你争论这个问题，”柳丝丝打断他的话，“你又开始扫我的兴了，刚刚还说让我做一个美丽的梦想，唉，片刻之间，又被你剥夺了。”

望着柳丝丝脸上那种童真未泯的神情，韩力护突然之间，有一句话涌到了嘴边，忍不住想要说出来。他想说，我可以给你一个梦想啊。但是，他觉得自己还没有能力这样说，当你对一个女孩说你能支撑她的梦想的时候，实际上，你必须拿出你的全部。这个压力是很沉重的，每个男人都会在此刻掂量掂量自己。韩力护在想，未来他愿意为这个女孩奉献，但是这不是口头上的承诺，更不是言语上的欺骗，他必须掂量着自己的实力、自己的能力。在这一刹那间，韩力护僵持在那里，一言不发。

柳丝丝见韩力护没有声音，回过头来，见他的表情异常严肃，便呵呵地笑着说：“我是吓你的，我不会要你赔的。”

“如果我有资本，肯定会赔你的。”韩力护一本正经地说道。

“什么意思？难道只有钱才能赔吗？”柳丝丝尖锐地反诘道。

“可是世界上找不到一个更好的赔东西的办法啊。”

“你赔的是东西吗？你赔的是梦想，你连一个梦想都不赔，小气。”柳丝丝说完，忍不住笑了起来。

“可是梦想是要由现实来兑现的啊。”

“哎呀，你真啰唆，我谈的是梦想，你谈的是现实，根本不搭界。”

“搭界的。没有现实，就没有梦想。”

“算你对，好了吧，你怎么变成老夫子了？非要把我辩倒才行？知道怎么与女孩子说话吗？在任何情况下，都不应该与女孩辩论，你犯规了，我决定把你淘汰出局。”柳丝丝掉转身，哼着没有歌词的曲调，“啦——啦——啦——”一副绝尘而去的派头。

“丝丝，等一等，”韩力护追上去，“丝丝，你知道我的梦想是什么？说出来，你不许笑话我……丝丝，我喜欢你……可是这样的梦想，是不是你需要的呢？”

柳丝丝愣在那里，她嘴里哼着的声音也戛然而止，她很陌生地看着韩力护，脸上看不清一丝表情。韩力护像在等待审判一般地度过了把“喜欢你”喊出口之后这段空白而漫长的煎熬。然而，他失望了，柳丝丝一直这么愣愣地看着他，没有高兴，也没有愤怒，然后她掉转头，向另一端的公园出口走去。

“丝丝，你生气了？”韩力护紧紧地追了上去。

柳丝丝一边轻快地迈着步子，一边摇了摇头，她披散着的黑发，像瀑布一样荡漾着。

“丝丝，你不会生气吧？”

柳丝丝依旧用同样的频率与幅度摇了摇头。

“丝丝，怪我不好，我不应该用我的梦想，去干涉你的梦想。”韩力护像一个犯错误的小孩乞求着原谅。

柳丝丝猛地掉转头，把丝丝缕缕的头发甩开，露出她明亮的双眸，娇嗔道："你……你这个傻瓜，讨厌……"

她的脸上没有一丝一毫的愤怒，洋溢着一种心花怒放时才有的喜悦，还有那种少女无能为力、难以启齿的羞涩，好像她越是用激烈的语言抨击对方，越是可以掩藏她内心里真实的想法。她仿佛承受不了强大的压力，便用暴发性的语言来回敬。

正在这时候，柳丝丝的手机铃声响起来了。柳丝丝的口气变得温和了许多，对韩力护说道："等一会儿。"便接起了电话。突然之间，柳丝丝脸色大变，大颗大颗的泪珠从眼角流了下来，韩力护也惊呆了。

"她是被人害死的，"柳丝丝眼中噙着泪水，大声地对着手机说道，"是被那些房产商害死的，我知道，肯定是的……我知道，我知道，我不会错……"

柳丝丝呜咽着，单调地重复着她执着相信的结果，她甚至不是企求电话里的人相信，而似乎是要让地球上的所有人都相信她的判断。

她的嘴咧得很大，眼泪流过她的脸颊，触及她的嘴唇，她无暇去拂去泪水："她在哪里？在哪里？告诉我。我要去，不行，我现在要去……"

她认真地聆听着，然后对着手机泣诉道："龙华殡仪馆？我要去……我找得到……我一定要去……"

韩力护吃惊地看着发生在柳丝丝身上急转直下的神态变化，刚才还是一个巧笑倩兮的女孩，转眼间却哭成了一个泪人儿。他几乎找不到插嘴的机会。

柳丝丝放下手机，蹲了下来，呜呜地抽泣着，她飘散的头发疲乏无力地垂下来，遮住了她的面容，看不清她的表情。

韩力护低下头，陪伴着她一起蹲下来，轻声地问道：“丝丝，怎么了？”

柳丝丝抬起头，头发散了开来，哭着说：“你相信吗？我不相信。她是被人害死的，是被那些不良房产商害死的……我早就知道会这样……”

“是谁啊？究竟怎么了？”韩力护对女孩的哭泣束手无策。

“我小姨……你相信吗？前几天我看到她还好好的，突然死了……人躺在殡仪馆里，怎么可能？我不相信。”

“她是不是生病了？”

“不，她身体挺好……”柳丝丝咬着湿漉漉的嘴唇说，“刚才电话里说，她是被小姨父害死的，我不相信，他们是那么好，那么恩爱，姨父怎么会害死她？”

柳丝丝说完，刷的一声站了起来，也许起来得太猛了，她没有站稳，一个趔趄，向前栽倒，韩力护赶快伸出手去把柳丝丝扶住。柳丝丝很信赖地没有推开韩力护，像寻找依靠般地偎着他的身体，韩力护想把她扶稳，柳丝丝却把全部的重量压在他的身上，像被风吹动的柳条，没有一个支点。

“丝丝，你是不是不舒服？”韩力护嗫嚅地说道。和女孩的亲密接触，使他手忙脚乱。

“我恨那些房产商……是他们害死她的……”柳丝丝机械而单调地重复着。

“房产商为什么要害她？”韩力护怎么也联系不起来。

“小姨真傻，我早就劝她……不要给人家看房子，她偏偏不听，那些房产商看她不肯迁走，就害死她……”

“怎么会这样？真的会这样？”韩力护吃惊地问道。

“是的，我看的……事情是不会……错的。这……太黑暗了……”丝丝艰难地吐出断断续续的声音。

“丝丝，你不用太伤心了，事情的真相肯定是会查清的。”

“是的，肯定会恶有恶报的。”柳丝丝从韩力护的身上移开她的身体，站稳身体呜咽道，“我要去……我要去看我的小姨。”

“你这样能去吗？刚才听你说，是不是龙华殡仪馆？”

“你知道在哪里吗？”

“不知道啊。但听说过，鲁迅的文章中提过龙华。”

“那有什么用？”

“我们可以去问一下。走，我陪你一起去。”韩力护紧跟着柳丝丝后边说道。

“不用你去，我一个人去。”柳丝丝歪歪扭扭地走着。

“好吧，你在前面走吧。”韩力护无奈地说道。

韩力护用手机打通了问讯台，然后辗转问到了龙华殡仪馆的地址，其实只用乘地铁 1 号线在中途一站下来，走几步路就到了。

柳丝丝默默地在前面走,韩力护走在旁边。柳丝丝走得并不快，倒是韩力护指点着柳丝丝走路的方向。乘上了地铁，韩力护一直紧随着丝丝。在人民广场站上车的时候，车上的人很多，两眼红肿的柳丝丝把身子朝向里面，可以看出，她不想让人看到她泪流满面的样子。韩力护用身体遮挡着她，挡住可能关注她的视线。

在韩力护的提醒下，柳丝丝下了车，然后懵懵懂懂地往前走，一路上，她一声不吭，那样子很吓人。韩力护却不知道该如何安慰她，只是慢慢地尾随着她。

在地铁出口的过道上，柳丝丝突然停下来，然后拉住韩力护的手，把他拉到一个旮旯里。在这个站台上，下来的人并不多，空旷的过道里，看不到一个人影。韩力护惊愕地望着柳丝丝的眼睛直对着他，却不知道说什么。

“力护，我真的难受死了，”柳丝丝把手搭在韩力护的两臂上，那样地自然而随意，“我觉得活着真的没有意思，为什么人要活着啊？一点趣味都没有。”

“丝丝，你不要瞎说了，活着不是很好吗？你小姨去世，你更应该好好地活着啊。”

“活着真难受。人为什么活着那么痛苦啊？”柳丝丝睁着空洞的眼睛，茫然地看着韩力护。

“你很难过，我能理解，但你怎么能怀疑活着呢？”

“我不会相信，一个好好的人，突然之间就不存在了，我真的不相信。力护，你刚才说，你喜欢我是吗？”柳丝丝咬着牙说道。

“刚才，我那是……”韩力护有一些莫名其妙的狼狈。

“你不承认了？”柳丝丝有些失望地看着他。

“不，我是喜欢你，从在公交车上第一刻起，我就喜欢你了。你这样可爱的女孩，怎么不让人喜欢？可是，我不想让你失望，特别是现在……”

“为什么要失望？你喜欢我，我真的好开心……”柳丝丝在说出内心的感受的时候，却没有一点欢愉的表情，“可是，你会不会因为爱我，而杀了我？”

“你越来越瞎说了，”韩力护反过手来，把柳丝丝搂在怀里，“不准你胡思乱想了，我会永远对你好，永远让你快乐、幸福。”

“这是真话？”

“我为什么要骗你？”

“可是我的小姨父为什么会杀死小姨呢。我看到他们很恩爱，是天下最恩爱的夫妻，但却是姨父杀掉了小姨。”

“也许有什么原因吧，也许根本不是这样。”

“我真不知道该相信这个世界上的什么了，”柳丝丝缓慢地说道，“眼睛里看见的，与实际发生的为什么完全不一样？我真搞不懂什么是真的，什么是假的。最亲爱的人，会杀掉对方，你相信吗？”

“丝丝，我不相信，我站在你这一边。”韩力护抚摸着柳丝丝的双肩，他没有想到，这个在他的眼中一直尖锐乖戾的女孩，竟然小鸟依人般顺从。

柳丝丝把头靠在他的肩膀上，轻声地说道：“你要对我好，你不要杀我。”

“你这小傻子，净说傻话。我保护你还保护不过来呢，我怎么会杀你？”

“也许……”

“不准你说也许。也没有‘也许’，只有一个‘可能’。以后不准说那些不吉利的话，知道吗？”

“嗯。”柳丝丝轻声地在他的耳边答应着。

柳丝丝在龙华殡仪馆里几乎迷失了方向，正当她彷徨无主的时候，她听到一个熟悉的声音在叫她，她掉过头来，只见莎莎站在不远处，向她挥着手。

这大半个月来，柳丝丝一直没有理睬莎莎。那一次，莎莎为她介绍对象，把柳丝丝对莎莎刚刚恢复的一点好感又荡涤干净了。然而，现在在这个阴森而冰冷的环境里，柳丝丝却觉得心里一暖，刚刚止住的泪水又忍不住流了下来。亲情的依偎在死亡的威胁下，竟然变得那么温馨而珍贵。

柳丝丝迷迷糊糊地跑到莎莎身边，软软地靠在莎莎的身上，像在寻找着一点安慰。

“这是真的吗？小姨真的死了吗？”柳丝丝有气无力地说道。

“你进去看看吧。奶奶、姑姑他们全在那里。”莎莎指了一个方向，有一点心不在焉地推开了柳丝丝。

柳丝丝脚步不稳地顺着莎莎指的方向，走向远处的建筑物。莎莎木然地看着柳丝丝的身影，她看到在远处的廊檐下，家里人已经招呼柳丝丝了。莎莎松了一口气，但是压抑在心中的苦闷，仍使她浑身乏力。

手机铃声突然震响了。现在她听到手机铃声，就条件反射地引起一阵抽搐。在最近这一段时间里，莎莎觉得发生的事情太多了，几乎超过了几年来发生的众多事情的总和。她与小穆萌生了感情之后，一直磕磕碰碰，有时候感到非常甜蜜，有时候又充满敌意与对立。原以为很简单的顺其自然的爱情，一旦有了亲密接触之后，竟然要受到许多严峻现实的考验。那天晚上，小穆对她床头藏着安全套大发雷霆，愤而出走，似乎预示着他们的关系就此画上了句号。但是，有了亲密接触之后的两人，总被一种暧昧的剪不断、理还乱的迷雾纠缠着，令人分辨不出方位，找不到东南西北。

于是，一个电话，一个短信，便好像就可以荡涤两个人关系中的冰冷隔膜，重新在肉体的紧密依偎中，再次找到一种亲近的快感。因为惧怕那种冰冷的感觉再次来临，所以每一次的肉体接触便更加猛烈，更加维护对方，更加愿意在潜移默化中把快乐送给对方。从某种意义上讲，这种爱情像一种垂死的挣扎，像死亡来临之前竭泽而渔的攫取。这是情欲还是爱？两个人没有人能知道，情欲与爱本来就难以分开，在那种情欲的相互体验中，他们似乎感受到了一种最强烈的爱意。这种爱意使人留恋，使人不愿正视现实，不愿去回到现实中来，只想在一种虚拟的精神领域里，感受那种感官的愉悦与亲密。

莎莎在开始的时候，告诉过小穆她曾经是钱盛钟的情妇。这一点，她不想隐瞒，这是人所共知的事实，是明摆着的事情。而他们当初的口角，往往就是在这一点上。她可以感觉到，小穆为此曾经难受过很长时间，在他们最初的两性关系中，小穆一直在床上问钱主任的性能力如何，他们怎样发生性关系。男人天生有一种好奇的心理，特别是在对女人过往经历的好奇上。这一点莎莎非常讨厌，不过她竟然奇怪地容忍下来了，也许这就叫爱？或者，这是她被迫接受的副作用？后来，他们的关系进入了风平浪静的秋天，小穆很少再问她过去的私密生活了，他们就进入了一段相对温情脉脉的融洽时期。

在那样的情况下，莎莎让小穆帮助她完成了一件她过去从没想过的阴谋。她让小穆来到她的办公室，扮成劫匪，把她捆绑起来，然后拿走保险柜里的所有现金。再由小穆找小兔，让小兔和小穆一起来到现场，发现莎莎被绑架的现场。通过这种办法，她成功地劫走了钱盛钟的十多万元，并直接把钱汇到了阿溟的银行账户上。

然而事情并没有结束。在莎莎看来，事情做得天衣无缝，她抓住了钱盛钟因为忌惮“山寨培训班”而不敢报案的心理，肆意地玩出了这一招贼喊捉贼的把戏。但是有一天，一个神秘的电话打过来，里面的那个富有磁性的声音，说他知道她玩的这一套监守自盗的游戏。是的，那个男人强调说：这是一个游戏。

所以莎莎听到电话铃声，就像惊弓之鸟一样浑身瑟瑟发抖。

莎莎担心的那个磁性的声音没有出现。那个声音总是很奇怪地过三四天就响起，但当莎莎问他究竟想做什么的时候，那个声音只是平和地说：你放心，我不会告诉别人的。

刚才的电话是阿溟打来的。阿溟告诉她，小火非常感谢她，特别是十万元钱的事情。莎莎头脑里嗡嗡直响，只是干巴巴地应着，既没有客气，也没有多说一句话。阿溟简略地告诉她，小火因为最近感冒，又在松江一个镇上的医院里住了一段时间。医生说，要把她的病彻底治好，不能留下后遗症。莎莎几乎没有听清楚阿溟讲的是什么，显然，电话里的阿溟觉出了莎莎的不耐烦，便挂断了电话。

莎莎无力地倚着墙，觉得气都喘不过来。今天骤闻小姑妈突然去世，她的心情雪上加霜。内心的焦虑与失去亲人的伤心，一起撞击着她的思绪。

但是，更使她感觉可怕的就是电话里那个幽灵般的声音，是谁对她的一切了如指掌？

莎莎怀疑是钱盛钟。但是，她没有发现钱盛钟背后对她有什么旁敲侧击的询问，最近一段时间以来，用钱盛钟自己的话来讲，他正在紧锣密鼓地融资，以把他的产业做大，他不像过去那般纠缠自己，而这正给了自己与小穆走到一起的机会。

“小全姐，干吗呢？”一个女人的声音叫她。

不用转身，莎莎就知道是小兔。今天刚上了培训班，莎莎就接到了父亲打来的电话，说小姑妈去世了，当时她觉得脸颊发烫，两手发冷，几乎站立不住。已经上班的小兔赶忙扶住她，看她脸色不好，便陪莎莎来到了龙华殡仪馆。

“我想一个人待一会儿。”莎莎头也不抬地说道。秋天的空气很干燥，阳光曝晒着，到处是澄澈的一片，给人一种此地非人间的虚幻感。太清晰的世界，总使人觉得不真实。

“真可怜，我眼泪也控制不住了。”小兔在身边轻声地说道。

“怎么了？”莎莎不知道小兔指的是什么。

“丝丝那个小丫头，哭得我不能再待在里面了。”

“这小丫头重感情，我知道。”莎莎说道。

“她不停地哭，说是房地产公司的人杀了她的小姨，这小丫头，身上还有刚强的一面。”

“反正死得是有些奇怪，这事公安部门的人调查着呢。”莎莎随口一说，无意中提到了“公安部门”，自己的心中也是一紧，她发觉自己内心恐惧的源头都在这里。

“是很蹊跷，早就听说那些房地产公司的人无恶不作，对拆迁户什么手段都用上，看那些没迁走的，就雇用流氓来恐吓你，难保他们不会下毒手。”小兔说道。

“不管怎么说，事情总会查个水落石出的。丝丝没有人劝她吗？”

“没用，谁劝她都没用。丝丝一口咬定，小姨是被人害死的。”

“我能理解她的心情，”莎莎低声地说道，“就在一个多月前吧，我还和她去过小姑妈看守的那个拆迁房，当时他们一家过得挺好的，哪里想到现在发生了这样的情况？”

“你们家向公安报过警了吗？”小兔问道。

“听说报过了，警察已进行过尸检了。小姑父还在医院里，警察也调查过了。”

“那应该很容易查清楚啊。两个当事人还活着一个，应该知道是不是有人害他们的。”小兔说道。

“是啊，应该不是一件复杂的事情，搞清楚并不难。”莎莎望了一下小兔。

这一望，却见小兔脸上一脸的迷茫，她盯着来来往往的人流，似乎发现了什么。只见有两个男人正向外走，其中一个人穿着警服，另一个穿着西装。那个穿着西服的男人，也留意地看了一下小兔这边。

莎莎看到警察的身影，禁不住两腿发软，幸好朝这边看的是那个穿西服的，如果是那个警察的话，相信莎莎立时就会倒在地上。

那个穿西服的男人，突然扬起手，向这边挥了挥，引得那个警察也朝这边看过来。

莎莎头“嗡”的就大了，觉得下一幕就是警察拿着手枪向她跑来，把她押进车子里。

幸好,什么事情也没有。只是小兔怯生生地应了一声:“嗨……”穿着西服的男人得到了小兔的回应，似乎确认了是他认识的一个人，便大踏步地走了过来，大声说道:“你好。”

也许小兔的模样太容易留给人深刻的印象了，她不美，丑女孩往往比漂亮女孩更容易区分，因为丑可以说是一种独特性，而像小兔这样丑出个性的女孩，还真的不容易寻找。

“是你，你怎么到这里来了？”小兔看到那个男人很是热情，心里热乎乎的。

“呵呵，我不值外勤了。”那个男人走到她们不远处，爽朗地笑道。

“你是……”小兔惊讶得合不拢嘴。这个男人正是她前一段时间在地铁相亲时遇到的那个男人，当时那个男人把小兔丢失的手机给追回来了。不过那时小兔还以为这是一个专门打抱不平的怪人呢，现在从他的口气来看，小兔立刻明白了过来，说道：“你原来是警察？”

“怎么，你现在才知道啊？我还以为当时你就知道了呢。”那个男人笑道。

“是是，我怎么就没有想到呢，我真笨。”小兔懊恼地拍了拍脑袋，“真是笨到家了，笨死了。”

“不是你笨，是你没有去想而已。茫茫人海中，这样擦肩而过的人真是太多了。”那个男人宽容地微笑着说。他的身上有一种特别的亲和力，一如那天在地铁时给人的独特感觉。这种感觉融化了小兔心理上对警察本能的抵抗与反感。

身边的莎莎赶快用手拉了拉小兔的衣服，在身边的这一对男女滔滔不绝的时候，莎莎大致可以感知到那个陌生男人的身份，对于警察本能的恐惧又袭上心头。她一直想暗示小兔快一点结束这没完没了的寒暄，但小兔却没有停止的意思，反而把莎莎都给牵出来了，而且还提到了那一个神秘的手机失踪案。

小兔根本不理睬莎莎在边上给她的提醒，扬起手来，指着莎莎说道：“这是我的朋友，全姐。”

那个便衣警察向莎莎微微一笑，在小兔的衬托下，莎莎简直像仙女一样。莎莎也轻启樱唇，面含笑容，欠了一下身子，说了一声：“你好。”小兔很骄傲地碰了碰莎莎，似乎在暗示着身边的这位美女是她很铁的姐们，一位丑女孩需要的不是一个陪衬，她更喜欢身边的靓丽女孩给她带来的特别荣光。那个便衣警察接着小兔的话题问道：“你的手机丢了？”

“那是很久以前的事了，后来也找着了，没事的。”莎莎大事化小地说道。

“那就好。上海的治安还不错，但也不能太大意哦。”那个警察一副王婆卖瓜的神情，“唉，怎么，你们到这里吊唁？”

“是啊。我陪全姐来的,她的亲戚去世了。”小兔抢着说道,“你呢？也是来吊唁的？”

“半公半私吧。”那个警察说道，“我刚刚从外勤调回来，坐办公室真不习惯了，所以陪朋友在这里做一点调查。”

“什么调查？”小兔的话太多了，莎莎恨不得用手搁在她的嘴巴上，堵住她的嘴，不让她再无休止地问下去。

“就是那个跳楼自杀的女人。她的家属认为有他杀的嫌疑，我那位朋友是搞法医的，要对尸体进行解剖。”

“什么？你也是为这个事来的？”小兔放任地尖叫起来，在莎莎看来，大为失态。

“怎么，你也知道？”

“那位死去的女人，是我们这位全姐的亲戚呢。”小兔又继续爆料。

“哦，那真是太巧了。”便衣警察又向莎莎看了一眼。

“现在有什么结果？”莎莎不得不继续问下去。

“还没有。估计要做一下基因化验，得回去之后才能有结果。”警察平和地解释道。

“那有了结果，你能不能帮忙打听一下？”小兔想到莎莎方才对真相的关注，很乐意地在这里面牵线搭桥一下。

“行。到时我打电话给你吧。我那个同事等得不耐烦了，我得和他先回去了。”

“你知道我电话吗？”小兔依依不舍地说道。

“忘不了，我对数字特敏感。”那个警察边说边走远了。

第十六章

寒风下，树叶飘落，像心灵的声音，消失于无迹。

厚厚的玻璃，隔开了外面的世界，朝南的病室，在阳光的抚慰下，弥漫着一种不曾退却的温暖。小火没事的时候，就站在窗前。低于窗户的树上，还残留着最后的叶子，在叶子的缝隙里，是医院里七岔八拐的小路。

小路的南边是药房，护士们每天从药房里出来，用小推车装载着药物，从面前的砖石小路上推过来，老远就能听到隆隆的声响。在医院待久了，其实知道医院是很静很静的，走廊上大部分时刻都很安静。一阵吵嚷后，又恢复了宁静。

从上海来到郊区的镇医院，小火这一段日子明显变胖了。没事的时候，她对着窗户玻璃照镜子，她看到了一个面色红润的女孩，仿佛又找到了很久以前的小火。

镇医院对探视时间没有限制，虽然病房里有一点杂乱，但倒显得随意。每天都是阿溟送饭来，阿溟烧了鱼汤，逼着小火吃，小火吃得发厌，嘴里觉得没味了。小火就会冲阿溟发火，阿溟只是傻笑，好像小火朝他发火是她天生的使命。

小火早就想出院了，但医生不让，说她呼吸道仍有炎症。小火每天就站在窗户前，看着前面出入病区的小路，像一道咽喉要道，可以随时在上面捕捉来来往往的人。

她总是在人影中等待着阿溟，当阿溟的身影从人群中闪现的时候，她的心便漾起了一阵温暖。

今天是星期天，阿溟说好来陪她的。出于这样的心理，她中午在床上休息一下之后，便站到了床前，俯瞰着门前的小道。

与预期一样，她看到了阿溟的身影从病院的边门进来了。过了一会儿，当阿溟推门进来的时候，她跳起来，搂了一下他的脖子。

病房里有三张床，里床是一个患肺气肿的老人。也许是顾忌这一点吧，阿溟不太自然，把小火的手拂开了。

小火朝他嗔了一眼，让阿溟坐到床沿上。

这么静静地坐着，小火说："我想到楼下散散步去。"

阿溟便陪着她下楼，走入侧面的小花园。

两个人坐在长椅上，温情的阳光射下来，让他们身上多了几份秋天的暖意。

"阿溟，我想明天出院。"

"医生同意了？"

"不晓得。反正我待够了。"

"医院还算宽敞的，我那个地方，还不如这里呢。"

"再小也比医院好啊。"

"这倒也是。"阿溟说道。

"阿溟，你永远不嫌弃我？"

"你又提这话了。我都说过了，以后不许你再这样说。"

"好，听你的，我不说了。"

小火沉默着，然后她艰难地张开了嘴："阿溟，你怎么从来不问我？"

“问你什么？”

“问我为什么上次突然跑了？”

“过去的事情，还问它做什么呢？”

“那也不是过去的事情啊。”

“反正，我只要看到你的现在就行了。”

小火把头歪了一歪，依偎到阿溟的身上说：“你这个人什么都好，就一点不好。”

“什么地方？”

“就是对我太好。”

医院里的时光，给人一种苍白的感觉。也许这里的所有颜色都是以白色为基调吧，甚至洇染了这里的生活。

秋天的阳光也是苍白无力的，似乎医院里的阳光，也更加脆弱无力。小火坐在医院东花园的长椅子上，有一点瑟瑟发抖，阿溟向她靠了靠。

“阿溟，你想不想知道我前一阵子上哪里去了？”

“不想。”

“真的？你不想听，我以后不会告诉你了。”

“无所谓了。你不告诉我，肯定是有你的道理的。你告诉我，肯定是你觉得有必要了。”

“告诉你，你可不要怪我。”

“那你就不要说好了。”

“不说，你更会怪我。现在不怪我，你以后也会怪我。”

“怎么会？小火，我早就说过，只要有你在，我就满足了。”

“傻瓜。人怎么可能没有过去呢？没有昨天，就不会有今天啊。”小火平静地扭过头，朝他笑笑。

“昨天的事情，也与我无关啊。”阿溟斟酌着说道。

“你真讨厌，好像一副无所谓的样子。”小火故意嗔了他一眼，“我要告诉你，告诉你我的过去，那就意味着那不再是我的过去了。”

“那是谁的过去了？”

“那就说明，那个过去，真的过去了。”

阿溟伸出手臂，搂住小火的肩膀说：“小火，这样不也是挺好的吗？”

“是挺好的，”小火喃喃地说道，“那一天，你约好我跟你走，我当时就要走的时候，却又偏偏碰到了他。”

“谁？”阿溟有一些戒备地看着她。

“就是那个男人。”小火舔了舔干燥的嘴唇。

阿溟沉默了，在这特有的语气状态下，他心领神会地明白小火说的那个男人是谁。他不是不知道小火曾经有过男人，但在大多数情况下，他都在努力使自己忘却那个男人，那个在小火记忆中的男人。这也是阿溟从来不过问小火过去的原因。

“碰到他之后，你就跟他走了？这就是你失约的原因？”

“嗯。那一次，我约好到车站等你，可是鬼使神差地偏偏碰到了他。”

“你还喜欢他？”阿溟干涩地说道。

“不知道，只是看到他的时候，我的脚就走不动了。”

“他很帅吗？”阿溟奇怪地问道。

“他比过去更胖了，像一个老男人，呵呵。”小火惨淡地笑了笑，在秋天的光线下，她连笑容都是惨白的，“可是不知为什么，看到他，我就像失去了魂似的。他是我爱上的第一个男人，后来他到浙江做生意，好久没有见到他了。我以为在心里已经把他忘掉了，可是看到他的时候，我的心却怦怦直跳，脸上发烫，就像失去了控制。忘掉一个人可能真的很难吧，他毕竟是我交往的第一个男人。”

“他现在还在浙江做生意？”

“他现在到上海开了两个饭店，他说现在正缺人手，希望我能帮他负责一个饭店门市。”

“他很有钱吗？”阿溟扶着小火的手，就像碰着一块火红的炭一样，烙得两手难以贴靠。

“嗯。”

“那你跟他也不错啊。”阿溟心不在焉地说道。

“钱倒是次要的，看到他，我觉得有特别温暖、特别舒服的那一种感觉。”小火不紧不慢地循着自己的思路说下去，“他的一切，都是我喜欢的。以前我说过吧，我喜欢他孩子身上的那种奶香味……”

“那你为什么不跟他？”阿溟古怪地问道。

“他让我在他的一家餐馆里住……”

“他有没有……”阿溟似乎被感染上了寒意，问道。

“没有。他对我真的很好，”小火淡淡地说道，“他不野蛮，这也是我喜欢的地方。再说，他身边不缺少女人。”

“那你后来怎么突然跑到培训班上了？”

“在那里无所事事，他一直准备开一个新餐厅，说等那个餐厅开好了，就让我去负责。我整天在他的饭店里，吃喝都是现成的。有一天，下了很大的雨，我闷在房间里，实在太无聊了，便到大堂里去，看到他的孩子过来了。我认得他的孩子。现在成了大人了，孩子长得真快啊。过去我经常到他家去，当着他妻子的面，吻这个小宝宝，现在长成一个小大人了。我当时愣在那里，我突然感到，我已经不再是昨天那个小女孩了，昨天的小孩子都长成大人了，我再也不应该像过去那样漂泊不定了。那时候，我突然产生的一种感觉，就是我长大了，不再是一个依靠男人的小女孩了。我突然明白，我一直有一种恋父情结，我喜欢他，就是想寻找一种依靠，一个安全的港湾，现在我愿意继续跟着他，也是因为他让我感到温暖。但是，我不能一辈子靠在别人身上取得温暖啊，要是我继续跟着他，我就永远不会长大。我心里乱极了，控制不住自己走到那个男孩跟前，小时候他很喜欢我，可是现在他却认不得我了。我走到他身边，问他找谁。他说，我找爸爸。不知为什么，我感到很感动，因为他的那种对爸爸的感觉，竟然也是我的感觉。我难受死了，外面下着雨，我一口气跑出来了。我要找我的生活，过去的事情，再也不属于我了。我虽然很难过，但也有一种解脱。那一天雨下得好大，我到培训班的时候，浑身都淋湿了，到了那儿，我一点劲都没有了，就倒在那儿的台阶上了……”

阿溟把小火紧紧地搂在怀里说：“小火，我也会对你很好的。”

“我知道，正是知道，我才会回来的啊。”

“只是我没有钱……你别说话，我会挣很多钱，让你也过上幸福的日子。你相信我。”

“我没说不相信你啊，只是你会不会生我的气？”

“我干吗要生你的气啊。”

“我跟别的男人跑了啊。”

“你不是又回来了吗？我们在一起，就比什么都好。你的事情，其实你都翻来覆去说了多少次了，以后你不要再提什么原谅不原谅的。在我的心中，你是最纯洁的。”

“你真的想娶我？”小火抬眼向上看着阿溟。

“只要你肯嫁，我就肯娶。”

“没有你娶，我怎么嫁啊？”

“你不同意嫁，我也没法娶啊。”

“那娶和嫁谁在先啊？这又不是先有鸡还是先有蛋的问题。”

“好吧，我这样说，不管你嫁不嫁，我都要娶你。”

“你这是巧‘娶’豪夺。”

阿溟憨厚地笑道：“明天出院，我们就去领结婚证，这下不怕你再跑掉了。”

“瞧你，要么一点不急，要么就是一天不能等。你以为结婚是那么容易的事啊。我的身份证、户口簿都在家里呢，还得给家里人说好了啊。”

“我心里急得很呢。”阿溟用带一点的暧昧笑容看着她，小火深知这种笑容里的含意，当即不客气地给了阿溟一记重拳以示警告。

第二天，阿溟与小火办了出院手续。这一段时间以来，断断续续的时光，都耗在福尔马林浸泡的气味里，已让人对医院生出一股留恋之情。

但当真的离开医院，那种迫切的心情才像离弦的箭一样，不可阻挡。射出的箭，就再也回不来了，心情也是如此，远去的思绪一旦萌生，就再也不想因循老路啦。

终于走出了医院，路上寒风清冷，小火蒙着厚厚的围巾，只有一双眼睛，滴溜溜地闪着波光。阿溟觉得，这才是真正的生活。

他在想，趁早与小火领了结婚证，就不怕她再远走高飞了。

他们在门口打了一辆出租车，行了不远的路，就到了小镇的东郊。阿溟在这儿租了一间房，位于三层楼上。离开上海市中心，这里的房租就像飘在水上的落叶，一点不压人。

阿溟租住的房间靠着路口，一楼是一家饭店，因为饭店占用了楼上的一个房间，所以，阿溟几乎是带着小火从人家的饭店里上到自己的那一间宿舍的。

地方不大，但小火可以看出，阿溟把房间整理过，显得干净而整齐。除了客厅之外，还有两个房间，阿溟腾空了自己的床，把小火的东西放在了床上。

小火里里外外地看过屋子，阿溟在边上咧着嘴，尾随在后边，嘿嘿地笑着："地方小，条件差，嘿嘿……"

"你以为我找宾馆啊？"小火白了阿溟一眼，"唉，你把床让给了我，你睡哪儿啊？"

"你没看见那有沙发呢。这沙发放下来，可以当床的。"阿溟赶快跑过去，准备示范。

"我睡沙发吧。"小火说道。

"那怎么行，还是我睡沙发。"

"那是你的床，我这不是抢了你的床了吗？知道一个典故吗？鸠占鹊巢。"小火过去在宾馆里当服务员的时候，认识许多文化人，常常能学上一些文绉绉的调侃语言。

阿溟闻听，大惊失色道："小火，你的学识，我真的佩服得五体投地了。"

"别别，你还是给自己的身体找一个落脚之处吧，这床就给我了。"小火坐在沙发上。

“别争了，床也不是什么好床。小火，等我们以后真的结婚了，买一张大床。”阿溟有一些紧张地注视着小火。

“去你的，”小火的嘴角圈起一个笑涡，“你以为我嫌弃你的床小啊。床再小，我也喜欢。”

小火安顿了下来，她还是睡在阿溟的那张单人床上。

第十七章

寒冷的风呼呼地吼叫着，在城市的高楼大厦之间穿行，就像在山谷间游荡。高楼间的穿堂风异常猛烈，一旦走过高不可攀的高楼，一股强烈的冷风便刺上脸来。上海的冬天阴湿湿的，似乎比北方的那种干燥的寒冷还要难受。这样的天气，真不是约会的好时节。

严馨婷踮着脚尖，她情不自禁哼起一曲家乡的黄梅戏的乐调。今天培训班放假，章苏尔约她到市中心见面。

严馨婷是从南京路下车的，辨明方向之后，觉得时间还早，便顺着北向的路，向淮海路走去。对这个不算熟悉的城市，她依然喜欢找准城市的重点坐标，然后以这一重点标志为参照点，走向新的方位。

章苏尔在电话里告诉她，先逛淮海路，然后到豫园吃小笼点心。这一切几乎重复着上次他们从外滩到豫园同样的路线。

在那一次两人携手到豫园的路程中，严馨婷献出了她的初吻，也让她最美好的记忆，留在了那一个城市的特别的时间与地点。

所以，章苏尔一提到那个地方，她便不假思索地答应了。

恋人的相约，在很多情况下，是对旧梦的重温。只要第一次找对了地点，以后的约会基本会重蹈旧辙。就像山林里的小兔子一样，它们出去寻食的时候，喜欢走老路。

在淮海路与西藏路口，严馨婷看到了光明中学的招牌，在城市林立的建筑物里，一所学校倒像是城市里一个宁静的港湾。

电话响了起来，不用问肯定是章苏尔的。严馨婷一边接着电话，一边向四周望去。

马路的对面，一个男孩向她招着手。严馨婷举起电话，也向他扬了扬手。然后，她瞅着空子，走到对面。章苏尔便伸出手来，她微笑着把自己的手，放在了他有力的手掌里。

“冷不冷？”章苏尔侧过头望着她。

“冷，有点。不过，不冷。”严馨婷对自己的语无伦次也有一点好笑。她不知道章苏尔究竟问她什么冷不冷，她开始的理解是，天气冷不冷，后来想到可能章苏尔问她的手冷不冷。

章苏尔也笑着说：“我知道你的意思。你是说你的手不冷吧，不过我觉着你的手冰凉冰凉的。”

“你怎么猜得这么准啊？”严馨婷笑道。

“不是猜，我是听懂你话中的意思罢了。”

“家乡人，就是这个好处喽。”严馨婷抿了抿嘴，好骄傲的样子。

“是啊，看到你就觉得特别亲切，好像上海就是咱们那儿的山沟沟。”

“到处是一座座山峰，比我们家的山还要高。”严馨婷抬头望着那此起彼伏的大楼。

章苏尔望着她凝神注视的神情，姣好而妩媚，便悄悄地凑过去，在她的脸颊上亲了一下。

“你好讨厌，吓死我了。”严馨婷鼓着大大的眼睛，瞪着他。

“你好可爱。”章苏尔拉着她的手臂，身子离她远一些，怕她会突然袭击他。

“你那嘴，都被这城里惯坏了，甜得让人受不了。”严馨婷故意噘起嘴来。

“说到嘴，我倒想起来了。想不想吃排骨年糕？走……”

章苏尔让严馨婷等他一会儿，然后来到路边的鲜得来排骨年糕店，不一会儿就拿着一包东西过来，两人一边吃着，一边手牵着手往前走。看身边的女孩吃东西，那是一件最有趣的事情。章苏尔看着严馨婷谨慎地把糯糯的年糕放入嘴里，似乎怕唇上的唇彩沾到糕片，她小心翼翼地伸出细细红红的舌头，把年糕卷入嘴里。

“你吃东西真有趣。”章苏尔忍不住笑道。

严馨婷两腮运动着，没有办法讲话，只得用大睁着的眼睛对他的讽刺表示警告，待终于腾出嘴来，她说道：“你犯规了。”

“犯什么规啊？”

“女孩吃东西不准看，知道吗？”

“不知道天下还有这个规矩。”

“现在你知道就行了。”

“这是你定的？”

“这是特别为你定的。”

“真惨，为什么我要受到这个不公平的待遇啊？”

“因为你的眼睛看了不该看的东西。”严馨婷一边说，一边把排骨放入嘴里，炸得异常松脆的排骨，在她嘴里纷纷融化。她的手扭着章苏尔的手，尽力把他的身子扳了过去，不让他看她吃东西。

“好了，好了，我服输行了吧。”章苏尔只好求饶。

“和平手段对你行不通，只好武力征服了。”严馨婷得意地松了手上的劲，章苏尔乖乖地作臣服状。两个人沿着马路向东边走去。

“苏尔，瞧你挺高兴的，有什么事啊？”严馨婷揩干净了嘴，问道。

“没有事就不能找你啊？”章苏尔又递过一张餐巾纸，然后，头靠在她的发丝上，悄声说，“我想你了。”

“真的还是假的？”严馨婷停下脚步，望着他。

“这也有假的？”

“那你为什么偏偏今天才说想我呢？”严馨婷追问了一句。

“其实我天天想你哦，只是前一阵子太忙哦。”

“你是不忙才想我啊？你把我当成什么了？”严馨婷又把嘴噘起来。

“我忙，也是为了更好地想你哦。”章苏尔说道。

“嗯，这个借口倒挺不错的。”严馨婷洞若观火地笑道。

“馨婷，这是真的。这次来，我是向你道别的，可能好久我们都不能见面了。”

“为什么？”严馨婷吃惊地看着他。

“是这样，你知道我这几个月都干了什么吗？我简直像一个投机钻营者，拉关系、攀领导，什么事我都干了。”

“是不是为了自己的进步？”严馨婷问道。

“算是自己的进步吧。我们的一个分管信贷的副行长也是安徽人，他对我挺好的。你想一想，如果我一直在营业大厅里，要在上海买房子得什么时候啊。”

“你买房子了？”

“正在考虑啊。你想我们以后在一起，没有一个房子怎么行啊？”

“你说什么，什么我们不我们的？”严馨婷的脸上升起一层红晕。

“馨婷，自从上次我吻了你之后，我一直在想，要是我娶了你，一定让你成为天下最幸福的人。你说我能不为我们的将来考虑吗？要在上海安居乐业，首先必须要有房子啊。现在买一套房子，首付少说也得一百万，光靠我这么一点杯水车薪的工资，哪能买得起啊？”章苏尔说着，见严馨婷没有吱声，只顾看着自己的脚走路，便停下来，问道，“馨婷，你听见没有？”

“人家听着嘛。”严馨婷低着头，小声地说道。

“同意吗？”章苏尔没头没脑地说道。

“同意什么？你买房子，要我同意什么？”严馨婷的眼睛朝向他，却没有看着他。

“不是，我是说……”章苏尔看着严馨婷漠然的样子，有一些口拙词穷。

“那你买房子与你找领导有什么关系？”严馨婷突然跳过让章苏尔尴尬的话头，问道。

“有关系，也算没有关系吧。我套领导近乎，就是想调到信贷部去啊，一方面收入要高一点，另一方面，与社会接触面也广一点。”

“这就是你最近忙的事情？”

“嗯，这就是我要告诉你的。副行长对我特别照顾，这一次，我们行一家单位破产清收，行长特意把我带去了，可能要好长时间不能回来呢。”

“不会吧，上海虽然很大，但也不至于远到天边吧。”

“那家单位在浙江，破产清收已经好多年了，现在到了最后的清收时期，估计时间也不会太长吧，事情倒不是很多，只是要在浙江待好久时间。”

“难怪你要说走啊走的，原来是这个事啊。”

“是啊，这就是我来找你帮忙的原因了。”

“我能帮上什么忙啊？”

“帮我解决怎么不想你啊。”

“我有什么办法？”

“求求你，让我带你一块走吧。”

“你带得走我吗？”严馨婷笑了起来。

“把你放在口袋里，放在皮包里……”

“你放得了吗？呵呵。”

“只要你同意，我就能放了。”

“好了，同意你了。”严馨婷点了点头。

“真的？”

“当然是真的了。”

“我说的是真的。”章苏尔转过身，正面朝着严馨婷。

“我也是真的。”严馨婷一脸严肃地回应着他，这让章苏尔有一点无所适从。

“你知道不知道我的‘真的’是什么意思？”

“傻瓜。”严馨婷突然笑了起来，她的脸上的表情都活跃起来。

“你拿我开玩笑，你坏。”章苏尔作势要扑向严馨婷。

“是你不相信人。”严馨婷莞尔笑道。

“我相信你，那就是说‘真的’了？”

“你问得好烦人啊。”严馨婷转过头去，径直走开，“你以为我是一个很随便的人吗？我都把……吻……给你了，你以为我开玩笑啊？”

“馨婷……”章苏尔被一阵狂喜激荡，他看着严馨婷向前走去的身影，几乎无法表达他内心的狂喜。他猛地追上去，一把搂着严馨婷的腰，如果这是在没有人迹的地方，他一定会把严馨婷抱起来，转上三圈。

豫园里人山人海，好不容易挤到九曲桥处，愣是无法再向前动弹。两人只好退了出来，在外面的一间餐厅，吃了中饭，严馨婷说想回去了，章苏尔陪同她回去，一路上两人叽叽呱呱，谈得十分投机。

他们在路上转了好几路车，来到严馨婷租住的地方。她是与同事一起租的屋子，两个套间，一人占一个套间。同事不在，严馨婷进了屋子，便把自己的房门扣住了。

在午后的阳光下，两个人似乎有无尽的话要倾诉，谈到了过去认识的人，谈到了童年的回忆，一种特有的温馨弥漫在心头……

章苏尔把严馨婷的身子放在自己的腿上，让她的唇对着自己，托着她的头，把她拥到怀里，对着她丰润的闪着唇彩的唇，缓缓地靠了过去。

严馨婷的嘴唇开始的时候没有动弹，只是被动地听任着章苏尔的吮吸。但是，渐渐地，她像阳光下解冻了的冻土，慢慢变柔，变酥，然后把她的细细的舌头，伸进他的嘴里。她的口中，还带着刚才吃的排骨年糕的馨香味，仿佛那是她嘴里最真实的感觉，章苏尔从她的舌中，捕捉着这唯一可以感知到的存在。

幸好人类的舌头上没有倒刺，不过，严馨婷的舌头，就像一块被小狗含在嘴里的狗骨头，章苏尔啧啧有声地吮了一个遍，好像要把嘴里的水分都吸干。于是，严馨婷便抽出她的舌头，用手狠狠地击打着章苏尔的手，微嗔道：“你干什么？疼死了。”

“真疼吗？”章苏尔贴着她的脸笑着说。

“你要把人吃掉了。”严馨婷可怜巴巴地说道。

“谁叫你嘴里这么香。”

“你想吃狗骨头啊，你还没有吃够啊，早知道刚才那块狗骨头就给你吃好了。”

“小傻瓜，那是猪骨头。你以为狗吃的就是狗骨头啊？”章苏尔纠正道。

严馨婷也笑了起来：“我也被你弄晕了。”

“我还要。”

“要什么。”

“狗骨头啊。”

“去，想得美。”

“苏尔。”严馨婷在章苏尔那一番亲热过后，叫道。

“什么？”

“你不要太累着自己，我对你的要求不高，有房子更好，没有房子也没啥。我们毕竟才工作几年啊。再过十年买房子也不迟啊。刚才在路上，听你的打算是挺好的，我们是需要钱，但我最需要的是你，不要为了钱把自己逼得连人格尊严都没有。你要上进不错，但也不能尽靠那些找关系、找后台啊。”

“我知道，你是说我不应该到浙江去？”

“这倒也不是，你外出闯闯也是对的，我是说你要把好一个度，不能脑子里太想着钱了。”

“不会的，我脑子里只有你。”

“那就好。”严馨婷心满意足地偎在章苏尔的怀里。

女人有时的确像圣母，特别是激情过后，女人的圣母气质，是安慰男人肉体失落的最佳精神支柱。总说男人兴奋过后，会立刻进入梦乡，但是，一个男人更乐意的是在女人的怀抱里入睡，他享受到的是母爱般的抚慰。也许，每一个男人在女人面前都是一个长不大的孩子。

第十八章

全莎莎放下电话，仍心有余悸。电话是小穆打来的，但是，她现在形成了一种条件反射，一听到电话铃声，就全身战栗。

定时打过电话来的那个浑厚的男人声音，并没有带给她太多的威胁，但可以听出他的声音中包含着一股胸有成竹的力量。

那个男人的声音更多的是与她有事没事地闲谈，好像手里掌握着她的把柄，可以为所欲为地占用她的时间。

从那个男人断断续续的谈话中，莎莎大致了解到，钱盛钟欠了他许多钱，现在他要向钱盛钟索要这笔钱，但钱盛钟一直托词不还钱。所以，他要莎莎做的事情，就是让莎莎把钱集中到账上，下面的事情就不需要她问了。

莎莎分管的是培训班这一块账，账上并没有多少钱，一旦钱到了一定数额，钱盛钟的老婆必定会把账转走。财政大权，他老婆看得很紧。但是，钱盛钟仍然会让莎莎截留下一部分钱，这是钱盛钟的一个小金库，知道的也只有莎莎与钱盛钟两个人。

莎莎没有把小金库的事告诉那个神秘的男人，她考虑来考虑去，觉得唯一能做的，是先答应那个男人的要求，把小金库里的一笔钱转到培训班的账上，现在也只有这个源头有钱了。下面的事，也只能走一步看一步了。

莎莎在心里盘算着如何让钱盛钟同意把小金库里的钱转到

培训班的账上。她必须寻找一个理由。编什么理由呢？场地租用费？电脑编辑机的费用？但是这些理由都不足以让钱盛钟同意转账。

莎莎对钱盛钟还算了解，在钱上他不是一个刻薄的人，对莎莎也是比较信任的，男人嘛，只要喜欢一个女人，都知道用钱去讨好女人。这么长时间，莎莎也没有显示出对钱的特别野心，这也是让钱盛钟放心的原因。现在要让钱盛钟同意从小金库里列出一笔款来，莎莎知道，还必须动用自己的魅力，让男人忘乎所以，这样办事情就容易多了。

自己与小穆好之后，她基本没有让钱盛钟触摸过她的身体，这倒不是对钱盛钟负责，而是她对小穆的负责。她不想让自己的身体刚刚走出一个男人的怀抱，又送给另一个她喜欢的男人。有时候钱盛钟见到她的时候，还是喜欢对她搂搂抱抱，莎莎也会控制着一个度，不让钱盛钟对她太过放肆，每次被钱盛钟碰过之后，她是又洗又搓，恨不得把自己剥了一层皮。现在，她不得不把自己精心打扮一下，约了钱盛钟到培训班上见面。

今天正是星期天，钱盛钟的侄儿小钱把他送来后，便被钱盛钟支走了。事情出乎莎莎想象地顺利，看到培训班上要支钱，钱盛钟开始还一本正经地要看账，但莎莎不高兴了，对着钱盛钟扭了扭屁股，佯作生气地说："我不想问你这个烂账了，你还是交给你老婆管吧。"

看莎莎甩摊子，钱盛钟赶快转过脸来，对莎莎提出的要求全部答应，然后又称莎莎为"小乖乖"，让她过来让他"欢欢"。

钱盛钟把莎莎放倒在腿上，在她全身上下摸了一个遍，莎莎过去对他也不是十分讨厌，男人嘛，都是这么一回事，但自从认识小穆之后，她的感觉不一样了，最明显的就是对钱盛钟没有感觉了。过去她还曾经为钱盛钟看上别的女人吃醋，现在她对钱盛钟做什么都不以为然了。

钱盛钟过罢手瘾之后，就对莎莎大倒苦水，什么老婆管得紧啊、现在欲望没有了啊，莎莎一边听着，一边笑着，劝他去看医生。

正当钱盛钟欲进行新一轮按摩的时候，外面传来喇叭声，小钱的车子来了。钱盛钟满脸遗憾，在莎莎的颈项间狠狠地亲了一下。莎莎的皮肤特别敏感，她知道，老钱这一啃，肯定在她的脖子里留下一道红印。过去钱盛钟最喜欢的就是对着她的脖子又啃又咬，一夜过来，她的颈项间像是一块印着红唇印的白布，到了夏天，她都不敢穿低领衬衫。

钱盛钟悻悻而去，莎莎对着镜子里看了看，果然洁白如雪的脖子上，浮出一团红肿，过了片刻，那里就会洇染出一片红红的印子。

莎莎想到早上小穆对她的邀请，想想现在也没有什么事，便又打了一个电话，告诉小穆自己要来，然后开车前往。

来到小穆的地下室，她脖子上那一道闪电般的红印，自然无法逃出小穆的眼睛，小穆问她："怎么了？"

"刚才不小心在教室那儿碰了门框。"莎莎的脸上腾地一下红了，但小穆显然没有在意，他只以为这是女人娇羞的模样。

在刚才钱盛钟吻过的地方，小穆再次把他的吻印，印了上去，而对莎莎来说，那种感觉完全是不一样的。为了这种不一样，她愿意把自己最好的部分留给面前的这个男人，她对小穆是毫无保留的，只要小穆需要，她愿意把没有给予别人的体验，都毫无保留地馈赠给他。

手机铃响的时候，莎莎好长时间才从梦境中回过神来。

她以前没有中午休息的习惯，但今天与小穆在床上太疲惫了，不知不觉两人相拥着睡着了。

莎莎找到自己的手机，发现是丝丝打来的。

“是丝丝吗？”

电话里没有声息，只有一个女孩的啜泣声。

“丝丝，你怎么了？”莎莎急迫地说道。

“不知道，我难受死了。”

“你病了？”

“没有。”

“你在哪里？”

“我在家。”

“姑妈呢？”

“不在家。”

“丝丝，你别吓我，我就去看你。”莎莎尽量温柔地哄着她。

小穆用手捻着莎莎的头发，问道：“谁呀。”

莎莎放下手机，心里像是压着一块石头：“就是我那小表妹呗，你见过的，小丫头感情太专注了。”

“哦，就是上次你要……那个的那个小丫头啊，她怎么了？”小穆支着胳膊看着她。

“哎，我的小姑，她的小姨娘突然跳楼死了，这小丫头整天都哭哭啼啼的，心里就是放不开，怎么劝都没有用。”

“你小表妹倒挺重感情的啊，现在这样的女孩还真不多哦。”

莎莎用被子掖好自己裸露的胸脯，悬空着身子对小穆说道：

“我介绍给你的女孩还会有错吗？在我的眼中，她是最好的上海女孩了。性格嘛，上海小丫头都是那样的，火爆爆的，都是惯坏了的，可是心地善良就并不是所有女孩具有的了。可是你不要，只好算是你没有福了。”

“没有得到表妹，得到表姐也不错啊。”小穆用自己的手，抚摸着莎莎光滑的背部。

“你上当了，表姐哪里有表妹好？我还正替你惋惜呢。”

莎莎从小穆处告别出来，小穆一直送她到了楼下。莎莎刚走了两步，小穆突然追了上来，问道：“要不要我陪你去？”

“不了，人多了反而不好。”莎莎停下来，她可以看出小穆眼中留恋的神情，“我只是去陪陪她，也不需要说什么的，有一个人陪她说说话，估计她心里会好受多的。”

“晚上，你来不来了？”小穆有些羞涩地说道。

“你还想啊？”莎莎笑着问他。

穆炎瞅了瞅周边，见没有人，便悄声说道：“我只想搂着你就行了。”

莎莎抿嘴羞涩地笑了：“看情况吧，如果有空，我会赶过来的。”

莎莎开车开向浦东，来到柳丝丝的家。柳丝丝开了门，一句话不说，返身又站到了阳台上。

莎莎跟着她，只见丝丝的眼睛肿着，脸上挂着泪珠，目光显得很迷离，莎莎也没有说话，只是搂着她的小表妹。

柳丝丝显然一直站在阳台上，看着外面的空地。柳丝丝微微地把头贴靠过来，这让莎莎心里涌起了一种感动的情绪。自从上次为柳丝丝介绍对象，柳丝丝对她一直冷脸相向，但现在她可以感觉到，小表妹已经原谅了她。

“丝丝，还在难过啊？”莎莎见柳丝丝没有讨厌她，才敢问她的话，“别难过了，事情都已过去这么久了。”

“表姐，我后悔死了，要是上次能把小姨劝走，离开那个地方，就不会出这样的事了。”柳丝丝说道。

“丝丝，你不要后悔，这事无论如何怪不到你。而且，你也知道，小姑的死与房产商是没有关系的。”

“有关系，肯定有关系，她是被人害死的，小姨父是不会害小姨的。”柳丝丝执拗地说道。

“这个事情不要去想它好吗？丝丝，你现在要做的，就是不想这件事，现在不管怎么想，也不会让小姑活过来了。”

“我做不到，”柳丝丝的眼泪哗地流淌下来，“表姐，我是不是真的没用？我不能不想。”

“丝丝，怎么会呢？你是最好的女孩，我一直这样想。小姑不在了，我也很难受，可是你再难过，也不会把人救活啊。把自己照料好了，小姑也会高兴的。”

“表姐，我真想去当面问问小姨父，如果真是他害的小姨，我要当面责问他，为什么要害我的小姨？”

“别，丝丝，你千万别胡思乱想了。我们全家都恨死小姑父了。你想他多残忍，就这么把小姑从楼上推了下来。”莎莎的两手紧紧地捏着柳丝丝颤抖的肩膀。

“不是他推的，他是与小姨一起跳下来的，肯定是房产商逼他们一起跳楼的。如果是小姨父害小姨，他会也跟着跳下来吗？”柳丝丝深思熟虑地说道。

“这里面的细节，公安部门肯定会搞清楚的。上次我们不是听说了，小姑父一点没有否认是他推小姑跌下楼的？”

“那他为什么要那样做啊？我一直想不明白的就是这一点。在这之前，我们去看过他们，你看他们多好，怎么能相信小姨父会害死小姨？”柳丝丝含着泪，口齿却异常清晰，可见这一系列的问号已经折磨了她很久，她迫切需要把这些疑惑释放出来。

“这是很奇怪，”莎莎不能不在心里承认柳丝丝的疑问是有道理的，但这毕竟是属于上辈人的事情，她找不出理由回答柳丝丝，“也许我们都太小了，难以理解这一切吧。”

“这有什么难以理解的？关键是没有人去理解，没有人想去了解。”

“也许你说得是对的。但是我想，反正小姑已经死了，再去弄清楚这一切有什么意义呢？”

“不弄清楚我会难受死的，”柳丝丝说道，“我越来越不懂这个世界了,我觉得好害怕。你说这个世界上还有什么真正的感情？我不相信小姨父会害了小姨，要是不搞清楚这一切，我会永远对这个世界失去信心，我现在对这个世界失望极了。”

莎莎没有回应，也许柳丝丝是对的。她不仅是为了小姨的死而难受，而是为了这一死亡事件中人类感情的无能为力，这才是让柳丝丝真正痛苦与难受的原因。莎莎一直觉得自己对柳丝丝有一种愧疚之情，过去她偶然卷进了柳丝丝父亲的偷情事件，几乎让柳丝丝的家庭分崩离析，这给柳丝丝的思想带来了很大的伤害，现在她真的想找出理由，能给柳丝丝一点感情上的安慰。柳丝丝对感情、对亲情的失望，才是她痛苦的真正原因，可是，莎莎无法改变事实，她所了解到的事实，就是如此简单：小姑父把小姑推下了楼，然后自己跳楼自杀。在思辨上，莎莎远不像柳丝丝思索得那样深广，她只能搂着可怜的小表妹，但却无可奈何。

“表姐，我想去找小姨父，我要问他为什么要害死小姨。”柳丝丝突然扭头对着莎莎说道。

“傻丫头，小姑父现在还住在医院里，我们家里人恨不得杀了他才解恨，你还想去见他？别做傻事了。他是一个杀人犯，知道吗？”

“就算他是杀人犯，我也要当面问他，问他怎么那么狠心把小姨推下楼。”

莎莎看着柳丝丝眼中坚毅的神情，感到一种恐怖，小声说：“丝丝，求求你了，你千万不要去见他，想到他我全身都发抖。我们家里人没有一个想见他的，你更不能见他。”

“为什么？”柳丝丝不解地问道。

“他疯了，他是一个魔鬼，他看到人就会杀的。”

“我不怕他，就算他是魔鬼，我也要让他低头，让他服罪，让他难受，让他知道他的可恨。”

“丝丝，别傻了，你无论如何不能生出这个想法了。他对我们家的人肯定是恨之入骨的，当心他会害了你。”

“他为什么要恨我们家？以前，他对我们不是挺好的吗？”

“那是以前，他能害小姑，就能害你。”莎莎已经语无伦次了，她要想尽办法，阻止柳丝丝脑中出现可怕的念头。

柳丝丝没有吱声，莎莎觉得自己的劝说也许发挥作用了。她提议带柳丝丝出去散散心，柳丝丝同意了。

莎莎开着车子，驶出了御青花园，开上了沪南路，一路向北行驶。

“你喜欢逛什么地方？”莎莎问柳丝丝。

“没劲，什么地方都不想逛。”柳丝丝回答道，不过她的神情不像开始那样黯然了。

“走，那边是不是‘易初莲花’？我们就到那里逛逛吧。”

车子停在杨高路口，莎莎与柳丝丝下了车，向左行了一点，果然看到“易初莲花”分店。

两个人抱着无所事事的心态走了进去，这里空间不算很大，分上下楼，两个人像约好了似的，乘着电梯上了二楼。二楼的空间更显得窒闷，杂陈着各类衣服、百货，一楼多以食品为主。

莎莎一个人看了一会儿衣服，发现自己只有一个人，便回过头找柳丝丝，但却没有见她的人影，心里有一点慌张起来，便叫道：“丝丝。”

这么叫了两声，柳丝丝从一个柜架的缝隙中走了出来，莎莎上去，拉着她说：“吓死我了，我还以为你跑丢了呢。”

“表姐，我都这么大个人了，能丢得了吗？”

莎莎看着柳丝丝的脸，气色比刚才要好一点了，觉得带她出来逛逛这个办法还是对了。

这时手机突然响了起来。

莎莎才想起自己的烦心事，刚才一门心思劝慰柳丝丝，把这个小姑娘的心情给说开朗了，可是仍没有从根子上除去自己心中的不快。

她掏出手机，原来是小兔打来的。

小兔在电话里说了半天，大致是说她与那个警察联系过了，知道了莎莎小姑的化验结果。商场里的空间回旋着一种嗡嗡的声音，手机的声音总是听不清楚，小兔说得也是杂乱无章，但总之有一个意思，就是警方那里的消息：莎莎的小姑的确是小姑父推下楼的，不存在着柳丝丝说的开发商害人的可能。小兔还说了对小姑的化验结果，下面的话就听不清楚了，可能小兔说得太专业了，莎莎一时弄不懂。小兔挺热心，她问莎莎在何处，叫莎莎到她的住处，当面详细告诉她了解到的情况。

莎莎放下电话，正想进一步劝说柳丝丝，如果小兔那里打听到消息，倒省去了自己的开导，便对柳丝丝说："培训班上的那个小兔有小姑的消息，我们一起去和她谈谈。"

柳丝丝心结没有解开，听说有关小姨的消息，当即就答应了。

见到小兔，小兔就叽里呱啦地说开了。她了解的情况，并不是柳丝丝所关心的内容。她仍然搞不明白，究竟为什么小姨父会杀了小姨。

她唯一从小兔那儿知道的内容就是小姨父所在的医院。自从小姨父跳楼之后，双脚一直不能动弹，一直在医院里抢救，小兔现在说他的病情已经稳定了。

柳丝丝这一方的亲人自然不会去看这个杀人凶手的，没有人知道小姨父所在的医院的名称，现在从小兔这里打听到了他所在的医院，也算是柳丝丝今天最大的收获了。

莎莎表姐是不可能带自己去的，那么，谁可以帮助自己去破解心中的不解之谜呢？

小兔与莎莎两个人谈完了主要事件，又悄声地谈起了什么，这里面没有柳丝丝关注的信息，但柳丝丝可以看出，小兔对那个警察颇有好感，现在她低声与莎莎交谈的时候，脸上挂着一副幸福的甜蜜笑容。

这种笑容提醒了柳丝丝，她突然间想到了韩力护。这个在培训班对她唯命是从的男孩，或许不会拒绝她的要求。

柳丝丝走出小兔的屋子，来到阳台上，拨通了韩力护的电话。电话里的那个男孩，与柳丝丝预期的那样，没有拒绝她的请求，而且可以听出他声音里的兴奋之情，一个男孩更看重的是女孩约他去完成一个任务后面隐秘的信赖。

第十九章

第二天黎明，柳丝丝早早地起了床，来到小区门边，韩力护果然已等在门口。他要从他居住的东郊赶过来，即使择优选择交通工具，也需要一个小时。柳丝丝心里有一丝感激，她突然觉得，在这个世界上，她已经私下里把他看成是最亲密的人，可以一起共享她的秘密，并且去解开她的谜团。

她曾经对感情失望过，父母的不和以及小姨父杀死小姨的残酷事实，使她对感情充满了惧怕与失望，她的心里没有可以慰藉的港湾，面前的这个男孩似乎是她的最后期望，但他真的有她想象的那么好吗？

不错，他现在对她很好，从培训班开始，他就样样迁就她，样样以她为中心，这似乎满足了她貌似刚强与刁钻的性格，但是只有她知道，她内心里是怯弱而敏感的。她对男孩的严厉，只是她讨厌男孩对她的亲近。而韩力护显然已经越过了她最初的防御，获得了她的信赖。她知道，这时候她失去了主动，成为别人感情的操纵目标。而面前的这个男孩，还真的会对她百依百顺吗？

779 班车停在起始站上，还没有动弹。车上几乎看不到一个人，甚至连驾驶员还没上车。

“你知道今天陪我去看谁吗？”柳丝丝问道。

“我知道，你昨天都告诉我了。”韩力护说。

“你现在后悔还来得及。”柳丝丝冷冷地说。

“为什么要后悔？”韩力护有些奇怪。

“你去看的是一个杀过人的人。”

“不会吧，那不是你的小姨父吗？”

“可是他杀了我的小姨。”柳丝丝生硬地说道。

“你不是不相信的吗？丝丝，我是相信你的，只要你不相信的事，我也不相信。”

“你真的相信我？”

“我相信你的判断，丝丝，你在我心中永远不会错的。”韩力护悄声说道。

“韩力护，你不要对我太好。”柳丝丝好像说着一件遥远的请求。

“我没有对你太好啊，我只是相信事实而已。至少，我现在觉得你是一个勇敢的女孩，你重感情，重情义，你愿意为了心中的那一份感情，去尝试一下，去冒险一下。这一点，我非常佩服你。”

“可是我并不勇敢啊，我很胆怯，我也很紧张，这也许是我把你拉来的原因吧，你不会恨我吧？”

“为什么要恨你啊？我怎么会恨你？”

“因为我把你拖来，让你来陪我。”

“我很乐意陪你去冒险，如果这也叫冒险的话。要是有谁伤害你，我可以挺身而出，不会让你有危险的。”

“我不是怕这个危险，小姨父还躺在病床上不能动弹，他能把我怎么样？只是我怕承受不了心理上的打击，我觉得眼前一片黑暗。”

“丝丝，所以你要调整心态啊，你看太阳出来了，天下很光明哦。”

柳丝丝朝窗处望去，太阳从东边的铁皮屋上升了起来，这是一个明媚的冬日的早晨，柳丝丝被这温暖的阳光吸引住了，把自己沉浸在这透过车窗的阳光里。

韩力护坐在车座外面，他看到，阳光闪烁在柳丝丝头发的边缘，她的全身笼罩在一种炫目的光束中，她的肌肤在阳光的照耀下，镀上了白银一样耀目的毛边，焕发着一种无与伦比的圣洁。

他在心里说：女孩，我愿意为你做任何事情，哪怕让我死去，我愿意把所有的危险挡在前头，只要让你幸福，让你永远这样美丽。我愿意为你的圣洁，停止我的生命。我不会让你小姨父杀你小姨的悲剧重演，永远都不可能。

来到病院重护病室，柳丝丝让韩力护等在楼道边，她自己走进了病房。

柳丝丝拒绝了韩力护陪她进去的请求，韩力护不放心她一个人进去，柳丝丝温柔地对他笑笑，用她的手抚摸了一下他的手，似乎用一个安慰让他镇定，这使韩力护有一点受宠若惊，他觉得柳丝丝居然在这样的情况下，反过来安慰他，真有一点不可思议。

柳丝丝问清了病房，一步步地寻找着她要找的病室。

一个病房的门开了，走出了一位中年妇女，柳丝丝认识她，她是小姨父的姐姐，曾经见过几次面，现在她在照应着躺在床上的小姨父。小姨妈这边的人，自然不会来看望的。

柳丝丝站住，好像等待着那个妇女抬头。

中年妇女几乎碰到了柳丝丝，才猛地抬起头来，她惊讶地看着柳丝丝，问道：“你是丝丝小囡？”

“嗯。”柳丝丝点了点头。

“你来这里看病人？”中年妇女仍然无法相信自己眼睛似的看着她。

“我来看小姨父啊。”柳丝丝平和地说道。

“丝丝……”那中年妇女抓住柳丝丝的手，眼泪哗地就淌了出来，“丝丝，你是个好心的小囡，你那杀千刀的小姨父，对不起你们家啊……”她哽咽着说不出话来。

“姨娘，小姨父现在怎么样了？”柳丝丝反过手来，抚摸着中年妇女粗糙的手。

“他能怎么样？还不如死了好，活着人不像人，鬼不像鬼的，作孽啊。要是当时从楼上摔下来，跌死了也算了。你看现在要死也死不了,还要人服侍他。”中年妇女气愤不平地说道。可以看出，她也在发泄着心中的怒火。

“他神志还清醒吧？”

“腿骨断了，胯骨碎了，头脑倒没受什么损害，就是一声不吭，他心里也难受啊。”

“我搞不明白，他为什么要害死小姨。”柳丝丝脱口而出。

“他也从不和我们提起这事，也没人敢问他这事。唉，他现在只算是一个半死人，要死不活的，只知道作践人，你看不光是你家，我们家也被他糟蹋得不像样子了。”

“我能进去看看吗？”

“丝丝，你进去看一下就行了，他不是你的姨父了，他是一个畜生，一个疯子，别把他当一个人，行吗？”

“我晓得。”柳丝丝点了点头。

柳丝丝推开房门，她似乎没有紧张，心中的愤懑冲击着她，使她忘记了可能发生的危险。

屋子里，到处是一片洁白，适应了之后，她看到了最里床，在白色被子的边缘，露出一个黑乎乎的头颅。

这正是她的小姨父。

过去他的脸上就留着络腮胡子，住院后大概又没有清理过，脸上更显得黑乎乎的。他平躺在枕头上，一双眼睛却睁得很大，茫然地注视着病室的门，他的目光正与柳丝丝打了一个照面。

一切都是这样平常，如果没有发生过那件恐怖的事儿，柳丝丝会很亲热地叫一声小姨父。如果记忆能删除该多好，这样的平静的时光，应该是很美好的，很温馨的。

柳丝丝一步步地走到小姨父的病床前，木木地站住，她咬着嘴唇，不是控制自己的言语，而是控制自己的眼泪。

“丝丝。”小姨父的眼睛尾随着柳丝丝，从平躺地看着，到抬起头来。他的脸上没有什么变化，依然是柳丝丝所习惯的那种平和与慈善。

“小姨父。”柳丝丝心里被温柔地打击了一下，不争气地叫了一声。

小姨父的嘴在颤抖着，被子在抖动，柳丝丝明白，那是小姨父在努力伸出手来。她一时控制不住自己，竟然神不守舍地伸出了手，拉了拉被头，让小姨父露出手来。她心里很矛盾，甚至很恨自己：为什么一点不恨小姨父，为什么？

小姨父从被子里费力地探出手来，漫无目的地胡乱比画着，也许是叫柳丝丝坐在床对边，也许是想向柳丝丝示意着什么。

但是，柳丝丝却忍不住伸出自己的手来，靠近了小姨父的那又黑又粗的手。

小姨父的手碰了一下柳丝丝的手，但是，他却比柳丝丝更恐惧，慌忙地把手又缩了回去，就像一个乞丐，满是自卑与胆怯。

这根本不是她所知道的姨父。记得小时候，柳丝丝住在外公家，小姨所在的街办工厂就在家旁边，姨父与小姨都是来吃午饭的，那时候，小姨父总喜欢把柳丝丝抱起来，在木地板的屋子里，“咚咚”地转个不停，柳丝丝的笑声穿过破旧的空间，到处游荡。她喜欢小姨父陪她玩，让她骑大马，让她高速旋转。小姨父还把她扛到顶楼，那里面有一间外公的房子，是外公用一楼的卫生间与别人家换来的，实际上无形中增加了一个可以使用的单独房间。在楼上的小房间里，姨父带她看上海的屋檐，在她的眼中，上海不是什么高楼大厦，而是那些灰不溜秋的低矮的建筑。柳丝丝从没有把他看成不正常的人，将他看成是一个人群中的异类，而是她心目中的一个亲人，一个可亲的人。

这种感觉，像潮汐一样返回过来，溢满了她的心胸。她仿佛想去抓住过去的一段记忆，一段梦境，便勇敢地伸出手去，抓住了姨父那弯曲着的手指。

眼泪从她的眼睛里流淌下来，她看到，姨父的眼睛里也是潮湿的。

柳丝丝原来设想的责问竟然一句说不出口，她的心被眼前这一切都软化了，消融了。

小姨父的手被柳丝丝握着，干硬得刺手。但是，柳丝丝竟然是那么诚挚地抓住，一点不嫌弃。

“丝丝，小姨父对不起你，对不起你们家……”小姨父的嘴巴干燥地蠕动着。

“为什么这样？小姨父，你为什么要对小姨那样？”柳丝丝终于吃力地吐出心里一直想说的话。

“丝丝，我现在后悔死了。”

“是后悔你不应该害小姨吗？”

“不，我后悔我为什么没有死，让我也去死吧。”

“你不后悔杀小姨吗？”柳丝丝敏锐地把握住他话中的潜在台词。

“我没有别的办法……”小姨父气若游丝地说道。

“没有办法？为什么没有办法？”柳丝丝追问道。

“这是我后悔的地方，我拗不过你小姨的想法，这是我最后悔的地方。”小姨父有一点语无伦次。

“小姨父，你们那么好，可你为什么要害她？我不明白，不明白。”柳丝丝颤抖着声音说道。

“丝丝，现在连我自己都不明白，不知是做了一件对的事情，还是错的事情。”小姨父吃力地说道，“我一直像生活在噩梦里一样，我都记不清我做了什么……”

“你以为只有你生活在噩梦里吗？你知不知道姥姥整天都不说话，一个人坐着。我们家的人，没有一个人不恨你的。”

“恨！应该恨，丝丝，你就恨我吧，狠狠地恨我吧。”

“恨？恨有什么用，恨也不能让小姨再回来。你让我们家什么都不相信了。我想问你，你究竟为什么要害小姨？”柳丝丝声音变得冷静而沉稳。

小姨父抽出自己的手，用力地支起身子，柳丝丝赶忙把他背后的枕头垫起，小姨父可以侧仰着，说话不像刚才吃力了，他感激地看了丝丝一下，说道：“谢谢。”

“不用，姨父。从小到大，在我心中，你与小姨都是家里最好的两个人，你们身体不好，但我知道你们非常恩爱。上一次我与表姐到你们那幢旧房子里去，你们不还是挺好的吗？谁知道不到几个月的时间，就成了这样。我不明白，我今天来就是想问你，你究竟是喜欢小姨还是恨小姨，你怎么下得了那么毒的手？”

“这是我的糊涂，我不该答应你小姨。”小姨父说道。

“小姨怎么了你？”

“其实，死的想法，是你小姨决定的。只不过我顺从了她。我一直后悔，我太听她的话了，什么都依着她，可是这事儿上，我怎么能依着她呢？”

“为什么？为什么小姨她想死？”

“你小姨外表上总是很快乐,可是她内心里很苦闷。她有残疾，不能生孩子，我也没有怪她。那时候她还在街道工厂有班上，生活虽然苦了点，但我们的日子还过得平稳。这两年，你小姨也没有班上了，我工厂效益也不好，最近一直在清退人，我身体也是有残疾的，肯定是第一批被清退的。小姨就整天在家里着急，担心我没有工作了怎么办？不知什么时候起，她就有了死的想法，她总是问我：‘我死了，你怎么办？’我非常怕你小姨离开我，她是我最亲的人，要是你小姨离开我，上海哪里还有我的亲人？我想消除你小姨心里想死的念头，对你小姨更好，更关心。可是我对她越好，她越担心以后的日子怎么过下去，越怕失去这样的好日子，她的忧虑就越深。那一阵儿，她晚上也不睡觉，睁着眼睛想心事，我一问她，她就说：‘活着真难受，活着要想那么多的事情，不如死了好。’看你小姨难过，我心里也难过，我好像就一天天被你小姨感染了。不久之后，我也离退回来了，我们越来越觉得谁都离不开谁了，我们想拼命地挣钱，可是我们挣不了多少钱，我们给人家守旧房子，每到深夜的时候，我们就紧紧地抱在一起。你小姨一边哭,一边念叨着‘生不如死’。整天与她在一起,我不知不觉地就被她感染了。我觉得,你小姨的想法可能是对的,我们两个人死在一起,是最幸福的事情……”小姨父沉浸在过去的回忆中,他的声音很轻,但却很清晰,字字句句都打在柳丝丝的心上。

“难道就没有办法排除掉小姨心里想死的念头吗?再艰难,也不能去死啊,你为什么不告诉姥姥?为什么不告诉我们家里人?”

“小姨不想让家里人担心,你姥姥都那么大年纪了,我们不能尽孝道,怎么还能给他们添烦恼呢?”

“你们知道会给别人痛苦,可是为什么还要产生那么可怕的想法呢?”

“你小姨说,死了就什么都不知道了,长痛不如短痛,时间久了,大家也会淡忘了。你小姨的话,我总是听的。这是我傻的地方,我就答应了她……”

“我不明白,你们那么好,却不知道活着才是对对方好?”柳丝丝笨拙地诘问道。

“我也搞不清活着好,还是死了好,现在我只知道,活是苦,不如死了好。”小姨父布满胡须的脸,被眼泪纵横地分割着。

柳丝丝从口袋里掏出面巾纸,递了过去,她被眼前的这一切弄得很困惑,什么是爱的真谛,让她异常糊涂。本来她有无尽的话要向小姨父责问,但是此刻她却说不出一句来。望着痛不欲生的小姨父,她准备好的指责,都显得没有意义了。但是,她好像有一种愤怒的情绪没有表达出来,她仇恨自己被小姨父说动了,于是她的口气又变得强硬起来:“小姨父,你现在还抱着这样的想法,要是你没有这样的想法,小姨娘就不会坚定地要去死,你没有责任吗？你连你的妻子都不能保护，你像一个男人吗？”

“我是应该死的，我不应该活在这个世界上。”小姨父吞咽着自己的眼泪，嗫嚅着说道。

不知什么时候起，韩力护站在了柳丝丝的身边，他听到了这一切。他扶住柳丝丝，说道：“丝丝，你别说了。”

柳丝丝无奈地看着小姨父，她再也找不到发泄责问的地方。望着小姨父痛苦的样子，她的心也碎了。丝丝顿了一下又说道：“小姨父，我现在想问你，你还爱着小姨吗？”

“我一辈子也忘不了你小姨的。”小姨父说道。

“我现在懂了，爱，也会去杀一个人。”

“我要杀的是两个人，只是另一个人没有死。”

“另一个人是谁？”

“是我啊，我死了就好了。”小姨父呜咽着说道。

柳丝丝心如刀绞，她突然觉得，如果小姨是两个人中的幸存者，她该怎么做？她会责怪小姨吗？她的心突然被柔软地击中了，反倒劝起小姨父来：“小姨父，事情已经发生了，你要好好地活下去，不然你对不起小姨。”

“我还有脸活下去吗？”小姨父低头哽咽着道。

“你对得起小姨，就要活下去，知道吗？不要再有轻生的想法了。小姨死了，已经给那么多人伤害，你还要再伤害别人吗？”

“丝丝，你还把我当成你的姨父吗？”

“嗯，我恨我自己，我恨不起你来。小时候，你和小姨对我真好，你们两个在我心目中是一样的，我不希望小姨走了，还会失去你。”

“丝丝……”小姨父伏在被子上痛哭起来。

小姨父的姐姐走了过来，拿了一件毛巾递给了小姨父。柳丝丝拿起小姨父的手，她突然变得如此温柔与善解人意：“小姨父，你要听我话，好好活着。听见没有？”

“丝丝，谢谢你……来看我。我不值得你来看我。”

“别瞎想了。我不懂什么叫爱，但小姨父，爱就是让对方活得更好。你相信我的话吗？”

“相信，相信。”小姨父忙不迭声地说道。

柳丝丝出了病房，头也不回地向前走去，韩力护只好一溜小跑地跟在后边。

她刚走出电梯，突然听到有人叫道：“丝丝。”

柳丝丝止住脚步，惊愕地看着来人，原来是莎莎。

莎莎走近柳丝丝身边，仔细地打量着她，问道：“丝丝，怎么了？你看到他了？”她甚至不愿意提到小姑父这个称谓。

“嗯，这么巧，你怎么来了？”柳丝丝不解地问。

“什么这么巧啊，我是专门为你而来的。早上打电话，姑妈说你出去了，打你电话也不通，我猜你肯定到医院来了。我怕你有意外，赶快拉着小兔一块来了。”莎莎急匆匆地说道。

“会有什么意外啊？”柳丝丝轻描淡写地摆摆手，这时才发现小兔跟在莎莎的后面，便朝小兔打了一声招呼。

小兔与莎莎并肩站着，说：“你全姐急死了，她最不放心你了。不用说她了，我也担心你啊，你一个人到这里，能不让人担心吗？”

“他也不是吃人的狼，能把我吃了？”柳丝丝说道，“再说，我也不是一个人啊。”

韩力护赶忙向莎莎打招呼：“全老师，你好。”

莎莎愣愣地看了看韩力护，觉得他似乎很面熟，但猛然之间又想不起来，便张着嘴巴，机械地回应道：“你……好。”

韩力护接着说道:“全老师可能记得我了，我也在培训班上学过的，嘿嘿，”他不好意思地低下头，“上课时顶撞老师，又跟着逃学的……”

“哦，记起来了，记起来了。你和丝丝在课堂上一唱一和，黎老师都被你们搞得头疼，甘拜下风，出了教室门之后，还直对我唠叨:‘我以后该闭嘴了，该闭嘴了。’”

“不好意思，我们对黎教授太没有礼貌了。”韩力护尴尬地笑道。

“算了，我当时就气不过你们两个那一副挑刺的脾气，把班上搞得一塌糊涂，现在想想，你们也不一定没有道理。看样子，你们倒是志同道合了。”莎莎禁不住带着询问的目光，专注地在韩力护身上扫了扫。

“表姐，我一个人怕摸不着医院，所以才请他帮忙的。”柳丝丝插嘴道，好像是怕莎莎误会似的。

“有一个人陪着，我也用不着担心了。”莎莎说道，“见到那人说什么？他没怎么着你吗？”

“他能怎么着我啊？表姐，我觉得小姨父真可怜。”柳丝丝满脸沮丧地说道。

“你居然还说他可怜？我只觉得可恨、可恶。”莎莎愤恨地说道。

“表姐，没有见到小姨父之前，我也恨他，可是我见了他以后，觉得他也很不好受。还有，他们跳楼，还是小姨出的主意。”

“你相信他的话？小姑为什么要死？还不是因为过不下去了吗？他就没有责任？”莎莎追着说道。

“我相信他的话，不知道为什么，我相信他。他没有必要向我撒谎。我现在才懂得，爱一个人，会答应他所有事情，包括与他一起去死。”柳丝丝像在自言自语，“表姐，你站在小姨的角度去想一想，他们两个感情越好，就越觉得生活没有办法维系下去，他们有残疾，更怕生活没有保障，怕他们在一起的日子过不下去，除了死，他们能想出其他办法吗？小姨父能答应陪着小姨一起死，我觉得小姨父是爱小姨的，是不想让小姨伤心……”

“他会爱小姑？可他自己为什么不死？”莎莎打断了柳丝丝的话头。

“他离死还差多远呢？”柳丝丝话出口,声音便被堵住了似的，说不下去了，“我觉得他比死了还难过。”

莎莎突然觉得自己对小表妹有一点太苛求了，便走到柳丝丝的身边，扶住她的肩膀，轻声说道：“丝丝，他与我们家已经没有关系了，你何必还要来这里惹烦恼呢？不要去想他了，我们走吧，永远不要来这里了。”

柳丝丝没有再说什么，几日来她所经受的事情，是她单纯的心胸所无法处理的。生活留给她的是无尽的烦恼，此刻她似乎接受了莎莎的想法，就是把乱麻般的生活抛到身后，永远不再去光顾它。

正当他们向门口走去的时候，小兔似乎碰到了熟人，连连向一个地方挥手致意，并且弹跳着身子，欢蹦乱跳地蹿过去了，就像一只真正的小兔子。

莎莎追寻着她的身影，心里暗道：“难道又遇到了那个像死鬼一样摆脱不掉的警察了？”

果然不错，小兔跑过去的目标，正是那天在龙华殡仪馆见过的便衣警察，莎莎警觉地转过身去。可以看出，小兔已经不可救药地迷上了那警察，在她的空白恋爱经历中，那个警察对她来说，简直像明星一样富有魅力。

过了一会儿，小兔竟然带着那个便衣警察过来了，莎莎只得转过身子，与那个警察打了一个招呼。

小兔跑过来说道："全姐，他到医院里来，正是为了你小姑父的事。"

莎莎其实不想再去问小姑父的事情了，现在为了顾全礼貌，不得不对那个警察说道："我小姑的死因有没有调查清楚？"

那个警察说道："这次来，我们是为了再次向张正强（莎莎小姑父）核实一下事发那天的情况。现在基本可以确定，这是一个夫妻双方共同自杀的行为。核实了情况，加上我们法医的检查结果，就可以结案了。"

柳丝丝插嘴问道："那我小姨父会不会受到法律制裁？"

那个警察看了看柳丝丝，问道："你是？"

小兔赶快解释道，"她是全姐的表妹，张正强是她的姨父。"

警察正色道："现在结论还没有出来，但张正强应该不会受到法律制裁，因为自杀的意愿是两个人做出的，而且从目前的调查情况来看，共同自杀这一想法的主导者还在死者那一边。所以，张正强基本不应该承担什么罪责。"

莎莎问道："有什么根据确定是我小姑首先提出自杀的？"

"主要是根据当事人口述了。还有我们法医对现场进行的勘察，尸体的解剖化验，从各种情况来看，两个人可以说是同时从楼上跳下来的。张正强在跳下的时候，碰到了电缆线，减缓了速度，幸免一死。"警察可能看在小兔的面上，颇有耐心地解释道。

"化验结果在哪里啊？"柳丝丝突然问道。

“这次我们都带来了，张正强如果认可的话，他要在这上面签字确认的。”那名警察亮了亮手上厚厚的一沓卷宗。

柳丝丝说：“可以给我看一看吗？我看看小姨的化验结果。”

小兔瞧那个警察有一点不情愿的样子，便凑过去，欲取下那个警察手里的卷宗。

正在这时，那名警察的同事高声叫他，警察只好走过去。说话间，那个卷宗就被小兔夺了回来，递给了柳丝丝。

柳丝丝还是非常关心小姨的死亡原因，她随便翻了翻，那上面有小姨死亡的尸检报告，记录着复杂的符号，她也没有完全看懂，但是，在报告的结论栏里，有一行字引起了她的注意——残疾等级：性染色体基因缺损导致的鸡爪手。

也许这就是小姨残疾的原因？柳丝丝正欲翻下去看详细些，警察又跑了过来，说：“我们的法医也来了，我先去办事了。”

说着，那一名法医也走到他们这一边来。柳丝丝对小姨的基因缺损，有一种忍不住的好奇，便对着那个法医问道：“什么叫性染色体基因缺损？”

那个法医可能看到他的同事与这一帮人谈了许久，以为他们很熟悉，竟然停下了脚步，很有耐心地解释道：“性连锁遗传的意思，就是病人的致病基因位于性染色体也就是X染色体上，它的遗传与性别有关，像这位死者就属于显性致病，基因在X染色体上，因为是隐性的，所以女性纯合子才发病；杂合子类型正常，但可把致病基因传给后代。男性只有一个X染色体，如果带有致病基因即为患者，并将致病基因传给女儿，不传儿子。应该说，死者的家庭里带有这种隐形基因，死者属于纯合子类型……”

莎莎因为法医提到家族病史，忍不住问道：“那么这种病在家族里发病情况怎么样？下一代是不是都会发病？”

法医解释道：“这种病属于隐性遗传，而形成纯合子的情况是比较少见的。如果这一代人有近亲结婚的情况，那么下一代，作为男性肯定是显性症状，如果是女性的话，应该带有这种遗传病的隐性基因；再下一代，生男孩肯定是显性症状，女性不会有症状。所以，下一代中如果是女性的话，生育最好是选择女孩，这可以保证不会让这病显性遗传……”

莎莎头“嗡”地大了，她看着柳丝丝，从法医刚才的话来推断，柳丝丝的父母都带有这种基因，而他们正好是近亲结婚，意味着柳丝丝必然地遗传了这种染色体疾病。也就是说，如果柳丝丝生下的孩子是男孩的话，肯定要出现这种鸡爪手症状，而唯有生育女孩，方能避免残疾孩子的出现。

柳丝丝的脸色发白，父母的姨兄妹关系始终胁迫着这个家庭的生活。上一代的不幸，仍然像幽灵一样延伸在血脉中，让人无法逃避。

韩力护一直把柳丝丝送回到家中。

在小区门口，柳丝丝掉转头，对韩力护说：“谢谢你，我不要你送了。”

“我把你送进家里吧。”

“你不嫌弃我？”

“怎么会呢？你别乱想。”

柳丝丝没有吱声，脚步踉跄地上了楼，韩力护用柳丝丝的钥匙开了门，屋内没有人，显然柳丝丝的父母都不在家。

韩力护把柳丝丝扶到她的房间里，让她躺下，眼泪又从她的眼角流了下来。

“丝丝，你不要难过。”

“力护，你知道我为什么难过吗？”

“你小姨的事情，已经过去了，你不要太伤心。”

“小姨死了，但是她的不幸还没有终止。力护，我不想隐瞒你，我父母是近亲结婚，我爸爸的妈妈与妈妈的妈妈是姐妹，亲姐妹。你刚才也听到了，小姨的那种残疾基因我也有，而且因为这种近亲结婚，概率大大提高了。所以，你以后不要来找我了。”

“为什么？我们作为好朋友，不是一样可以友好地相处吗？”

“力护，可是现在不一样了，我不是作为好朋友来接受你的。开始的时候，我就是想把你推开，根本不想接受你，等到我想接受你了，却不是作为朋友接受你的。”

“丝丝，那正是我求之不得的，我也非常喜欢你。我们可以处得比朋友更亲，我是真心地喜欢你……爱你的。”

“力护，我不配你。你知道，我基因里有病，我不能害了你。你看我小姨，一辈子就这样完了，她不但自己死了，还害了小姨父。”

“丝丝，我爱的是你这个人，不是爱你的基因。这么长时间以来，我也想了很久，我已经在心里把你接受下来了。原谅我，丝丝，我脑子里想的，是将来怎么与你生活在一起，我所有的幻想，就是我们能永远地在一起……只是我以前不敢告诉你……你不会怪我吧。”韩力护俯下身子，望着面色苍白的柳丝丝，柔声说道。

“不会，我一直盼着你能对我这样讲。但是现在不同了，我与你根本不是平等的。我喜欢过去那个平等的我，我可以很高兴地朝你发脾气。可是，现在我不一样了，我现在甚至不知道怎么来对待你。”柳丝丝的目光朝向房顶，茫然若失。

“为什么不是平等的？我们永远是平等的，甚至，我愿意你超过我，凌驾于我之上，我愿意被你驱使，你想怎么样就怎么样。”韩力护诚恳地说道。

“不，我是一个有着不健康基因的人，小姨的阴影也藏在我的血液中，在你的面前，我找不到我所要的平等。”

“丝丝，刚才在路上，我就对你说了，你不要胡思乱想。你是一个健康的女孩，一个非常健康的女孩，去他的那个什么鬼基因吧，基因好的人，就会是一个好人吗？决定一个人好坏的，不是基因，是她本身，是她的灵魂。丝丝，你说对不对？以后人家求婚，就用不着向人求婚了，就向基因求爱得了。结婚的时候，也不是两个人在结婚，而是两种基因的结婚，你说那个世界是不是很滑稽？”韩力护搜肠刮肚，想让柳丝丝走出阴影。

在他的感染下，柳丝丝“噗嗤”一声笑了起来，随即目光又黯然下来，低声道：“力护，我怕你以后会后悔。”

“不会，我永远不会后悔，你带给我的东西太多了，你让我感受到一个上海女孩的全部魅力。是你恩赐给我，如果有什么不平等的话，那就是你高高在上，像一个仙女一样，我喜欢你这样对我发号施令。”

“力护，我以后不会再对你那样了。”柳丝丝的心被说得柔柔的。

“不，你还像以前那样，说一句难听的话，我喜欢被你虐待……”韩力护不好意思地低下头。

“力护，那你老实说，我以前是在虐待你吗？”柳丝丝用泪光涟涟的眼睛看着他，楚楚可怜。

“没有，没有，我只是打一个比方，就是你想虐待我也没有什么的，连虐待我都能承受，说明我可以承受你的一切啊。”

“可是，力护，有的东西，你真的能承受吗？有时候生活是很现实的。以前，我也一直生活在浪漫中，有着很多不切实际的想法。自从小姨去世后，我发现我对世界的看法改变了许多。我总有许多幻想，就像这次参加演艺培训班吧，这也是我追梦的一次努力。可是现在，我觉得我能重新看待我的选择了。”

“你去学习表演不是挺好的吗？只要你喜欢就行。”

“开始时喜欢，现在我知道世界上很多东西不是喜欢就行的了，还要根据实际生活提供给你的可能，设计自己的努力方向。”

“丝丝，你好像真的长大了哦。”韩力护一时无法追上柳丝丝的思绪。

“也许我过去真的是很小，真的没有想过世上还有很多另外的可能。小姨的死，让我知道世上有很多可怕的可能。”柳丝丝从床上坐了起来，也许因为倾诉，内心的窒闷得到缓解，“力护，我谢谢你对我的关心，还有你的……爱。我不强求你，你永远有选择的机会，你要是觉得我不合适，你可以选择离开，你可以去寻找更好的女孩。”

“你是我看到的最好的女孩，丝丝。”

“力护，我理解你的心情。你在安慰我。你还生活在你的家庭关系中，如果你要选择，还必须得到你家庭的同意。我不想太给你压力，你可以自由地选择。”

“丝丝，你……你真是一个心比发细的好姑娘，你太会为人着想了，就凭这一点，我到哪里能找到这样一个善解人意的女孩啊。”韩力护禁不住抓住柳丝丝纤细的手指，紧紧地攥在手心里，她的指尖像冰一样凉，韩力护把她的手指，包含在手掌里。他愿意把自己的所有体温送给她，只要她能幸福。爱给人的第一感觉，就是献身。

“你也坐下吧。”柳丝丝用空着的手指了指床边，这是叫他坐在她的身边。

韩力护坐到柳丝丝的小床上，承载惯了女孩的小床，吃力地发出吱吱声，韩力护自嘲地道：“它在抗议另一个人分享你的小床呢。”

“不，它在对你表示欢迎呢。”柳丝丝说着，把头偎在韩力护的肩膀上，韩力护觉得心中一阵暖意汹涌，怜意顿生。

“呵呵，我相信它的主人的话了。”韩力护轻声地笑道。

柳丝丝的头发摩挲着他的肩膀，脚像荡着秋千般地晃来晃去，就像一个小女孩一样，一刻不得安宁。他喜欢这种被一个女孩信任的感觉。时光就像女孩摆动的双脚，一摆一摆地过去，如果时光能顿下来该多好啊。

“力护，你有没有听到那个法医说的话？”不知过了多久，柳丝丝打破沉默，说道。

“什么话？”

“就是那个话。”

“哪一句那个话啊？”韩力护不解地问道。

“他说遗传病传男不传女的。”

“哎呀，我都说了，不要提那个什么鬼基因了。”

“可是我要说嘛。”柳丝丝心里扑通通地跳着。她很谨慎地触及那个使她羞涩的问题。

“好，你说，你说。”韩力护可能想起他奉她为王的诺言，松了口。

“你喜欢女孩还是喜欢男孩？”柳丝丝晃下额前的头发，头低着，遮着她的脸。

韩力护一愣，随即明白了，看着柳丝丝避着他的有趣动作，不觉笑了起来。女孩真是逗人，提到那个敏感的问题，偏偏喜欢绕道而行，而且这个道绕得真远，他用手抚了抚柳丝丝的肩膀，说：“你放心，我喜欢女孩，像你一样的漂亮女孩。”

“真的？”柳丝丝抬起头来，她的眼睛，闪着明亮的光束，你会在这光束中，感到一种骄傲与心醉，因为是你让女孩自心里散发着如此快乐的光芒。为了让女孩时常能焕发出如此激情的光束，男孩会承诺一切。韩力护呆了一刻，是因为他陶醉于女孩眼睛里的光，紧接着他说道：“当然是真的，像你一样可爱的女孩，是应该把基因传下去的。”

柳丝丝“啪”地打了他一下，低下头，窃声地笑了起来。女孩有时候往往对诺言有一种病态的迷恋，一些明摆着的事情，她非要问一个一清二白，才觉得心安理得。韩力护情不自禁，转过身去，把柳丝丝纤细的腰肢搂在怀里，说道：“丝丝，你不要有什么顾虑了，你的心思我都知道。那个遗传病传男不传女，那我们将来就要一个女孩好了。我最喜欢女孩了，到时我在我们家，能得到两个女孩喜欢，你说我是不是赚了？”

“讨厌，你越说越不像话了，你以为我真会嫁给你啊。”柳丝丝满面通红，眼睛都不敢朝韩力护看。

“要不要我下跪求婚啊？”韩力护像逗小女孩一般逗着她。

“你再说，我就把你扔下楼去。”柳丝丝有气无力地说道。她的身体软软地靠在他的身上，嘴里吐出的话却硬得像一把锋利的刀。韩力护用嘴轻轻地亲着柳丝丝额上丝丝缕缕的发丝，仿佛那柔软的发丝上有着一个温柔的生命。

“不要你扔了，我自己跳下楼去。”此语一出，韩力护猛地醒悟到这又触着丝丝小姨的忌讳了，便急忙住口。

柳丝丝也不由一愣，仿佛难逃谶言一样，不知怎么又开起了这样恐怖的玩笑，她急得把手伸出来，捂住韩力护的口：“不许你乱说。”

“你看我们真不会说话，”韩力护趁机拿住柳丝丝的手，放在嘴唇上，轻轻地吻着，“说来说去，又说到这了。”

“怪我不好，以后，我也要改改我的说话方式，不能总是对你采取命令的口气了。”柳丝丝听任韩力护对她手指的亲吻，“还有，我们永远不要伤害对方好吗？”

“傻丫头，这还要说吗？爱一个人，就是永远地爱，没有条件地爱，伤害对方根本不在讨论之列啊。”

“如果有一天我们不爱了，就说出来，千万不要害对方，好吗？”柳丝丝依然不肯罢休地说道。

“别说傻话了，没有那个可能的。我们要保证，让自己很好地活下去，也要让对方很好地活下去，这样子两个人才能很好地活下去。”韩力护说道。

“嗯。”柳丝丝乖巧地应着。

第二十章

韩力护日记（一）

2006 年 × 月 × 日

今天，本来是公司安排到日本进修的第一天，但是，我临时调整到下一批去。

我知道，这对我今后的发展肯定有影响，但是，我不能在丝丝需要我的时候离开她。

她说她想到崇明去，我没有犹豫，就说，我陪你去，行吗？

丝丝答应了我。

听丝丝说，崇明是她的老家，她的父亲出生在崇明，而她的姥姥也是从崇明移居到上海的。

我仿佛看到一个上海女孩是怎样诞生的，她告诉我一个上海女孩的成长经历。我愿意去了解她，因为我喜欢她。

我们在 3 号线虹口站上了车，在淞滨路下车后，沿淞滨路往码头方向走了一会儿，就到了吴淞码头。到了这里才知道，上海有三个码头有船去崇明：石洞口、吴淞码头和宝杨路码头。

到崇明的船很多，三四十分钟就有一趟。丝丝说，她的老家在崇明县城北边一点，所以，按地图上所列的路线，我买了两张到南门的船票，22 元一张。

船开了，乘客们都站在甲板上，看船在江里行。上海逐渐远去，而另一边，远处浮现了一块影影绰绰的陆地，这就是中国第三大岛屿，但我的感觉，却是一块新大陆似的。

我喜欢看丝丝凝神的神情。女孩的侧面，很有轮廓感，她的表情有一种特别的认真，眼睛仿佛不堪外界压力，微微眯着。她似乎在望着远方，又像沉浸在内心中，我没有打扰她的这种沉静，有女孩这种沉静相伴，我也该知足啦。

时间过得很快，不到两个小时就到南门了。县城不算大，甚至有一点小，也许因为丝丝的缘故，我对崇明的女孩特别留意，她们没有上海女孩那么时尚，但是，有一种特别清新的感觉。她们在我的印象中，好像是一种洁白的类型，面容皎白，皮肤莹润，脸上浮现出一种干干净净的表情。她们小巧玲珑，带着江南女孩的那种婉约。我好像对她们特别有好感，在心里不断地说：我也喜欢你们崇明女孩中的一个。但我没有敢对丝丝说，我这样是不是太博爱了？

我和丝丝从南向北而行，穿过了整个小镇，道路很宽广，周边的工厂也很多，浓烟熏得人受不了。一直以为崇明是农村，其实也像上海一样，发展得很快。对这个小岛，我特别好奇。

我和丝丝边走边看，也忘了时间。到了小镇的北边，丝丝说她姑姑家还要往北走。我们就叫了一辆出租车，一路向北，开了很长一段距离，大概有十几里。崇明的房子很密，大多是两层楼的小别墅类型，一排靠着一排，中间的土地倒显得非常少。我看到很多土地杂草丛生，没有种庄稼，这大概就是人们说的抛荒吧。

后来丝丝说下车，她大概也记不清方位了，她还是两年前随爸爸来过一次。我跟着她，在一条向北的乡间小路上慢慢地走，在我看来房子都是一样的，难以分清，她能认出大概方位，我很佩服她了。

走过一片林带，丝丝突然很高兴地说，就是这里了。前面是一块比较大的空地，她说两年前还在这里帮姑姑家收菜籽呢。想到她也会干农活，我就觉得很好奇，说道："你可能是帮倒忙吧？"

丝丝白了我一眼，说："我可是正儿八经干活的，把菜籽搬到屋前场上，胳膊都累酸了。"

"你搬了几趟啊？到现在还叫苦叫累的。"

"你讨厌，总是贬低我。"丝丝开始生气了，我自然把嘴又闭住了。

丝丝姑姑家是单门独院的三层小楼房。一楼放的是家具，二楼是住宅，楼上还有一个小客厅，地方挺大，但家里没有什么东西，一楼就像是一个小仓库。

她姑姑似乎对我们很热情。这是她的小姑，丝丝说明天带我去看她的大姑。晚上，我住在丝丝小姑儿子的房间里，他在崇明上技校，只有星期天才能回来。

韩力护日记（二）

2006 年 × 月 × 日

早上，我很早就醒了。东面的窗户上没有窗帘，太阳一出来，强光就照在眼睛上。到新地方也不是很适应，昨晚睡得很迟。

这还是我第一次这么近地与丝丝住在一起，心里有一种隐隐的兴奋感。昨晚，她为我端来了洗脚水，我感到有一种淡淡的幸福感。她把我打发上楼，脸上挂着嗔怪的命令式的笑意，挺有意思的。我喜欢她家庭里的那种亲切的氛围。

起床后，我不知道丝丝是否已经起身，在屋里坐了一会儿，也没敢下楼。后来见屋子里没有动静，我便下了楼，却没有见到人。我绕过屋子，后面是一个大池塘，还有一大片竹林。果然，丝丝和她的小姑在竹林里呢。

她看见我，向我招招手，我走过去，问她："你什么时候起来的？"

她说："很早就起来了，特地没有叫你，让你这个大懒虫再睡一会儿。"

我说，我也早起来了。丝丝就躲在她小姑后边窃声地笑。现在她变成了一个乖巧的小女孩了。在家庭里感受到的女孩，肯定是与大街上见到的不一样。她们外表盛气凌人，在家庭里会变得有一种说不出来的乖巧。我心里生出一个想法：上海女孩的可塑性是最强的。

丝丝在竹林里，谈起她童年有趣的事情。她说，那时候，她小姑父用探网在池塘里探鱼，到竹林里砍竹笋当菜肴。丝丝说，她小时候觉得这竹林很大，大到可以捉迷藏，现在觉得太小了，连一个人影都遮不住。她小姑笑着说："你从小囡长成大丫头了，自然觉得这里小了。"

我也朝她笑笑，她就向我瞪眼。

下午，丝丝说带我去参观崇明的公园。我自然答应了，与她在一起，我愿意做任何事。

我们骑上姑姑家的一辆很旧的自行车，走在乡间的小路上，倒觉得很惬意。离县城真是很远，要骑上很长一段时间，但是，我却觉得很近。

崇明的公园靠着江边，不大，但里面的植被还不错，没有多少人在里面玩，毕竟本地人是不会大白天来这里闲逛的。后来丝丝就带着我，沿着江边的大堤往东走。我问，沿着这条大堤，是不是可以把崇明岛转一圈？她说当然是的。我在一刹那间，生出一个想法，看能不能绕着大堤骑一圈，重新回到这地方？只骑了一会儿，就觉得这是异想天开的。从地图上看，崇明岛很小，但是真的身处其中，它还是太大了。

崇明与上海的直线距离并不是太远，从城桥镇的江边隔岸望去，可以看到上海港边上的吊塔和船。丝丝说，晚上还可以看到上海的灯光呢。

我们把车子停下来，到江边去看长江。这里每隔一段距离，就有一段长长地伸到江心里的护坡堤，江心还有一块块小绿洲。走上护坡堤，觉得江水在缓缓流动，自己也开始漂了起来，那种感觉真是妙不可言。

后来，我和丝丝坐在江边，看长江水。长江到了这里，已经是波平浪静了，水特别浑，一片浩渺。

陪心爱的女孩看长江，我觉得这是好有诗意的事。

可是，突然间丝丝尖叫起来，人也弹了起来。也许因为我们是蹲着的，可以从低矮的江边灌木丛的缝隙里，看到岸脚下的一切。我低下头，朝岸上看去，见到岸边倒放着一些东倒西歪的坛坛罐罐，从倾斜的罐口，散落着死人的头骨及肢骨，显得特别恐怖。

可能这里原来是坟墓，这些骨头，显然是拾骨后放在坛子里，埋在江边的。后来经过多年的江水冲刷，又被冲出来了。

我对丝丝说：“别怕，只不过是白骨而已。”

丝丝走到我的身边，抓住我的手，我感到她的手很冷，她说：“他们为什么被扔在这儿？没有人再要他们了吗？”

“他们肯定死了很久了，埋在这里，骨头被江水冲出来了。”

“为什么没有人管他们啊？”丝丝这时候显得特别的孩子气。

“时间长了，人们就把他们忘了呗。”我找不到合适的话来解释。

“力护，你说人活着是为了什么啊？人生真没有什么意思。”丝丝说道，“就说小姨，她活过，但说没有就没有了，世上还会有谁记得她啊？”

“丝丝，你总这样悲观地想问题。人不只是为自己而活的啊，也应该为自己的亲人而活着。你小姨去世了，最难过的是你们这些亲人，所以，你千万不要想那些问题，你要把自己活好。你活好，你身边的亲人才会感到快乐。”我一有机会就想扫却她心中的阴霾。

丝丝指着那堆骨头说：“可是他们的亲人在哪里呢？他们都被忘记了。”

“他们虽然不在了，他们的某些基因还活在这个世界上，好像他们的生命还在延续。生命又开始了新一个轮回。”我望着江水，努力寻找着比喻，“你看，就像这长江的水，它只能一次性地经过我们的面前，就像生命一样，但是，它在流入大海之后，又化成水蒸气，可能重新回到长江的源头，又开始了它的第二次生命。”

“可是,我的基因是有缺损的啊。”丝丝突然把话题转到这里来。

“别担心，丝丝，现代医学会有办法的。”其实，我都不好意思提这个话题了。以前我从没有想过，我也想成为一个父亲，这对我来说真是太遥远了。有一段时间，我还是丁克家庭的崇拜者，但现在，我真的很想成为一个女孩的父亲。

后来我们走上大堤，在回来的路上，丝丝一直没有什么高兴的神情。江堤的那一幕，显然给她带来了一种沉甸甸的感受。

韩力护日记（三）

2006 年 × 月 × 日

今天我陪丝丝去看望她的亲戚，我几乎掉在这个血缘关系复杂的网络里，无法弄清楚头绪。好在我关注丝丝，对她的任何亲戚都有一种好感。偷偷地说一句，这可能是爱屋及乌吧。

我也了解到丝丝父母的情况。文革中，上海知青下放，丝丝的外公让丝丝的母亲选择崇明作为下放点，就住在丝丝的父亲家。丝丝说，那时候，两个人并没有什么浪漫的爱情，而且可能是血缘关系过分密切的缘故吧，两个人还有一点对立。

后来，文革结束后，丝丝的父亲考上了大学，但家里穷，没有钱，是丝丝的外公资助了丝丝父亲上大学。大学即将毕业时，丝丝的外公把崇明的人都召集了来，把丝丝的母亲许配给了丝丝的父亲。

我觉得丝丝无法决定自己的命运。上一代人可以决定自己的命运，却是通过违反道德的行为来进行的。而这一代，却是按照一种利害的原则来决定两个人的关系。

这是历史的进步还是倒退？

走在上海的大街上，每一个人都是有过去的人，他们好像是独立的自由的一分子，但是实际上，他们都被绑在一个历史的点上，每一个点，都牵连到错综复杂的关系网络。

我费力地不完整地记下丝丝复杂的家谱，似乎从她们身上看到了上海的昨天、今天与未来。

这里面有很多的空白，我是无法知道的，但是，也许一切都是很简单的，凭着生存的本能，繁殖的本能，人们把生存的脉线，从乡村延续到城市，塑造了一个个男孩与女孩。他们的基因里，还有没有过去的遗传？这是我感到很奇怪的地方。

在乡村里发生的那些故事与今天的上海故事有关系吗？

那些年代里的故事，究竟是活在传说中，还是真正地发生过？

崇明的乡野，是那样地平静。老人们还能记得过去的事情，哪一家对哪一家，但是，他们说的过去是真的存在过的吗？

世界的变化真快，很多痛苦或者幸福的感情，最后都没有人来感知了，只有传说，只有捕风捉影的片段。城市是斩断历史的，也是消灭过去的，只有街上晃动的很现实的人。他们只记得自我，而这样的自我是完整的吗？

如果我不了解丝丝在乡村的父辈们的过去，我会了解一个上海的女孩吗？

我只能偷偷摸摸地把丝丝作为一个分析对象，因为她的过去，我更加喜欢她，我了解她的现在，更原谅她无法左右的历史。我不能让她知道，我在分析她。原谅我，丝丝，我是因为爱你才去了解你的。

多少天后，韩力护在网上告诉柳丝丝，他写了一个关于上海女孩的故事，名字叫《好女孩，谁赐我？》。

柳丝丝在韩力护提供的网址上，看到了以下的内容：

《好女孩，谁赐我？》第1章

上海是什么？

每个人都有他自己的回答与印象。

对政治家来说，上海是一个阴谋的幽灵游荡的乐土，政治舞台上那些煞有介事的闹剧，都曾在上海启幕，开演过惊心动魄的搏杀；对历史学家来说，上海是一具流变的模型与道具，这里云集着历史的云烟里那令人窒息的伴和着血泪的册页，它有些发黄与褪色；对地理学家说，上海是一个方位，是一个个“中国之最”；对色迷迷的眼睛来说，上海是三四十年代里女人的飞眼、月历牌上的风花雪月，是宾馆里的小姐露出雪白腿根的旗袍；对那些无病呻吟的作家来说，上海是时尚的源头，靓丽的集散地；对上海的报纸来说，上海是家长里短的津津乐道，是那些捕风捉影的流行的潮汛；对《韦氏大词典》来说，上海是一个冒险家的乐园，因为在这部大词典中，“Shanghai”一词亦解释为“使用暴力、借助于酒或麻醉品的力量，将人载至国外”……

上海已经被太多的经验与观念强奸，成为一个含义杂乱的词汇。

什么是上海？

上海像一头大象，每一个人总是通过抓住上海的一条象腿，表述着对上海的印象，叙述着对上海的记忆。

上海，总是因为每一个观看者所立的方位，而呈现出不同的形状与姿态。

对于我来说，上海是一个大集镇，是一个平民化的城市，是一个刚刚从渔港里站立起来的暴发户。

我在上海看到的是一种平凡、一种俗态，是一种距政治遥远的民居生活。

在上海的一条平凡的马路上，肯定有过决定着中国发展命运的政治活动，藏掖在放下窗帘的小轿车里，悄悄地划过没有痕迹的弧线，与我的亲人擦肩而过；在车窗外一闪而逝的人流中，肯定也有过我父母的身影，但注定有一种间隔，把我与我的生活隔离在历史的核心地带。

上海，实际上是一座山地。为了扩大这个城市有限面积里的容量，它便向空中索要体积，于是一座座大楼横空而立，成为山峦，成为峰谷。

为了把拥挤的人流疏散，便开始制造距离，高架桥，立交桥，人为制造出来的盘旋的空间，扩大着人与人之间的距离，使城市无形中生出许多可以容纳距离的长度，像肠子一样，盘绕在城市的腹部。

因为无形中把城市的实际距离转化为一种弯弯绕绕的旋转，所以，城市必须通过速度弥补这种距离的拉长，于是，城市呈现出一种滑稽来，一方面制造距离，另一方面又想方设法通过速度来消除这种距离。在这种距离的缩短中，一个个平凡的上海人认识着上海，认识着上海人。

而我，就是在这种每天都要亲密接触的运动与转换中，开始了与一个女孩交织着幸福与痛苦、历史与现实、浪漫与困窘的爱情故事。

如果我与这个女孩是通过距离的交叉而开始了相识的过程的话，那么随着我们爱情故事的启动，我们实际上纵向结识了上海的深度。

我没有想到，与一个女孩在最平常的偶然相遇中，会开始对一段不堪回首的历史的回访。

之前上海在我心目中是没有深度的，是没有历史的方位感的。在我的简单的履历中，上海似乎从一开始就是一种繁华的存在，是一种从我出生起就已经定型了的沟壑，是一种永远不应该承担历史负重的现代进行时。

我生在上海，却不知道我来自何处，我好像是得天独厚地享受着从我出生那天起就已经拥有的一切。我没有想过这个城市的昨天，那些昨天的沉重，正像南京路的五光十色中那块不起眼的五卅纪念碑，只能孤独地沉寂在霓虹灯吝啬的光线中，回味着半个世纪前同一地面上已经不见半点血痕的猩红。

命运的改变就从认识了那个女孩开始。

《好女孩，谁赐我？》第2章

提到上海，必然要说到上海女孩。

上海女孩是上海的特产，是上海无法回避的包装。

一个城市的特征往往可以在女孩身上找到最鲜明的色泽。

一个城市的活力同样最终体现在女孩那流动的风韵上。

看到很多对上海女孩名不副实的溢美，看到风花雪月故事里对上海女孩暧昧的想象，看到月历牌上古装淑女那种收敛的微笑中对上海女孩性格的塑造……上海女孩，我总感到这不是真实的。

上海女孩是天上飘散的云彩，但牵扯着她们的风筝般的线绳，总是在一处不起眼的小巷里。

那里是女孩的家，是女孩的真实居所，她在那里的真实身份是——女儿。

她们是每一个家庭里的唯一。在上海人的视野里，女儿是一种美丽和骄傲，上海是女孩的天堂，因为女孩的美丽是城市最需要的色彩。

在上海星罗棋布的楼群中，在上海古朴与豪华交织的商业城里，在上海每一个柜台边，上海女孩的劳动随处可见，成为城市温柔中最醒目的构成。

所以，上海女孩就像一种美丽的品牌，在上海的对外窗口里被争相抢购。一个女儿，就是上海家庭中的财富与希望，这是一种独特的上海价值观。

一个家庭对女儿的期望，绝没有那种唐朝时期只愿生女不生男的用意，而是上海的家庭懂得，一个巨大的城市，可以让女孩的美丽找到物有所值的回报。

上海的女孩美吗？

我从没有觉得上海的女孩美。

当每天在车窗上闪过街头上女孩的身影，当在闹市区里飘过如云的女孩，当从麦当劳或者咖啡店的玻璃窗外闪过女孩的宁静的表情，我仍坚持认为，上海女孩并不具备一种超凡脱俗的美。

我没有觉得上海女孩与其他城市的女孩相比有多么出色。

而实际上女孩的美丽是需要一种宽大的环境来放置的，上海没有可能搭建一个让女孩表达她们美丽的舞台，所以，我从没有远距离地欣赏到一个上海女孩的美，这令我久久难以忘怀。

上海的女孩有什么特点呢？

她们苍白，也许这源于上海那散发着独特气味的自来水，饱含漂白粉味道的水甚至融入了上海的食品里。自来水为上海烙上了上海的味道，自然会给上海女孩的容颜施加强烈的影响。

上海女孩的白，是一种没有血色的白，是一种瓷器般透明的白。一张白纸，没有负担，可以画最新最美的图画，也许上海女孩最好地说明了这个道理。白色的上海女孩，可以用胭脂，可以用眉笔，把自己打扮得面目一新。光洁的皮肤，成为上海女孩千变万化地改写自己的资本。

她们可以让自己素面朝天地简单，更可以让自己艳色惊人地复杂。上海女孩总是像一个个魔术师，可以让她们任意地在美丽的两极自由地流转跳跃。

我印象中的上海女孩，由于她们过重地承载着一种家庭的期望，所以，家庭是她们年轻肩膀中的一部分。谁能理解一个女孩在上海家庭里的希望呢？

下面我将写到，一个女孩每天凌晨两点下班，父母就等在公交车的站点上，一次次地守候在黑夜的街头，等着女儿的回归。

在家里，女孩是以一种不独立的方式存在着的。父母为女孩准备着一切，为她准备好早餐，为她拿好鞋子，为她递上上班时的包，然后看着她“咚咚”地下楼。到晚上，又等着女孩的回归。

上海的家庭，每天放飞着她们的女孩，不是让她们去卖弄，不是让她们去用美丽来交换物质，而是希望她们用她们的女孩气韵，延续着家庭的期望，连接从上辈人起一直恪守着的平凡的生活。家人从不奢望自己的女孩与一起巨大的事件发生关联，更不希望女孩会成为一笔财富的等价交换品。

我一直这样理解着上海女孩，从我的同学，从我的亲戚中，从我即将认识的女孩那里，我了解着她们，感受着她们，并且欣赏着她们。在欣赏别人的时候，其实本质上也是对自我的欣赏。

上海女孩的卧室，见证着她们从一个小女孩长成一个大姑娘的过程。床边有一张桌子，那是她曾经学习的地方，必定少不了一架小书橱，里边有她学习用过的书籍。里边，有一些是上海译文版的世界名著，她可能精致地把它们包装起来，在上面用她秀气的字体写上书名，说明她对书的爱护。遗憾的是，她似乎并没有兴趣来阅读它们，所以你会发现这些书都是崭新的。在这些书里，让她翻得磨卷了角的是一两本亦舒的小说，还有韩国的《蓝色生死恋》，这些书大多数不可能是她买的，只是她从女同学那里辗转弄来的。在她的书橱外沿，还放着她喜欢吃的巧克力，还有某一牌子的钙片，而奇怪的是，整盒整盒的瓶子并没有启口，这只说明了广告的力量，以及一个家庭对女孩的希望。墙上很可能贴的是F4

的合影，还有一张周杰伦的《八度空间》，在靠墙的碟片架子上，堆放着王菲的碟片。

简单、平凡、杂乱，这是一个在家庭里的上海女孩所习惯的状态，也是父母们唠叨女孩背后的原因。在这种对女孩的指责中，其实还可能包含着父母的放心，因为女孩一切都正常，正常地在家里放松着，没有从外面回来的戒备森严。

柳丝丝看到这里，嘴里自言自语道：“你是一个小偷，把我的秘密都偷去了。”然后她把这句话用手机短信发给了韩力护。

第二十一章

穆炎经常待在地下室里，也觉得乏味得很，估计莎莎应该放学了，便辗转乘车，来到了“孔雀”培训班。

正值学生们放学，男男女女涌了出来，让他眼花缭乱，真是乱花迷眼，难辨西东。穆炎守候在大门口，想等学生潮流过去了再进去。突然一个女孩的声音在他身边响起：“你好……”

穆炎有一些奇怪，转过身，一个身材修长的女孩，微笑着看着他。穆炎望着她的面容，似曾相识，只是过去这个女孩从没有像现在这样亲和过，所以，他有一点无法确认她的身份了。懵里懵懂之间，他也应了一声：“你好。”

“不记得我了吧？时间过了好久了。还记得那一次和全姐一起在南京路上吃饭吗？”那个女孩带着一种温和的笑意，看着他。

“哦，想起来了，你叫柳……”

“我叫柳丝丝。”

“不好意思，我这记性。”穆炎尴尬地摸着头皮。

“还不错了，就那一面的机会，你还能记得我的姓。”

“你变化挺大的，上次，你好像不是这个样子。”穆炎窘迫之中，随便扯着话头。

“哦，我真有那么大的变化吗？”柳丝丝自觉好笑，抿了抿嘴唇，“你是找全姐的吧？”

“是啊，”小穆说道，“想请她帮一下忙，她还没有下班吗？”

“可能吧，我看见她的车子还停在车库里呢。”柳丝丝说道。

在穆炎看来，这个小女孩完全不同于数月前看到的那样。可能上一次与她相遇，正值她大发雷霆之时，所以，当时她给他的印象是尖锐而尖刻的。眼前的这个女孩，脸上挂着恬淡的笑容，富有耐心，像邻家小妹一样平和。

正在这个时候，远处一个女孩叫道：“丝丝，你还走不走啊？”

柳丝丝掉转头去，向那边应了一声，然后转过身来，对着穆炎说道：“我表姐应该在那儿的，你去找她吧，我先走了。”

柳丝丝也没等穆炎回应，便一溜烟地跑开了，走了几步，她又停下来，朝穆炎望了望，似乎意识到了什么，自顾自地笑了一笑，好像在嘲笑自己。穆炎却突然觉得心有所动，被这个像轻烟一样的女孩给拨动了似的。如果说过去的柳丝丝是一道猛烈的阳光，那么，现在这个同样叫柳丝丝的女孩，却温和得像一缕春风里吹动着的柳树丝绦。女孩善变，变得叫人都不认识了。

一直到学校里的人都走光了，穆炎才走进空旷的校区。上次他配合莎莎，在这里演出了一场贼喊捉贼的双簧剧，现在想起来他心里还是胆战心惊的。冬天的黄昏来得特别快，太阳似乎也怕冷，刚刚在城市的高楼间隙里闪了一会儿，便消失了所有的光色。

教学楼里，莎莎的屋子里亮着灯光，她肯定没有走。穆炎上楼的时候，暗暗想捉弄一下她，就悄无声息地踮着脚尖走路。

教学楼的每一个位置，他在黑暗里都曾走过，现在借着落日的余晖，可以说是轻车熟路了。

他来到莎莎的办公室门口，却发现门关得很紧，他有一些失望，这下失去吓她一下的最佳机会了。

他正犹豫着是敲门还是给她打电话，突然从门缝里传来一阵乱糟糟的撞击声。“真是见鬼了，难道真的有人在这时候又来抢劫了吗？”穆炎在心里说道，辨别着那窃窃私语般的声音。

他听到莎莎低声的娇笑：“讨厌，说不行就不行，你太贪得无厌了……”

混杂在这撒娇的声音中的，是一个男人的沉闷的声音：“我想嘛，再让我亲一次……”

“不行，不行……”那女人并没有十分认真地拒绝，从她紧接着发出的笑声，已可以猜想是默许了男人的作为。

穆炎如冰水灌顶。那个女人的声音，他是再熟悉不过的了，正是莎莎的声音；而那个男人的声音，他也是非常熟悉，那是钱盛钟的声音。

穆炎在这一刻突然感到，自己是一个多余的人。原来一切，都只是他的一厢情愿而已。他不是不知道莎莎是钱主任的红人，但是他很难相信，莎莎把自己全盘托付给他的时候，同时还与前一个男人保持着暧昧的关系。女人，真的难以理解。

一种强烈的失意感席卷了穆炎的全身，他愣了几秒钟，然后果断地转过身子，轻手轻脚地下了楼。他内心里翻江倒海，无法平息。

他觉得自己已把莎莎当成了他的情侣，莎莎成为他的一种精神支撑，并且已经适应了这样的相处方式。莎莎的过去，他已经不再计较，与莎莎的未来，他也没有清晰地想过，现在他才知道，莎莎与她前一个男人并没有结束。他想到自己过去对感情一直有一种洁癖的渴望，对爱情有着非常单纯的幻想，甚至有着一种苛求，他希望他的爱情是单纯的，没有丝毫杂尘的。与前女友的关系，虽然他们有了亲热的举动，但一直保持着纯洁的状态。现在，他却突然发现自己已经跌到一锅浑水里去了。从理论上讲，莎莎绝对不是他崇拜的女人，她特别的身份，她现实中的状态，都是他过去无法接受的事情。但是，一旦他涉足了感情本身，他发现自己竟然能那么轻易地宽宥她的过去，容忍了她复杂的感情生活，他自己都奇怪，他过去的洁癖怎么失去了？他对爱情的苛求怎么远走高飞了？

穆炎在与莎莎的接触过程中，是一次痛苦地发现自己的过程，他发现对自我的失望，发现他陷在生活的泥沼中，无法分清对错，只知道纵容着自己的感情，胡作非为地决定着自己的行动，他失去了判断能力，只知道凭感情行事。而这种感觉究竟是由什么决定的？是一种爱情吗？还是一种情欲？他为此苦恼过。但情欲的热浪使他不愿意理智地去想一想，他总是不去客观考察他的爱情方式，只是沉陷在情感的旋涡中，让触手可及的肉体的接触代替头脑里的思考，这似乎是一种爱的方式，似乎是爱的极致。抛弃理智，让热情统帅内心，是一种真正的爱情方式吗？

他混淆在爱与欲的关系里不能自拔。现在，他过去一直回避掉的问题，不由分说地横亘在他的面前。他所谓爱着的这个女人，依然与另外一个男人保持着暧昧的关系。他该怎么决定自己的感情取向？在这一刻，他脑子里乱成了一锅粥。

穆炎现在最迫切的是想离开这个学校，他希望找到一个无人的地方，可以舔舐内心的伤口。

他走出校门，在路边一个随便找到的车牌处，看到一辆公车过来了，也不管三七二十一，就守在一边，准备上车。

“喂，帮一下忙。”身边的一个女孩打断了他的恍惚，掉头一看，正是刚才见过的柳丝丝。只见她手里拎着大包小包，人仿佛不堪重负，步履维艰。

刚才，柳丝丝正与穆炎讲话的时候，那个喊她的女孩名叫谢北桦。也许是在排练场上经常合作的缘故，柳丝丝与谢北桦成了好朋友。谢北桦似乎有着塑造人物的天赋，开始的时候，心高气傲的柳丝丝对她心怀嫉妒，不以为然，但那一次表演课上，谢北桦把一个中弹的女孩那种痛苦与挣扎表现得惟妙惟肖，彻底消除了柳丝丝心中对她的芥蒂。

放学的时候，谢北桦告诉柳丝丝自己可能要参加一部电影的拍摄了，就是那天见过的黄导介绍的，电影讲的是四川一个大地主的故事，她可能在里面扮演一个贫苦农民的女儿。

柳丝丝与谢北桦谈了好久，两人分开，她想到了一件事，便到附近的一家大卖场里，买了许多滋补品。

因为心情很好，她一下子纵容了自己的购买欲，待到推着小推车来到出口结账时，她才知道，拎着它们是一个大问题了。

想来想去，请谁帮忙呢？找表姐。劳驾表姐的车子把她送到医院，这倒是一个最佳选择。但是，她又想到莎莎一直不乐意她去找小姨父，如果她知道自己竟然私下里又去看望小姨父的话，一定会阻挠她继续前去的。所以，柳丝丝放弃了这个打算。

她想到给韩力护打电话，她相信，只要她的电话拨出去，韩力护不出三十分钟，就会赶到这里。但是，她拨出韩力护的电话，电话里边传来韩力护无奈的声音，他今晚加班，有一批日文书稿需要进行编辑制作。

柳丝丝只好罢休，一个人拎着大大小小的包裹，艰难地向公交车站走去。走到半路，她看到穆炎，心中一喜，便大声叫出来。

穆炎看到她，本来就想逃避，因为柳丝丝是莎莎的表妹，会勾连上他对莎莎的不快的记忆，但是，看到柳丝丝那种亲密无间的亲热劲儿，他拒绝的念头消失了，他不想把内心里那种不快与苦楚表现在脸上。

于是，他收敛起内心里的翻江倒海，颇为热情地问道："这么多东西，上哪里去？"

"上医院看一个人。"

"哦，我猜到了。"小穆从她手里接过了最大的一个包，柳丝丝顿时松了一口气。

"是谁？啊，是表姐告诉你的吧。"柳丝丝诡秘地笑了一笑，"不过有一个条件，你可不能告诉她。"

"怎么，这还要对她保密啊？"穆炎在心里想的却是，以后他不知道还能不能与莎莎见面呢。

"我只是不想惹麻烦。"柳丝丝说道，然后向穆炎努了一下嘴，"快上去。"

公交车早已停在身边，不容穆炎犹豫，他就被柳丝丝用她的一包东西挤上了车。穆炎身不由己地往后走，柳丝丝扔下几枚硬币，哗啦啦一阵响。匆忙之中，她把从大卖场找零回来的硬币，都投进去了，自己的公交卡反而无暇拿出来。

正是下班的高峰期，车上人很多，转了几个弯儿，穆炎就失去了方向，他只有听柳丝丝指挥了。在路上又换了一站车，才来到柳丝丝要到的医院。

"真不好意思，让你走了这么远的弯路。"下了车，柳丝丝抱歉地向穆炎笑了笑。

“没什么,反正我也没有事。要不要我陪你一起进去看病人？”

“不用了。人多了反而不好，你应该知道我小姨父的情况吧？”

“听小全姐说过。听说是你小姨父害死了你小姨。”

“唉，两个不幸的人，也说不清谁害死谁了。”柳丝丝宽宏大量地说道。时间长了,她似乎能泰然地面对有关小姨的一切事情了。

“那你进去吧，我在这里等你。”说不清什么原因，穆炎觉得自己有一点不想离开面前的这个女孩。

“真的？太好了。”柳丝丝孩子气地笑道。然后，她拎着包括穆炎递过来的大包小包走进了病区。

穆炎一个人站在医院门口，望着过路的来来往往的人。他觉得肚子有一点饿了，但是却没有一点食欲。他脑子里还是一片混沌，此刻他很需要安静一下，所以他蹲了下来，回想着与莎莎有过的一切。闪回中，她对他的恩爱，像针一样刺痛着他。当初热烈的感情，会以同样热烈的方式刺激着他。感情投入竟然是如此可怕，越是投入得多，抽回的时候，越觉得吃力。

“让你久等了吧？”柳丝丝不知何时站到了他的面前。

“没什么，我在这里正好歇一歇。”穆炎站起身。

“你是不是饿了？我请客。今天让你陪我这么久，下次表姐再约我逛街，我把那个机会让给你，怎么样？”柳丝丝的脸上沁着兴奋的红晕，在暗夜里显得特别娇俏。

“谢谢你的好意了。”穆炎笨拙地回答道，他没有一个好心情，无心回答女孩的谈话，“看过了？你小姨父怎么样了？”

“好多了，能下床走了。”柳丝丝说道。

“你还真是一个胆大的姑娘，”穆炎寻找话题，“别的女孩，听说这样的事情，躲都躲不及，谁还敢来看啊？”

“其实，小姨父他们都是弱者，怎么会让人怕呢？乍一听很可怕，好像是我小姨父害了人，可是你了解他们之后，就会理解他们。小姨父不是可怕，而是可怜。如果不是我来看他，也没有人来看他了。小姨不在了，我应该对小姨父好一点。”柳丝丝语速很快地说着，可以看出她心情很好。她是一个没有心机的女孩。

“你不仅胆大，而且心很好。”穆炎由衷地说道。只是他说出口时，一点激情没有。

“真的吗？”柳丝丝咯咯地笑起来，“唉，还记得上次吃饭时我发了火吧？”

“记得，”穆炎苦味地笑了一下，“你发起脾气来，你表姐根本没有辙。当时我觉得你是一个挺厉害的女孩。”

“现在觉得我不厉害了？”

“现在才知道你是一个很乖巧、很体贴人的女孩。”

“哈哈，喜欢听你说这样的话。”或许柳丝丝是真的为穆炎的赞扬而高兴，反正她无顾忌地笑着，洁白的牙齿，在暗夜中闪着纯洁的气质，“走，请你喝咖啡，我男朋友最喜欢喝咖啡。”

从咖啡店里出来，柳丝丝抢着要付账。穆炎自然不会有让女孩付账的机会，只是他心情不好，一副闷闷不乐的样子，柳丝丝也感觉出来了。

“喂，听说你电脑水平挺高的，是吗？”柳丝丝在门口说道。

“高也谈不上，只是会操作吧。”

“问你一个问题，我想把 DV 上的图像拷到电脑上，得通过什么办法呀？”柳丝丝说道。

“你是想把摄像机里的图像移到电脑上去？”

“嗯，我过生日的时候爸爸送给我一台摄像机，现在都录了很多了，就是拷不到电脑上。”

“可能需要一个软件，我记得以前在什么地方看过，可能是UleadVideoStudio 吧。”

“天啊，到哪里找这个软件啊？”

“我那里倒是有。”

“真的？”

“嗯。”

“那你帮我安装一下吧。”

穆炎本不想把她带到自己的住处，但是柳丝丝向来有一股不依不饶的韧劲，穆炎不好意思回绝，便与柳丝丝一起回到了自己位于闸北的地下室。

走入空旷的地下室过道，柳丝丝不禁向穆炎靠得近了一点。过道顶上的通风口裸露出来，就像一个巨人国里古怪的内脏，里面足以藏下无数个怪物精灵来，看了让人发寒。

进了小穆的住处，柳丝丝很好奇地打量着这里的一切。小穆对屋子里的摆设进行了重新布置，里间的仓库门上上了一道锁，使他的生活间与仓库之间可以分割下来。现在看来，他这样的重新设置，好处是很显然的。别人不能随便在整个地下仓库里逛来逛去了，可以让屋子显得像一个正常的居室了。

柳丝丝饶有趣味地在屋子里先看了一个够，对小穆的所有电脑设备都很好奇。然后，小穆开了他的工作机，从里面找出程序，他用移动硬盘拷了进去，告诉柳丝丝如何操作，叮嘱她可以通过这个软件，把摄像机里的图像复制到电脑上来，还可以对图像进行编辑。

柳丝丝心满意足，起身告辞。穆炎说送柳丝丝回到地面，柳丝丝自然没有推辞，她对通向地下室的那一段古里古怪的通道心有余悸。

升上地面的台阶边上有一个超市，现在已经关门了，几张台球桌与游戏机也因为没有人，早早地被业主收了起来，地下通道显得特别寂静。走到这儿的时候，柳丝丝仿佛能听见自己的心跳。

突然，从台球桌下面蹦出一个披头散发的老妇人，朝柳丝丝露出黄黄的牙齿。柳丝丝惊愕地叫了起来，穆炎赶快护住她。他已经习惯了，每到晚上，在城市里流浪的无家可归的人，便会在这地下室的过道里寻找栖身之处，就像一群梦游的夜鬼一样，乍一看，还真会把人吓一跳。

“别怕，别理睬她就行。”小穆小声地对柳丝丝说。

柳丝丝紧张地盯着那个老妇人，发现那个老妇人除了散发着傻傻的笑容外，并没有另外的动作，便藏在穆炎的身边，顺利地度过了危境。

走上台阶，见危险渐行渐远，她转过身，挑衅地对老妇人挥了挥手，好像在向她示威。

那老妇人见此，也追着上了台阶，嘴里嘀咕道：“小姑娘好漂亮哦。”

她并没有显示出恶意，但柳丝丝却一溜烟地向台阶上奔去，无意识中，她抓起穆炎的胳膊。大股大股的风，从敞开的出口处吹了进来。外面又是万家灯火的时候了。

柳丝丝突然站住，她的脸上不见了嬉皮笑脸的神情，显得很庄重，低声说道：“你看她一个人多么孤单，她是上海人吗？”她的手仍然拉着穆炎的胳膊，重心依靠在他的身上。穆炎却有一些不自在，他一直郁郁寡欢地想着莎莎的背叛。

“听口音像是浙江人。”

“她为什么不回家？”

“也许家里没有这里好呗。”穆炎有口无心地说道。

正当柳丝丝惊魂未定地依靠着穆炎身上的时候，一双女人的眼睛惊愕地在黑暗处看着这一切。

如果在以前，她会欣慰地看到柳丝丝与穆炎亲密无间，但是现在一切都发生了改变，自己已经与穆炎走得如此之近，她不愿意看到自己的小表妹以这样的方式与穆炎靠得太近。

莎莎下午在培训班上接到小穆的电话，说他会来接她。但是，当她支走钱盛钟的时候，发现校园里已经空无一人。她打穆炎的电话，却发现关机了。她神情不宁，想来想去，还是开着车子来到闸北区，准备到小穆的住处去看看，没想到她把车子停好，就在地下室的入口处看到一个女孩拉着穆炎的胳膊，有说有笑地走出入口。

莎莎看到两个人说着话，并没有分手的意思，便藏到一条向南的小巷子里。她左右为难，好奇心使她想跟上去看一个究竟，但是理智却使她选择了离开。

看着这一对男孩女孩，莎莎觉得他们非常般配，这也许是对的。对自己，她始终有一种不洁的感觉。下午，钱盛钟又在她的办公室里对她纠缠不已，她用惯用的办法把钱盛钟连哄带骗打发走了。她不知道这样的关系该如何了结。以前，她没有爱上一个男孩，与钱盛钟保持着暧昧关系的时候，她并不在乎与谁上床，但是现在她觉得自己有了非常强烈的选择性倾向。她觉得自己变了，变得对自己的身体苛刻起来，但是这种苛刻，却无法得到生活的成全。她觉得自己分裂成了两半，不知道该在生活中采取什么样的态度，而现在，她看到了穆炎与她的小表妹终于以她当初设想的方法，亲昵地走到一起，她觉得这倒是一件好事。如此一想，她震惊的心情平静了许多。她回到自己的车上，独自驾车驶往家中。

在她不安的时候，她喜欢把自己里里外外清洗一下，于是，她便以一杯酸牛奶充饥，然后打开卫浴里的暖气，好好地冲洗了一下。似乎这样，一方面可以把钱盛钟那手爪子留在她身上的痕迹清除，另一方面，也能把对小穆的记忆清洗干净。

洗完后，她换上了新的内衣，早早地上了床，好久都没有动弹。思绪又开始胡乱地奔腾起来，一会儿她觉得自己的心情持续着刚才的轻松，一会儿又有一股阴郁的愁云袭上心头，告知她此刻心中积压着的沉重。等好好地回想沉重是什么的时候，她却一时半会儿又摸不着方向。就这么胡思乱想着，她进入了一种混沌不宁的半梦半醒之间……

门突然发出急切的拍打声。莎莎像被针刺一般弹了起来。一个人在家，她对声音特别敏感。有时候，正是这种顽强的孤独，使她很是留恋与小穆在一起的那段相互照料的时光。

她屏息听着敲门声，确认这不是自己的臆想之后，迅速地做出反应："会是谁这么晚来敲门啊？除了小穆还会有谁呢？"

莎莎跳下床，那种急迫的敲门声，不像是小穆所为。小穆敲门的时候，总是用指头敲击两声，他知道这种楼道的隔音效果，不想惊动左邻右舍。而现在这种敲门声，带着一种愤怒，一种激愤。

莎莎心里升起了一种不祥的阴云，她摸索着走到门口，可以看到门框在微微晃动。

“谁？”

没有人应。

从猫眼里望出去，她惊呆了。竟然是钱盛钟。太奇怪了，他不按门铃，却敲打外面的防盗门，好像是怕天下人不知道他来似的。

这个时候他来干什么？

自从小穆住过这里之后，莎莎就把门锁换了，以前钱盛钟是有这个门的钥匙的。这么长的时间里，钱盛钟没有这么晚登过这个门。

莎莎开了门，钱盛钟心急火燎地闯了进来。进屋后，他像一具僵尸一样，睬都不睬莎莎，径直向莎莎的卧室里走去。

他伸长脖子，那神情活像一只猎狗，似乎尾随着蛛丝马迹，跟踪着猎物。莎莎狐疑地看着他那古怪的神情。

钱盛钟先掀开莎莎的被子，仿佛被子里还藏着一个人，然后，又低下头察看着床下的动静，转身又打开了柜子门，其实那是一个傻瓜都可以看出的事，那种拼装的组合柜，根本不可能容纳一个人，而现在钱盛钟却不折不扣地做着一个傻瓜才会做的事。

“老钱，你想干什么？”莎莎扣住自己的睡袍，瑟瑟发抖。

这一叫，钱盛钟似乎清醒过来了，他僵尸般的脸上浮现出一丝尴尬的笑意：“小全，来看看你啊。”

“你是来看我的吗？你找的东西肯定不是我吧。找到没有？我屋子就这么大，还能藏什么东西？”

“没藏东西不是更好吗？小全，这样我就放心了。”

“放心？我要你放心什么？我的私人生活你管得到吗？老钱，你可以管我工作上的事，那我听你的，可是我私人的事，你可管不到我吧。”

“我不是关心你嘛。你单身一人住在这里，我还不是怕坏人混进来嘛。”

“你把我当小孩是不是？好人坏人我还分不清吗？我看，还不知谁是好人谁是坏人呢。”

“小全，现在这治安状况很不好，你孤身一人，你说我能放心吗？”

“哟，这么久了，没有见你关心，怎么今天突然想起关心我来了？”

“你想想，上次在学校里遇到坏人的事，要不是小穆他们……”钱盛钟急切得说，“刚才我还在电视上看到一个新闻呢，昨夜在长宁路工行储蓄所，一个女人夜里在 ATM 机上取款，被两个坏蛋给杀了。”

“哦，这就是你来看我的原因？你以为那个歹徒在我的屋子里？”

“防患于未然嘛，嘿嘿。”钱盛钟干笑着，露出那苍黄的牙齿。

“老钱，现在你总该放心了吧。”莎莎抄着手，冷眼看着他。

“放心，我对你还不是一百个放心吗？”钱盛钟死皮赖脸地凑过来，摸着莎莎睡袍上的荷叶边，“这件睡衣啥时买的？穿起来很性感啊。”

“去去，”莎莎不悦地打掉了他的手，“你这手又不知摸过什么东西，少碰我。”

“小全，你现在对我越来越没有情意了。今天下午在培训班，我就是想亲你一口，你咋就那么不通人情呢？小全，你是不是有什么人了？你告诉我，只要你告诉我，我不会拦你的，可是你不能瞒我。”

“我当然有男人了，而且成堆。”莎莎轻松地说道。

“小全，我与你是说正经的。”

“谁与你说不正经的了？我当然有一堆男人了，你还在乎过我吗？”

“小全，你咋就不明白我的心呢？我心中，你最重要，你到现在都不明白。”钱盛钟看着莎莎脸上浮现出的怒意，有一种说不出来的魅力，情不自禁地就想把莎莎抱在怀里。

“别碰我，我身体不舒服。”

“怎么，来了那个了？”钱盛钟暧昧地笑着，毫无疑问地暗示他知道她的生理周期。

望着莎莎影影绰绰地闪现在睡袍里的曲线玲珑的身体，钱盛钟觉得美不胜收，声音变得特别地温柔，悄声说：“快上床去吧，当心着凉。”

莎莎两手护胸，说道：“钱主任没有搜完，我也不敢上床啊。”

“你还是不了解我，我钱盛钟对天发誓，你是我心中最重要的女人。你也不是不知道，我与老婆都好久没在一起了。”钱盛钟又向莎莎挨挨碰碰地凑近。

“我不想了解你的事。老钱，你既然这样说了，把我看成是你最重要的女人，你总得在我面前说实话。你老实给我说，你这么晚跑到我这儿来，就是告诉我你关心我？”莎莎仰起头看着钱盛钟。

“你先上床，瞧你这小脸冻的。”钱盛钟一副低声下气的神气，手伸过来，想趁机摸莎莎的脸蛋。

“你不说实话，我就冻死在这里。”莎莎挡了一下他的手，兀然不动。

“你上床，我原原本本地讲给你听。”

莎莎看了一下嬉皮笑脸的钱盛钟，没有吱声，从钱盛钟面前经过。钱盛钟忍不住把手搁在她的腰肢上，被莎莎不客气地打掉了。莎莎坐上床，用被子蒙住身子，钱盛钟坐到床沿上，像瘫软的面条一样，倒在莎莎身上，莎莎让了让，却没有甩开钱盛钟。

“说……”莎莎空旷的眼神，看着正前方。

“小全，你的手机最近有没有被人拿过？”钱盛钟说道。

“怎么了？”莎莎一愣，掉头看着钱盛钟，眼睛睁得有铜铃大。

“问你呢，你手机有没有被人拿过？”

“我咋记得清楚？什么事，你明说就成了。”

“我不知道什么原因，反正你手机里接听的内容，人家都知道。”

“什么？”莎莎只觉得头“嗡”的一下，她迅速回想了一下她的手机上有什么秘密通话内容。在她通盘斟酌了一下自己的所有秘密之后，她硬着心肠说道：“谁这么缺德？老钱，只有你会干这种缺德事吧？不过，老钱，明人不说暗话，我未干啥缺德的事，不怕鬼来敲门。”

“我是相信你的，我怎么可能偷听你电话呢？”

“那是谁啊？你快说啊，你真要把人急死了。”莎莎挺直身子，推搡着钱盛钟。

“我说了，你有什么报答我？”钱盛钟脸上露出不正经的笑容。

“你先说。”

“那我今天留在这里了？”

“行行，”莎莎似乎没心与他纠缠，只求他能快点说出她想知道的秘密，“你这吞吞吐吐地说话，真要把人急死了。”

“有人在你的手机里装上了窃听器，你的所有通话内容，人家都知道了。”

“谁这么做的，什么时候放的？”

“所以，我问你手机有没有被人拿去过。”

莎莎渐渐地冷静下来，她猛地想起，在培训班的时候，她的确有一天手机失踪了几个小时，不过很快就找回来了。在那么短的时间里，如果有谁在她的手机里做了手脚，也只有培训班里的人，那么是谁呢？难道那个时刻监视她的人就在她的身边？想到这里，她不由感到心惊胆寒。培训班里就那么几个人，究竟是谁一直对她盯着不放呢？再联想到电话里的那个阴沉的声音，她不由地毛骨悚然，几乎说不出话来，过了一会儿，她说道：“是有一天我的手机不见了一段时间，可能就是那时候被人拿去的。钱主任，那个人是谁？快告诉我。”

“我也不知道是谁啊。”钱盛钟卖着关子。

“那你从哪儿听说的？”莎莎现在反过来伏在钱盛钟的身上，一副哀怜的神气。

钱盛钟反败为胜，大模大样地伸出手，隔着薄若蝉翼的睡衣，抚摸着莎莎的胸脯。

“快说嘛，快说嘛。”莎莎发出令钱盛钟心动的撒娇的声音。

钱盛钟在莎莎的胸脯上抚摸了个够，说道：“我是从我老婆那儿听来的。”

“谢大姐？”莎莎疑团重重，“她怎么知道？”

“我也奇怪着呢。”钱盛钟一旦沉浸在女人的肉体中，便有一些心不在焉。

莎莎就像一个母亲，用自己的乳房哄着一个贪婪的小孩，撒娇道："她很少到培训班来，怎么会窃听我的手机？她什么时候告诉你的？"

"今天晚上，我陪黄导他们吃饭，她给我打来电话，告诉我这一回事。"

"哦，明白了，这就是你来这里的原因。"莎莎想到，在电话里，小穆的确约过他们晚上见面，如果不是她看见小穆与柳丝丝在一起，可能今晚小穆真的会在她的房间里，那么钱盛钟一闯进来，就完全可能找到小穆。想想真是好险啊，自己已经这样了，被钱盛钟抓住也没有什么，但是小穆就不同了。一想到这里，莎莎顿时感到一种后怕，心里也无形中生出一团怒火，她一把推开钱盛钟火辣辣的手说道："好啊，原来你今晚来是抓奸的，你真的很卑鄙。你什么人都信，你老婆的话你当然信了。你捉啊，捉到没有？捉的那个人，恐怕就是你自己吧。你真让我恶心，你给我下床去。刚才还来捉奸呢，现在自己却跑到床上来了，你还算不算个人啊？"

"小全，别生气，我不是都告诉你了吗？对你的私事，我都不过问的。我是怕坏人上了床，玷污了你。"

"你以为你是好人啊。走吧，我不想再看到你了。"

"我不是好人，但也不至于是坏人吧。"

"好，那我问你，你的意思是说，谢大姐在我的手机里安装窃听器，把电话里的内容都告诉你了？"

"这我就不知道了，她今天晚上也是有些反常，说叫我到这里来看看你，说你这边有情况。我问她是怎么知道的？她说，有人在你的手机里放了窃听器，是人家告诉她的。这不，我就赶过来了。"

"这么说，她也是道听途说的？你还是相信你的老婆，你哪里相信我？”莎莎想到与小穆今后可能断绝的感情，不由眼泪流了下来。

“别怕，别怕，小乖乖。”钱盛钟拍着莎莎的肩膀，心早已被她的眼泪融化了。

“你知道吗？钱主任，最近几个月，总有一个电话打过来，对我又是恐吓，又是威胁，叫我把培训班账目上的钱，都转到大公司里去。我怕给你惹麻烦，就没有告诉你，你自己在外面欠了一屁股债，人家债主不向你索要，却来恐吓我。我怕让你担心，就没有告诉你。”

钱盛钟一下蹦了起来，急道：“什么，我欠了什么债？真是见鬼了。这究竟是怎么一回事？你把钱转到哪里去了？”

“我能转到哪里？还不是每一次都是你批的？就是没有告诉你原因，都转到谢大姐公司的账上了。”

“你不是说要支进货款的吗？”

“那是告诉你的，反正你们都是一家人，肉烂在锅里。”

“现在小金库里还有多少钱？”

“全转走了。”

“什么，就这么转几次就转光了？”

“怎么了？”

“小全，我看我们都被谢有芳给骗了。”

莎莎越听越糊涂。她在谢有芳面前，总是感到自卑，但她还真的没有去思量过钱盛钟与谢有芳的关系，此刻听钱盛钟这么一说，她不由奇怪万分：“谢大姐骗我们？”

“肯定是这样，谢有芳对我越来越不放心了。她监听你的电话，让人打电话给你，叫你把培训班里的钱都转到她那里，她这是存心架空我啊。我现在手里一分钱都没有了。”钱盛钟额头上竟然沁出了细细的汗珠。

“谢大姐不至于这样吧？”莎莎结结巴巴地说道。

“她这人心狠着呢。要不我怎么会对你说,我最相信的是你呢。”

“那现在怎么办啊？”

“不知道她究竟想干什么。过去她对我控制得不算太紧，现在她用这种下三烂的方法，逼迫你把账务全交出来，不知她想干什么。今天她打电话给我，让我到这里来，看样子，就是让我不相信你，我觉得我和你都成了任她摆布的棋子。”

莎莎从整个人被窝里都弹了出来，半跪在床上，颤声道：“怎么，她要怎么整治我们？”

“我现在能确认的是，她转走了我所有的钱。小全，有人威胁你，你应该早早告诉我，怎么到现在才说啊？”

“我是怕你担心嘛，再说，那个打电话的人太阴险，我也不敢告诉你。”

“你有什么把柄在他手里？”钱盛钟盯着莎莎看。

“没有，没有，我有什么把柄？我是清清白白的。”莎莎心虚地说道，罕见地如此标榜自己。

“谢有芳早就与我同床异梦了，你又不是不知道，只是你还把我老钱当外人了。”

“那我们现在怎么办？”

“我现在离一个穷光蛋也不远了。”钱盛钟无力地说道。

“那明天再找谢大姐，把钱再划回来就行了。”

“你以为她是那么容易说话的吗？”

“平时觉得谢大姐是一个挺好的人啊！”

“她这人心计深。我钱盛钟算不上一个好人，但在定力上，与谢有芳还有差距啊。你看她，我在外面花天酒地，她表面上不闻不问，好像很放得开，但她却自有绳套套住我。套到最后，我都快被勒死了。”

“不会这么严重吧。一日夫妻百日恩，她不会对你这么狠吧。”

“我与她只有夫妻之名，没有夫妻之情了。”钱盛钟两眼发直，蜷缩在莎莎的身边，不见了刚才那副色迷迷的神情，“其实，我想想自己也挺可怜的，谁能知道我内心的苦楚啊。谢有芳就从来没有看得起过我，我在家里过的哪里是人的日子？你知道一个男人被女人轻蔑的感觉是什么样子吗？就是在床上，她也是那副高高在上的神情，她那副冷眼看人的样子叫人受不了。我真怀疑我这个挺而不坚的毛病，就是因为她。她看什么都是一副太透的神情，连上床的时候她都能睁着眼看着我，你说我有什么乐趣？我也是一个男人，连太监都还有欲望的，我生理上不行，但那欲望总得有吧。到最后，在她的面前，我连那欲望都没有了。小全，我心里苦得很啊。”

“行了，行了，大男人，哭哭啼啼的像什么。”莎莎拍了拍钱盛钟，声音却很冰冷。

“小全，我现在只剩下你了。如果没有你，我是一无所有了。”

“别净拣好听的说。我也没有觉得你特别在乎我，我都是残花败柳了，当不得你这么一番恭维。”

“小全，你是我心中的女神。我对你还不好吗？只要有机会，我还不是想办法提携你吗？”

“好好，过去的事情就别提了。现在你想怎么样？”

“小全，能给我慰藉的只有你，就让我好好喜欢你一下吧。”

钱盛钟的眼睛里又飞起了欲望的翅膀。

“你能行了？”莎莎脸上挂着问号，望着他。

“我是说欢喜欢喜你，又没有说要与你做那事。”

“我这不成了收留垃圾的垃圾箱了吗？”

“你就把我当垃圾吧。”

“你把自己当成垃圾，那是你自己的事，我可不想收垃圾。”

“你把我当什么都成，只要不把我扔了就成。”

“那随你吧。”莎莎口气中仍然含着冰冷的语调。如果今晚不是看到小穆那一幕，她是决不会让钱盛钟的哀求得逞的，只是她现在已经心烦意乱，钱盛钟近在咫尺，又使她想起了过去与钱盛钟在一起的日子。当年钱盛钟总是在她的身上乱揪乱摸，把她搞得欲火旺盛，虽然没有爱情的感觉，但那种热焰升腾的狂热，却可以忘记生活中揪心的难受。现在见钱盛钟这一副可怜兮兮的神情，她的心退让了一步，不是因为软化了，而是她想寻找一种麻醉。

得到了莎莎的首肯，钱盛钟脱得精光趴在莎莎的怀里，在她的身上闻了一个遍，嘴里呢呢喃喃地说：“我最喜欢你身上的香气。”

在来之前，钱盛钟根本没有什么情欲的想法，但是，当他从莎莎的嘴里，明白了妻子谢有芳设局的时候，他的内心塌陷下去了。强大的失衡，让他的整个内心压抑着、收缩着，他迫切要通过肉体释放他灵魂上遭受的打击，他需要肉体上的发泄，来麻醉灵魂的虚空与失落。

这个时候的莎莎也与钱盛钟有着同样的心态，她的爱情刚刚宣告失败了，她精神上的男孩与另一个女孩相携而走，她的内心同样处于极端压抑状态，精神对肉体的坚守在这一刻失去了制约力。

生存就像一个轮回，与小穆在一起的一年里，她珍惜自己的肉体，但那一年是何其短暂，又何其漫长。现在经过了一年的对灵魂与肉体相谐和的注重，莎莎发现自己又回到过去的那种无视肉体、轻贱肉体的漠然状态。没有灵魂的男女，却可以娴熟地纵容着肉体，在对方身上榨取各自需要的快感，这大概就是人类最原始的本能，大概也是所有人类性交易存在的根本理由。世界仿佛遁去了，只有狂热的肉体晃荡在世界上，充当着主宰。

突然间，门开了，刺眼的光线照亮了他们赤裸的肉体。他们沉醉在肉体的麻木中还没有反应过来，呆呆地无法应对。就像猎人闯入狼窝的时候，里面的群狼不仅没有任何攻击能力，反而一个个呆若木鸡，他们此刻就像是这种暴露在意外光线之下的不设防的狼。

“哈哈，老钱，不错不错，今天这场戏演得不错。”一个女人高亢的嗓音从房门口传过来。

钱盛钟禁不住打了一个寒战。谢有芳对声音的拿捏可谓游刃有余，像划在玻璃上一样，尖锐而又不乏力度。平时钱盛钟就对谢有芳有一种畏惧之心，现在更是全面萎靡。

“有芳……”钱盛钟嗫嚅着，“你什么时候来的？”

“我不放心你，担心你被人吃了，没想到你在这里吃得挺香啊。”谢有芳说着，在床边荡来荡去。

猝不及防的莎莎用被子裹着全身，钱盛钟则蜷缩在她的脚下，扯着被角，遮着丑态百出的下身。

谢有芳泰然自若地坐在梳妆台的角上，两手抄起，环绕在胸前，悠闲自在地看着钱盛钟，冷冷道：“我打电话叫你来，就是想让你看看你的这位红颜知己是如何跟别人上床的。没想到，你竟然现身说法，自己扮演了那个上床的人。老钱，你的毛病改不了了，什么事都要跳上去自己做。"

"有芳，我是身不由己啊。"钱盛钟哭丧着脸，找不出一句有力量的话来让谢有芳放弃对他的讥讽。

"你究竟是不是身不由己，我已经不想问你了。老钱，今天这个场面很好，我很欣赏，也正好给我们之间的关系做个了结。"谢有芳声音中不含任何一点感情。

"有芳，你千万别误会，我心里是永远爱你的。"钱盛钟急切地说道。

莎莎用被单裹着自己赤裸的胸脯，一直没有吱声。听到钱盛钟乞饶的声音，她怒从心底起，抬起脚把钱盛钟踢出了被子，怒道："钱主任，找你最爱的人去吧。"

谢有芳冷冷地笑道："呵呵，常言道天下最毒妇人心。老钱，你现在应该明白了吧，刚刚跟你上床的女人，眨眼之间就能把你踢下床，你感觉怎么样？"

莎莎听出了谢有芳的话中有话，说道："谢大姐，说钱主任在我的床上，我没话讲，可是谢大姐，你总得问问，是我把他弄上我的床的吗？"

谢有芳看着钱盛钟滚到床边的那一副落水狗的模样，随手把一件内衣扔到钱盛钟身边，笑道："哈哈哈，问得好，只是我不想弄清楚你们这些偷鸡摸狗的恶心事情。母狗不翘尾巴，公狗会上去吗？"

"谢大姐，你怎么能污辱人？"

"污辱人？你也配说这样的话？你还有什么地方不能污辱的？你不就是一个让人污辱的人吗？"谢有芳说道。

“谢大姐，我……”莎莎一阵委屈，眼泪袭上了眼睛，在谢有芳强大气场的威慑下，她颤抖着说道：“谢大姐，你是女人，我一直以为女人能了解女人一点，但现在我知道，女人对女人更不了解。”

“我了解你这种女人，男人给你一点钱，你什么东西不能拿出来？”谢有芳冷言冷语地说道，“你还有什么值得了解的？”

“谢大姐，你知不知道……有时候女人是无法决定自己的命运的。”莎莎说完，再也控制不住自己，从床上一跃而起，冲进了卫生间。

钱盛钟穿好内衣，才恢复了一点自信，看着莎莎夺门而出，他失声叫道：“小全，小全……”

谢有芳伸出脚，挡住了钱盛钟的去路：“怎么，你还恋恋不舍？你放心，我会成全你的，你的好日子不远了。”

“有芳，就算是我错了行吗？我不是人，我是畜生行了吧？”

“你现在是什么，都已不关我的事了。老钱，今天看到你这个样子，我是又惊又喜。惊的是你老钱还有男人的能力，喜的是，我们之间可以在此做一个了断了。”

“有芳，你怎么能这么绝情！我承认我不是好男人，但天下哪个男人不沾腥？我不过是沾一点腥而已，心里还不是把你放在第一位？”

“用不着了。明说吧，老钱，我原来只是想让你知道你喜欢的女人背后在干什么名堂，意思就是叫你把你的账目全都交给我，现在我倒看没有必要了。现在我应该向你挑明了，我们之间的缘分该尽了。明天，我们就去把离婚的手续给办了。”

“有芳，你说的是真的？你就不念我们夫妻十多年的情分了吗？”

“情分？你也配谈情分？我纵容你十多年，已经给了你足够的情分，从你被单位清退回家起，我们之间就没有什么情分可言了。只是那时候孩子小，我不忍心离开孩子，才没有与你正式分开。后来你整天与那些乱七八糟的演艺圈里的人混，我看你还算有一个混饭吃的行当，才睁一只眼闭一只眼，可你知道，我心里是怎么看你的吗？你他妈的知不知道，你在干着伤天害理的事？”

“你现在说我伤天害理了，我赚得盆满钵溢的时候，你不也是眉开眼笑吗？”

“老钱，说句良心话，你应不应该补偿我这么多年来的损失？因为你我人面上站不住，摊上你这样的男人，我自卑你知道吗？这一辈子，我都被你拖住了，活得人不像人鬼不像鬼。你赚的钞票够不够抵我的损失？我一辈子就值你那么一点钱？”

“有芳，我不是那个意思，你也知道，我们大半辈子都过来了，你现在怎么提起离婚了？”

“今天的这个事情只是原因之一，我早就觉得我们再待在一起不合适了。不过，今天看到你这样，更坚定了我离婚的决心。”

“有芳，我再不好，可你为孩子想过没有？”

“用不着把孩子提在嘴边，你现在知道孩子，当初你做出那些事情的时候，想过孩子没有？”

“有芳，你真的这么坚决？说到底，你这样年龄的女人，离婚了还有什么好处？”

“老钱，这就不是你关心的事了。今天既然已经说到这个程度了，我就带一个人来给你瞧瞧，让你知道我谢有芳也应该寻找自己的幸福了，我不能后半辈子还搭在你这个破船上。”谢有芳说完拨通了电话，她轻声讲了几句话，随即响起了门铃声。

打开门，走进来的男人，让钱盛钟大吃一惊。

来人是曾经为培训班讲过课的大学讲师石安泰。

钱盛钟惊愕地看着他，又转过头看了看妻子，几乎难以把他们联系起来，惊愕道："你们？"

"老钱，明确告诉你吧，和你离婚后，我就要与小石结婚了。"谢有芳沉稳地说。

"钱主任，对不起。"石安泰用他磁性的声音说完谦恭地站在一边。

"你们，你们是什么时候在到一起的？"钱盛钟满脸疑云。

"说你呆，你还真是一个傻瓜。"谢有芳说道，"你的眼睛里只知道外面的女人，哪里知道家里女人在想什么？我与你同床异梦也不是一天两天的了，你怎么会知道你老婆想的什么，爱的什么？"

"这么说，你们两个早就勾搭上了？"钱盛钟嗫嚅着说道。

"别说那么难听，你总以为男女之间干的都是不干不净的事情，不知道人世之间还有感情存在吧。这么多年来，如果没有与小石的感情支撑的话，我还能过得下去吗？本来，我不想这么快就把与小石的事告诉你的，但你今天做的这一切让我们已经恩断义绝了，你已经彻底背叛了家庭，也莫怪我谢有芳翻脸无情，这样的了断是最好不过的了。"

钱盛钟颓丧地坐在床沿上，哀求道："一日夫妻百日恩，你就一点恩情都没有了？"

"你莫要颠倒了关系，夫妻感情是先有夫妻才有恩，不要以为是夫妻就一定有恩，你对我有过什么恩没有？"

“有芳，我对你就没有一点恩吗？至少我对你还是信任的，我把钱都放在你手里，财政大权全部由你掌握吧。”

“笑话，要不是我略施小计，把你小金库的账给调了出来，你还不知道怎么标榜自己呢。你怎么好意思还提信任的事，要是你对我信任，也不会在培训班里内设一个小金库，你最信任的人是那个小婊子。”

钱盛钟木然地看着谢有芳没有表情的脸，从这张脸上看不到任何希望，他不得不接受冰冷的现实：“谢有芳，好，算你狠，你现在达到了目的，我现在是一个穷光蛋了，你做得确实漂亮。”

“老钱，这个你放心。我不会把你一分一毫都搜刮干净的，我会支付你一笔钱，生活是不用愁了。只是你要明白，我给你的钱你能否守得住还是一个问题。你指望坑蒙拐骗来发财，迟早要来一个连锅端。老钱，我还是劝你见好就收，用这笔钱好好地经营一个正规的营生，别再干这些缺德的行当了。要是你冥顽不化，还在这条路上讨活路的话，那么，我给你的钱迟早要被你败得一干二净。”

钱盛钟望着谢有芳，他没有愤怒，也没有不平，只觉得这是他得到的最公平的命运。多少年来，对谢有芳的百依百顺，使他任何反抗的意图都没有。对于自己这么多年来的所作所为，妻子一直采取容忍的态度，妻子的宽容大度让他的内心里反而生出一种愧疚来。多少年来，他一直不知道为什么有这样一种感觉，现在才突然明白，这是他妻子做的一个“局”，一种以宽容让他自惭形秽的局，这个局使他在谢有芳面前抬不起头来。现在，他终于可以掀开这个压在头上的“局”了，他失去了一切，但获得了自由。因此，钱盛钟此刻不仅没有一种失落感，反而有一种可以与妻子平起平坐的轻松。他站了起来，大声地笑起来："哈哈哈，谢有芳，你解脱了，我也解脱了。"

谢有芳冷冷地看着他，说道："你最让人讨厌的地方就在这里。小石，我们走吧。"

谢有芳与石安泰走到外间，莎莎从卫生间里走了出来，她穿上了脱在卫生间的脏衣服，守候在门框边，漠然地看着这一切。谢有芳轻蔑地看了一眼莎莎，"哼"了一声，扭过头去。正要跨出大门的时候，她想到了什么对莎莎说："小全，你可能一直不知道最近究竟是谁在给你打电话吧？"

"是石老师？"莎莎早已明白这里的一切，但她还是不相信在讲台上侃侃而谈的石安泰竟然就是电话里那个带着磁性嗓音的男人。

"是我，小全。"石安泰平和地说。他高亢响亮的男中音，依然那么激情澎湃，而正是这个声音，曾让莎莎不寒而栗。

莎莎来回盯着谢有芳与石安泰的脸，面容涨得痛红，她轻蔑地说："你们两个……你们真可耻。"因为气愤至极，莎莎的声音中带着颤抖。

"再可耻，也没有你这个婊子可耻。"谢有芳平静地说道。她那种处变不惊的定力，越发衬托着莎莎的不堪一击。

莎莎冷笑了一声，说道："呵呵，我已经习惯了婊子这一称呼，我还觉得挺好听的。好听的原因，就是因为有人还不如婊子。你们两个人偷听别人的电话，打听别人的隐私，出卖自己的灵魂，你们也是精神上的婊子。"

"小全，你不要以为我不会对你动手。"谢有芳竭力克制住愤怒的感情，她的嘴唇颤抖起来了。

钱盛钟站在边上，看到谢有芳有些扭曲变形的脸，寒意顿生，赶快接口道："小全，这个事情与你无关，你不要说什么了。"

莎莎把目光转移到钱盛钟的脸上，这里发生的事情都不是她关心的。但是，她却被莫名其妙地卷入其中，她无处发泄内心里的愤怒，看到钱盛钟插嘴，她顿时怒道："与我无关？你们两口子吵架，哪一次不是牵扯到我？我看透了你们，表面上你们夫妻俩温文尔雅，人模狗样，但你们都不是好东西。你们凭什么在这里指责这个、指责那个？你们都以为自己是最好的，最有道理的，你们连夫妻间的一点信任都没有，你们的这种表演，我真是看够了。"

不等谢有芳做出回应，莎莎猛地冲到门口，一头扎进了门外的黑暗中。

第二十二章

那一天与柳丝丝一起走出培训班大门的还有严馨婷，她看到柳丝丝与谢北桦两个人谈得甚欢，便没有打扰她们。最近一段时间，这三个人成了好朋友，而她们也是班上最有潜力的学员。

严馨婷匆匆离开的原因，是章苏尔从浙江回来了，要带她去看新房子。她们约好在地铁站见面，很快等来了章苏尔。章苏尔告诉严馨婷，新房在杨浦区，今天已经把钥匙给了他。

严馨婷没有想到章苏尔这么快就能买了房子，很奇怪地问他，是从哪里筹集了那么多的资金。章苏尔告诉她大致的资金来源：房价共计八十多万元，首付二十八万元，家里给了十万元，其余办了按揭贷款。

两个人来到位于杨浦区的新宅，章苏尔告诉严馨婷，这个房地产商与银行有合作关系，因为副行长出面，他的首付资金并没有付足。章苏尔在说这话的时候，显得特别神秘。严馨婷有一刻觉得很是狐疑，但是有房子的快乐冲淡了她隐隐的疑团。

没有装修过的房子，显得黑沉沉的，但两个年轻人却觉得非常满意。

严馨婷开了北边的阳台向下瞭望，下面的马路犹如积木一样。再往远处看，她惊讶地发现，这里能看到远处的东方明珠塔。这样的位置，的确非常理想。

“位置还好吧？”章苏尔近距离地看着她。

“太好了，”严馨婷兴奋地说道，“我做梦都想有一个可以望到东方明珠塔的房子。”

“就是因为你做了梦，才会真有这个房子的。”

“我做梦这么有效？”

“嗯。你做什么梦就有什么。”

“真的？”

“当然了。”

“那我再做一个梦。”

“好啊，那你闭上眼睛，再做一个梦。”

严馨婷闭上了眼睛，章苏尔肆意地望着她的脸，轻轻地把嘴唇靠近她的唇，但却没有贴上去。严馨婷睁开眼睛，看到他靠得如此之近的嘴唇，故意嚷了起来：“你吓死我了？你想干吗？”

“帮你实现你的梦想啊。”

“你是吓我，哪里是帮我？”

“梦到什么了？”

“不告诉你。”

“梦见我的热吻？”

“讨厌，你以为我会想你亲我啊？”

“那你告诉我，你还想梦见什么了？”

“没有了。”

“你闭上眼睛后，就什么也没有想吗？”

“有啊，但是不告诉你。”

“我知道，就是让我狠狠地亲你一下。”说完，章苏尔把嘴唇贴在她湿润的嘴唇上。

严馨婷扭过头去，摇头道：“不是，不是，这不是我梦见的。”

“你没有梦见，算是我梦见的行吗？”章苏尔抽空说道。他把严馨婷放了下来，然后搂着她，亲着她的嘴唇。

一阵疯狂的接吻之后，章苏尔离开了严馨婷一点，看着她的闪亮的眼睛，温柔地说道：“我们把房子准备好后，就结婚行吗？”

“我还没有想过呢。”

“那你慢慢想吧，只是我太想你了。在浙江这些天里，我天天在想你。”

“净说好话。”

“你不相信我？其实从初中的时候起，我就开始想你了。不过那时候没有像现在这样想你，那时候是朦胧的，现在是很真实的。”

“要是我们不在培训班里遇见，会是怎么样？”

“你与另一个男孩相爱，我也会认识一个女孩。”

“真的很可怕，”严馨婷把身子紧紧地贴在章苏尔身上，“我肯定不会理他。”

“傻丫头，”章苏尔摸索着她的脸蛋，“答应我吧，什么时候与我结婚？”

“你还问这个问题，人家把什么都给你了，还这样问。”

“我怕你会飞走了。”

“我能飞到哪里去啊？我永远是你的。”

章苏尔把严馨婷搂在怀里，轻轻地抚摸着她。严馨婷眼睛闭了起来，发出轻轻的呻吟声。在暗色的房间里，两个人沉浸在青春的激情中。章苏尔抱着严馨婷，来到了北阳台，看着夜幕下东方明珠塔的渺小轮廓。城市之光，透过玻璃射了进来。远处的东方明珠塔如果有视力的话，它会看到多少恋人亲热的举动?

分开时，章苏尔从口袋里掏出一件礼物，严馨婷几乎呆住了，这还是他们当年参加黄梅戏演出时得到的奖品，是一面巴掌大小裱着金箔的小铜锣。一件奖品，两个人分，小铜鼓留给了严馨婷，而章苏尔得到了小铜锤。章苏尔离沪到浙江的时候，意外找到了他一直珍藏着的小铜锤，便把这当年奖品的一半给了严馨婷。严馨婷把两件小奖品合放在一处，仿佛是两个人重新邂逅在一起。

第二十三章

谢北桦与柳丝丝告别之后，就接到了黄导的电话，黄导约她在宾馆里见面，准备面试一下她。

她做好了准备，特意把母亲当年扮演白毛女的一件戏服带在身上，因为黄导那部讲述刘文彩的电影，需要一个有反抗精神的丫头，而这个角色与白毛女的身份极其相似。

这一段时间以来，谢北桦对黄导的好感与日俱增，这个风度翩翩的导演，像她梦想中的父亲，宽厚、仁慈。她在童年时代就没有父亲的印象，而黄导的那种气质，正是她梦想的父亲的模样。

谢北桦可以感觉得到黄导对她的欣赏，最令她抱有极大希望的是，黄导安排了她在新片中一个角色，如果这部影片成功的话，将会彻底改变她的命运。

她对黄导是信任的。有一次，也是在培训班附近，黄导打电话给她，约她来吃饭，她已经到家了，又匆匆赶到这里来。正是这一次，当时开车出来的莎莎看到她与黄导在一起穿越马路的身影。

在那次酒会上，天真单纯的谢北桦，禁不住黄导那一帮电影界朋友的劝酒，第一次喝了酒，很快就醉得不省人事。

当她醒来的时候，发现自己躺在宾馆的床上，而沙发上坐着的竟是衣冠楚楚的黄导。黄导见她醒了，给她倒了一杯水。这使她非常感动，也使她对黄导更增添了几分父爱般的崇敬。

这一次，黄导约的还是这一家宾馆。黄导等在宾馆门外，先带谢北桦去吃了晚饭，然后来到房间里。谢北桦按照他的要求，换了那件红色的白毛女戏装。黄导的眼睛都直了，谢北桦曾经用这件戏服在培训班里表演过小品，这一次，她根据剧本的要求，扮演一段刘府里的小丫环逃跑时中枪的过程。

谢北桦惟妙惟肖地表现出一个女孩的那种舍命的执着，那种中弹后的痛苦神情。当她完成了所有的表演，突然发现坐在床边的黄导已经泣不成声了。

谢北桦从没有看过黄导这样伤感，不解地走到他的身边，问道："黄导，你怎么了？"

"小谢，你演得太好了，你使我想到我的青年时代。"黄导坐在床边上，十分自然地把谢北桦的手拿了起来，就像一个长辈谆谆教导一般。谢北桦内心里涌动着一股感激的暖流，她渴望融化在这种父爱的涟漪里。

黄导向谢北桦讲起了自己青年时代的拍片经历，向她讲述了他当年认识的一个，像她这样穿着破烂衣服扮演白毛女的姑娘。他告诉她，自己是如何地暗恋她，是如何在片场上默默地注视着她。一个男人的初恋故事，深深地打动了谢北桦，她全身心地投入到黄导的那一段柔情缱绻而又伤感的爱情故事中。她设想着自己如果是那个女孩的话，一定会把自己的爱献给才华横溢的黄导，来慰藉这个充满着温暖气息的男人。

黄导又动情地对谢北桦说，第一眼看到她就觉得眼前一亮，仿佛又见到了当年那个女孩，她有着当年那个女孩的气质。谢北桦心里觉得甜滋滋的，她愿意为过去的那个女孩填补黄导的失落与痛苦。

一阵激烈的疼痛撕扯着她的处女身，但她觉得这仅仅是短暂的，很快被一种从没有体验过的炽热的快感代替，她似乎找到了另一个不属于自己的躯体，而这就是面前这父爱般的双手完成的。她忍不住用纤细的双臂，搂住了这个男人的脖颈。

“小乖乖，不会痛的。”黄导的声音像梦呓一样遥远。

谢北桦的额角沁出了汗珠，她乖巧地点了点头，就像一个小女孩摔了一跤，爸爸来安慰她，她相当满足。微笑始终挂在她的脸上，她信任黄导的任何事。他把自己的肉体撕破之后，她对这个男人更生出了无限的依恋，她死死地搂着黄导的身子，怕他会离去。

黄导把谢北桦平放在床上，为她赤裸的身体盖起了床单，用餐巾纸揩干了她下身的鲜血。

“小宝贝，你真可爱。”黄导躬下身子，对她温柔地说道。

不知为什么，这句话却使谢北桦热泪盈眶。她含着眼泪，抿着嘴唇，笑了笑。

黄导把谢北桦脱下来的衣服整理好，放在椅背上，突然戏服里一件硬硬的东西，刺到了他的手。

他翻开衣服，手伸进衣服的口袋里，从里面摸出一枚像章，可以猜出，这枚像章是早就放在戏服里的。

黄导反过像章，透过床头上朦胧的灯光，看到像章后边，写着一个名字。可以看出，这枚像章的拥有者很珍爱这枚像章，所以在后面写上了自己的名字。

当黄导看清上面写着的名字的时候，他大惊失色。他掉过头，俯身到谢北桦的身边，问道：“这件戏服是哪里来的？”

“是我妈妈的，我偷偷穿出来的。”

“她叫什么名字？”

“王贞。”

黄导大汗淋漓。

“黄导，你怎么了？”

“难怪你这么像她。”

“你看过我妈妈？”

“北桦，刚才我讲的故事中的那个女孩，就是你妈。”

“什么？”

“北桦，我是爱你的。原谅我，我一生中最大的遗憾就是没有得到你母亲的爱。我一直在寻找着对你母亲的那种幻想，我在你的身上找到了。我没想到竟是这样，我太无法抗拒那种初恋的感觉了。北桦，我会补偿你的。我要让你红起来……”

“黄导，我不恨你，我觉得你像我爸爸。”

“我会做一个像爸爸那样的好人的。”黄导挺着肥胖的肚子，海誓山盟地说道。

第二十四章

韩力护从日本短期培训结束，便匆匆赶去见柳丝丝。

来到了培训班门口，他才打电话给柳丝丝。

柳丝丝从培训班里出来，见到他，却显得相当平静。她不再像过去那样，是一个风风火火的小丫头了，数日不见，她更显沉稳与宁静了。

柳丝丝告诉她，她准备离开培训班，重新到昆山上班了。

“你不想学习表演了？”韩力护吃惊地问道。

“我也想了很久，其实每一个人都应该找到适合自己的位置，我觉得自己完全可以把演艺作为业余爱好啊，为什么非要从事它呢？”

“你怎么突然改变主意了？”

“我在班上根本不突出，在天赋方面，我不如谢北桦；在基础方面，我不如严馨婷。”

“那你这样半途而废，太可惜了。”

“有什么可惜的啊？反正我也没有学到什么有用的东西。你又不是不知道，我是一个地道的逃学鬼。与其这样浪费时间，还不如脚踏实地地工作呢。还有，演艺圈也太复杂了，你知道吗，谢北桦为了演一部电影，与黄导居然上了床？”

“谢北桦？是不是那个挺清纯的小姑娘？”

“嗯。我最佩服她的表演天赋，可是，她为了能演出角色，也不得不走这条路啊。”

“她如愿地演电影了？”

“今天我们刚刚为她送行，她偷偷地告诉我，她与黄导上床了。她说她喜欢黄导。你看看，黄导挺着一个大肚子，我看着都觉得恶心，她居然还说喜欢上他了。”

“这演艺圈真是乱。你离开这儿，也可能是对的。你什么时候上班？”

“明天，又要开始我那每天来来往往的长征了。”柳丝丝说道。

“原来的单位还要你吗？”

“我爸爸与那公司的经理是同学，现在又有生意上的来往。这倒没有什么担心的，就是每天早上要赶早，赶上去昆山的火车，晚上还得赶班车回来。”

“你干吗不在上海找一个工作啊？”

“哪有那么容易找到工作啊。我现在懂得，人生要做加法，不要做减法。很多事根本就不是属于你的，现在拥有的，是在没有的基础上加出来的。你不能预想应该得到多少，那样计算的话，人生就会变成负值。所以，我现在心情很快乐，不像过去那样患得患失了。”

“真没想到你还很哲学呢。”

“力护，我还得感谢你呢。”

“你越来越不像你了。”

“谁知道什么才是真正的我呢？也可能我越来越像我了。谢谢你在这一过程中，给了我很多帮助。”

“别，别与我客气，我受不了。”

“受不了？那你还希望我朝你发脾气啊。”

“嗯，还是那样舒服。”

“你呀，早晚我会虐待你的。”柳丝丝朝她笑道。

“丝丝。”从大门里传出一个声音。

走出来的是莎莎。她走到柳丝丝的身边，说道：“你真的要走了？”

“嗯，莎姐，我明天就不来了。”

莎莎望着她，淡淡道：“这样也好，以前我就不同意你上这个培训班，现在我倒希望你能学完。但是，既然你不打算学了，也好吧，毕竟这个演艺圈子，也没有什么意思。”

那天晚上，莎莎走进了黑夜里，她发现自己竟然无家可归。上哪里去呢？这间钱盛钟提供的房子，她再也不想逗留在这里了，但是何处是她的安身之所？过去，她或许可能到小穆处，但当她看到小穆与柳丝丝亲热的样子时，顿时把这份心也给冷却了下来。

后来，她到小兔家寄居了一晚。

第二天，钱盛钟给她打电话，让她维持培训班的正常秩序。

莎莎明白，钱盛钟已经后院起火，再也无暇过问这个培训班了。虽然当初办这个班的宗旨，也不过是浑水摸鱼，多捞一点钱而已，但是，莎莎却觉得自己已经深陷其中，无法袖手旁观了。在她力所能及的范围内，她还是希望给学员们多传授一点演艺知识，所以她把过去在工人文化宫里教过她的退休老师请来，给学员们讲授表演艺术。因此，这一段时间以来，培训班的授课质量明显提高。

莎莎看到韩力护在身边，便对韩力护说：“我想与丝丝谈一点私事，可以吗？”

她把柳丝丝带到一边，问道：“这个男孩还追着你啊？”

“什么叫追着我啊？就不能我追着他吗？”柳丝丝笑道。

“你喜欢他？”

“还行，他人不错。”

“那你与小穆呢？”

“什么小穆啊？你还在想你那个如意算盘啊。不过，小穆人也不坏，你留着就行了。”

“你究竟和哪个谈朋友呢？”

“你放心，我不会要你那个的。”

“你没有与小穆来往吗？”

“你真小气，就是来往又怎么了？”柳丝丝不满地看着表姐。

“我不是那个意思，你究竟是喜欢谁？”

“难道你对小穆还有什么不放心的？你的疑心病太重了，你就不能当面问问小穆吗？”

“我都好久没有见到他了。”

“怎么，你们不理对方了？”

“嗯，我们好久没有联系了。我一直以为你与他来往呢。”

“什么跟什么呀，我不喜欢他，行了吧，你总放心了吧。唉，你们闹矛盾了？”

“不知道，也许是我多心吧。”莎莎说道，“不过他也没有打电话联系我。”

“我还记得有一次他到这儿来找你，后来看他进去了，不久又出来了，脸色很不好，那一天我叫他陪我去看小姨父的。”

“他来找过我？”莎莎奇怪地问道，“可是我没有看见他啊。”

她努力回想着那一天的情景，猛地想起，小穆上楼去找她，而她当时正与钱盛钟纠缠，一定是穆炎看到了当时那一幕，才转身离去的。

在莎莎恍然大悟的时候，柳丝丝对她说道："表姐，我该走了，韩力护叫我了。"

"好吧，你去吧。"莎莎心不在焉地说道。

现在她终于明白了自己与小穆之间发生了什么事情。沉静下来，她觉得这样也好，她与小穆的关系，是难以暴露在阳光下的，这样了结了也好吧。

正在她准备离开的时候，听到后边有人叫她："小全。"

她一怔，却惧怕转过头去。这个声音正是她刚刚在心中盘算的那个男人。

她镇静了一下，突然转过身，脸上挂着轻松的笑容，但是，连她自己都感到十分勉强。

"穆炎，今天怎么有空来这里啊？"

穆炎两手抄在一起，眼睛看着地面，沉声道："小全，我是来向你告别的。"

"怎么，你准备上哪去？"

"深圳。"

"是长期还是短期？"

"永远。"

莎莎不易觉察地一抖，但她脸上的笑容仍然僵持着没有变化："那边找到工作了吗？"

"有一家网络公司愿意让我拍一部短片，或许就是上次那个恶搞视频的影响吧。"

"那祝贺你。"

“谢谢你。”

“谢我什么呀？”

“谢谢你在我做视频时对我的帮助啊。”

“谈不上。什么时候走？”

“最迟这个星期。”

沉默。过去曾经有过的亲热仿佛不存在。很难想象，他们之间曾经有过那些相濡以沫的岁月，而今甚至连肉体的碰撞都是那么别扭。

穆炎打破了沉默道：“没事，我就走了。”

“嗯。”莎莎平淡地应着。然后转过身，向校内走去。

她在等待着身后有人叫她的名字，一步，两步……十步，十一步……身后是无声的平静。没有任何声音叫停她的脚步。她以匀称的步伐走着，眼泪匀速地滴落下来……

第二十五章

章苏尔到浙江之后，严馨婷拿着他留下的钥匙，经常来购置的新房处，准备请人装修。

在售房处，她遇到了曾经在钱盛钟培训班里接待过的胡老板。

这胡老板有四十多岁，挺胸凸肚，从事房地产开发生意，钱盛钟缺乏资金的时候，曾经向他借过钱，也曾经想拉胡老板投资电影产业，胡老板口头上答应，但并没有实质行动。现在钱盛钟财权丧失，一直在外面寻找资金，最近经常与胡老板联系，也曾拉严馨婷陪过酒，因此，一来二去严馨婷便认识了胡老板。更巧的是，章苏尔买的房子，就是胡老板开发的。

胡老板把严馨婷的手机号码要去，隔三岔五就打她的电话，约她吃饭。严馨婷想到房子是他开发的，今后还得求助于他，便不得不应付他。

胡老板带严馨婷到金茂大厦56层的自助餐厅吃饭，可以看出，他是这里的常客，办有会员证，结账时可以优惠，两个人吃只收一个人的费用，结账时共计6000元。严馨婷见他出手大方，尽量装出不以为然的神情。

富豪们的世界是严馨婷没有经历过的。她被胡老板显摆的豪华去处所震惊，感觉自己就像林黛玉初入大观园，眼花缭乱，只好乖巧得像一个小女孩。

胡老板似乎并不在乎大庭广众之下和严馨婷有暧昧的举动，在离席的时候，他将手伸过来，摸着严馨婷的手，严馨婷不习惯被人在公开场合亲密地抚摸，随手打掉了他的手。

在车上，胡老板说下次带严馨婷到外滩8号吃西餐，他打开了一个严馨婷所不知道的世界。他告诉严馨婷外滩3号、13号、7号都是不错的消费场所，这些用号码标识的豪华场所，后来被工商部门勒令不得如此冠名，但是富豪阶层在暗地里仍是如此称谓它。

可以看出，胡老板是一个情场老手，他带严馨婷到沪上繁华的娱乐场所，让她开眼长见识，而他更不隐讳对她的需要。

在第二次约会严馨婷的时候，胡老板给了严馨婷一个信封，说是给她的零花钱，严馨婷打开一看，里面有一万八千元。令严馨婷惊讶的是，胡老板可以当着他的司机与她调情骂俏，临走时，他毫无羞颜地向她索要一个吻。严馨婷不忍拒绝这个带她进入繁华世界的男人，满足了他这个小小的愿望。

接着胡老板约会得更频繁了。他也开始直言不讳地说出他的想法，他说他掌握着几个房地产开发板块，有几亿资产，在房地产界也是一个举足轻重的人物，他想包严馨婷两年。当他说出这话的时候，严馨婷几乎不相信自己的耳朵，但是胡老板一直坦陈自己的内心想法，他不紧不慢地为严馨婷算一笔他所支付的费用。

严馨婷也大致知道了胡老板的情况，他结过两次婚，现在的妻子给他生有两个小孩，他刚刚与同居的女人分手，所以他才物色另一个女子，以填补没有女人的空虚。

胡老板向严馨婷介绍他的前一个同居女友的情况，那个女人原来身无分文，在跟了他几年之后，已经开了一个大饭店，因为准备要嫁人了，所以选择了分手。

这种物质世界里赤裸裸的交易，是严馨婷之前无法想象的。但是胡老板却像对待一件平常事一般和盘托出。胡老板答应，只要她离开她的男友，他会立即送她一幢房子。他说希望严馨婷在28岁的时候，给他生一个女儿。

胡老板像许多男人一样，希望情妇为他生一个女儿，以复制情妇的美丽，留作永久的纪念。胡老板给严馨婷的感觉，是在人多的时候很绅士，但在背后却很不老实了。他很有耐心。有一次，他对严馨婷说："我最担心一件事。"

严馨婷好奇地问他担心什么。

他说，怕严馨婷会爱上他。

严馨婷几乎不相信这话会出现在这样一个皮肤松弛的男人的口里，他凭什么有这样的自信，会让她爱上他？

也许他出入的圈子，让他看惯了他对女人的无坚不摧。但严馨婷想，你借以攻破女人防线的，只不过是你的财富，而不可能是你的魅力，怎么可能会有女人爱上你？

但财富就是男人的自信。

之后，胡老板经常带着严馨婷出入他的社交圈，对外称她是他的业务助理。

胡老板接触的人，都是一些政府官员，在那种场合，严馨婷几乎没有插话的机会，而那些男人都会暧昧而心照不宣地把话锋对准她。

谁都明白她与胡老板的关系。

她很讨厌那种场合，也不想敬酒，只好一个人玩手机。

严馨婷努力把握着自己，执着于自己的爱情，直到有一件事情突然发生。

章苏尔在浙江将近有一个多月没有给严馨婷来电，严馨婷打电话给他，也没有回音。

有一天，检察院来人告诉严馨婷，章苏尔因为贪污公款被隔离审查，严馨婷才知道章苏尔的去向。

经过打听，原来章苏尔在浙江清收贷款，那家企业的不良贷款已经上报核销，就是说贷款已经认定由银行承担损失，但是，在完成核销手续之后，企业又追回了一笔九百多万元的欠债，这笔资金就被企业的主管和银行的人一起私下分了，而章苏尔正是凭着这笔钱，首付了购房款。

严馨婷不得不把新房的钥匙交出去，但是，她得到一个可怕的消息，就是那所房子的首付款并没有划入开发商的账下，实际上，章苏尔得到了他私分的那笔款项，也拥有了一所房子，但是，那笔私分的款项并没有汇入开发商的账下。

现在章苏尔要退出侵吞款，而开发商那儿，也查不出他已经预付了款项。因为房子是由副行长一手包办的。章苏尔名义上侵吞的款项，并没有划到开发商那儿。即使退掉了房子，也退不出任何钱来，而章苏尔却必须退还贪污款项。

严馨婷如雷轰顶，没有钱，章苏尔只能遭受牢狱之灾。

她不得不走向胡老板铺设好的道路。

她还是处女身，章苏尔只是抚摸过她，而并没有破坏过她的女儿身。

她不甘心把自己的身体给一个挺着大肚子、皮肤松懈的老男人。

她来到杨浦区的新房，她知道，自己已没有资格再拥有这样的房子了。

来到面北的阳台，她望着远处那不真实的东方明珠塔，突然她觉得，自己就是一个即将被刺在东方明珠塔上的飞虫。

她想到，为什么不早一点把自己真正地给章苏尔一次呢？

突然间，她想到了章苏尔前往浙江之前送给她的小铜锤。这把小铜锤配上自己的小铜锣，成为她最心爱的宝贝。

小铜锤多像东方明珠塔的造型啊。就让小铜锤代替东方明珠塔刺破自己少女时代的最后一道帷幕吧。

那小铜锤就是章苏尔，那上面承载着他青春期的梦幻与希望，记录着他对她全部的爱情，它是章苏尔的灵魂，章苏尔的肉体。

一阵刺心的疼痛，穿透了她的全身与灵魂。

远处，东方明珠塔被霓虹灯辉映得鲜红，仿佛是她纯洁的处女血。

第二十六章

小火整天待在家里，洗衣煮饭，照顾阿溟的起居。闷在家里一段时间，她皮肤更白了，更娇俏了。

她喜欢这种平凡的日子。远离上海喧嚣的市声，她获得了从没有过的宁静。

阿溟把工资、奖金全部交给了她。利用放学后的时间，他还办了一个家教班，租用了楼下的门市，虽然生活不很富裕，但小火却觉得很满足。

看着小火恢复了健康，阿溟问她想不想出去散散心，到上海市中心去逛一逛。

小火摇了摇头，她实在不想再回到繁闹的上海市区，她怕去触动滞留在那里的旧梦与伤感的回忆。她想家，但她惧怕去触痛那有关家的记忆。

她还记得最后一次回到家里的情景。她家在闸北的棚户区，肮脏、臭气熏天是它的代名词。目前，它是日新月异的上海发展大局中最后一块正被剿灭的死角，而这里依然维持着城市最后摇摇欲坠的残梦。青石板铺成的高低不平的小路，如果一个外来人，肯定会磕磕绊绊地跌跟头。

那是在小火发生事故前，最后一次到家里。这些不平坦的小路，小火走在上面，却富有弹性而舒坦。她在这条小路上，走过她的少女时代，她无忧无虑的童年。整个小巷是一种乏味而沉重的黑色，屋顶上的黑瓦片，依然是那样无精打采，但却能保持不动。

一般人家的屋门都敞开着，把家里的所有秘密都一览无余地呈现出来。短短的进深，使得街道也是家里的一部分。在那些一闪而过的门洞里，老人就像是门洞里的守护者一样，把他们沧桑的面孔与无神的目光投射到道路上来。

小火从那些老人身上想到了自己的奶奶，她的脚步更快了。

小时候，这些犬牙交错的棚户区是她快乐的天堂。她与邻居的孩子们，天黑时在巷口路灯的映照下，他们像老鼠一样穿过棚户区千疮百孔的漏洞，在那里捉迷藏，玩“蒙蒙找”。

当她的青春开始觉醒的时候，小火才知道她生活的是上海的“下只角”，是上海的边缘地带。那时候，小火才知道，真正的那个上海，是苏州河南边那一片高楼大厦占领的区域。傍晚的时候，那里的天空被一片地震光似的色彩覆盖，似乎那里熊熊燃烧着永不停熄的大火。

而小火所在的小巷里，只是一片昏黄无力、病恹恹的小火。

这是否就是父母给她起名小火的原因呢？她的大名叫秦娴火，但自小到大，人们都称她叫小火。

在小火的青春期来临后，她突然开始向往南方那一片真正属于上海的大火。

小火的父母像上海闸北大多数的外来移民一样，来自苏北。在这里他们讲苏北话，沿袭着苏北的风俗，当小火在真正的上海同学中间，说她的那些土里巴叽的苏北话时，她受到了那帮孩子们的嘲笑。

所以，小火讨厌她的整天忙忙碌碌的父母，恨他们给了她一个非上海人的身份。

小火讨好那些会讲上海话的同学，她也学用上海话进行日常的交流，小火并不笨，她能说一口流利的上海话。

她想融入那个属于大火的上海。

然而步入青春期的小火，却感到自己的头脑不够用，她无法学会那些书本上的内容。她恨自己的脑袋，也恨父母没有给她一点聪明的基因。在家里油腻腻的饭桌上，小火学习很认真，但是效果甚微。日光灯在头顶上闪烁着黑乎乎的光线，小火必须吃力地睁大眼睛才能看到书上的内容，但她没有抱怨。天气暖和的时候，她情愿到外面的路灯下，借着那同样有气无力的灯光来学习。

她有一个弟弟，但父母并没有不喜欢这个女儿，其实在农贸市场卖肉的父亲更喜欢她这个女儿。因为小火除了脾气倔一点，却很乖巧听话。只是奶奶更喜欢弟弟。小火自小到大是与奶奶睡在一起，她已经习惯了奶奶那骨头生硬的身体，像一个架子一样，睡眠时卡在她的身体上。奶奶总骂她是死丫头，骂她笨，骂她懒。虽然被奶奶骂过，但她在晚上，还是觉得睡在奶奶的脚头，是她童年时的最大的安全。

那一次，小火到了家门口，发现门锁着。小火用钥匙开了门，推开吱吱呀呀的木门，走了进去。屋子分两间，外面的床是奶奶的床，里间是父母的床。弟弟现在读技工学校，住校没回来。小火第一件事是跑到奶奶的床边。自小到大，她就是在奶奶的脚后跟长大的，她现在觉得有一点奇怪，自己怎么会在这张床上长这么大。奶奶越老越小，对奶奶来说，这张床越来越显得大了，但对小火来说，这张床显得是那样灰暗而狭小。

坐在床边上，她估计奶奶是到长途汽车北站卖上海地图去了。

看到奶奶床头的木柜上，堆着厚厚一叠的最新版的上海地图，可见奶奶还是做着这样的事情。

如果奶奶不在家的话，说明奶奶身体还不错，小火心安了不少，然后她走到里面的父母的房间里。

屋子里的光线似乎冻住了似的，整个房间也显得很矮小，小火伸长脖子，打量着屋里的变化。似乎一切都是一个多月前回来时的那种景象，好像时间在屋子里停顿了下来，其实小火就希望这样，希望家里没有什么意外的变化，按照原来的节奏，一成不变地走过她不在家里的日子。

一般情况下，这个时候母亲在火车站门口卖五香蛋，爸爸肯定在附近的农贸市场没有回来，整个家维持着简单也最生活化的进程。

小火曾经厌倦过这个家庭，但是，当她离开了这个地方，步入五光十色的大上海，她才真的想念与回忆这个平凡的家庭。

高中毕业后，小火在街道上信封加工服务社做活儿，每天都单调地在信封堆中滚打摸爬。在服务社里，小火认识了那个她称之为师傅的男人。他是一个已婚男人，是他从外面引来了这项业务，成为工厂的有功之臣，只是他原来在街道上有过经济问题，所以，也没有明确他是服务社的负责人，人们只是叫他师傅。小火那时候很上的了台面，经常和她的师傅外出联系业务。师傅人活络，在人面上非常活套，小火跟着他出去，既受尊重，工作也很轻松，不知不觉间她爱上了师傅。实际上，是小火主动表示了她对师傅的好感，倾倒出她纯真的初恋。师傅大吃一惊，坚决地拒绝了小火。师傅当年在街道上所犯的经济错误不过是与区里的领导一起私分了贫困户的安置资金，后来就被贬到街道服务社。

小火非常伤心，正如她所说，这个令人感到尊敬的男人，像她的父亲，像她的亲人，她希望自己能倚靠在他的身上，躺在他的怀里，她根本不管他有没有婚姻与家庭。

在小火持续不断地进攻下，她终于把自己处女的证明交给了师傅。男人一旦尝到了女人的甜头，便变本加厉，师傅被家庭的平凡淹没的欲望在小火身上激发出来。特别是师傅为自己郁郁不得志而愤愤不平的时候，他便会在小火身上发泄他的欲望。小火的爱情只是一个少女的精神初恋，她根本没有感受到在男人强力的征服中会给自己带来什么快感。但她的灵魂在飞腾，在颤抖，在雀跃，这仅仅是因为她自小到大都被压抑、被鄙视的希望，在这个男人的帮助下得到了实现。

后来，服务社的经营状况越来越差，师傅离开了服务社，到浙江去做服装生意了。师傅常常回沪与小火共度鱼水之欢，小火也成了师傅家的常客。后来，师娘发现了小火与师傅有一腿，闹了一回，师傅再也不敢与小火来往了。

之后，小火就开始离开了闸北区那一块乱糟糟的狭小的天地，她终于如愿以偿地步入了属于“上只角”的上海的中心地带。她在歌厅里陪人唱歌，渐渐地，她也出售自己。反正自己的初恋已经被攻破了第一道防线，之后的一切都无所谓了。

在上海灯红酒绿的歌厅里，小火穿着鲜艳的服装，沉浸在那装饰豪华的环境里，她有一种脱胎换骨的感觉。她一直期望出现的那一个俏丽、引人关注、自食其力的小火终于出现了。她在那种喧闹的逢场作戏的声色环境中，亮出的是一个没有苦难过去、没有背景的艳妆女人。小火在很多情况下忘记了自己是谁，忘记了成长过程中的那一个丑小鸭，忘记了自己曾经是被自卑充满着的乡下人的后代。

直到有一天，她遇到了钱盛钟。钱盛钟经常到小火的歌厅去宴请文化人士，一来二去，钱盛钟看上了小火，当剧团需要演员的时候，就把小火招了去。

小火在屋子里待了好一会儿，觉得怪闷的，便决定到爸爸做工的农贸市场去看看。父亲在那里摆着一个肉摊子。父亲很喜欢她，从小就喜欢带她出去玩。父亲对弟弟却很严厉，弟弟不知道多少次不学习、逃学，而被父亲绑在树上用绳子抽。小火的成绩其实也不好，但父亲一次也没有说过她，更别提用武力对她了。

来到父亲所在的菜市场，小火径直来到父亲的摊位。父亲正在忙乎，娴熟地用刀宰肉给顾客，看到小火，他的脸上绽开了花朵。边上的几个摊位的熟人们，都夸小火越长越漂亮了，父亲的脸上越来越喜气洋洋。小时候，小火就经常来到爸爸的菜市场，后来上了高中后，她逐渐生疏了父亲，努力回避他的工作，但今天小火好像觉得为这个父亲而光荣。

在父亲闲着的时候，小火向父亲要来了砍刀，猛地一刀砍向软中带硬的猪肉，哈哈地大笑起来，惹得很多卖菜的人都奇怪地看着这个风姿绰约的姑娘。

回到家里，又能怎样呢？自己这样，根本不能给家里带来任何欢欣。阿溟想帮她开解她内心的建议，她始终没有允诺。

阿溟又提议去爬山，这一回阿溟倾尽全力，竭力动员小火："正好明天放假，与你一起去爬山怎么样？你最近大门不出，在家里可把你给憋坏了吧。"

"其实我发现我性格里还是喜欢安静的，以前我喜欢闹，喜欢折腾，现在我才明白，我倒是能耐得住寂寞的。”

“出去散散心吧。你知道我为什么当初偏偏选择到松江来任教吗？就是松江有上海唯一的山，像咱们家乡那样。我喜欢山，有山我就觉得安全。”

“你啊，也还真是猴子的命，一有风吹草动，好往山上溜。”小火笑话他。

第二天，阿溟真的带小火到松江县也是全上海唯一的山——佘山去爬山了。

上海的山，说起来真有一些汗颜，海拔都在一百米以下，看上去，简直是一堆土丘。

但这些山的地质年代却相当古老，中生代后期的一场激烈的地壳运动，造就了这一连串小山丘，它比今日上海的市中心，更有资格作为这块土地的见证。这些小山包当年孑立在汪洋大海中的时候，上海市中心还是波浪滔滔呢。

这些山连接着浙江天目山的余脉，气喘吁吁地延伸到上海的时候，已经中气不足，不成体统了。岁月的风化，使这些山完全成了一个浑圆的小土丘。小火和阿溟爬山，倒一点不觉得累，沿着缓坡往上爬，阿溟又提起了他家乡灌云的陡峭的山，那才是真正的山。

小火虽然最近养得白白胖胖，但身体还是显得虚，头上沁出了细密的汗珠。走在野外，才知道春天已经来到了。柳树早早地伸出了纤细的嫩绿的枝条，随风荡漾。空气中含着一股甜津津的气息，就是那种令人久违的春天的气息。

阿溟让小火坐在路边休息，小火的脸上泛着红晕，这一切，又使他想到了浙西峡谷里与小火在一起的情景。不过那时候，阿溟还没有得到小火的芳心，一草一木都让阿溟揪心不已、忐忑不安。现在，他心情愉悦，再也用不着为猜度小火的心思而提心吊胆了。这是他一年来觉得最为幸福的时刻。他做梦也没有想到，能与他眼中天仙一般的姑娘整天厮守在一起。对于他来说，这是他实现的最伟大的上海梦。

他没有告诉小火的是，每天夜里，他总是偷偷地打量熟睡在他身边的小火，借着壁上的灯光，他贪婪地注视着小火熟睡时垂下的眼帘，望着她小巧的鼻子，还有她微微翘起的嘴唇。这是他最爱的珍宝，是他曾经觉得遥不可及的梦幻，现在竟然这么完整、这么真实地在自己的身边，与他度过每一个日子，太不可思议了。他常常梦见那些还没有小火的日子，他总是梦见小火不理他，弃他而去，而他醒来的时候，看到小火真的在自己的身边，他便睡意顿消，持久注视着身边的这个女孩。

“阿溟，你发什么愣啊？”坐在山道边石凳上的小火，一手支着自己的腰，一边仰起头，看着阿溟。

阿溟眼睛似乎在看着小火，但瞳仁的焦点，却没有集中在她的身上，此刻一经点破，也有一点不好意思：“我没发愣啊，我在等你啊。”

“站着累不累？你也过来坐坐。”小火拍了拍身边的空旷的位置，说道。

“不累。这也叫山吗？上海人就会吹牛，如果这也叫山的话，那么，咱家乡灌云的山，称得上珠穆朗玛峰了。”阿溟话一出口，想到小火可是地道的上海人，这不是把小火也给概括进去了吗？便连忙改口道，“我不是贬低上海哦，小火，你不要介意。”

“我介意干吗？我也是灌云人，什么时候和你去爬灌云的山。”

“好啊，只要你一声令下，我立刻带你到灌云去。那个才叫山呢，悬崖峭壁，又高又陡。不过，小火，等你身体养好了，养得棒棒的，爬家乡的山才不累。”

“阿溟，你有没有想过回家去？”

“想啊。原来我天天这么想的，可是现在……”

“如果我与你一起去家乡呢？”

“你真的愿意跟我走？”

“嫁鸡随鸡，嫁狗随狗，我还不是跟你了？你以为我还会逃跑啊。”

“太好了。什么时候你想去，我就带你去。”

“阿溟，我越来越不喜欢上海了。上海太小了，连山都这么小。我现在正在想，什么时候我们真的回到灌云去，那是你的家乡，也是我父母的家乡，我们在那里生活，不也很好吗？”

“我听你的，你叫我上哪里去，我就上哪里去。”

“不是听我的，而是听我们两个人的。”

阿溟坐到小火身边，伸开两手，小火软软地依偎着他。

四周空无人迹，他们毫不掩饰在这种春气荡漾的气氛里享受着爱情的甜美滋味。

第二十七章

“孔雀”培训班举行了简短的毕业典礼。

莎莎主持了毕业仪式。她站在讲台上，对学生们说道，这个培训班的命名，源自电影《孔雀》中的一句名言，就是“正面看到的是羽毛，反过来看就是屁股”。值得庆幸的是，培训班现在做的事情，还是美丽的羽毛，她很高兴这只孔雀没有把背后的隐秘暴露出来，她希望所有的学员，在今后的人生历程上，永远不要暴露出孔雀屁股的一面，要以孔雀的正面示人，那么以后的人生就将会是美丽的、美满的。

学员们离去，人去楼空，莎莎最后一个走了出来，把铁门锁好，她应该把钥匙交给钱盛钟，但是她已经不想再见到这个男人了。她打电话给小兔，从小兔那里听说钱盛钟又东拼西凑了一部分资金，投到黄导拍摄的那部反映刘文彩的影片中了。钱盛钟还非要把小兔带到剧组去，让她继续当化妆师。小兔想到自己反正闲着，便答应了老钱，钱盛钟现在与黄导正在市中心处勘察外景，准备把电影的内景先在上海拍完，再迁到四川去实地拍摄。

莎莎已经无意再去关心演艺圈的任何事情，她只觉得，应该从手里的这把钥匙开始，把过去的一切彻底终结，开始自己新的人生。

她约好小兔，到人民广场地铁站那儿把钥匙交给小兔，由小兔转交给钱盛钟。

莎莎以从没有过的悠闲在城市里穿梭，来到人民广场站，她放松着自己，等着小兔的出现。

“全姐，你等谁啊？”柳丝丝突然出现在她的面前。柳丝丝气色很好，阳光灿烂。

“丝丝，你上哪去啊？”

“我上班了，唉，又开始了我特别的换乘旅行了。先从家里骑车到这里，把车子放在站口，然后在火车站那儿下车，再乘火车到昆山。表姐，第一天报到，我可不能迟到。”

“什么时候了，你才上班？”

“呵呵。表姐，我到医院看小姨父了。你不会怪我吧？我告诉他我上班了。”

“不，不会怪你的。丝丝，你做得是对的。下一次，我和你一起去看他。”

“真的？太好了！”柳丝丝向她回报一个拥抱，“好了，时间等不及了，再见。”柳丝丝兴高采烈地走了。

一个男人突然出现在莎莎的面前，是穆炎。

“你不是走了吗？”莎莎惊愕地问道。

“走之前，还是想跟你单独告别一下。”穆炎闷声闷气地说道。

“你把钱盛钟的东西都交出来了，那你住哪儿了？”

“我住到我的一个同学那儿了。”

“你怎么知道我在这儿的？”

“刚才我打电话给小兔了，你现在手机都打不通了。”

“我的手机号码早换了，自从我知道手机被人窃听之后，我就换了号码。”

“你也不告诉我，我打电话也找不到你，今天打给小兔，才知道你在这儿，所以我来向你告别一下。”

“好啊，祝你事业有成，生活幸福。”莎莎说道。

“我也祝你幸福快乐。我走了，今天是我最后一天待在上海。再见。”

“再见。”

地铁从空洞的过道尽头驶进站内，门打开，小穆走了进去，没有再回头。

地铁驶离了车站，莎莎收回了自己的目光。

感情一旦冻结，有时候比路人还不如。莎莎重复地想到前一次与小穆在学校门口分手的情景。在这种平静的分手面前，她哪里会想到两人之间曾有过的温馨与激情？

莎莎心里怅然若失，不能自已。

莎莎把自己的心思转移到了搜索小兔的身影上，按时间来说，她应该出现了。

突然间，她看到在站台的远处，小兔疯狂地奔跑着，仿佛后边跟着一个巨型怪物。

空旷的地铁走廊中传来车厢进站前特有的轰鸣声，同时还卷来一股妖风似的冷气。小兔紧贴着站台边缘奔跑着，莎莎紧张地注视着她，不知道她为什么如此惊慌失措。

小兔的骚乱似乎遥远地控制了前面的人流，人堆中冒出一个男人，贴着站台边缘，也向前侧身走着。

那个男人尽力克制着自己，竭力使自己泰然自若一点，因此，他的速度并不快，而小兔却无所顾忌地冲向他。渐渐地，小兔向他靠近了。那个男人钻出了人堆，然而就在这时，那个男人却转过身来，向小兔迎面奔来。

莎莎不可思议地看着面前的一切，顺着那个男人的身后望去，才看到那边过来一个警察，向这个男人包抄而来。

小兔减缓了速度，猝不及防地看着这个回身扑向她的男人，一时不知道该如何做。那个男人猛地冲到小兔身边，把小兔推下了站台。

莎莎趴在栏杆上，俯瞰着下一层临近轨道的这一幕，嘴里禁不住叫了一声，脚步却一步也挪动不了。整个站台上的人群一下便涌到站台边，注视着掉下去的那个女子。

从对面跑过来的穿着警察制服的男人，愣了一下，放弃了去追方才那个推小兔落入轨道的男人，扒开人群，毫不犹豫地也跳了下去。

小兔半跪在生硬的地铁轨道上，不知是没有了力气，还是不想动弹。

刚才，小兔昏头昏脑地上了地铁，在人民广场这儿转晕了方向，好不容易才找到跟莎莎约好的站台位置。突然，她看见一个穿着警察制服的人从她身边疾奔而去。本来她没有在意，突然间，她发现这个男人，正是那个破坏了她的相亲好事的那个便衣警察。瞧他雷厉风行的样子，一定是又遇到什么紧急任务了。小兔想到这里，突然间涌上了一个帮他一把的想法，便从另一个楼梯跑了下去，果然发现，警察前面跑着一个男人，肯定是警察追踪的目标。小兔不假思索地追了上去，那个男人钻进了候车的人流，小兔想截住这个男人。那个男人冲出了人流，可能发现自己两边受堵，便折回身来，把相对弱小的小兔推到了铁轨上。

一股冷风紧贴着轨道席卷过来，呜呜的震动声，通过铁轨刺激着她的双脚，她预感到自己的生命就要在这一刻终结，她头脑里一片空白，失去了判断能力……

突然，一个男人有力的胳膊，架起了她，把她紧紧地推在冰凉的墙壁上。

一道冷酷的金属车厢，从她的身后滑了过去，然后停了下来，把她与那个男人挟持在非常狭小的空间里。她可以闻到那个男人粗重的鼻息。她慢慢地张开了眼睛，这个男人，正是曾经在地铁站为她追回过手机、在龙华殡仪馆与她亲热地打招呼、在医院里与她再次邂逅的那个警察。

她还活着，活在一个真正启动了她少女情感的男人怀里。活着多么美好啊。自己不漂亮，但这个警察从没有嫌弃自己，她可以感觉到这个男人对自己的喜欢。她也喜欢他的那种男人的粗阔气息。她望着他，如此近距离地望着他，而他也正用惊喜、期待的眼光，紧张地注视着她。

两个人对视着，不知是谁先向前移动了几百分之一米，就像两块磁铁的距离达到了临界状态，稍有前移，便进入了磁场掌控的范围，两片炽热的嘴唇，便碰撞在一起。紧接着，地铁车厢又开始运动起来，从他们的背后撤走了。

站台上的所有目光都注视着他们，但黏在一起的嘴唇再也舍不得分开。站台上响起了一阵掌声，小兔与那个警察的唇松了开来，两个人都不好意思地垂下头。

莎莎在站台上叫道："小兔，你吓死人了。"

小兔在这一刻很有女人味。莎莎发现小兔其实还是很可爱的。

也许恋爱中的女人都是美丽的吧。

小兔从莎莎手里拿过钥匙，她与那个警察说着话，似乎还不愿离去。

莎莎看到两个人如胶似漆的样子，触动了内心的情思。这个城市，已经没有她的留恋了，随着小穆的离去，她的情感将归零。

这样也好，她会更自然地生活在这个城市里。不再波动，不再忐忑，没有期待就不会有失望。这种平心静气的生活，应该是今后自己最值得珍惜的了。

莎莎的嘴角边露出了一丝轻松平和的笑容。牵挂与期待，是一种多么痛苦的事啊。一切都没有了，其实并没有什么不好。

缓缓向上的电梯，托举着她升上了地面。外面明亮的天空向她席卷而来，城市的喧嚣也从那出口处传送进来。

她闻到了一股淡淡的香味，这触动了她记忆的惯性，她忍不住辨别着香味的种属。广玉兰的香味，在这个城市里无处不在，难怪要被误认为这个城市的市花了。

以前总以为广玉兰的香气很俗，很乡土气。其实广玉兰没什么不好，在叶子还没有长出来的时候，便争先恐后地释放出它的花香，给这个城市注满了一种氤氲的美好气息。

“我爱广玉兰，它们是这个城市的精灵，是这个城市的信使。”莎莎在心中默默地诵念着，广玉兰的气息唤醒了她所有对这个城市的爱，所有的有关这种芬芳气息的记忆。

转眼间都过了一年了，一年前，她对广玉兰的香气还很厌恶，然而一年后的今天，她却想亲吻那缕缕香泽，广玉兰在哪里？

一年过得真快啊，发生了那么多的事情。但是，她更知道了这个城市里什么是香的，就像女人，她知道广玉兰就是这个城市对女人的颂歌。

广玉兰用它的香味，证明着一个真理：女人永远是香的。

这就是这个城市对女人骨子里的赞美吗？难怪人们愿意相信，上海是一个女性的城市。

莎莎四处寻找着。她没有看到广玉兰树，但她分明闻到了那渗入她那每一个毛孔的广玉兰香。

她的目光缓缓地低垂下来，她明白了，这个城市的香味，更存在于人的心里。

她注视着这个城市的一角，她似乎第一次这么喜爱这个城市。

就在她正欲起步进入车水马龙的洪流中的时候，一个男人的身影挡在了她的面前。

她看到了他熟悉的脚，熟悉的裤管，她缓缓地抬起头，看到了他熟悉的面容。

“你——没有走？”